国家出版基金项目
NATIONAL PUBLICATION FOUNDATION

阿拉伯文学史

(第一卷)

仲跻昆 著

图书在版编目（CIP）数据

阿拉伯文学史 . 第一卷 / 仲跻昆著 . —北京：北京大学出版社，2020.6
ISBN 978-7-301-29352-2

Ⅰ.①阿⋯ Ⅱ.①仲⋯ Ⅲ.①文学史—阿拉伯半岛地区 Ⅳ.① I371.09

中国版本图书馆 CIP 数据核字 (2020) 第 087936 号

书　　　名	阿拉伯文学史（第一卷） ALABO WENXUE SHI（DI-YI JUAN）
著作责任者	仲跻昆　著
责 任 编 辑	严　悦
标 准 书 号	ISBN 978-7-301-29352-2
出 版 发 行	北京大学出版社
地　　　址	北京市海淀区成府路 205 号　100871
网　　　址	http://www.pup.cn　新浪微博：@北京大学出版社
电 子 信 箱	pkupress_yan@qq.com
电　　　话	邮购部 010-62752015　发行部 010-62750672　编辑部 010-62754382
印 刷 者	北京虎彩文化传播有限公司
经 销 者	新华书店 720 毫米 ×1020 毫米　16 开本　20.5 印张　插页 1　330 千字 2020 年 6 月第 1 版　2020 年 6 月第 1 次印刷
定　　　价	78.00 元

未经许可，不得以任何方式复制或抄袭本书之部分或全部内容。
版权所有，侵权必究
举报电话：010-62752024　电子信箱：fd@pup.pku.edu.cn
图书如有印装质量问题，请与出版部联系，电话：010-62756370

仲跻昆 1961年毕业于北京大学东方语言系阿拉伯语专业，曾于开罗大学文学院进修。北京大学教授、博士生导师、资深翻译家、中国外国文学学会阿拉伯文学研究会名誉会长、中国作家协会会员、阿拉伯作协名誉会员。

2005年获埃及高教部表彰奖。2011年获阿联酋"谢赫扎耶德国际图书奖之年度文化人物奖"，该奖表彰他在长达半个世纪的阿拉伯语教学与科研和中阿文化交流中所做出的重大贡献；同年又获沙特阿拉伯 "阿卜杜拉国王国际翻译奖之荣誉奖"、中阿（拉伯）友协的中阿友谊贡献奖。2018年获中国翻译文化终身成就奖。

著有《阿拉伯现代文学史》《阿拉伯文学通史》（分别于2006年、2013年获第四、五届中国高校人文社会科学研究优秀成果奖一等奖、二等奖）、《阿拉伯古代文学史》《天方探幽》等。译有《阿拉伯古代诗选》《阿拉伯古代诗选——天方花儿》《黎巴嫩诗选》《悬诗》《泪与笑》《库杜斯短篇小说选》《一千零一夜》等。

谨以此书
　　献给陪我一路走来的妻子刘光敏女士

未名湖畔（代序）

2020年2月25日晚，北京大学出版社的编辑打电话告诉我，说仲跻昆的《阿拉伯文学史》将于6月出版，让我写篇文章，算是个代序，我很乐于接受这个任务。这是老仲十几部著作、译作中最主要的一部，是他花费时间最长、投入精力最多的一部。我问："要多少字？"他说："不限制。"我问："多长时间交稿啊？"他说："一个来月。"

如此没有严格的内容限制，给了我方便的空间与过得去的时间，我就写了起来。我走进老仲的书房，坐在他通常坐的位置上，用他的电脑，给关心阿拉伯文学、关心这本书的朋友们写一点关于他的书、关于他自己的故事，内容应该是由远及近，由表及里。

此时我写这篇文章，也借机整理一下我沉闷、难过、痛苦的思绪。深夜，我难以入睡，想到我每天到北京大学校医院给老仲送饭，他就住在二楼，但是因为防控"新冠病毒"的疫情，医院让家属与病人隔离，不让我上楼与他见面，我就站在他病房的楼下自拍——这是此刻离他最近的地方！阳光普照，风儿吹起了我的白发。

1月13日，他住进了北京大学校医院，起初允许探视，我与他的小弟就从早八点探视到晚六点。他有很多的兄弟姊妹，相互之间的关系都很好，非常团结友爱。以前有人问他有几个兄弟姐妹时，他就回答：六七个。这种回答让人奇怪：是六位呀？还是七位呀？原来是他家有六个姊妹、七个兄弟，他在兄弟中行五，大家叫他老五。这么多的兄弟姊妹，这么大的家庭，都是因为他们有好父母，有一个当教师的好妈，教子有方，这些兄弟姊妹大部分都上了全国重点大学，几个小点的因为赶上了"上山下乡"，未能如愿。虽然家境不富裕，但是家庭安排工作做得好：每一个大学毕业的兄长有义务负担一个也考上大学的弟或妹的上学费用，这样问题就解决了。在北大的还有物理系的二妹、在大连理工大学的有三位、还有吉林大学（在华中理工大学任教）、沈阳农业学院的等等。现在他生病，特地从大连赶来照顾他的是小弟，1月13日至22日，医院允许探视，我们两人就每天来送饭、探视。

午饭时，我们到学校的勺园用餐，经过未名湖北岸，经过他曾经住过的德斋、他曾经演过节目的办公楼礼堂，以及后来我们共同短期住过的南阁，熟悉的道路勾起我对往日生活场景的一段段美好回忆。这些生活片段都发生在未名湖畔，由此我想我的文章就以《未名湖畔》为题吧。

但是碰上了新冠病毒肆虐，1月22日儿子来京看他，也只赶上仅被允许探望一个小时，23日之后医院全面禁止探视。那时候是春节，后来是他的生日，我们皆不能彼此见面了。幸亏有手机，可是因为他耳朵失聪，沟通起来也困难。

我希望他尽快恢复健康，首先要有个好心情，我们要寻找快乐，要尽量想办法寻找快乐，于是我们同步打开手机。

我发微信："我们打开视频，做鬼脸吧，做做怪样子，让彼此发笑，开开心，你高兴就会心情好，心情好就会有助于治病。"

他说："做鬼脸，你可做不过我。"

当然，我做不过他。

一、他要是当演员，也会很出彩

他18岁进北大（1956年），在大学读书期间，他是文艺积极分子，写个剧本演个节目的事情常会落在他头上。

我18岁进北大（1960年），因为同专业又同是大连老乡，不时碰到，他就对我关照起来。在我大二的时候，有一天，他约我去未名湖东边的东操场看露天电影，说是新闻纪录片中有他编剧并参演的活报剧《白宫丑史》。我们去看了这个纪录片，大约是"我们在毛主席身边歌唱"系列中的一个节目吧。我看了之后，欣赏一番：这是由人扮演木偶动作演出的"木偶剧"，他是编剧兼演员，与系里的文艺爱好者们一起，结合当时国际形势以及外语系的特点创作演出的。人扮木偶，创意新颖、寓意深刻。演出之后，轰动北大校园。当时的《北大青年》不吝篇幅报道此事。

我感觉他们的演出方式很有点味道，很有特色。是不是创造了一个新剧种？就此，我知道了他会编剧与演戏。后来我听他的初中同班同学说，读小学和中学的时候，他就被选进大连话剧团当儿童演员，那时候，话剧团演出话剧《曙光照耀莫斯科》，他染黄了头发，演一个苏联小孩子。

1965年冬，我已经大学毕业，放寒假我们一起回大连，他到我家，见过我父母，从棉帽夹层中取出一个檀香书签，还留有淡淡的余香。这种方式很奇特！原来这是他几年前就已经在书签上写就的一首藏头诗：

> 光风霁月慕峡云，
> 敏者何时解愚心。
> 留取香签愧为师，
> 念书余暇亦念人。

也许是他怕耽误我当学生时的学习，等了几年，在我毕业之后到我家才交给我，算是求婚。

1967年春，水到渠成，我们结婚，组成家庭，各自积极工作，追求理想。

1969年冬，服从分配，我们随各自的单位下乡锻炼，他10月随集体到北大江西鲤鱼洲分校参加劳动与文艺演出活动。我11月把住房交公，随单位带着女儿与尚在肚子里的儿子到河北衡水干校参加运动与劳动锻炼。次年6月儿子出生，只好回到大连求老妈帮助。那时的我们充满热情，也很经得起折腾。两个月产假后，我需要返回衡水，只得将两个孩子分别托付给老妈与朋友。儿子两个月，在大连跟老妈，女儿两岁，送北大幼儿园，托徐晓阳老师周末接送，一家四口人分别居住在四个地方。我们服从分配，克服困难，追求着理想。

1972年，我们分别从各自的干校被借调回京，为一个大型国际体育比赛当翻译，那时我们在京没有落脚的地方，只是在校园的南阁短时间小聚。这里是当时北大"文艺小分队"排练节目的地方，我带着从北大幼儿园接出来的女儿，找他在这里蹭住。这段在南阁的短暂小聚，给我们彼此留下十分美好的回忆。我和女儿很享受，有空就看他们排练节目。文艺队里的演员胡亚非等年轻的女孩子一有空闲就带我们的孩子到未名湖边去玩，给她剥瓜子吃。

有一天，在未名湖西边的办公楼礼堂，我再一次看到他们的演出，我们台上与台下面对面，我抱着女儿，看仍由他编剧并参演的对口诗剧《一根扁担》，同样感到挺新鲜，他演老贫农爸爸，当看见一个演儿子的演员叫他"爸爸"的时候，台下四岁的女儿大叫："那是我爸爸。"当时的团委刘书记立即把她抱出剧场，免得扰乱会场。在聚少离多的日子里，孩子要跟爸爸撒娇，怕爸爸被别人抢了去。

这一次看的对口诗剧，与十年前在东操场看的由人扮木偶演出的木偶剧，皆是那时新鲜的表演形式，唯一的区别只是：演前一个节目时，他是大学生，演后一个节目时，他早已经成为大学的年轻教师，我们也成了一家人。对口诗剧也很有特点，紧跟当时的形势，表演风格活泼轻松，反响传到校外，还有记者前来采访什么的。我想，他要是在剧团里，会不会将这两种演出形式推广开来，或者再搞点别的花样名堂？他要是不学阿拉伯文，去当个编剧或演员，应该也很出彩。当然在平常的日子里，他也会来一个诗朗诵或者与他人合作演个双簧。总之，他是个外表安静内心热情的热闹人。

闲下来，他就哄孩子玩，做各种人物表情：好人的、坏人的、老人的、孩子的；做各种鬼脸：微笑的、大笑的、生气的、发脾气的等等。如此这般，做个鬼脸就是他有功底的拿手好戏！他有这样的基本功，我只有欣赏以及与孩子一起捧腹大笑的份儿！哪里会想与他去比什么"做鬼脸"的本事？

往日，已离我们很远，往日虽然艰苦，但是充满欢乐。时过境迁！不对！时已过许久，境还没迁出多远，或者说又迁回来了，同样我们又来到未名湖畔。今日,他躺在离未名湖不远的校医院住院部二楼病床上,我站在楼下院子里,我们离得很近,他的生病加之不能探望,使得彼此的内心充满了苦楚。我们分别拿着手机,我说:"你做个鬼脸吧,让我们来制造一下快乐,放松一下我们紧绷的神经。"他说:"做不动了。"接着就给我来了一个"鬼脸",那看不出是哭还是笑的表情,看了让人心累、心酸与心碎!

生活还得继续,我在写这篇文章的同时还给他送饭,只能由护工转交而不能见面。

二、理想与追求

我们先后在北大学习了五年阿拉伯语以及其他相关的必修课、选修课。

他喜欢图书馆,常去图书馆借阅小说、诗歌、戏剧等图书杂志,中文的当然不在话下。他在大二、大三时,就开始找阿拉伯文的书刊来读了。他的阅读面很宽,他认为读书是一种快乐,写书做学问也是一种快乐,所以终生乐此不疲。

在班上,他算不得刻苦勤奋,但是他的学习成绩始终名列前茅。后来我在家里曾看见过他的成绩册,都是高分数,恐怕得益于他的大量阅读、知识面宽,以及学习中的举一反三,而不是靠死记硬背。在他人背单词、背课文、查字典的时候,他就去看外文杂志、外文小说了,后来他告诉我:读书不一定求甚解,不懂的词或句子,就跳过去,看的书多了、碰到的次数多了,也就明白了。他读书很是潇洒,似乎是一种享受,而不是负担,这样不断拓宽了知识金字塔的底边,使其向上增长有了更宽阔的空间。

马坚教授夸奖他会读书,读活书。而反对那些"死读书、读死书、读书死"的僵硬做法。

他的同班同学曹彭龄武官还记得:1958年他们去西山植树,同学马凌宇发了诗兴,即兴来了两句"走出校门植树来,铺天盖地多愉快。"一时接不出下句。只见他慢条斯理地接着说"夜阑伸首帐篷外,风吹杏落口中来。"于是赢得一片喝彩。因为他们的帐篷正搭在山脚的杏树林中,杏子已挂满枝桠。

喜爱文学,这是他从少年时期就开始的。上中学时,他就看完了四大名著,上大学后继续保持爱看书这一爱好。大学毕业后,他与同班同学孙承熙一起留校当教师,一同住在未名湖西北边德斋的一间房子里,二人一间住房,比学生宿舍宽松,买了书,有宽敞一点的地方可以放。我们是老乡,有时候去看他,可以在风景如画的未名湖边漫步,可以谈天说地。谈话主题大多是"书",看了什么书?又有什么新书上市?有时候我们干脆去北大校园里面小一点书店看看,或者跨出校门过马路到海淀那边大一点书店逛逛,他对附近的新华书店、旧书摊等卖书的地方都很熟悉,进城到王府井、前门也如此,不忘寻找书的存在处。他关注文学书:东方的、西方的、中国的、古典的、现代的。有时候买,更多的时间不买,只是看看。有一次,他带我去海淀书店看一本俄文-阿拉伯文对照的小词典,看来他先前已来过。我说:不买,不要。我才二年级,两种文字的互相解释全都看不懂。他说:知道有这样的小词典就可以了,知道外国人学习外文方法也是和我们中国人一样的。后来他买了一本袖珍成语词典,说是装在口袋里可以随便翻看。

我们成家后,我看见家里存有一套20世纪30年代出版的《红楼梦》,他说那是他老爸送他的。他熟悉书中的诗词与人物对白,说那些语言特别反映当事人的性格:高雅的、粗俗的、阳春白雪的、下里巴人的,随意就举出一个林妹妹与薛蟠的例子。后来就带我去看《红楼梦》展览,以及曹雪芹故居等,反正他对于中外文学作品与文艺读物都很感兴趣。关注文学,这也算是为未来研究阿拉伯文学、研究中国文学与阿拉伯文学的对比,为撰写《阿拉伯文学史》等著作做一些润物细无声的铺垫吧。

他1961年毕业后留校任教,我们班是他第一次尝试教书的班,当时我们上大二,我班有一半同学原来是被国家从各地挑选来准备送苏联留学学理工的,学过一年俄文,因时局变化被分配改学阿拉伯文,这样刚毕业的23岁的他比起学生也就大不了几岁,或者说彼此年龄相当,因而在同学面前,他也就摆不起"教师爷"的架子,大家平等。课堂上,他略显紧张,低头看讲台讲课,较少直面同学,右手拿粉笔,左手拿黑板擦,经常是右手写过来,左手擦过去,同学还没有来得及看清楚呢,也不好意思提醒他。晚上,有时他会到学生宿舍,辅导同学,纠正发音、漫谈阅读,互不见外。一个学期之后,彼此熟悉了,再讲起课来,他才变得谈笑自如。

他教书颇受学生欢迎，刚毕业留校，学生气未脱，容易与同学沟通，他读的书多，讲一个单词会讲出这个词的基本字母及其派生词、词根等，让同学在记住一个单词的时候，也记住随着这个单词因增添字母而派生出来的不同含义的新词，记住其名词、张大名词、近义词或是表示不同时态的词。在记单词的时候，寻找了规律、寻找了特殊性。有时又展开联想，谈谈来龙去脉，引经据典，热闹一番。

几十年的教书生涯，他从来都没架子，为人随和，容易与同学相处。有些同学对他印象很深，至今对他十分友好。他2012年生病住院，当时已年届六旬的杨恭谦同学还前来看望与夜间陪住。同学们对他的学术生涯也十分关注，前年，《天方探幽》出版，在国外当总经理的谢金平同学一次购书十几本，分给本班同学每人一本。

我们在北大受到良好的教育，珍惜这段岁月，珍惜我们所学到的知识。回顾以往，我们走的是一个同属阿拉伯专业的两条路。

他，一直在北大任教，三度较长时间出国，每次两年，1972年至1974年去苏丹，为一个中国援建的项目当翻译，同时也实地学习与考察阿拉伯语；1978年至1980年到埃及开罗大学进修，有了深入接触阿拉伯文学的机会；1983年至1985年到也门萨那技校去当教师，也不忘要做阿拉伯文学研究的主题。在国内的日子里，又多次参加作家代表团出访，他收集素材，不断深化对阿拉伯文学的教学与研究。他66岁退休。刚刚退休时，一些院校的相关专业邀请他去教课与演讲，他也就积极应邀，从西北到海南岛。后来年岁渐长，不再承担教学任务，主要精力集中于研究阿拉伯文学，整理文稿与翻译诗歌，其几部文学史相继在这段时间出版，随后更有多部翻译诗集陆续整理后推出。

我，做与国际联络相关的事情，年复一年，按照国家发展大形势的需要以及自己本部门、本行业的具体情况，安排与执行具体工作计划。经常跑跑颠颠，基本跑遍了20来个阿拉伯国家，以及更多的其他国家。但是国内外出差的时间都是短短的，每次一周或半个月，犹如跑马灯，忙忙碌碌，办完一件事情，写一个公文总结并注意后续行动，再去办另外一件事情，讲究文字严谨不出错，没有文学味道。说好听一点，就是为国家的国际交流做贡献。自我安慰的是：虽然没工夫深入研究做学问，只是也没枉费五年学习阿拉伯语。我的工作是一半业务、一半行政。当时与阿拉伯国家妇女界往来也比较多，碰到翻译问题我可以找他帮我解决：比如翻译、校对领导人讲话稿子以及与外方签订双边合作议定书等。有他做我的后台，很是方便。当时我单位的领导关部长对此也很习惯，碰到时间紧张忙不过来的时候，就说：找仲老师帮忙吧。

三十多岁的时候，我们已是两个孩子的爸妈。我们忙于工作，要克服困难！追求理想，要互相支撑！这是我们难以忘怀的生活历程。

三、结缘阿拉伯文学

80年代后，他开始研究阿拉伯文学。先是学校分配他教这门课，他开始编写讲义，家里有时还会发现他那时编写的《阿拉伯文学》打字油印本，开始是薄薄的，慢慢地厚了一点，内容在不断充实，直至现在成了摆在我们面前的这套书，路漫漫其修远兮！

这套书的前身所包含的《阿拉伯现代文学史》（昆仑出版社，2004年），曾经与《欧洲文学史》一起，获得第四届中国高校人文社会科学研究优秀成果奖一等奖，前者是他自己一个人编写的，而后者是一个集体。有人问："仲老师，你写这本书用了多长时间啊？"他对人笑笑。是的，怎么回答呢？说来话长呀！从哪里算起呢？

起初，他在大学时代，就开始翻译一些作家的作品，开始是豆腐块大小的或者是书本大小的小方块，发表于《北京晚报》或《世界文学》，笔名"中人"。1961年他毕业那年在《世界文学》上发表的处女译作：叙利亚女作家乌勒法·伊德丽碧的短篇小说《最亲爱的人死了》，算是雏形的翻译文章。后来翻译的篇幅越来越长，翻译诗歌、小说，写书评，写论文，逐渐深入地研究阿拉伯文学。

他在开罗大学进修期间，接触到很多埃及的、阿拉伯世界的文学家，这是他进一步步入阿拉伯文学殿堂的好时光。

比如，他在开罗看了《我家有个男子汉》这部小说，并两度拜访该书作者埃及著名作家伊赫桑·阿卜杜·库杜斯。也看了同名电影，甚至留意电影主角奥麦尔·谢里夫，谢里夫后来去好莱坞发展成了国际明星，留意女主角埃及明星法婷·哈玛玛。他在库杜斯家里看到各种外文译本，如俄文的《我家有个男子汉》，英文的《我行我素》等，竟没有中文译本，于是他就想翻译库杜斯的这部作品，并于回国后遂愿完成了这件译事，我参与了敲边鼓、打零工。当时书名为《难中英杰》（江苏人民出版社，1983年），因为怕人们误会书名，而影响了解书的内容，所以当时起了一个革命化的名字。后来再版时恢复原名《我家有个男子汉》（华文出版社，2017年）。另外，他还有译作《库杜斯短篇小说选》（湖南文艺出版社，1998年）等。《我家有个男子汉》被阿拉伯作协评为"20世纪105部阿拉伯最佳中长篇小说"之一，把这位作者介绍给中国读者，老仲认为是很应该办的事情。

四、爱诗歌

研究文学，当然要研究诗歌。尤其在阿拉伯文学中，诗歌占据极其重要的地位，诗歌是古代阿拉伯文学的中心。阿拉伯的诗人们传述了很多的历史故事，描述了各自所处的历史时代，教给了人们很多哲理，诗歌被认为是阿拉伯人的史册与文献。老仲常说：在阿拉伯国家的文化节中，诗歌朗诵往往是重要的活动项目之一。谁想了解阿拉伯民族、阿拉伯世界，最好先了解阿拉伯文学，谁想了解阿拉伯文学，就先了解阿拉伯诗歌。因为诗歌是阿拉伯人的文献与档案。每当我们读阿拉伯诗歌，就会觉得我们仿佛是在读阿拉伯历史。因为无论在平时或是战时，诗人往往是民族的先知先觉者，在古代，尤其是这样。

他曾说过，我们容易联想到阿拉伯与中国的相似之处：历史悠久，幅员辽阔，文化光辉灿烂，诗歌的影响深远：从那时直至今天，从本土直至邻近周边。阿拉伯大帝国阿拔斯朝初期曾地跨亚非欧三大洲，其诗歌的辉煌，皆可与我国盛唐时期的诗歌相媲美，都是人类优秀的文化遗产。阿拉伯诗歌在阿拉伯文学史上的地位与唐诗宋词在中国文学史上的地位相当，各领风骚于各自的历史文化大花园。两个民族的文学都以诗歌为主体；诗歌又基本上是抒情诗，都讲究严谨的格律、韵脚；诗歌的内容、题旨也很近似。诗歌讲究三美：意美、音美、形美，古体诗尤甚，中阿诗歌皆然。翻译出来的诗歌要让中国读者读起来也像诗，那就得也按这个标准去努力，去衡量。据此，他着手翻译阿拉伯古代诗歌，按照时间顺序，慢慢积累。

他的译诗渐渐地成为后来教学、词典编撰词条的基本素材，也为《东方文学史》《阿拉伯现代文学史》《阿拉伯文学史》的撰写做了准备。他自信，在翻译过程中还是下了一番功夫的，结果颇令人感到满意。译界公认"译事难，译诗尤难"，但他本着自己在翻译时的一贯主张——"既要对得起作者，也要对得起读者"，译出的诗句既要基本忠实原意，也要让中国读者读起来像诗，有诗的味道。

在这套《阿拉伯文学史》中，对诗歌的翻译与介绍占据了很大篇幅，对阿拉伯古代各个历史时期与现代各个国家文学的渊源、流变、现状、重要的文学流派、作家、诗人及其代表作都尽力作了详略有致的分析、介绍。在叙述历史进程中的重要文学作品时，不吝笔墨，选取文学作品中的关键部分作译介。尤其是对于一般认为难度大的古典诗歌的引译，既保存了原作的诗意，也读起来朗朗上口，很是贴切！

他还曾说道，现代的自由体新诗，长短不一，不太押韵，但实际上还是很讲究节奏，有宽松的韵脚。优秀的新诗诗人往往都有深厚的传统古诗功底，译起来也要倍加斟酌，马虎不得，让人读起来也要像首诗才行。比如他译的叙利亚诗人尼扎尔·格巴尼的情诗：

  你数吧！用你两手的十指：
  第一，我爱的是你，
  第二，我爱的是你，
  第三，我爱的是你，
  第四，第五，
  第六，第七，
  第八，第九，

第十，我爱的还是你。

2018年，时值北大120周年校庆，学校为金婚教师拍摄录像片，他曾朗诵这首诗，赠我，大庭广众面前，我们这把年纪，他真有点浪漫过度！后来这录像被传到网上，看见的人就更多了，他也不怕人笑话！我的感觉还是：他一辈子对我好。我突然想起来我们的牵手，那是开始于1965年冬，他将写于几年前的诗赠给我。蓦然回首，从那首他自己写的诗，到2018年金婚纪念，他引用翻译阿拉伯人的诗再赠我，半个多世纪了，时间竟然是这样快，真是快乐的日子容易过，让我们怎么能不感叹人生！感叹岁月不饶人！

他说：我喜欢译诗，译后反复读几遍，尽力让它能朗朗上口。纪伯伦的散文诗集《泪与笑》，原文是无韵的散文。我尽力把每篇译成有宽松韵律的散文诗，读起来更上口，更美一些。如《花之歌》：

我是大自然的话语，大自然说出来，又收回去，把它藏在心间，然后又说一遍……

我是星星，从苍穹坠落在绿茵中。

我是诸元素之女：冬将我孕育；春使我开放；夏让我成长；秋令我昏昏睡去。

我是亲友之间交往的礼品；我是婚礼的冠冕；我是生者赠予死者最后的祭献。

清早，我同晨风一道将光明欢迎；傍晚，我又与群鸟一起为它送行。

我在原野上摇曳，使原野风光更加旖旎；

我在清风中呼吸，使清风芬芳馥郁。

……

他的译诗，多能得到同行认可，可聊以自慰。这大概与他自幼喜欢诗，并在上中学时喜好朗诵诗有关。他爱看中国古典名著，他的中文底子比较好，语言驾驭能力比较强，也是他翻译诗比较好的原因之一吧。

顺便说几个小插曲：

2018年冬，我们在广东惠州巽寮湾海悦酒店小住，完成入住登记手续后，领钥匙进房间，女服务员进门为我们收拾房间时，很客气地说："我知道仲跻昆，我在孩子的课本里看见他的名字了。"她当时对我们表现出更多的友好与尊重。没想到在这遥远的南方海边度假村，这位不太会说普通话的服务员要加我们的微信，这时我们才知道，老仲译的诗入选了她孩子的中学课本。

还有一次，数年前的一天，有人找上门说是贾平凹先生要为喜欢的翻译诗歌出一本诗集，选了老仲的译诗，送来稿费，所选的是他所翻译的纪伯伦散文诗集《泪与笑》。我们偶尔在大街上买了一本《读书》杂志，里面居然也选有他的译诗，基本上也是出自于《泪与笑》，可见，好的译诗是长翅膀的，是很受人们喜爱的。

他说："我爱阿拉伯诗歌"，并以此为标题写文章，做演讲，有时候也朗诵。他翻译的阿拉伯诗歌，有长有短，大约有千把首，陆续推出几本诗集，尚还有些存货。

早年出版的是《阿拉伯古代诗选》（人民文学出版社，2001年），包含阿拉伯古代从贾希利叶时期等5个历史时期具有代表性的诗人134位诗人的431首诗，基本上反映了阿拉伯古代诗歌的面貌。2020年经过补充，增加篇幅再版，新版书将于2020年夏天推出。把一首诗喻为一串珍珠，因而在编选他人诗作时，常把他们认为最优美的诗行节选出来。他在选译阿拉伯古诗时，也沿用了这一方法：有些诗是全译，另一些则是选译。还有，阿拉伯古诗一般没有标题，标题往往是后人所加，本诗集所选译诗亦然：有些标题是阿拉伯选者加的，有些则是译者加的。

新近的是去年出版的中阿文对照，并带有阿拉伯文朗读的《阿拉伯古诗100首》（北京大学出版社，2019年），集有阿拉伯97位著名诗人的100首诗，是一本为学习阿拉伯文或者喜爱阿拉伯诗歌的朋友们编译的，深得他们喜欢。书刚刚印出，正赶上北大阿拉伯语系举办的一个阿拉伯语教师研修班，他在研修班上做了一个关于本书的讲座，参加的老师们排队要求签名。他作为爱朗诵的译者，为自己的译诗朗诵原文，也有道理，但是他的耳朵失聪，掌握不准音量大小，所以只朗诵了10首，意思一下啦。余者由阿拉伯人朗诵，更加本土化、接地气。

前几年，有关方面约稿，要为"一带一路"沿线国家经典诗歌文库翻译阿拉伯国家的诗歌，他立时就拿出几份译稿来，稍做整理，由作家出版社出了两本精装本：《阿拉伯古代诗选：天方花儿》（作家出版社，2019年），是一本情诗选；另外一本是《黎巴嫩诗选》（作家出版社，2019年）。还有两本《阿拉伯现代诗选》与《叙利亚诗选》已经打出清样。还有他译的《悬诗》也出版了（商务印书馆，2019年）。

另外在1991年和平出版社出版的一套《苏阿德·萨巴赫公主诗集》中，他参与翻译了《本来就是女性》。

他喜欢翻译诗歌，还尽量想招儿来让别人分享他的快乐，这几年他都在网上做年历，把阿拉伯诗歌翻译成中文后，做个中阿对照版，贴上去，元旦前完工后推出，分发给学习阿拉伯语的朋友，大家很喜欢，他就很高兴。最近的当然是2020年的了，是2019年末完成的。

他喜欢诗朗诵从学生时代开始，上大学时，朗诵较多的是中文的，我最早听他朗诵的诗歌是高尔基的《海燕》。近几年，他在各个不同场合朗诵的大多是阿拉伯诗歌，有自己翻译成中文的，或者就是原文的。他写诗翻译诗、朗诵诗，无论是中国的，外国的。他说过：我爱中国诗歌，也喜欢阿拉伯诗歌，我愿同大家一起朗诵、倾听、欣赏。

这次他住在医院里，躺在病床上，居然用微信语音对我说："开一个诗歌朗诵会多好，我们一起来朗诵，来评论。"我说："这怎么可能？现在疫情严重，医院都禁止探视，都不让我来看你，人们要尽量少出门，你还做这个梦！"可见他真是个傻傻的书呆子！

2019年12月12日，在北外举办"庆祝世界阿拉伯语日暨北京外国语大学首届阿拉伯文学艺术节"，在艺术节上，他朗诵了几首诗。我记得那天，上台发言朗诵的诸君，基本都拿着稿子，只有他两手空空走上台，很是潇洒！他已经把要朗诵的诗背下来了。他的年纪是朗诵者中最大的，我很是为他捏一把汗，"你来朗诵，不拿稿子，忘了词怎么办？不出洋相吗？"事后我问他。他居然说："背下来，才会放得开，朗诵的效果才会好！"瞧瞧他，八十多岁的人了，还逞强！艺术节结束，主办方有签售环节，同学们排队购买《阿拉伯古诗100首》这本书，直至售罄。排在后面的同学们没买上书，就说："仲老师，我没有买上书，您在我笔记本上签名吧。"他爱学生，欣然同意，就在学生们的笔记本上签上他的名字，我知道，他参加这样的活动，应该是最后一次，尽管他表现得潇洒自如、落落大方。但是此时，他生病了，我几乎天天得陪他上医院。

他要干的事情是没有终点的。阿拉伯文学史上有千百个著名的诗人、作家，写下了成千上万部优秀的、不朽的文学作品，要将这样博大精深的阿拉伯文学介绍到中国来，绝非易事。他自己当然是干不完的，好在有很多喜欢阿拉伯诗歌的志同道合的同伴们，大家一起来做吧！

五、翻译《一千零一夜》

他自己翻译了好几本中长篇小说，也与别人合作翻译了几本，挑一本说说。

在中国，人们熟悉阿拉伯的民间故事《一千零一夜》，熟悉其中的人物与故事情节，《一千零一夜》已经有多种翻译版本。他译的《一千零一夜》（长江文艺出版社，2005年）也算是翻译大花园中的一朵花儿。翻译本书的起因是早一点时候，那个出版社的领导与他一起出国访问（好像是作家代表团），知道他研究阿拉伯文学，当面约稿。他那时很忙，要我翻译后面的几篇，我说："那里面的诗歌不好翻，你帮我改改。"好在里面的诗也不多，于是费了一段时间翻译，完稿后交出付印。交稿前，恰同行赵老师带他十多岁的女儿来我们家做客，我们大人聊天，怕小孩子"捣乱"，于是他就把译稿递给那孩子看，她津津有味地看起来，几个小时后，赵老师告辞，他女儿居然说："我还没看完，再等会儿。"他就说："有门儿，连孩子都爱看。"这本书再版了几次，也出过"儿童版"。后来他从阿拉伯文原文补译了《阿里巴巴与四十大盗》，但是交稿子后，竟然被编辑遗漏了，成了一件憾事。但是他一直惦记着《阿里巴巴与四十大盗》，记得一次央视对他采访时，他还说不能把藏大盗的"皮袋子"翻译成"水缸"。

关于这一说，他是前几年在卡塔尔逛书店时找到的证据。他根据阿拉伯文的《阿里巴巴与四十大盗》，推敲了四十大盗的藏身之处，认为不是他人翻译的藏在大水缸里，而是藏在骆驼背上的皮口袋里。他认为，从其他语言转译过来的就不如母语的贴切，比如这个故事是法国译者从叙利亚人那里听来的，写成书，如果我们再从法文本转译，难免不准确。直到今天，有些地方的阿拉伯人还用掏空内脏的动物皮做成口袋盛水，还有用更大的动物皮做成皮筏子绑在一起渡河的呢。

关于阿拉伯语言教学，他常引用马坚先生的话：教师的职业，如同打一口井，要打深一些，提出来的水才会又甜又多；如果井打不深，提出来的就是泥浆，就是误人子弟。他一辈子当教师，就用这句话自勉。

关于翻译，他总爱说：我就想让中国人知道阿拉伯文学是什么样？什么叫翻译，翻译就是起一个铺路修桥的作用，在信息化、全球化的今天，翻译应该是千里眼，顺风耳。翻译的秘诀就是尽量去精通母语与一门外语，并了解相关的社会情况。阿拉伯语翻译，就是考验译者的中文素养与阿拉伯语言功底。

六、积少成多，集腋成裘

这部《阿拉伯文学史》从时间上看，开始于贾希利叶时期，直到20世纪末，时间跨度长达1500多年。从地域上看，涉及阿拉伯诸国，涵盖了西亚、北非广大地区。本书以丰富的第一手资料为写作基础，在丰富多彩的资料中进行选取与分析，找出代表性人物，对阿拉伯古代文学、近现代文学的作家、作品作了介绍，对其古代和近现代的一些诗歌名篇作了翻译。

可是他还是想不断补充，补充了，还想再补充。这次他搜集了书中所涉及的大部分作家的头像，放在上面以便增加可读性。另外他还打算写毛里塔尼亚的文学史，他已经搜集了关于毛里塔尼亚的相关材料，只是还没来得及翻译整理，岁月不饶人啊！他生病了，来不及补入，成了永远的遗憾。他站在书架前，我为他做交稿前的拍照留念。

搜集与整理资料，花费了功夫，但是功夫没有白费。比如他为新版《中国大百科全书·外国文学》卷拟稿的几篇文章，在慢慢提炼充实之后，就成了文学史相关内容的基本框架，1995年他参加编撰的《东方文学史》（吉林教育出版社，1995年）对阿拉伯的古代文学和近现代文学都作了较详尽的介绍，也对此书的成书大有助益。

他的研究生涯从收集资料、从做卡片开始。那时候没有电脑,靠手写和复印,他将买来的、借来的阿拉伯文书报杂志的相关材料收集起来做成卡片,做卡片是那时候学习和储存资料很常用的一种做法。他有大大小小各种卡片,把多方搜集来的资料,在卡片的正反面分别写上阿拉伯文和中文,再按国别、按内容,分门别类储存起来。若是一时没顾得上收拾,赶上一阵风吹来,就会把卡片吹得七零八落;再就是孩子小贪玩,也不时把大卡片拿来叠飞机、折仙鹤。我怕卡片搞丢了,就给他买来了装卡片的盒子。

等有了电脑,这些问题全解决了。他学习电脑,设法把各种资料存起来。后来又把网上搜集来的阿拉伯文资料排列,建起了自己的"阿拉伯文图书馆"。把多种资料中对同一个作家、同一作品的描述评价集中在一起,相互比较,去伪存真,分析研究,力求准确。

他说,卡片就算是"点",一个个作者介绍、一首首诗的翻译,都是"点"。那时候,学界要编写好几种词典,要他为词典中相关阿拉伯文学部分写词条的时候,他就把它们搬出来,合并同类项,单个的或多个的,按需要组成词条。准备写文章的时候,就把词条集合排队,它们就组成了"线",成了文章的章节,多条"线"的集合,不断地发展丰富,就成了论文。论文就是"面"。词典的词条、文章的章节、作家、作品介绍,诗歌的翻译等分门别类,不断发展壮大,继续积累补充,就形成书的雏形,成了后来撰写几部文学史的基石。他自己曾这样描述当时的生活,算起来,那该是三四十年前的事情了,那时他受命教阿拉伯语与阿拉伯文学史,他曾写了一段话描述当时教文学史、参与编写词典的情况:

我要给本专业本科生开设阿拉伯文学史、文学选读等课、要指导本专业的研究生,还要为全校其他系科选修或专修《东方文学史》的师生们讲授阿拉伯文学史的部分课程。校内外的一些有关科研任务或者专选项目,诸如《中国大百科全书·外国文学》《外国名作家大辞典》《外国文学选编·亚非部分》《简明东方文学史》《东方文学史》《比较文学史》《东方文学词典》《中外现代文学作品词典》《世界名诗鉴赏词典》《外国抒情诗赏析词典》等书的有关阿拉伯文学部分的有关章节、条目以及《阿拉伯现代文学史》《阿拉伯文学通史》等书的编写工作，自然先后都落在自己的头上，义不容辞、责无旁贷。（《阿拉伯古代文学史》，昆仑出版社，2015年，"序"，第4页）

对这些有关阿拉伯文学的章节与条目的编写，使得零散的点、线、面的收集更加条理化，系统化，也是将文学的研究工作更向前推进一步。

再说一件由"点"到"面"的事情，他对阿拉伯文学的研究工作也是从"点"到"面"逐步展开的。最早是对《一千零一夜》和纪伯伦作品的翻译，然后翻译的阿拉伯文学作品主要集中在埃及，慢慢再扩展到黎巴嫩、叙利亚、伊拉克，接下来他把阿拉伯文学的翻译与研究推向了海湾地区，最后推到了马格里布地区。体裁也从翻译小说扩大到翻译诗歌、散文。对阿拉伯文学的深入研究，由"点"铺向"面"。他一直参与在这个由"点"到"面"的过程中。

多年来，注意搜集整理，条理化，积少成多，集腋成裘，才使得这部文学史得以出版。

诸君切莫以为他是一个很有条理的人，那才不是呢！他经常连自己的背心、袜子都找不到。但是这些文学史资料放在哪里，他还是要找就能找出来，有同行说：他的记忆是有选择性的，有的事情记得好，有的事情记不住。我同意这种说法，为此我吃了不少苦头。我单位分房子，我只好自己管装修，要搬家了，他还问："咱们家在哪？"我早就告诉他了，可他没记住。家里要买洗衣机，我说："咱们俩去挑一个吧。"他说："你自己去，看中哪款都可以，我都没有意见。"于是我只好约邻居陪我去挑洗衣机。

他是个书呆子！当然我有时候会冲他发脾气，但是没用，依旧故我呀。我佩服他老实认真地做学问，佩服他坦率正直的为人，也无可奈何他的傻气！他要出差参加学术活动，我会找同行的人关照。那次他一个人要到武汉开文学研讨会，记住了时间，忘记了地点，所以下飞机后不知要到哪里去开会？他只好在机场打电话给在华中理工大学当教师的妹夫，妹夫才帮助他问明白，带他去开会。

他是聪明还是傻？不能都给他评功摆好吧，这缺点也太严重了！卡塔尔半岛电视台邀请他去卡塔尔开会，要他自己单独去，我就不放心，台长说他亲自陪着他，给他拎包。他并非是架子大，就是有点"笨"罢了。我就对那位台长说："这样的话，等你们回来，我请你到大酒店吃饭。"结果他们回北京后，那位台长坚决拒绝了我的答谢宴请。还说了一句外交辞令：陪仲教授开会，是我很感荣幸的事情。

本书出版在即，他却生病住院了。总还有些后续工作要做，于是约请北大阿拉伯语系系主任、他曾经的学生林丰民教授及几位同学相助，使此书得以按时出版。在此对林教授及诸同学深表感谢！

仰望苍天！我多么怀念我们平淡的居家小日子！已经是四月初了，因为疫情，医院没有解禁，他在病床上躺了两个半月多了，还是不能探望。
我，深切想念他，永远想念他！

刘光敏
2020年4月8日，于马甸

目 录

第一编 绪 论

第一章 阿拉伯—伊斯兰文化 ……………………………………………… 3
    第一节 阿拉伯—伊斯兰文化体系的形成 ……………………… 3
    第二节 古代阿拉伯在自然科学方面的成就 …………………… 10
    第三节 古代阿拉伯在社会科学方面的成就 …………………… 12
    第四节 对古代阿拉伯—伊斯兰文化的评价 …………………… 15

第二章 阿拉伯文学的分期 ………………………………………………… 18
    第一节 贾希利叶时期 …………………………………………… 18
    第二节 伊斯兰时期 ……………………………………………… 19
    第三节 阿拔斯王朝时期 ………………………………………… 19
    第四节 近古时期 ………………………………………………… 20

第三章 古代阿拉伯文学概述 ……………………………………………… 24

第四章 阿拉伯古代文学与世界文学 ……………………………………… 30

第五章 阿拉伯古代文学在中国 …………………………………………… 35

第二编　贾希利叶时期文学

- 第一章　历史与文化背景 …… 49
- 第二章　诗　歌 …… 58
  - 第一节　引言 …… 58
  - 第二节　形式与格律 …… 60
  - 第三节　内容与题旨 …… 64
  - 第四节　贾希利叶时期诗歌的特点 …… 72
  - 第五节　《悬诗》及其他 …… 74
- 第三章　四大著名诗人 …… 77
  - 第一节　乌姆鲁勒·盖斯 …… 77
  - 第二节　祖海尔 …… 85
  - 第三节　纳比埃·祖卜雅尼 …… 92
  - 第四节　大艾阿沙 …… 97
- 第四章　其他《悬诗》诗人 …… 104
  - 第一节　塔拉法 …… 104
  - 第二节　安塔拉 …… 112
  - 第三节　阿慕鲁·本·库勒苏姆 …… 119
  - 第四节　哈雷斯·本·希里宰 …… 125
  - 第五节　莱比德 …… 129
  - 第六节　阿比德·本·艾卜赖斯 …… 136
- 第五章　侠寇诗人 …… 140
  - 第一节　侠寇诗人 …… 140
  - 第二节　塔阿巴塔·舍拉 …… 142
  - 第三节　尚法拉 …… 144
  - 第四节　欧尔沃·本·沃尔德 …… 147
- 第六章　其他著名诗人 …… 152
  - 第一节　穆海勒希勒与杰丽莱·宾特·穆莱 …… 152
  - 第二节　穆赛吉布·阿卜迪 …… 156

　　　　第三节　哈帖姆 ··· 157
　　　　第四节　韩莎 ··· 162
　第七章　贾希利叶时期的散文 ··· 165
　　　　第一节　演说辞 ··· 165
　　　　第二节　箴言 ··· 169
　　　　第三节　成语、格言 ··· 172
　　　　第四节　故事与卜辞 ··· 175

第三编　伊斯兰时期文学

第一章　伊斯兰初兴时期历史与文化背景 ··································· 181
第二章　《古兰经》《圣训》与伊斯兰初兴期的散文 ························· 188
　　　　第一节　《古兰经》 ··· 188
　　　　第二节　《古兰经》的内容与特点 ····························· 189
　　　　第三节　《古兰经》的作用与影响 ····························· 195
　　　　第四节　《圣训》 ··· 196
　　　　第五节　演讲辞 ··· 199
第三章　伊斯兰初兴时期的诗歌与诗人 ····································· 202
　　　　第一节　概述 ··· 202
　　　　第二节　哈萨尼·本·沙比特 ································· 204
　　　　第三节　凯耳卜·本·祖海尔 ································· 208
　　　　第四节　纳比埃·贾迪 ······································· 212
　　　　第五节　侯忒艾 ··· 214
　　　　第六节　阿慕鲁·本·麦耳迪凯里卜 ··························· 220
　　　　第七节　艾布·祖艾伊布·胡宰里 ····························· 223
　　　　第八节　艾布·米哈坚 ······································· 224
第四章　伍麦叶朝历史与文化背景 ··· 227
第五章　伍麦叶朝的政治诗 ··· 233
　　　　第一节　什叶派诗人库迈伊特 ································· 233

第二节　什叶派诗人库赛伊尔·阿宰 ………………………… 235

　　　第三节　哈瓦立吉派诗人伊姆兰·本·希坦 …………………… 239

　　　第四节　哈瓦立吉派诗人盖塔里·本·福加艾 ………………… 241

　　　第五节　哈瓦立吉派诗人忒利马哈 …………………………… 242

　　　第六节　祖拜里派诗人伊本·盖斯·鲁盖雅特 ………………… 245

第六章　伍麦叶朝三诗雄 …………………………………………… 248

　　　第一节　艾赫泰勒 ……………………………………………… 248

　　　第二节　法拉兹达格 …………………………………………… 252

　　　第三节　哲利尔 ………………………………………………… 257

第七章　贞情诗诗人 ………………………………………………… 262

　　　第一节　哲米勒 ………………………………………………… 262

　　　第二节　盖斯·本·穆劳瓦哈 ………………………………… 266

　　　第三节　盖斯·本·宰利哈 …………………………………… 269

　　　第四节　陶白与莱伊拉·艾赫叶丽娅 ………………………… 271

第八章　艳情诗诗人 ………………………………………………… 275

　　　第一节　欧麦尔·本·艾比·赖比阿 ………………………… 275

　　　第二节　艾哈瓦斯 ……………………………………………… 279

　　　第三节　瓦达侯·也门 ………………………………………… 282

　　　第四节　阿尔吉 ………………………………………………… 284

第九章　其他著名诗人 ……………………………………………… 287

　　　第一节　瓦立德·本·叶齐德 ………………………………… 287

　　　第二节　艾布·印地 …………………………………………… 289

　　　第三节　祖·鲁麦 ……………………………………………… 291

　　　第四节　努赛布 ………………………………………………… 294

第十章　伍麦叶朝散文及其作家 …………………………………… 297

　　　第一节　书牍文学与阿卜杜·哈米德 ………………………… 297

　　　第二节　演讲与哈加志·本·优素夫 ………………………… 298

第一编
绪 论

第一章　阿拉伯—伊斯兰文化

第一节　阿拉伯—伊斯兰文化体系的形成

文学是文化的重要组成部分，是一定的社会生活在人们头脑中反映的产物，是用语言塑造形象以反映社会生活，表达作者思想感情的艺术。

阿拉伯文学是阿拉伯—伊斯兰文化的重要组成部分，是阿拉伯历代文人用阿拉伯文，通过种种文体，反映阿拉伯的社会生活，表达他们思想感情的艺术。

实际上，阿拉伯—伊斯兰文化这一术语包含了两个不同而密切相关的概念：即阿拉伯文化与伊斯兰文化。阿拉伯文化是说阿拉伯语的阿拉伯人的文化，伊斯兰文化则是所有信仰伊斯兰教的穆斯林[①]的文化。只是自622年伊斯兰教兴起于阿拉伯半岛后，伊斯兰文化一直是阿拉伯民族的主流文化，于是阿拉伯文化与伊斯兰文化在时间与空间上交接叠印在一起，形成阿拉伯—伊斯兰文化体系。

一些著名学者曾将世界文化或文明划分成若干体系或"文化圈"。如英国著名学者汤因比就"认为人类历史上出现过20多种自成体系的伟大的文明，但其中大部分均已绝灭，目前世界上还存在着5种文明：①西方基督教文明；②东南欧和俄罗斯的东正教文明；③北非、西南亚和中亚一带的伊斯兰教文明；④南亚次

---

① 穆斯林是信仰伊斯兰教的信徒（人）。

大陆上的印度文明；⑤中国、朝鲜和日本的东亚文明"①。我国著名学者季羡林先生则曾指出："在世界上延续时间长、没有中断过、真正形成独立体系的文化只有四个——中国文化体系、印度文化体系、阿拉伯伊斯兰文化体系和从希腊、罗马起开始的西欧文化体系。"②

无论学者们怎样划分，无疑，在我们这个多种文明的星球上，阿拉伯—伊斯兰文化体系如同中国文化体系一样，是世界有史以来存在至今的最重要的文化体系之一。

阿拉伯—伊斯兰文化的发祥地是阿拉伯半岛。阿拉伯半岛是伊斯兰教的摇篮，也是阿拉伯人的故乡。

阿拉伯人是闪族（又称闪米特人）的一支。有的学者认为他们还是闪族的根。如埃及著名学者阿巴斯·阿卡德（عباس محمود العقاد, 'Abbās Maḥmūd al-'Aqqād 1889—1964）曾说过："何为阿拉伯人？这是远比它当今通行的名字要古老得多的民族。因为他们很可能是闪族的根，由此派生出迦勒底人、亚述人、迦南人、希伯来人和其他曾住在两河流域、巴勒斯坦及其周围城乡和荒漠的闪族人民。"③埃及的另一位著名学者艾哈迈德·爱敏（أحمد أمين, Aḥmad Amīn 1886—1954）也认为："阿拉伯半岛的居民和半岛四邻的居民，同出一源，后来邻族的文化日渐发展，而岛内各族仍然落后。如幼发拉底河流域及尼罗河流域的居民，早已文物灿然了，而被包围在高山大海中的半岛上的民族，依然过着游牧的生活。"④

故而，学者多认为阿拉伯半岛不仅是阿拉伯人的故乡，也是闪族人的故乡。美国学者菲利普·希提（Philip K. Hitti 1886—1978）就认为："阿拉伯半岛，可能是闪族的摇篮，闪族在这个地方成长之后，迁移到肥沃的新月地区，后来就成为历史上的巴比伦人、亚述人、腓尼基人和希伯来人。说阿拉伯半岛是纯粹的闪

---

① 《中国大百科全书·外国历史Ⅱ》，中国大百科全书出版社，1990年，第905页。
② 季羡林主编：《东方文化史话》"序"，黄山书社，1987年，第1页。
③ عباس محمود العقاد، أثر العرب في الحضارة الأوروبية، دار المعارف، ١٩٤٦م، ص ٥.
④ ［埃及］艾哈迈德·爱敏：《阿拉伯—伊斯兰文化史》（第一册），纳忠译，商务印书馆，1982年，第3—4页。

族文化的发源地,这是持之有故、言之成理的,所以犹太教和基督教的基本要素,以及后来发展成为闪族性格的各种特质,必须在这个半岛的沙土中寻找其根源。"①

这位学者还概述了半岛上闪族人几次向外迁移的情况:

> 过剩的人口,只能在半岛的西岸找出路,向北方发展,经西奈半岛的叉路而移入肥沃的尼罗河流域。公元前3500年前后,闪族的移居,就是沿着这条道路,或是取道于东非,向北迁移,然后与埃及原来的含族居民相混合,这次混合就产生了历史上的埃及人。我们的文明,有许多基本的要素,就是这些埃及人所发明的。……大约在同一时期中,发生了朝着同一方向的迁移,取道于半岛的东岸,向北发展,移入底格里斯河与幼发拉底河流域。苏美尔人早已居住在那里,他们是一个具有高度文明的民族。……苏美尔人不是闪族。这两种民族在这里混合,便构成巴比伦人;巴比伦人和埃及人共同打下我们的文化遗产的基础。……公元前2500年前后,闪族的阿摩尔人移入肥沃的新月地区。阿摩尔人的组成部分,包括迦南人(即公元前2500年后占领叙利亚西部和巴勒斯坦的居民)和被希腊称为腓尼基人的滨海居民。这些腓尼基人,首先把具有二十二个符号的拼音文字系统加以推广,这一发明,可以准确地称为人类最伟大的发明。公元前1500年至1200年之间,希伯来人移入南部叙利亚和巴勒斯坦,阿拉马人(即叙利亚人)移入北部叙利亚,特别是科艾勒—叙利亚(Coele-Syria)。希伯来人先于任何其他民族,以清楚的一神观念昭示全世界的人,他们的一神论,是基督教徒和伊斯兰教徒信仰的渊源。②

有些阿拉伯学者认为:"在这个半岛出现过的那些民族,都是阿拉伯民族,因为他们的半岛就是阿拉伯半岛。有人说,阿拉伯半岛是闪族人的故乡。如果我们重视这一论点,并要使我们的话说得科学些,或者近乎科学些,那么,我们就应该摈弃'闪族'和'闪族人'这两个词,而代之以'阿

---

① [美]希提:《阿拉伯通史》(上册),马坚译,商务印书馆,1979年,第1页。
② 同上书,第10—11页。

拉伯民族'和'阿拉伯人',因为他们是发源于阿拉伯半岛的。"①

这种试图把"阿拉伯人"与"闪族人"等同起来,用前者代替后者的主张,似乎民族主义色彩太强,况且容易造成人们头脑中固有概念的混乱,我们不必认真接受。但从这些学者的论述中,至少有一点我们可以看清了:纵然在西方,"学者们至今尚在辩论,西方文明究竟是发端于尼罗河流域呢,还是发端于底格里斯—幼发拉底河沿岸的美索不达米亚。"②然而,不管是前者还是后者,作为阿拉伯人祖先的闪族人,在开创这些世界文明与文学的先河中是有其贡献,发过光和热的。而深受埃及和古巴比伦文明、文学的影响产生的《旧约》,在某种意义上讲,可以说是古代闪族人各种典籍、文献和各种神话传说、英雄故事、戏剧、小说、诗歌、格言、散文等文学作品经加工、整理而汇编成的文集。其编纂者——希伯来—犹太—以色列人则与阿拉伯人同为闪族,宗族甚近。倘若抛开民族与宗教偏见,我们不难发现,《旧约》应是现今的犹太—以色列人与阿拉伯人共同祖先的集体创作。犹太教、基督教与伊斯兰教是一脉相承的。

恩格斯就曾一针见血地指出:"现在我已经完全弄清楚,犹太人的所谓圣书不过是古代阿拉伯的宗教传说和部落传说的记载,只是这些传说由于犹太人和与他们同一个族系但从事游牧的邻族早已分离而有了改变。巴勒斯坦在靠阿拉伯的一面完全被沙漠,即贝都英人的土地环绕着,这种情况是叙述独特的原因。但是,古代阿拉伯的碑文、传说和可兰经,以及一切系谱等等的易于解释,都证明主要内容是关于阿拉伯人的,或者更确切些说,是关于一般闪族的,就象我们这里的《艾达》和德国的英雄传说一样。"③

美国学者希提也曾说过:"阿拉比亚人的宗教,是继犹太教和基督教之后的第三种一神教,也是最后的一种一神教。从历史上来说,这种宗教是那两种宗教的支派,也是一切宗教中与那两种宗教最相近的。这三种宗教,是同一种精神生活——闪族生活——的产物。一个忠实的穆斯林,不需要很多踌躇,就能接受基

---

① د. جواد علي، تاريخ العرب قبل الاسلام، الجزء الثاني، ص ۲۸۰-۲۸۱.
② [美]西·内·费希尔:《中东史》(上册),姚梓良译,商务印书馆,1979年,第10页。
③ [德]恩格斯:《恩格斯致马克思(1853年5月26日)》,《马克思恩格斯全集》,第28卷,人民出版社,1973年,第250—251页。

督教大部分的信条。"①

美国著名学者杜兰特（Will Durunt 1885—1981）则在其《文化的故事》（*The Story of Civilization*）一书中曾说道：有资料证明，文化——此处是指种植和饲养家畜、家禽——在没有文字记载的古代就已出现于阿拉伯地区，然后由此呈文化三角形式传布至两河流域（苏美尔、巴比伦、亚述）和埃及。

伊斯兰教问世（622年）前的阿拉伯半岛处于这样一个地位：通过西奈半岛，西与具有古老文明的埃及相接；隔海湾，东与波斯相邻；北接巴比伦—亚述文化和迦南—腓尼基—希伯来文化的发源地——伊拉克、叙利亚地区（当时还分别属于波斯与罗马帝国）；南濒印度洋而与印度相望。张骞凿通西域后，中国亦有"丝绸之路"和"香料之路"（亦称"海上丝绸之路"）这古代东、西两大动脉而与阿拉伯相连。由此看来，当时的阿拉伯不是孤立于世界文化之外，而是恰处于世界其他各文化圈的包围中，与之撞击、融合。尤其应当看到的是，当时阿拉伯正处于中东两强——东罗马（拜占庭）与波斯（萨珊王朝）帝国相争之地。当时两大帝国分别扶植阿拉伯人建立迦萨尼王国（约3世纪—636）和希拉王国（约240—633），为他们的保护国。

众所周知，罗马人吸收并继承了希腊的文化，并将基督教定为国教。因此，作为东罗马保护国的迦萨尼王国的阿拉伯人，深受希腊—罗马—基督教文化的影响，是很自然的事。

波斯也是一个文明古国（前553—前330）。其全盛时期的版图曾包括伊朗高原、中亚的大部分地区、印度河流域的西北部、两河流域、叙利亚、巴勒斯坦、小亚细亚和埃及等广大地区。古波斯人很善于吸收被征服地区的先进文化。波斯在东部与印度接壤；又处于"丝绸之路"要冲。因此可以说，当时的波斯与世界最古老的埃及、两河流域、希腊—罗马、希伯来—犹太、中国、印度文明也都有渊源关系，它被认为是连接东西方的一座桥梁，在沟通东西方经济、文化交流方面起了重要作用。伊斯兰教问世前的阿拉伯既然建有附庸于波斯帝国的希拉王国，那么，波斯的文化、宗教由此传到阿拉伯人手中，亦是很自然的事。此外，

---

① ［美］希提：《阿拉伯通史》（上册），马坚译，商务印书馆，1979年，第2页。

萨珊王朝在霍尔木兹一世时，曾用东罗马的俘虏去建立殖民地。这些罗马人中，有些曾受过希腊文化的熏陶，颇得波斯人的重视，其中不少俘虏定居希拉。因此，阿拉伯人的希拉王国在受波斯文化影响的同时，也受到希腊—罗马—基督教文化的影响。

当时，基督教在阿拉伯半岛还有相当的势力。除基督教外，远在伊斯兰教问世前数百年，犹太教就已传入阿拉伯半岛，信教的有犹太人，亦有阿拉伯人。基督教与犹太教是一脉相承的，他们的教义在当时阿拉伯人中相当普及。

此外，还应看到，自古以来，阿拉伯半岛西南的也门是东西方海上交通的枢纽，希贾兹（汉志）地区是东西方通商要道。随着商业贸易往来，西方的希腊—罗马—基督教文化、东方的波斯、印度乃至中国文化都会对伊斯兰教前的阿拉伯半岛产生影响，这也是不难理解的。

综上所述，阿拉伯文化早在伊斯兰教问世前就同希腊—罗马—犹太教—基督教和波斯等文化进行了撞击、融合。正是在这种背景下萌发了阿拉伯—伊斯兰文化，其标志是《古兰经》的问世。

由此可见，阿拉伯—伊斯兰文化的一大特点就是源远流长。

伊斯兰教兴起后，阿拉伯的穆斯林高举伊斯兰的大旗，南征北战，开疆拓域，并一路使所征服的地区伊斯兰化。在伍麦叶朝，一个地跨亚非欧三大洲的阿拉伯帝国已基本建成，至阿拔斯朝则达鼎盛。其版图包括中亚、西亚、南亚、北非的大片地区和欧洲的西西里岛、伊比利亚半岛[①]等地。阿拉伯—伊斯兰文化也随着大帝国的建立而日臻完善，从而与在"丝绸之路"另一端的中国文化相互辉映，彪炳于世。阿拉伯人对所占地区实行伊斯兰化以建立阿拉伯大帝国的过程，也正是阿拉伯人进一步接触、吸收、消化被征服国家、民族文化，以确立、完善阿拉伯—伊斯兰文化的过程。阿拉伯人当时所征服的多为世界文化发达较早的地区，具有世界最古老文明的积淀，这就为阿拉伯—伊斯兰文化的形成奠定了坚实的基础。

---

① 在阿拉伯人占领该地区之后，被称为安达卢西亚（al-Andalus）。

阿拉伯—伊斯兰文化是一种混血的文化。它的产生正是古代东西方诸多民族、宗教的文化融合、撞击的结果。除阿拉伯、伊斯兰教固有的文化外，它还主要融会了：

1. 波斯文化：主要是语言、文学、史学和艺术。

2. 印度文化：其影响除语言、文学外，主要还表现在数学、天文学、哲学、神学、医学等方面。

3. 希腊—罗马文化：阿拉伯—伊斯兰文化主要是通过翻译希腊—罗马文化典籍接受其影响的，主要侧重于哲学、逻辑学、医学、星象—天文学、数学、化学等。

4. 犹太教—基督教文化：伊斯兰教与犹太教、基督教本来就渊源颇深。阿拉伯帝国，特别是在阿拔斯朝初期，对各种宗教采取比较宽松的政策，致使犹太教、基督教通过在帝国内的教徒或原信奉这两种教后改宗伊斯兰教的穆斯林，对阿拉伯—伊斯兰文化产生影响。这种影响主要表现在神学和一些宗教习俗方面。

5. 此外，中国文化对阿拉伯—伊斯兰文化的影响也不容忽视。如前所述，这一影响远在伊斯兰教兴起之前，就通过海陆丝绸之路上的通商往来，直接或间接地——通过波斯——开始了。在波斯萨珊王朝时期，中国货物直达两河流域（美索不达米亚），底格里斯河口附近的乌剌港竟以"中国港口"见称。伊斯兰教兴起后，唐高宗永徽二年（651年），阿拉伯第三位正统哈里发奥斯曼曾遣使首次访问中国，是为两国正式交往之开端。唐玄宗天宝十年（751年），中阿之间曾发生了历史上有名的怛罗斯之战，结果是唐军败北。这一结局的重要意义不仅在于它决定了穆斯林在中亚的优势地位，还在于被俘的中国士兵中有不少技师、工匠，如绫绢织工、金银匠、画师……他们以自己独特、精湛的技艺，影响并促进了阿拉伯有关工艺的发展。更重要的是，被俘者中还有造纸工匠，他们把中国的造纸技术首先传入了阿拉伯世界，进而传向西方，对促进当时阿拉伯以及后来欧洲的文化发展起到重大作用。海陆丝绸之路使大量中国货物输入阿拉伯世界，如丝绸、香料、瓷器、珠宝等。比货物更为重要的是，中国的文化和科技成果也随着传进了阿拉伯世界。如中国发明的火药、印刷术、指南针……通过阿拉伯而传进西方，这是尽人皆知的常识。

第二节 古代阿拉伯在自然科学方面的成就

中世纪的阿拉伯人不只是学习、吸收、借鉴了希腊、波斯、印度、中国的文化，而且是在学习、吸收、借鉴并融合于自己的文化的同时，进行创新、发展，予以发扬光大。许多翻译家同时又是学者。他们在数学、天文学、医学、物理、化学等自然科学方面，以及地理、历史、哲学、文学、艺术等人文科学方面都取得了卓越的成就。

在数学方面：早在8世纪，阿拉伯人就引进并推广了印度人的数字系统，使用了印度人所创造的数字、"0"的符号和十进制。阿拉伯人把这些数字称为"印度数字"。12世纪，这种数字和"0"号以及十进制法通过阿拉伯著名的数学家、天文学家花拉子密（الخوارزمي, al-Khwārizmī 约780—850）的著作传到了欧洲，人们将这套数字称为"阿拉伯数字"，用以代替复杂的罗马数字。花拉子密不仅是最早引进印度数字和"0"号以代替阿拉伯原来的字母记数法的人，而且还用阿拉伯文写下了初等数学著作《还原与对消》（كتاب الجبر والمقابلة, Kitāb al-jabr wa al-muqābalah）一书。该书12世纪时被翻译成拉丁文，被欧洲各国用为数学的主要教本，直至16世纪。书名中"还原"（الجبر, al-jabr）一词经音译衍变成为"algebra"，即代数学。花拉子密亦被称作"代数之父"。此外，阿拉伯人还研究了平面和球面的测定，并确定了三角学中正弦、余弦和正切等；研究了三次、四次、五次方程式问题，制定了求三次根、四次根和五次根的方法。这些阿拉伯学者"除了把前辈们的数学融会贯通并留传后世外，还在这一学科的实用方面和理论方面作出了许多创造性的贡献。数字的广泛使用，使算术有了日常应用的价值。代数学成了一门精密的学科。解析几何、平面三角及球面三角有了巩固的基础。这些概念大多数在很早的时候就经由西班牙和西西里传入西方世界，对欧洲的科学发展作出了贡献"①。

天文学方面：阿拉伯人在借鉴埃及、印度、希腊、波斯天文学的基础上，经过自己几百年的观测与研究，把天文学发展到了一个新水平。他们曾在巴格

---

① ［美］西·内·费希尔《中东史》（上册），姚梓良译，商务印书馆，1979年，第151页。

达、大马士革、开罗、科尔多瓦、撒马尔罕等城市建立了天文台，进行观测。花拉子密不仅是位数学家，还是位著名的天文学家。他曾综合印度和希腊天文学的成就，加上自己的创见，制定了著名的花拉子密天文表。白塔尼（البتاني，al-Batānī 858—929）进行了40年的观测，修正了托勒密天文著作中的一些错误，改进了对月球和一些行星轨道的计算方法，较精确地计算出了黄道、黄赤交角和回归年等。他编的《萨比天文表》被译成拉丁文传到了欧洲。他的实测数据曾多次被哥白尼在其《天体运行》一书中引用。阿拉伯另一位著名的天文学家比鲁尼（البيروني，al-Bīrūnī 约973—1048）对经纬线的测定比希腊人更准确，提出了地球自转的理论和地球绕太阳公转的学说。阿拉伯的天文学家还创造出中世纪时代最精密的仪器，如天球仪、地球仪、观象仪、星盘、象限仪（四分仪）、平纬仪、方位仪等。他们创造出的这些天文仪器，直到16世纪还为欧洲人采用。许多星体和星座的阿拉伯语名称，以及诸如السمت（azimuth）（方位角）、نادر（nadir）（天底）、ذروة（zenith）（天顶）等词皆出于阿拉伯语，都说明中古阿拉伯天文学家的辉煌成就及其贡献得到了西方的承认。

医学方面：医学是阿拉伯人除宗教之外最关心的学科。在中世纪，大多数的阿拉伯哲学家和科学家都同时从事医学研究。阿拉伯医学主要是借鉴希腊。如前所述，在伍麦叶朝和阿拔斯朝前期，希波克拉底和加伦等人的医学名著都被译成了阿拉伯文，这些译者本身就是著名的医生。阿拉伯人在借鉴希腊、印度、波斯医学的同时，加以发展、创新。阿拔斯朝哈里发哈伦·赖世德于9世纪初在巴格达建立了伊斯兰世界的第一所医院。据统计，至10世纪中叶，帝国境内共建有分科很细的医院34所；931年在巴格达注册登记的医生有860人；中世纪的阿拉伯人已经知道消毒，使用麻醉药，开始治疗伤寒、霍乱等传染病。阿拔斯朝最著名的医生是拉齐，被誉为"阿拉伯的加伦"。他的最重要的医学专著是《医学集成》，共24卷，内容十分丰富。它总结了阿拉伯人当时从希腊、波斯和印度学习到的医学知识，并做出了许多创新的贡献，被认为是一部医学百科全书；1279年该书被译成拉丁文传到了西方。他的其他重要医学专著如《曼苏尔医书》（共10册）和论文《天花和麻疹》也先后被译成多种欧洲文字，并多次再版，成为西方医学界的重要参考书。中世纪阿拉伯的另一位医学大师是伊本·西拿，即阿维森纳。他写于11世纪的《医典》，也是一部医学百科式的专著，是中世纪阿拉伯医学最高水平的代表作。这本书被译成拉丁文后，至15世纪结束前，已出至16版。自12世纪到17世纪，这本书一直被认为是"医学圣经"，用作西方医学的指南。伊本·西拿也被西方称为"医中之王"。

化学和物理学方面：阿拉伯的化学是由古代的炼金术发展形成的。中古时期的阿拉伯学者多具有多方面的才能，如前述的拉齐不仅是著名的医生，也是著名的化学家和哲学家。在他许多有关炼金术的主要著作中，有一本称作《秘典》，12世纪被译成拉丁文后，成为西方化学知识的宝库，罗杰·培根曾引用这本书的理论。贾比尔·本·哈彦（جابر بن حيان，Jābir bn Ḥayyān？—815）被称为"阿拉伯化学之父"。他重视实验，在化学理论和实践方面都取得很大的成就。他首创"燃素说"，还改良了蒸馏、升华、熔化、结晶等方法，并最早将硝酸和盐酸合成为王水。其多部著作如《化学的奥秘》《天文学》《化学原理》《仁慈书》等被译成拉丁文，在世界化学科学发展史上有很大的影响。

第三节　古代阿拉伯在社会科学方面的成就

中世纪的阿拉伯人不仅在自然科学方面创造了不可磨灭的功绩，在社会科学方面也同样留下十分丰富的文化遗产，成为世界文化宝库的重要组成部分。

在哲学方面：阿拉伯人的最大贡献是使希腊哲学思想与伊斯兰教的观念熔为一炉。美国学者在评论这一点时曾说："中世纪伊斯兰教不朽的光荣，是伊斯兰教在人类思想史上初次胜利地使两件事物互相融合：一件是古代闪族世界最伟大的贡献，一神教，即单独的上帝的观念；另一件是古代印度—欧罗巴世界最伟大的贡献，希腊哲学。伊斯兰教这样把基督教的欧洲引向现代的观点。"[①]

早在伍麦叶朝时期已经有人开始翻译、研究希腊的哲学、逻辑学。正是在这一基础上，才会在阿拔斯朝初期出现推崇理性思辨的"穆阿太齐赖派"。哈里发麦蒙在位时，组织学者从翻译亚里士多德、柏拉图的作品着手，很快就把几乎所

---

① ［美］希提：《阿拉伯简史》，马坚译，商务印书馆，1973年，第170页。

有的希腊和希腊化时期的哲学著作译成了阿拉伯文。阿拉伯哲学就是在这一基础上建立起来的。

最早的哲学家是铿迭（الكندي，al-Kindī 801—865），被称为"阿拉伯的哲学家"。他吸收了亚里士多德和柏拉图的思想，并受新毕达哥拉斯主义的影响，把哲学和神学混合起来，其主张带有明显的穆阿太齐赖派的色彩。其著作保存至今的多为拉丁文译本，阿拉伯文原本则微乎其微。

法拉比（الفارابي，al-Farābī 约870—约950）亦融合了亚里士多德、柏拉图和苏非派的思想。他认为人的理性优于天启。他著作甚丰，如《柏拉图与亚里士多德两哲人观点之调和》《论理智》《美德城邦居民意见书》《文明策》《幸福之路》等，多为论治国正道的。他的著作早在中世纪就被译成希伯来文和拉丁文，对欧洲的学术文化颇有影响。

西方世界更为熟悉的阿拉伯哲学家是伊本·西拿和伊本·鲁世德。伊本·西拿不仅——如前所述——精通医学，而且在哲学方面师承法拉比，被认为是穆斯林的亚里士多德派大师。同时，他又受到新柏拉图派的影响，是最后完成希腊哲学和伊斯兰教调和的学者。他的哲学著作被译成拉丁文后，对西方哲学产生了强烈的影响。伊本·鲁世德在西方被称为"阿威罗伊"。他将伊斯兰的传统学说与希腊哲学，特别是亚里士多德的哲学，融合成自身的思想体系，是中世纪阿拉伯—伊斯兰哲学的集大成者。其学说在13、14世纪对欧洲影响极大，"阿威罗伊主义"的思潮曾轰动一时，成为当时人们向基督教经院哲学展开斗争，争取思想自由的一面旗帜。

总之，"用阿拉伯文写作的穆斯林学者们，根据亚里士多德、柏拉图和其他希腊哲学家们的学说创立了一个阿拉伯哲学学派，这个学派对中世纪欧洲的基督教哲学家们具有深刻而明显的影响。"① "长期为世界所公认的一个事实是：若没有穆斯林发现、整理和吸取希腊哲学的成果，并做出他们自己有价值的注释和宝贵贡献的话，人类很可能要失掉一笔巨大的文化遗产。"②

---

① ［美］西·内·费希尔：《中东史》（上册），姚梓良译，商务印书馆，1979年，第146页。
② ［巴基斯坦］赛义德·菲亚兹·马茂德：《伊斯兰教简史》，吴云贵等译，中国社会科学出版社，1981年，第128页。

恩格斯则指出："在罗曼语诸民族那里，一种从阿拉伯人那里吸收过来并从新发现的希腊哲学那里得到营养的明快的自由思想，愈来愈根深蒂固，为十八世纪的唯物主义作了准备。"①

在历史学方面：阿拉伯穆斯林对历史最早的研究可以追溯到先知穆罕默德逝世后不久即开始搜集整理出的《圣训》。阿拉伯史学史上划时代的巨著要算是泰伯里（الطبري，at-Ṭabarī 838—923）的《历代先知及帝王史》，被认为是一部不朽的世界编年通史，始自创世，止于915年，以阿拉伯—伊斯兰历史为主，其他民族历史为从，其中编入了从无数专著中精选出来的史料。全书13册，约7500页。有波斯、土耳其、拉丁、德、法等语种的译本或节译本，对后世史学家影响颇大。

与他同时代的另一位著名历史学家亦是著名的地理学家、旅行家的迈斯欧迪，被誉为"阿拉伯的希罗多德"，他不像泰伯里那样采取编年的形式，而是按专题来叙述文明的发展。他花了10年的时间参考他人的著作并根据自己的见闻，编成长达30卷的巨著，但保存至今的只有4卷《黄金草原与珍宝矿藏》（简称《黄金草原》）。第一卷为包括中国在内的东西各国的历史概要，后三卷为阿拉伯—伊斯兰史，起自伊斯兰教创立，止于947年。《黄金草原》内容丰富，实际上是一部包罗宏富的史地百科全书，有英、法文等多种译本。

穆斯林历史学家中最著名的也许是伊本·赫勒敦。其主要作品是《阿拉伯、波斯、柏柏尔人及其同代当局的历史殷鉴与原委》。全书共分3编7卷，其中《绪论》自成一册，最为著名。西方学者认为："他不愧为是同时代历史学家中的皎皎者、新的历史科学的创始人。"②

在地理学方面：地理学的发达基于宗教朝觐及商业贸易的需要。数学家、学者花拉子密曾受哈里发麦蒙之命，根据托勒密的《地理学》，编写出《地形学》一书，并绘制出全球大地图，被地理学家们一直沿用到14世纪。

原籍波斯的伊本·胡尔达兹比赫（ابن خرداذبه，Ibn Khurdadhbih约820—913）

---

① ［德］恩格斯：《自然辩证法》，《马克思恩格斯全集》，第20卷，人民出版社，1971年，第361页。
② ［英］汉密尔顿·阿·基布：《阿拉伯文学简史》，陆孝修、姚俊德译，人民文学出版社，1980年，第164页。

曾写过《道里邦国志》一书，记述了帝国的商路、税收及东西海陆的交通情况。

约在916年，艾布·宰德（أبو زيد حسن，Abū Zayd Ḥasan）根据一个名叫苏莱曼的商人的经历撰写了《中印见闻录》（又译《苏莱曼东游记》），是介绍中国的第一部阿拉伯文著作，对中国唐代的社会风土人情有相当确切的记载。

中世纪后期最著名的旅行家是伊本·白图泰，生于摩洛哥休达。他曾三次离乡出游，历时28年，行程达2万公里，元朝末年到过中国。1354年，由其口授，他人记录，整理成《旅途列国奇观录》（又称《伊本·白图泰游记》）。

中世纪最著名的阿拉伯地理学家、旅行家还有伊德里西（الإدريسي，al-Idrīsī 1100—1165）。他汇总了托勒密、花拉子密和迈斯欧迪的观点和成就，曾用银子制造了一个天球仪和一张盘子形的世界地图，并写有《心驰神往 浪游四方》，附地图71幅，颇见重于中世纪欧洲。

此外，雅古特·哈马维（ياقوت الحموي，Yāqūt al-Ḥamawi 1179—1229）编写的《地名辞典》，则被认为是一部内容宏富的百科全书式的著作。

第四节 对古代阿拉伯—伊斯兰文化的评价

阿拉伯—伊斯兰文化像世界上所有文化一样，是本着传承本民族、宗教固有的文化，借鉴其他民族、宗教的文化，并加以不断创新这一规律向前发展的。同时还应看到，文化交流是双向的，影响是相互的。中古时期的阿拉伯—伊斯兰文化一经形成，便反过来再影响被征服的民族和周边国家。如对波斯，自达里波斯语文学产生（8世纪末）直到现当代的波斯文学，大多是在伊斯兰思想的影响下创作的。事实上，作为东方三大文化体系之一的阿拉伯—伊斯兰文化体系，经伊斯兰化的波斯文化、突厥文化都是这一文化体系重要的不可分割的一部分。又如在印度，"伊斯兰教的广泛传播、苏菲思想的兴起和影响，都莫不带有全国的性质。虽然伊斯兰文化在印度从来没有占过主导地位，但是伊斯兰教作为统治民族的宗教流行了几百年，其影响则是全国性的。"[①]

---

① 季羡林主编：《印度古代文学史》，北京大学出版社，1991年，第382—383页。

同样，在中国文化影响阿拉伯—伊斯兰文化体系的同时，后者对前者也产生影响。据说，唐代种种有利条件促使侨居或定居于当时沿海商埠的阿拉伯人、波斯人往往成千上万。唐代入华的阿拉伯人、波斯人不仅为数众多，而且有些人还与汉族通婚、入籍。不言而喻，中国很多穆斯林少数民族的形成更是与阿拉伯—伊斯兰文化有着深远的渊源。

从世界文化发展史的角度看，中古的阿拉伯—伊斯兰文化则起到了承前启后、贯通东西，促进欧洲文艺复兴的作用。因为当中世纪灿烂辉煌的阿拉伯—伊斯兰文化彪炳于世的时候，正是欧洲处于神权统治的最黑暗的年代：古典文化遗产屡遭浩劫，几被毁灭，学术、文化的衰落已达惊人的地步。教会僧侣获得了知识教育的垄断地位；各个文化领域莫不具有浓厚的神学色彩。正如恩格斯说过："古代留传下欧几里得几何学和托勒密太阳系，阿拉伯人流传下十进位制、代数学的发端、现代的数字和炼金术，基督教的中世纪什么也没留下。"①

在这种情况下，当时还属于阿拉伯大帝国版图的安达卢西亚（伊比利亚半岛）和西西里岛，被认为是沟通东西方文化最重要的桥梁。通过欧洲的大批留学生，通过大量阿拉伯—伊斯兰文化著作（包括哲学、科学、文学等诸方面）被译成西方文字，通过十字军东侵……融会了波斯、印度、希腊—罗马、中国等文化并加以创新、发展而成的阿拉伯—伊斯兰文化传入了欧洲，重燃起欧洲的智慧，促进了欧洲的文艺复兴和近代自然科学的建立。

一位非阿拉伯人的东方穆斯林学者曾赞叹："沙漠里出生的阿拉伯人展现出对知识的强烈渴望。黄金和宝石的财富，比起他们在学问上的成就，那是微不足道的。这无论是在哲学、自然科学或医学方面，都是如此。数十年来，阿拉伯学者们通过对数世纪作品的翻译，成了文化巨匠。在知识领域里，他们不愧为希腊与波斯文明的真正继承人。"②

德国女学者吉格雷德·洪克博士明确指出："伊斯兰教的出现及其扩张挽救了基督教会，使其免于灭亡，并迫使它重整旗鼓以向那些在宗教、思想、物质方

---

① ［德］恩格斯：《自然辩证法》，《马克思恩格斯全集》，第20卷，人民出版社，1971年，第363页。
② ［巴基斯坦］赛义德·菲亚兹·马茂德：《伊斯兰教简史》，吴云贵等译，中国社会科学出版社，1981年，第113页。

面与其敌对的势力应战。在这方面,最好的证明也许就是,西方在整个使自己与伊斯兰教隔绝而不肯与其面对的期间,在文化、经济方面一直都是落后的。西方的昌盛与复兴只是当它开始在政治、科学、贸易方面与阿拉伯人交往之后才开始的;欧洲的思想是随着阿拉伯的科学、文学、艺术的到来才从持续了几世纪的沉睡中醒来,而变得更丰富、完美、健康、充实的。"①

美国学者希提在论及中世纪阿拉伯人在世界文化史上的贡献时则说:"阿拉伯人所建立的,不仅是一个帝国,而且是一种文化。他们继承了在幼发拉底河—底格里斯河流域、尼罗河流域、地中海东岸上盛极一时的古代文明,又吸收而且同化了希腊—罗马文化的主要特征。后来,他们把其中许多文化影响传到中世纪的欧洲,遂唤醒了西方世界,而使欧洲走上了近代文艺复兴的道路。在中世纪时代,任何民族对于人类进步的贡献,都比不上阿拉比亚人和说阿拉伯话的各族人民。"②

通过当时属于阿拉伯帝国的安达卢西亚、西西里岛,通过以托莱多为中心的盛行于12—13世纪由阿拉伯文译成西方语言的又一次翻译运动,通过自11世纪末至13世纪中叶的十字军的多次东侵,通过通商贸易……中世纪的阿拉伯—伊斯兰文化深刻地影响了西方—基督教文化,这是不争的事实。

鉴于以上所述,我们不难看出:阿拉伯—伊斯兰文化除了源远流长,在人类文化史上的又一特点是:承前启后,贯通东西,为欧洲文艺复兴铺平道路。

---

① زيغريد هونكة، شمس العرب تسطع على الغرب، نقله عن الألمانية فاروق بيضون وكمال دسوقى، دار الجيل، بيروت، دار الآفاق الجديدة، بيروت، ١٩٩٣م، ص ٥٣١.
② [美]希提:《阿拉伯通史》(上册),马坚译,商务印书馆,1979年,第2页。

第二章 阿拉伯文学的分期

阿拉伯文学在不同的历史时期有不同的地理范畴和不同的含义：在伊斯兰教创兴前和创兴初期是指阿拉伯半岛人民的文学；此后是指阿拉伯帝国的文学；在现代则是指阿拉伯世界各国的文学。

一般说来，阿拉伯文学史以1798年拿破仑入侵埃及为界，分古代与现代两大部分。即19世纪前为古代，19世纪后即为现代（包括通常所说的近代、现代与当代）。

依照传统，阿拉伯古代文学史基本上分五个时期：

第一节 贾希利叶[①]时期

这一时期是指伊斯兰教创立前150年左右。"贾希利叶"（الجاهلية，al-Jāhiliyah）一词原为蒙昧、愚妄、无知的意思，源于《古兰经》。因为从伊斯兰教的观点看，当时半岛大部分游牧民桀骜不驯，信奉原始宗教，即信仰多神，崇拜偶像，而未认识真主，因而被认为是蒙昧阶段。当时人们多以氏族部落为单

[①] 这一时期亦可意译为蒙昧时期，因为照伊斯兰教的看法，人们在这一时期还处于愚昧无知尚未开化阶段。

位，放牧驼、羊，逐水草而居，过着游牧生活。因生产力低下，部落间常因争夺水草而发生冲突或战争，盛行相互劫掠和血亲复仇。居住于阿拉伯半岛的阿拉伯人在这一时期才逐渐有了统一的标准的阿拉伯语言和文字，并日臻完美；而流传至今的《悬诗》等最古的阿拉伯文学作品，也产生于这一时期。

第二节 伊斯兰时期

即自穆罕默德创兴伊斯兰教至伍麦叶王朝灭亡。这一时期又分为两个时期：先知穆罕默德和四大哈里发在位的伊斯兰初兴时期（622—661/伊1—40[①]）和伍麦叶王朝[②]（661—750/伊40—132）时期。

穆罕默德（约570—632）实现了整个阿拉伯半岛的伊斯兰化，完成了阿拉伯半岛的统一。穆罕默德逝世后，由艾布·伯克尔、欧麦尔、奥斯曼、阿里先后继位，称四大哈里发（الخليفة，al-Khalīfah，意为后继者、接班人）。661年，伍麦叶家族从阿里手中篡权，自立为哈里发，并从此改政体为世袭帝制，遂名"伍麦叶王朝"，迁都于大马士革。伍麦叶朝旗帜尚白，我国古书称之为"白衣大食"。在这一时期，由于不断征战，开疆拓域，自8世纪上半叶，阿拉伯帝国最后形成。其疆域西起大西洋的比斯开湾，东至印度河和中国边境，横跨亚、非、欧三洲。

第三节 阿拔斯王朝时期

750年，先知穆罕默德叔父阿拔斯的玄孙艾布·阿拔斯从伍麦叶人手中夺得政权，建立阿拔斯王朝，因旗帜尚黑，中国史书称"黑衣大食"，1258年，蒙古人旭烈兀攻克巴格达，杀死阿拔斯朝最后一位哈里发，王朝遂亡。

学者们又往往依照各自的观点，将阿拔斯朝再细分成几个时期：有的将其

[①] 表示历史年份：括号内仅标阿拉伯数字者，系指公元年份；数字前标有"伊"字者，系指伊斯兰历（即我国俗称的回历）年份。下同。

[②] 又译"倭马亚王朝"。

分为前后两个时期，其分法又有两种：一种是波斯布韦希人在巴格达掌权（945年）为界，将前约200年称为阿拔斯前期（750—945），后约300年称为后期（945—1258）；另一种分法是以哈里发穆台瓦基勒上台（847年）为界，认为此前约100年为阿拔斯朝的鼎盛时代，称为前期（750—847），往后则逐渐大权旁落，走下坡路，称后期（847—1258）。有的学者将阿拔斯朝分为三个时期：将前约100年称为前期（750—847），第二个约100年称中期（847—945），余者为后期（945—1258）。亦有学者将这后一时期再以1055年塞尔柱人进入巴格达为界，再分成两个时期（945—1055，1055—1258），共成四个时期。

这一时期的阿拉伯文化呈多元、多彩、繁荣、昌盛的局面，特别是在开国初的一百年间更是如此，被认为是阿拉伯文化的黄金时代。阿拉伯帝国版图建立在多种文明的积淀上；各族混居通婚；统治者奉行文化"广采博收""择优而取"、思想自由、宗教宽松政策；对文人墨客又多方奖励；许多印度、波斯、希腊—罗马的文学、哲学、科学著作被译成阿拉伯文。王朝后期，虽是地方割据，王国群立，但很多王公贵族文化素质很高，有的本身就是文人、学者，同时，他们为自身利益也往往招徕力量，笼络各方文人、学者为他们服务，这就使得这一时期的文化仍旧相当繁荣，且形成巴格达、开罗、阿勒颇、科尔多瓦等多个文化中心。

值得注意的是8世纪初叶伍麦叶朝时代西班牙地区已被阿拉伯人征服，称安达卢西亚。自8世纪初至15世纪末，阿拉伯人在安达卢西亚地区统治长达近8个世纪之久。这一地区自然环境与民风和东部阿拉伯迥然不同，故而安达卢西亚的文化、文学有许多特点，产生了许多著名诗人、学者。

第四节　近古时期

1258年旭烈兀占领巴格达后，曾下令洗城40天，把书籍焚毁或投入底格里斯河。蒙古军队所到之处，文化典籍几乎荡然无存，文化遭到破坏，文学难免停滞。同一时期，在西方，阿拉伯人被逐出安达卢西亚。只有统治埃及、叙利亚和希贾兹地区的马木鲁克王朝（1250—1517）的首都开罗仍保持其光彩，成为文人聚集的文化中心，文学活动相对比较活跃。1517年，马木鲁克王朝亡于土耳其人始建于14世纪初的奥斯曼帝国。此后，至16世纪中叶，阿拉伯各地相继落于土耳其人之手，成为奥斯曼帝国的行省。

在阿拉伯文学史上，这段始于1258年旭烈兀占领巴格达，止于1798年拿破仑入侵开罗的近古时期，又被称之为"衰微时期"。其中又可分为两个阶段：1258—1517年，被称之为蒙古—马木鲁克时代；1517—1798年，被称之为奥斯曼—土耳其时代。

马木鲁克朝的统治者毕竟是异族人，大多文化素养、文学鉴赏力都不高，使他们对诗人、作家缺乏热情的奖掖和鼓励；人们又多在贫穷困苦中挣扎，难得有闲情逸致去舞文弄墨。因此，与中古时期相比，文学显得中衰是不难理解的。在奥斯曼—土耳其人统治时期，阿拉伯文学进一步衰落，处于最低潮。这是因为掌权的土耳其人对阿拉伯人横征暴敛，实行种族歧视和愚民政策，规定土耳其语为国语，人们的文化水平和文学修养普遍下降。阿拉伯的诗人、墨客难以受到那些不懂或不精通阿拉伯语的土耳其统治者的赏识，仅靠诗文他们往往难以生存。

有些阿拉伯学者不同意将这一时期称为"衰微时期"，认为这一时期的文学并未衰微。其实，衰微与否只是相对的。如果与这之前比较，无疑，阿拉伯文学这一时期在异族统治下是有所衰微，否则为什么把此后的近现代称为复兴时期呢？若无衰微，何必复兴？！

以上是阿拉伯文学史传统的分期。西方学者这样分，阿拉伯各国多数学者也都这样分。只是近年来，埃及著名学者邵基·戴伊夫（شوقي ضيف，Shawqī Ḍayf 1910—2005）在其巨著《阿拉伯文学史》中提出一种新的分法：即把阿拔斯朝时期限定在945年布韦希占领巴格达前，并以847年为界，分成前后两个时期，而把自945年直至1798年这整个一段时间称为"诸朝列国时期"（عصر الدول والإمارات 'Aṣr ad-Duwal wa al-Imārāt）。邵基·戴伊夫教授是当代埃及乃至整个阿拉伯世界都颇有影响的阿拉伯文学评论家，其《阿拉伯文学史》是一部史料翔实、观点新颖的鸿篇巨制。这位教授以及他的文学史都颇有权威性。他的这一标新立异的分期理由似乎也很充分：945年后，原阿拔斯王朝实质上已名存实亡，阿拔斯的哈里发已不掌握实权，各地区纷纷独立，建立各自的小王国。但仔细分析一下，让人对邵基·戴伊夫先生的分期法实难苟同：首先，直至1258年，后期的阿拔斯王朝虽然名存实亡，有名无实，但毕竟是"名存""有名"，阿拔斯的哈里发毕竟还是正统的名义上的宗教领袖；其次，传统毕竟是传统，阿拉伯与外国的古今史学家都将阿拔斯朝划至1258年，文学史的分期，应依据传统的历史分期，约定俗成，这种划分已在人们头脑中形成一个传统的概念，将一个所谓"诸朝列国时期"的概念强加于人们的头脑中，并要让人们改变固有的概念，把阿拔斯朝诗坛巨子穆太奈比、艾布·菲拉斯、麦阿里，把赫迈扎尼和哈里里的《玛卡梅集》和伊斯法哈尼（897—967）的《歌诗诗话》等名著不说成是阿拔斯朝时期的诗人、作家、作品，而是属于一个所谓"诸朝列国时期"，其结果必然造成人们概念的混乱，是令人难以接受的。再者，如果以阿拔斯朝自945年名存实亡，阿拔斯的哈里发有职无权、有名无实，诸王列国相继独立为理由，而否定其后至1258年属于阿拔斯王朝的话，那么所谓的"诸侯列国时期"似乎还应往前提，因为早在847年以后，阿拔斯朝的哈里发们就已大权旁落，成为被玩弄于突厥近卫军股掌中的傀儡，而早在945年之前，各地的大封建主已割据称雄：在东方有塔希尔朝（820—872）、萨法尔朝（867—1002）、萨曼朝（874—999）、布韦希朝（945—1055）、哈木丹王朝（905—1003）等；在西方，在埃及有土伦朝（868—905）、伊赫希德朝（935—969）、法蒂玛朝（909—1171），在北非则有伊德里斯朝（788—974）、艾格莱卜朝（800—909），而西班牙（安达卢西亚）自714年被占领后，就一直掌握在伍麦叶人手里，阿拔斯朝建立后，史称后伍麦叶朝（912—1031）。上述诸朝列国都建在945年前。按照邵基·戴伊夫先生的逻辑，阿拔斯朝只有100年的历史，甚至应是根本不存在的（因为从某种意义上讲，阿拔斯朝从未是一个统一的政权或王朝），这种推论的结果岂非荒谬？！可见文学史或历史的分期，不能完全凭个人主观去标新立异，而应尊重传统习惯的分法。

在按照传统划分的阿拉伯文学史的这五个时期中，我们还可以把它们归纳成阿拉伯文学三个兴盛时期：

（一）贾希利叶—伍麦叶朝，为阿拉伯文学的第一次兴盛时期。

（二）整个阿拔斯朝为第二次兴盛期。

（三）近现代为第三次兴盛时期。

一个民族或国家、地区的文化发展、文学兴盛，都要遵循"传承—借鉴—创新"这一规律，古今中外，概莫能外。阿拉伯文学的三次兴盛也不例外。纵观这三次兴盛，我们可以看到，它们正是在传承、弘扬本民族文化、文学的基础上，与他者撞击、融汇，向他者借鉴并加以创新、发展的结果。每次的撞击与融汇，一方面影响了阿拉伯文学，促其振兴；另一方面也同时影响了世界其他很多民族文学的发展。

第三章 古代阿拉伯文学概述

阿拉伯是一个诗歌的民族。诗歌被认为是阿拉伯人的史册与文献。它像一面镜子，真实而生动地反映了阿拉伯民族的历史与社会现实。诗歌是阿拉伯文学，特别是阿拉伯古代文学的主要表现形式。

阿拉伯流传至今的最古老的诗歌可追溯至5世纪下半叶，即贾希利叶时期。当时的诗歌已显得成熟而完美。那时虽已有了书面文字，但识字的人很少，诗歌主要靠口耳相传。诗人在人们心目中享有很高的地位，受到人们的尊崇。他们在党同伐异的部族之争中，是本部族的代言人；在战争中，他们似鼓号手，激励人们去战斗；在日常生活中，他们又是贤哲，启迪人生的真谛。

贾希利叶时期最著名的诗和诗人是《悬诗》及其作者。《悬诗》（المعلقات，al-Muʻallaqāt）是贾希利叶时期7篇或10篇著名长诗的总称，被认为是这一时期诗作的精华和代表，从而被列入世界文学名著之列。此外，还有一类"侠寇诗人"（الصعاليك，aṣ-Ṣaʻlīk）也很著名。这些人往往一贫如洗，他们劫富济贫，行侠仗义。他们的很多诗歌真实地描绘了当时下层贫民百姓啼饥号寒的穷苦生活，反映了他们对贫富悬殊、社会不公的强烈不满，对自由、平等和幸福社会的追求与向往。

这一时期传世的散文不多。这是因为当时阿拉伯人多为文盲，一切作品都是口耳相传的口头文学。诗歌因为合辙、押韵，便于记忆，而散文作品则往往不易被完整传述下来而保持原貌。流传下来的只有一些演说辞、箴言、成语、格言、卜辞和故事等。

《古兰经》既是伊斯兰教具有绝对权威的根本经典，又是阿拉伯文学史上第一部成文的最有影响的散文著作。作为伊斯兰教的经典，《古兰经》不仅在政治、宗教方面起到了统一阿拉伯民族，传播伊斯兰教等的绝对作用，而且对阿拉伯语言、文学乃至整个伊斯兰文化方面都产生了深远的影响和巨大的作用。它使阿拉伯语得到统一和保存，被认为是阿拉伯文学修辞的典范。它的问世带动了伊斯兰—阿拉伯哲学、历史等学科的研究，促进了伊斯兰—阿拉伯文化的发展。

伊斯兰初创时期，诗坛一度显得有些沉寂，只有一些为先知穆罕默德和伊斯兰教歌功颂德以及为伊斯兰圣战鼓吹的"宗教诗"和"征战诗"。

如果说在伊斯兰初期诗坛曾一度显得有些沉寂、萧条的话，那么，在伍麦叶朝，则又恢复了喧腾、繁荣的局面，出现了大量的政治诗和情诗。

在这一时期，随着错综复杂的社会矛盾的发展，形成了许多政治与宗教派别，反映在诗坛上，就产生了政治诗。诗人实际上成了各派的发言人，利用诗歌的形式阐述本派的主张，进行斗争。伍麦叶朝的统治者为维护并巩固自己的统治，实际上纵容、鼓励诗人们相互舌战，并替他们歌功颂德。在这种奖掖下，"对驳诗"（النقائض，an-naqā'iḍ）兴盛起来。艾赫泰勒、法拉兹达格与哲利尔之间的对驳诗战长达50年之久。他们三人被认为是"伍麦叶朝三诗雄"。

情诗（الغزل，al-Ghazal）在贾希利叶时期只是长诗（又称"盖绥达"，القصيدة，al-Qaṣīdah）的一个组成部分，在伍麦叶朝时期的情诗往往独立成篇。其内容又可分为"艳情诗"和"贞情诗"。

艳情诗（الغزل الإباحي，al-Ghazal al-'Ibāḥī）主要盛行于希贾兹地区的麦加、麦地那等城市。代表诗人是欧麦尔·本·艾比·赖比阿。

与"艳情诗"相对的是"贞情诗"（الغزل العفيف，al-Ghazal al-'Afīf），即"纯情诗"，多产生并流行于希贾兹地区游牧民中。著名的贞情诗诗人有哲米勒、盖斯·本·穆劳瓦哈等。

阿拔斯王朝前期，阿拉伯大帝国横跨亚、非、欧三大洲，空前鼎盛。由于波斯、印度、希腊—罗马等多元文化的影响，加之统治者在文化上采取"兼收并蓄、择优而用"的政策，宗教方面亦有较宽松的氛围，故这一时期诗坛分外繁荣、活跃，是阿拉伯诗歌的黄金时代。一些具有异族（特别是波斯）血统的诗人从一开始就在诗歌内容、形式上进行创新，被称为"维新派"。其先驱是盲诗人白沙尔·本·布尔德。最杰出的代表是艾布·努瓦斯和艾布·阿塔希叶。继艾布·努瓦斯、艾布·阿塔希叶之后，先后称雄于诗坛的是艾布·泰马姆和布赫图里。而以善于刻画市井、世相著称的诗人是则伊本·鲁米。著名诗人还有穆斯林·本·瓦利德，其诗作刻意追求辞藻华丽、典雅，是"藻饰派"的创始人。情诗写得最好的当数阿巴斯·本·艾哈奈夫。还应当特别提及的是一些民间诗人。他们多为平民百姓，生活在社会最下层，他们往往会在自己的诗中用幽默、诙谐的话语揭示社会之不公、生活之艰辛。

散文在阿拔斯朝亦得到空前的发展，呈现出繁荣、昌盛的局面，其成就并不亚于诗歌。

在阿拔斯朝初期，波斯人握有军政大权。非阿拉伯（主要是波斯的）学者、文人多奉"舒欧比主义"（الشعوبية, ash-Shuʻūbiyah），即竭力贬抑来自沙漠荒原的阿拉伯人及其文化，而褒扬波斯和其他具有古老文明的民族及其文化。为此他们吟诗作文，著书立说，宣扬这一观点。同时，阿拉伯民族主义学者、文人也不示弱，亦以大量的诗文、论著进行反击。双方的论争，客观上不仅推动了诗歌的发展，也推动了散文的发展。一场在哈里发麦蒙时代达到顶峰的百年翻译运动及其成果，无疑对阿拔斯朝散文的发展与繁荣起了很大作用。一大批翻译家不仅引进了他者的学术、文化，开阔了阿拉伯人的眼界，同时也引进了大量的外来语和科学术语，丰富了阿拉伯语的词汇和表达方法，并拓宽了阿拉伯散文的领域，使它的文体形式多种多样，多姿多彩。

阿拔斯王朝前期最著名的散文大师是伊本·穆格法和贾希兹。伊本·穆格法，祖籍波斯。自幼受过良好的教育，精通波斯与阿拉伯两种语文。其著译颇丰。其中最著名的是《卡里来和笛木乃》。贾希兹被誉为百科全书式的作家。传世的代表作有《动物书》《吝人传》《修辞达意书》等。

在阿拔斯王朝后期，诸侯割据，建立了形形色色的小王朝。文风日趋追求词句的华丽与雕琢。期间最著名的诗人是穆太奈比、麦阿里和伊本·法里德等。穆太奈比被认为是阿拉伯古代语言妙天下之最伟大的诗人之一。麦阿里双目失明，其作品带有浓烈的哲理色彩，被称之为"诗人中的哲人，哲人中的诗人"，他崇尚理智，反对迷信和奴性，对宗教持怀疑态度。伊本·法里德是苏菲派的代表诗人，被尊为"圣徒"。

这一时期著名的诗人还有艾布·菲拉斯、谢里夫·赖迪、白哈·祖海尔等。

始于伍麦叶朝阿卜杜·哈米德（عبد الحميد الكاتب，'bdu al-Ḥamīd al-Kātib？—750）的官府书牍体散文在阿拔斯朝得到进一步发展。至阿拔斯朝后期，文章倾向雕凿堆砌，讲究对偶、追求文采之风越演越烈，文章已成为人们显示文才、卖弄文字的工具。麦阿里不仅是一位著名的诗人，也是一位很有影响力的散文大师。其散文作品同其诗一样，在艺术形式上讲究雕饰，复杂而艰深。其主要散文作品有《章节书》与《宽恕书》等。阿拔斯朝后期散文还有一项突出成就，就是产生了《玛卡梅集》及其两位著名的作家赫迈扎尼与哈里里。

与此同时，在西部，在相对独立于阿拔斯王朝的后伍麦叶王朝（756—1031）所在的安达卢西亚，由于它得天独厚的自然条件和处于东西方枢纽的地理位置，又由于不同的民族、宗教及文化的撞击、融汇，阿拉伯诗歌在此地异军突起，独树一帜。安达卢西亚的诗人长于描状秀丽多彩的自然景物，也善于写男欢女爱、火炽热烈的情诗。诗风倾向明快、晓畅、婉丽、轻柔。安达卢西亚最著名的诗人是伊本·宰敦和穆阿台米德·本·阿巴德。

还应当提到的是，安达卢西亚的诗人除了延用了阿拉伯诗歌原有的十六种格律外，还创造了"彩诗"和"俚谣"。

安达卢西亚的作家多半既是诗人，又是散文作家。伊本·阿卜迪·拉比的《罕世璎珞》共25卷，是一种百科全书式的类书。伊本·哈兹姆的《鹁鸽的项圈》颂扬了坚贞不屈的精神恋爱，是一部最早论述"爱情艺术"的专著。伊本·图菲勒试图以其哲理故事《哈义·本·叶格赞的故事》反映他的哲学思想：人无须借助外力的帮助，仅通过冥思苦想、潜心苦修，亦可认识世界，认识真理，认识真主。故事结论虽是唯心的，但亦不无唯物、辩证的成分。

始于1258年旭烈兀占领巴格达，止于1798年拿破仑入侵开罗的近古时期，又被称为"衰替时期"①。这一时期诗歌的主要特点是向文野两个极端发展。诗人多缺乏创新精神，只知一味地在形式上因袭、仿效古人。当时盛行"颂圣诗"（المدائح النبوية，al-Madā'iḥ an-Nabawiyah），内容主要是歌颂先知穆罕默德，并向先知、圣贤祈求佑助。还有一种"修辞诗"（البديعيات，al-Badī'iyāt），要求每一行诗歌都是一种修辞格式，矫柔造作，难免以辞害义。这一时期诗歌的另一走向是向民间、通俗发展。诗人多为来自民间的商贾、匠人。他们的诗歌内容多半贴近生活，在很大程度上反映了社会现实。最著名的诗人是蒲绥里和沙布·翟里夫。其他著名诗人还有伊本·瓦尔迪、赛斐尤丁·希里、伊本·努巴台·米苏里等。至于民间诗人则以杰扎尔为代表。他是一个屠户。其诗浅白如话，诙谐、幽默。

这一时期的散文继承了阿拔斯朝后期崇尚雕饰、骈偶的文风。文章内容显得浅薄、贫乏、无聊，缺乏真情实感，也缺少创新精神和想象力。文人们往往卖弄文字，对词语文字的重视远胜过对思想内容本身的重视，以至于有时不惜以词害义。还有一种倾向，就是很多文人、学者致力于编纂词典、类书，编写各种有关历史、地理、语文、宗教、民俗等著作；到后期，则多为对前人留下的诗作、经典古籍进行诠释、评注和缩写、补充。但生于北非的两位作家——伊本·白图泰和伊本·赫勒敦及其作品却另当别论。前者的代表作是《旅途列国奇观录》，又称《伊本·白图泰游记》；后者的代表作是《阿拉伯、波斯、柏柏尔人及其同代当局的历史殷鉴及原委》。他们不去卖弄文字技巧、哗众取宠，而以作品内容本身取胜。因此，这些作品不仅具有学术、认识价值，且有较高的文学价值。

与此同时，另一类文学则由阿拔斯朝后期开始走向民间，在马木鲁克朝进一步繁荣、发展。如影戏、民间故事、民间传奇等。其中最著名、影响最大的是《安塔拉传奇》和《一千零一夜》。

---

① 又译"衰微时期"或"衰沉时期"。

《安塔拉传奇》是一部散韵结合的长篇民间传奇故事，在阿拉伯地区家喻户晓，妇孺皆知，流传程度甚至胜过《一千零一夜》。它系根据伊斯兰教创立前（即贾希利叶时期）的著名《悬诗》诗人之一安塔拉生平演变而成，以战争与爱情为经纬，编织出一篇篇美丽动人的故事，被西方的某些东方学者称作"阿拉伯的《伊利亚特》"。

　　《一千零一夜》是一部卷帙浩繁、优美动人的阿拉伯民间故事集，被高尔基誉为世界民间文学史上"最壮丽的一座纪念碑"。它好似用离奇突兀的情节、神奇瑰异的想象绣织出的一幅宏伟辉煌、绚丽多彩的画卷。它实际上是古代中近东各国、阿拉伯地区的民间说唱艺人与文人学士历经几世纪共同创作的结果。这些故事或直接或间接地反映了中古时期阿拉伯的社会风貌、价值观念，表达了他们美好的愿望。

第四章 阿拉伯古代文学与世界文学

如前所述，源远流长的阿拉伯—伊斯兰文化在中古时期曾以其辉煌的成就彪炳于世，在世界文化史上起了承前启后、融贯东西的作用，为欧洲的文艺复兴铺平了道路。而古代的阿拉伯文学群星璀璨，佳作如林，既是这一文化的重要组成部分，无疑也是世界文学史最光辉的篇章之一。中古时期的阿拉伯文学，无论是诗歌还是散文，对世界文学都有很大影响。

在诗歌方面，产生于9世纪，兴盛于11—12世纪安达卢西亚的"彩诗"和"俚谣"后来发展成为西班牙的民歌体裁"维良西科"（Villancico）。此外，学者们多认为，11世纪晚期至13世纪晚期活跃在西班牙、法国南方及意大利北方的普罗旺斯游吟诗人（Troubadour）是受安达卢西亚出现的"彩诗""俚谣"的影响，而与阿拉伯诗歌有渊源关系。正如美国历史学家费希尔指出的："西班牙北部、意大利和法兰西之所以能够出现一个吟游诗人的时代，主要是因为有了这些俗曲和民歌（即"彩诗""俚谣"——引者）；那些吟游诗中对妇女和爱情的理想化，不过是基督教世界对穆斯林世界的阿拉伯抒情诗题材的翻版而已。"①此外，学者们还提到欧洲文艺复兴的先驱、意大利大诗人但丁和彼特拉克曾受阿

---

① ［美］西·内·费希尔：《中东史》（上册），姚梓良译，商务印书馆，1979年，第160页。

拉伯文化和文学影响的情况。如德国女学者吉格雷德·洪克博士在《阿拉伯的太阳照亮了西方》一书中就说:"意大利的诗人但丁、彼特拉克确实是受了阿拉伯诗歌的影响。彼特拉克是无意的,但丁则是因为他个人关注阿拉伯诗歌、苏菲主义和安达卢西亚的哲学和伊本·鲁世德的结果。我们在彼特拉克的诗中会发现阿拉伯的间接影响,与此同时,却会在但丁诗歌中发现伊本·阿拉比及其著作十分明显的影响。"①

一些西方的东方学学者和阿拉伯学者,特别是西班牙的研究员阿辛·帕拉修斯(Asin Palacios)还曾指出,但丁的代表作《神曲》曾深受《穆罕默德神秘的夜行与登霄故事》及麦阿里的《宽恕书》的影响。

在散文方面,阿拉伯文学作品对西方文学影响最大的莫过于《卡里来和笛木乃》和《一千零一夜》。

《卡里来和笛木乃》一书正如我国著名学者季羡林先生所说:"在阿拉伯文学史上,是一本重要的作品。但是它的重要意义还不仅仅限于这一点,它在世界文学上,也发生了巨大的影响";"从亚洲到欧洲,又从欧洲到非洲,不管是热带寒带,不管当地是什么种族,说的是什么语言,它到处都留下了痕迹。这些寓言和童话,一方面在民间流行;另一方面,又进入欧洲的许多杰作里去,象意大利薄伽丘的'十日谈'、法国拉芳丹的'寓言'、德国格林的'童话'、英国乔叟的'坎特伯雷故事'等等……"②

《一千零一夜》的许多故事通过安达卢西亚、西西里岛,通过十字军东侵和其他接触与交流的途径,传到了西方,而对西方的文化、文学乃至欧洲的文艺复兴运动产生了巨大的影响。如意大利薄伽丘的《十日谈》就是仿照了《一千零一夜》的框架式故事结构和某些内容。乔叟创作的《坎特伯雷故事集》也是出自同一机杼。两部作品体现的人文主义精神也是受到《一千零一夜》的影响。西班牙的塞万提斯曾在北非地区生活过几年,他的小说《堂·吉诃德》

---

① زيغريد هونكة، شمس العرب تسطع على الغرب، نقله عن الألمانية فاروق بيضون وكمال دسوقى، دار الجيل، بيروت، دار الآفاق الجديدة، بيروت، ١٩٩٣م، ص ٥٣٤.

② 季羡林为《卡里来和笛木乃》中译本所写"前言"第1—2页,见[伊拉克]伊本·穆加发:《卡里来和笛木乃》,林兴华译,人民文学出版社,1959年。

充满了阿拉伯式的幽默、笑话，还嵌有不少阿拉伯的成语、格言，从而可以说明该书所受的阿拉伯影响成分。英国莎士比亚的《终成眷属》、斯威夫特的寓言小说《格利佛游记》、德国莱辛的诗剧《智者纳旦》，直至美国朗费罗的叙事诗集《路畔旅舍的故事》等名著，都在取材、写法和风格上，或多或少地受到《一千零一夜》直接或间接的影响。近现代和当代的西方著名作家、诗人，如伏尔泰、司汤达、大仲马、歌德、普希金、托尔斯泰、狄更斯、安徒生、爱伦·坡、卡夫卡、莫拉维亚、杜伦马特、加西亚·马尔克斯……几乎没有哪一个没读过这部神奇美妙的故事集，被其吸引，受其影响的。从西欧的文艺复兴、浪漫主义的兴起，直到拉美魔幻现实主义的出现，《一千零一夜》在其中的影响和作用可谓大矣！

还有，中世纪法国的韵文小故事（Fableau）和欧洲的骑士传奇与阿拉伯文学亦有渊源关系，阿拉伯的"玛卡梅"体故事影响并引起西班牙"流浪汉小说"（Picaresca）的产生。

阿拉伯阿拔斯朝著名作家赫迈扎尼和哈里里创造的"玛卡梅"这种韵文故事文体中，主人公为萍踪浪迹、游历四方、足智多谋、文才过人的乞丐，书的内容多为叙述人讲述主人公依靠文才和计谋骗取钱财谋生的故事。故事情节轻松、幽默，文字典雅、骈俪。哈里里的《玛卡梅集》"在七百多年内，被认为是阿拉伯文学宝藏中仅次于《古兰经》的著作。"[①]12世纪末与13世纪初，哈里里的《玛卡梅集》两次被译成希伯来语，后又被译成拉丁文、德文、英文等西方文字，从而在犹太教徒与基督教徒中流传开来，受到西方的东方学学者的广泛重视。学者们一般认为兴起于16—17世纪的西班牙的"流浪汉小说"是受到阿拉伯"玛卡梅"的影响产生的。

中古时期阿拉伯文学对西欧骑士文学兴起的影响，是又一例。

西欧的骑士文学繁荣于12—13世纪，以法国为最盛。11世纪90年代开始的十字军东侵使从东方回来的骑士把东方文化带到了当时还处于野蛮状态的西欧国家。在骑士社会全盛时期产生了一种新的优雅的文学，这种文学把贵族的精神气

---

① ［美］希提：《阿拉伯通史》（上册），马坚译，商务印书馆，1979年，第477—478页。

质和对爱情的崇拜结合在一起，这就是"骑士文学"。前辈学者们指出："中世纪是妇女的牢狱。她们的地位远不如希腊时代的女性，更不用说罗马社会了。男性是优越的，它是占统治地位的性别，女人不过是丈夫的附属品，是他的财产。"[①]由此可见，西欧中世纪反映骑士精神的骑士文学很难从希腊、罗马文学中去寻找渊源，也很难说是当时社会现实的反映。相反，最早把柏拉图式的爱情和为情人不惜牺牲一切的骑士精神、贯彻实践于现实生活中的是中古时期的阿拉伯人。这一点见诸中古时期的阿拉伯诗歌、传奇故事和有关的论著中。如黑奴出身的《悬诗》诗人、阿拉伯骑士之父——安塔拉就被认为是阿拉伯古代最完美的英雄骑士和诗人。在《一千零一夜》中，有关骑士及其情人的传奇故事也是该书一大重要内容。此外在伍麦叶王朝时期还广为流传一批贞情诗人与恋人的纯真的爱情故事及诗歌。这类贞情诗人的爱情故事及有关的诗歌自然也传到了当时阿拉伯在欧洲的领地安达卢西亚。

中世纪的阿拉伯人不仅有反映他们现实生活的英雄传奇、贞情诗，而且还有关于这类爱情的理论著作。其中最著名的是伊斯法哈尼·扎希里（محمد بن داود الأصبهاني الظاهري, Muḥammad bn Dāwūd al-Iṣfahānī az-Ẓāhirī 898—909）的《花》（الزهرة, az-Zahrah）和安达卢西亚著名学者、作家伊本·哈兹姆的《鹁鸽的项圈》。他们将贞情诗诗人们的言行、诗歌、逸闻编纂在一起，并加上自己的诗歌和评论。而在欧洲，直至11世纪，妇女无论是在社会生活还是文学作品中都没有受到关注。将情场与战场一体化的骑士精神是在这以后产生的。开山祖师当推安德烈·勒·夏普兰（André le Chapelain），他在约1185年发表了用拉丁文撰写的三卷论文《纯真爱情的艺术》。这一论著奠定了骑士文学的理论基础。这种对爱情的新见解则源自西方与东方的接触，是向阿拉伯人学习的结果。其途径是通过十字军东侵和安达卢西亚。

中世纪的欧洲文学受阿拉伯文学的影响是很自然的事。因为当时阿拉伯语在欧洲，汉语在东亚，就像当今的英语一样，是最通行的国际语言。例如在当时被认为是联通阿拉伯与西方的桥梁的安达卢西亚，所有的安达卢西亚人便不能不

[①] ［美］L.H.詹达，K.E.哈梅尔：《人类性文化史》，张铭译，中国妇女出版社，1988年，第39页。

用阿拉伯语，它成了知识阶层的语言。阿拉伯文学成了安达卢西亚人的思想、精神食粮。一个生活在9世纪（伊历3世纪初、4世纪末）名叫阿尔法鲁的科尔多瓦的基督教主教就曾感叹道："真遗憾！聪明的年轻一代基督教徒却只懂阿拉伯文学、阿拉伯语言。他们如饥似渴地去读阿拉伯书籍，不惜用高价收集阿拉伯的书籍作为自己的藏书。他们大肆赞扬阿拉伯珍贵的典籍，同时对基督教的典籍却不屑一顾，说它们根本不值得一读。基督教徒忘记了他们自己的语言。如今用这种语言给朋友写信的人连千分之一都没有。而阿拉伯人的语言却有多少人讲的那么漂亮，那么流利！也许有许多人用这种语言作起诗来优美、恰切得竟会超过阿拉伯诗人本身！"①

阿拉伯文学对西方文学的影响一直未间断过。正如埃及学者阿巴斯·阿卡德先生所说："从17世纪至今，阿拉伯文学——或者整个伊斯兰文学——与近现代欧洲文学的关系一直未断。我们找不到哪个欧洲的文豪其诗文中没有伊斯兰的英雄和伊斯兰逸事。这就足以概括地说明阿拉伯—伊斯兰文学对欧洲文学的影响。在那些文豪中有英国的莎士比亚、艾迪生、拜伦、骚塞、雪莱，有德国的歌德、赫尔德、莱辛和海涅，法国的伏尔泰、孟德斯鸠、雨果，而法国的拉封丹则声称他的寓言诗就是仿效了欧洲人通过穆斯林而知道的《卡里来和笛木乃》一书。"②

被誉为"阿拉伯文学之柱"的埃及盲文豪塔哈·侯赛因说得好："如果我们说欧美西方尽管他们现在很优越，但他们的一切优越、一切科学都要归功于中世纪阿拉伯人传到欧洲去的那些丰富、持久的文化根底，那我们绝不是在过甚其词，也不是在吹牛胡说。我们应该毫不客气地要求欧洲人——我已经多次要求过他们——向东方还债而不要赖账，要让他们感到阿拉伯东方对他们是有恩的，对此他们应当称赞、感谢，而不应妄自尊大、胡作非为，更不应对那些向他们施过恩、让他们懂得何为恩惠、何为文明的人以怨报德！"③

---

① زيغريد هونكة، شمس العرب تسطع على الغرب، نقله عن الألمانية فاروق بيضون وكمال دسوقي، دار الجيل، بيروت، دار الآفاق الجديدة، بيروت، ١٩٩٣م، ص ٥٢٩.

② عباس محمود العقاد، أثر العرب في الحضارة الأوروبية، دار المعارف، القاهرة، ١٩٤٦م، ص٦٧.

③ سامح كريم، تنوير طه حسين، دار المعارف، ٢٠٠٩م، ص ٧.

第五章　阿拉伯古代文学在中国

中国和阿拉伯之间的友谊源远流长，远可追溯到两千年前伊斯兰教创兴之前。

汉武帝时期，张骞"凿空"西域时，就闻知西方有一条支国，后汉时还曾派甘英出使西域，到过条支。而汉朝所称的"条支"与其后唐朝所称的"大食"，都是古代波斯人称阿拉伯人为"Ṭāzī"的音译。我国最早是通过波斯人了解阿拉伯的，故随他们称阿拉伯为"条支"或"大食"。如前所述，古代中国和阿拉伯交往的主要通道是举世闻名的"丝绸之路"和"香料之路"（亦称"海上丝绸之路"）。

约在7世纪中叶，伊斯兰教传入中国，从此，伊斯兰教成为联结中阿的重要纽带。至今我国56个民族中有回、维吾尔、哈萨克、东乡、保安、撒拉、塔吉克、塔塔尔、乌兹别克、柯尔克孜族等10个民族信奉伊斯兰教。

有的学者认为："伊斯兰教的胜利，有几分是一种语言的胜利，特别是一部经典的胜利。"[①]这话不无道理。这里所说的经典就是《古兰经》。《古兰经》的传播与伊斯兰教的传布是同步的，密不可分的，因此，在谈到伊斯兰教传入中国，并对中国文化产生影响时，我们不能不谈及《古兰经》在中国的翻译。

---

① ［美］希提：《阿拉伯简史》，马坚译，商务印书馆，1973年，第35页。

事实上，《古兰经》在中国长期流通的主要形式是在穆斯林中通过口耳相传而记诵经文。在译经问题上，国内外历来有一些穆斯林认为《古兰经》是安拉（真主）以阿拉伯文降谕的神圣经典，反对用其他文字予以翻译，以免亵渎圣书。然而，为使一般穆斯林理解经文的真谛奥义，译经又势在必行。明末清初汉文著述颇丰的穆斯林学者王岱舆（约1584—1670）、马注（1640—1711）、刘智（约1669—约1764）等，虽已深感译经的迫切性，但都不敢轻举妄动，唯恐译述走样失真。他们从事的翻译活动，主要是"抽译"或意译。刘智曾在《天方至圣实录》中嵌入三个短章（第1、110、111章）的译文，但亦诚惶诚恐地郑重声明："天经圣谕，皆本然文妙，无用藻饰，兹用汉译，或难符合，勉力为之，致意云尔。"①

约从18世纪下半叶到20世纪20年代，穆斯林学者们的译经活动主要是采取选译的形式。选译本多从通行的阿拉伯原文选本《赫听·古兰》（خاتم القرآن，Khatm al-Qur'ān）译出，称"赫听"（或"孩听""亥听""黑听""赫帖"等），亦被泛称为"十八个索来"。"索来"（صورة，Sūrah）是阿拉伯文"章"的音译。其实所选内容不止十八章。这是在我国流传了几百年的较定型的选本，各地所选章节大同小异。最早对《古兰经》进行通译尝试的是清末穆斯林学者马德新（字复初，1794—1874）。他按顺序翻译的《古兰经》，题为《宝命真经直解》，据传已译成20卷（全经为30卷）初稿，但译稿大部分毁于火灾，仅存5卷译稿，曾于1927年刊印问世。

我国第一个完成并出版汉文通译本《古兰经》的人是铁铮（姓李）。他是一位汉族学者，不懂阿拉伯文。他于1927年12月由北平中华印刷局出版发行的《可兰经》是据坂本健一的日译本并参考罗德威尔（Rodwell）的英译本转译的。虽如此，但总算填补了一项空白。

此后有姬觉弥的《汉译古兰经》（1931年3月，上海爱俪园广仓学窘），这实际上是一个集体译作。译经过程同样参照了日、英文译本。最早问世的这两个通译本，被认为是"教外人士"所为，而不受穆斯林青睐。

---

① 《天方至圣实录》卷一《凡例》。

第一个从阿拉伯文原文通译《古兰经》的穆斯林学者是王静斋（1879—1949）。他的《古兰经译解》最初的译本（甲本），是以文言文和经堂语直译的，由中国回教俱进会本部1932年印行于北平。第二个译本（乙本），1942年在宁夏石印出版，线装分订为十册，文体改为白话文直译，并附以注释，译文多带经堂口语。第三个译本（丙本），1946年由上海永祥印书馆出版，除对前所译经文予以修订外，还详加注释并增加了附说，译文改为畅达易懂的白话文，偶带经堂口吻，是王静斋三种译本中最成熟，也是最受欢迎的。问世后，多次被海内外翻印、影印或重排，流行极广。

通译本的第二个穆斯林的译作是刘锦标的《可兰汉译附传》，1943年由北平新民印书局出版。这是一个半文半白的译本。译本中的"经"，是《古兰经》原文的直译，"传"，则是译者的引证、解释和发挥，其中糅进了一些与经文无关的内容，从而影响了译本的声誉。

杨静修（仲明，1870—1952）通译的《古兰经大义》，1947年8月由北平伊斯兰出版公司刊行问世。译本文笔简练，颇具特色，但因采用严格的直译有些古奥、艰涩。

时子周（1879—1969）的《古兰经国语译解》，1958年由台北中华学院回教研究所理事会出版，后又由香港伊斯兰联会重印。主要流传于台湾、香港和海外华侨穆斯林聚居较多的地区。译者虽是穆斯林，但不懂阿拉伯文。他据尤素福·阿里（Yusūf 'Alī）的英译本转译，再请定中明、熊振崇、常子萱三位精通阿拉伯文的学者根据原文逐节校正。译文语言简练，尽量避免经堂口吻，但"译文仍多欠流畅"。

影响最大，流行最广的是马坚（1906—1978）的译本。马坚于1939年从埃及留学归国后，在抗日战争时期完成通译初稿工作，20世纪50年代初，先后由北京大学出版部和商务印书馆出版了包含前8卷并带注释的《古兰经》上册。由于受形势影响，他的全部经文的注释工作未能完成。1978年，他又着手润色全部译文，并拟完成全经的注释，结果因不久去世而未能如愿。为了使体例统一，1981年由中国社会科学出版社出版的马坚所译的《古兰经》，未加任何注释。译文忠实、明白、流利，用词准确，朴实无华，文白杂糅，雅俗相间，于平淡处展现功夫。译本颇受读者推崇。因而经伊斯兰教世界联盟推荐，已作为汉译《古兰经》范本在沙特阿拉伯与阿拉伯原文合璧出版发行。

除此之外，林松（1930—　）的《古兰经韵译》，于1988年由中央民族学院出版社在北京同时发行阿汉对照（上下册）和汉文单行（全一册）两种版本。用带韵散文译述，力求音韵铿锵、节奏和谐、顺口悦耳、好记易懂，是译文主要特点。但由于追求句尾押韵，偶尔亦出现因韵损意、词难尽意或译述失误之处。

定居美国的美籍华侨穆斯林仝道章（1920—1995）先生的《〈古兰经〉中阿文对照详释本》，1989年由南京译林出版社印行。译者早年毕业于上海复旦大学，中、英文造诣很深。译本主要依据的是两种流行的英译本，前后又参照英、汉、法译本19种、《圣训》4种和有关字典、书刊多种，历时17年，才最后付梓。译文后有多项附录，读者可按词条查询经文内容，同时还对阿拉伯读音做了简介，这是该译本的一大特点。

旅居伦敦的华裔穆斯林学者周仲羲（1925—　）的《古兰经》，1990年在新加坡佳艺彩印公司出版。译者肄业于南京大学，曾留学巴基斯坦，进修阿拉伯文、乌尔都文，攻读伊斯兰教和比较宗教学课程。经文翻译用较浅显易懂的白话体，文从字顺。从全书文笔看，译者中文功底很好。

马金鹏（1913—2001）的《古兰经译注》，2005年由宁夏人民出版社出版，全书80多万字，经文与注释分列。注释词条11000多条，多是从各种原"注释"本上选择的，一部分是从各种参考书上摘取后注解的，以"译者"署名，以与所译注释加以区别。译注多用我国清真寺经堂用语，并加以说明，是这部译注本的特点。

《古兰经》除汉译本外，在新疆地区，长期以来还有少数民族语文译本流传。其中主要的是维吾尔文和哈萨克文的译本。过去，维吾尔文译释本中最受欢迎的是维吾尔族学者、大毛拉谢木思丁（1882—1936）的《古兰经译诠》。该译本以通俗易懂、深入浅出著称。维吾尔文的新译本于1987年10月由民族出版社印行初版。译者买买提·赛米1962年毕业于中国伊斯兰教经学院，曾任新疆伊斯兰教经学院院长。他兼通多种语言，阿拉伯文造诣尤深，加之借鉴前人的译述成果，致使译本达到较高水平。哈萨克文的《古兰经》译本由哈再孜和马哈什两位哈萨克族穆斯林学者合作译成，1990年10月由民族出版社印行初版。维吾尔文与哈萨克文的译本都与阿拉伯原文相对照，版面编排显得协调而和谐。①

《古兰经》既是伊斯兰教具有绝对权威的根本经典，又是阿拉伯文学史上第一部成文的最有影响力的散文著作。从这个意义上讲，《古兰经》当然也是最早翻译成中文的阿拉伯文学作品。

《圣训》是有关伊斯兰教先知穆罕默德的言行录，对于穆斯林来说，是权威性仅次于《古兰经》的经典。同时也是一部在阿拉伯文学史上占有一定地位的文学作品。自伊斯兰教传入中国后，《圣训》长时间是通过口头传诵的形式，为穆斯林经堂教育的内容之一，而无中译文。明清时期，同《古兰经》一样，《圣训》也是以摘译的形式，散见于著名穆斯林学者的著作中。如王岱舆在其《正教真诠》中，马注在《清真指南》中，刘智在《天方典礼》和《天方至圣实录》中，马德新在《四典要会》中，都曾摘译过多段《圣训》来阐释其著作的主题思想。20世纪初才有了一些《圣训》的正式中文选译本。如李廷相（1884—1937）的《圣谕详解》，1923年由天津光明书社印行，分上下卷，共40篇。周沛华、汤伟烈合译的《至圣先知言行录》（又名《穆罕默德言行录》），1926年由上海伊斯兰文化供应社发行。庞士谦（1902—1958）先生译的《脑威四十段圣谕》，于1947年由北平伊斯兰出版公司印刷，黎明学社发行。马宏毅先生译的《布哈里圣训实录精华》，1950年由北京黎明学社出版，1954年由北京回民大众书社再版。陈克礼先生译的《圣训经》，1954年由北京清真书报社初版印行，1988年改称《圣训之冠》，由台湾回教协会印刷出版。另一种选编的《布哈里圣训实录精华》先由维吾尔族学者买买提·赛来译成维吾尔文，1981年由北京民族出版社出版，后又由宝文安先生据维吾尔文转译为汉文，由中国社会科学出版社出版，二者在学术界影响较大。康有玺译的《布哈里圣训实录全集》第一部、第二部分别于1999年与2001年由经济日报出版社出版。马贤先生译的《圣训珠玑》，2002年由宗教文化出版社出版。苏泽儒译的《米什卡特·麦萨比哈圣训集》（亦译《灯龛圣训集》），2008年由新民书局出版。祁学义译的《布哈里圣训实录全集》共

---

① 参见杨怀中、余振贵主编：《伊斯兰与中国文化》之第九章"《古兰经》的翻译"，林松执笔，宁夏人民出版社，1995年，第426—546页。

4卷，2008年由宗教文化出版社出版。

诗歌是阿拉伯人的文献。如果说《古兰经》《圣训》是最早译成中文的阿拉伯散文作品的话，那么《天方诗经》便是最早汉译的阿拉伯诗篇。《天方诗经》原称《斗篷颂》，是埃及大诗人蒲绥里的作品。据说诗人曾患瘫痪症，夜梦先知穆罕默德前来探望，并把自己披着的斗篷给他盖上。翌晨，诗人病体霍然痊愈。诗人的《斗篷颂》就是有感于此而写出赞颂先知的。这首长诗是伊斯兰教宗教诗中最负声誉的名篇，深受穆斯林的崇敬，其中一些诗句被用作护身符和祈祷词。1848年，前已述及的著名回族学者马德新（字复初，1794—1874）游学归来时便将《斗篷颂》带回国，并与其汉语功力较深的弟子马安礼合作翻译。马德新逝世后，马安礼又与"精通经籍"的马学海合作翻译。他们通过"朝夕讲论"，遂"纂译成章"，1890年刊印于成都，1957年人民文学出版社影印再版。译本为中阿文合璧。汉译仿《诗经》句式，故译称《天方诗经》。译者称蒲绥里"天方大学士也。才雄天下，学富古今，妙手蜚声，文章绝世。常以诗词称天下之俊贤，贬天下之奸佞，鸿章一出，四海流传。是以王侯卿大夫，一时显者，皆爱而畏之"。并在"序"中概括全诗内容："首言思慕之诚，忧伤之至；次言欲性之愚，克治之要；次言圣德之全，奇征感应之神；次言悔过归真之切；终言忧惧希望，祈祝呼告之诚。"这也是我国最早对一位阿拉伯诗人及其作品的评介。

其实，《古兰经》《圣训》的汉译与《天方诗经》的问世，显然是出于宗教的目的，而不是向读者介绍阿拉伯文学。从这个意义上讲，中国读者最早认识的阿拉伯文学作品应是《一千零一夜》。

我国最早有关《一千零一夜》的介绍，见于林则徐在鸦片战争期间编辑的《四洲志》，其中在谈及阿拉伯的文化成就时，写道："……本国人复又著辑，论种类、论仇敌、论攻击、论游览、论女人，以至小说等书。近有小说《一千零一夜》，词虽粗俚，亦不能谓之无诗才。"[①]在我国，开译《一千零一夜》故事之先河者是周桂笙。1900年，他在《采风报》上发表了《一千零一夜》中《国王山鲁亚尔及兄弟的故事》和《渔者》两篇译文。1903年，上海清华书局出版了他

---

① 转引自李长林：《清末中国对〈一千零一夜〉的译介》，《国外文学》1998年第4期，第121页。

的《新庵谐译初编》，凡二卷，其第一卷为《一千零一夜》中的故事。《一千零一夜》又称《天方夜谭》。

最早用这一译名的是严复。据考，他很可能是最早将《一千零一夜》的故事介绍到中国的译者之一：《大陆报》（月刊）1903年第6—10期连载的佚名者所译的《一千一夜》多半是出自他的手笔。在该报1903年5月6日刊载的《〈一千一夜〉序》中提到："……故名其书曰《一千一夜》，亦曰《天方夜谈》……"[①]严复还在译述于1900年至1902年，正式出版于1905年的《穆勒名学》一书的一则按语中写道："《天方夜谭》不知何人所著。其书言安息某国王，以其宠妃与奴私，杀之后，更娶他妃，御一夕，天明辄杀无赦。以是国中美人几尽，后其宰相女自言愿为王妃，父母涕泣闭距之，不可，则为具盛饰进御。夜中鸡既鸣，白王言为女弟道一古事未尽，愿得毕其说就死。王许之。为迎其女弟宫中，听姊复理前语。乃其说既吊诡新奇可喜矣，且抽绎益长，猝不可罄，则请王赐一夕之命，以襞续前语。入后转胜，王甚乐之。如是者至一千有一夜，得不死。其书为各国传译，名《一千一夜》。《天方夜谭》，诚古今绝作也，且其书多议四城回部制度、风俗、教理、民情之事，故为通人所重也。"[②]寥寥数语，既简要说明了《一千零一夜》故事的来龙去脉，又介绍了其反映的社会内容及其在世界文学史上的地位。

同时以《天方夜谭》为译名，最早将《一千零一夜》介绍给我国读者的还有奚若。他先是以《天方夜谭》为题，在《绣像小说》（半月刊）上，自1903年10月20日的11期起，至1905年的55期止，先后发表了《一千零一夜》中的14篇故事。后又于1906年4月，在商务印书馆出版了其所译的《天方夜谭》一书，共4册，包括50个故事。该书曾多次再版，流传颇广，影响甚大。

无论是严复还是奚若，他们所读或据以翻译的都是莱恩的英译本。英译本既称 The Arabian Nights' Entertainments（《阿拉伯夜晚趣谈录》），汉译文又是文言文，那么《天方夜谭》这一译名无疑还是很贴切的。因为在中国（尤其是明清

---

① 参见盖双：《千夜之花谁先采？》，载于《阿拉伯世界》1999年第3期。
② ［英］穆勒：《穆勒名学》，严复译，商务印书馆，1931年，第18—19页。

学者写的）古籍中，"天方"就是指中国穆斯林"西向拜天"即朝向真主礼拜的那个方向、那片地方，即阿拉伯地区，阿拉伯世界。"夜谭"即"夜谈"，当然是指书中所有的故事都是山鲁佐德在那"一千零一夜"中谈的。

在20世纪初或清朝末年最早将《一千零一夜》的故事介绍到中国的翻译前辈中，还应提到：1903年5月文明书局出版的钱楷译的《航海述奇》（即《辛迪巴德航海历险记》），1904年8月苏州《女子世界》刊登的周作人署名"萍云女士"所译的《侠女奴》（即《阿里巴巴和四十大盗》），并于1905年出了单行本。

据统计，从20世纪初到20世纪末的一百年间，在我国，《一千零一夜》（《天方夜谭》）故事的各种译本或有关它的书林林总总竟达四五百种。大概是外国文学作品中汉译版本最多的一部著作。鉴于《一千零一夜》在世界文学史上的地位，以及它是译介到我国最早的外国文学作品之一，又是译本种类最多的外国文学作品，它对我国近现代文学及作家们的影响是不言而喻的。还应提到的是，不少研究者发现，《一千零一夜》中的一些故事与我国一些古籍记载或民间流传的故事相似或类似。如：唐传奇《博异志》中《苏遏》与《一千零一夜》中的《商人阿里·密斯里的故事》，《幻异志》中《板桥三娘子》与《一千零一夜》中的《白第鲁·巴西睦太子和赵赫兰公主》；又如：维吾尔族民间故事《木马》与《一千零一夜》中的《乌木马的故事》，藏族民间故事《阿力巴巴》、哈萨克族民间故事《四十个强盗》与《一千零一夜》中的《阿里巴巴和四十大盗》，苗族民间故事《猎人老当》与《一千零一夜》中的《渔夫的故事》等等，其中有些是整个故事相似，有些则是部分情节类似。它们之间的渊源关系无疑是比较文学研究最好的课题。总体上讲，这种相似或类似的原因不外乎这样几种可能：它们在各自的环境中独立产生；中阿交往源远流长，著名的"丝绸之路"与"香料之路"自古就把中阿连在一起，因此，有些故事可能从中国传到了阿拉伯；也有些故事可能从阿拉伯传到了中国；但还应注意到，《一千零一夜》并非是纯粹的阿拉伯故事，而是印度、波斯、阿拉伯以及其他民族，特别是东方各民族各种文化相互撞击、融会的结果，而各种文化是呈放射状对外施加影响的，因此，有可能印度、波斯等的一些故事在传入阿拉伯构成《一千零一夜》的组成成分的同时，也传入中国，成为中国某些古籍或民间故事的组成成分。

应当提及的是，《一千零一夜》（《天方夜谭》）在早期多是从其他外文（主要是英文）转译的，只有纳训（1911—1989）先生自20世纪30年代在埃及留学时便致力于从阿拉伯原文翻译该书，终于译成《天方夜谭》五卷，约50万字，于1940—1941年间在商务印书馆出版。

除《古兰经》《天方诗经》和《一千零一夜》外，长期以来，我国读者对阿拉伯古代文学几乎一无所知。据查，只知新月社的朱湘（1904—1933）在其逝世三年后，于1936年由商务印书馆出版的《番石榴集》中，收有他译的阿拉伯贾希利叶时期的侠寇诗人塔阿巴塔·舍拉、安达卢西亚诗人穆阿台米德·本·阿巴德（1040—1095）及选自《一千零一夜》的诗等共4首，当然是从英文转译的。曾被巴金在《随想录》中称作大哥的马宗融（1890—1949）先生，曾于1934年在《文学季刊》第一卷第4期上，介绍过《悬诗》，并节译了安塔拉（525—615）的《悬诗》，还选译了《安塔拉传奇》中的一章——《安塔拉之死》（原名为《盎塔拉的死》），都是从法文转译的。郑振铎先生多据英国学者约翰·德林克沃特（John Drinkwater）的《文学纲要》编译而成的《文学大纲》，于1927年由商务印书馆出版，全书分上下两册，共约2200页，其中对阿拉伯文学的介绍占25页，算是当时我国对阿拉伯文学最全面、系统的介绍了。

改革开放以前，我国对于阿拉伯古代文学的译介仍是凤毛麟角，从阿拉伯原文译出的作品更是少得可怜，可以提及的仅有纳训先生译的《一千零一夜》三卷本（人民文学出版社，1957年、1958年）和林兴华（1908—2001）先生译的《卡里来和笛木乃》（人民文学出版社，1959年）。

我国对阿拉伯文学，特别是古代阿拉伯文学的较系统的译介当从改革开放以后算起。为了打破"欧洲中心论"，自20世纪80年代初开始，我国的高等院校，特别是师范院校的中文系开设了"东方文学史"课程（此前所设的"外国文学史"课程则只讲西方文学，只在个别师范院校有"东方文学史"课程）；1982年举办了首届全国东方文学讲习班；1983年成立了"东方文学研究会"。为了扩大学生的知识面，培养学生对阿拉伯文学的审美情趣，提高毕业生的质量，自20世纪80年代开始，设有阿拉伯语专业的一些院校相继开设了"阿拉伯文学史"和各种有关阿拉伯文学的课程。部分院校还肩负起培养阿拉伯文学专业研究生的任务。1987年正式成立"中国外国文学学会阿拉伯文学研究分会"。无疑,这一切在一定程度上促进了我国对阿拉伯文学的研究和译介。

《中国大百科全书·外国文学》(中国大百科全书出版社,1990年)、《世界文学家大辞典》(四川人民出版社,1988年)、《外国名作家大词典》(漓江出版社,1989年)、《东方文学名著题解》(中国青年出版社,1989年)、《世界名诗鉴赏词典》(北京大学出版社,1990年)、《外国抒情诗赏析辞典》(北京师范学院出版社,1991年)、《东方文学辞典》(吉林教育出版社,1992年)、《世界诗学大辞典》(春风文艺出版社,1993年)、《东方文学名著鉴赏大辞典》(河南人民出版社,1994年)等有关外国文学特别是东方文学的辞典中,都有了相应的古代阿拉伯文学的词条。

陆孝修、姚俊德译的《阿拉伯文学简史》([英]汉密尔顿·阿·基布著,人民文学出版社,1980年)、郅溥浩译的《阿拉伯文学史》([黎巴嫩]汉纳·法胡里著,人民文学出版社,1990年;宁夏人民出版社,2008年)、朱维之等主编的《外国文学简编》(中国人民大学出版社,1983年)、林亚光主编的《简明外国文学史》(重庆出版社,1983年)、陶德臻主编的《东方文学简史》(北京出版社,1985年)、王忠祥等主编的《外国文学教程》(湖南教育出版社,1985年)、季羡林主编的《简明东方文学史》(北京大学出版社,1987年)、梁潮等编写的《新东方文学史》(广西师范大学出版社,1990年)、伊宏编写的《阿拉伯文学简史》(海南出版社,1993年)、季羡林主编的《东方文学史》(吉林教育出版社,1995年)、蔡伟良编写的《阿拉伯文学史》(上海外语教育出版社,1999年)等各种文学史书中,对古代阿拉伯文学都有详略不等的介绍。其中季羡林主编的《东方文学史》中由笔者撰写的有关阿拉伯的古代文学(包括贾希利叶时期、伊斯兰时期、阿拔斯朝时期、近古时期以及安达卢西亚文学等)的有关章节,算是迄今在这方面最系统、详尽的介绍。

有关古代阿拉伯文学的专题研究,尚不够广泛、深入,有些相关的论文多散见于一些学术杂志中。郅溥浩的《神话与现实——〈一千零一夜论〉》(社会科学文献出版社,1997年)是这方面难得的专著。

有关古代阿拉伯文学的译著仍不够多。除如前所述的《一千零一夜》《卡里来与笛木乃》外，还应提到的是马金鹏译的《伊本·白图泰游记》（宁夏人民出版社，1985年）和王复、陆孝修译的《哈义·本·叶格赞的故事》（商务印书馆，1999年）。至于《安塔拉传奇》，虽有俞山译的《沙漠骑士昂泰拉》（外国文学出版社，1981年）与根弟译的《沙漠骑士安特尔》（新华出版社，1981年）两个译本，但都是译自一个当代黎巴嫩作家的改写本，而并非据原著译出。全译本则于2009年由湖南文艺出版社出版，共10卷，译者是李唯中。

至于阿拉伯古诗的翻译，则有杨孝柏的《阿拉伯古代诗文选》（北京语言文化大学出版社，1997年）和拙译《阿拉伯古代诗选》（人民文学出版社，2001年）。前者译有53位诗人的100首诗歌，后者译有134位诗人的430余首诗（其中包括两首《悬诗》），可以让我国读者对阿拉伯古代的著名诗人及诗歌有个基本了解。

总体看来，我们对阿拉伯古代文学这一宝藏，无论是对其诗文名家名著的译介，还是相关的专题研究，无论是数量还是质量，都远远不够，有待我们继续努力。

第二编
贾希利叶时期文学

第一章 历史与文化背景

"贾希利叶"一词，原意为愚昧、无知，这一称谓多次见于《古兰经》（3：154、5：50、33：33、48：26）[①]中。因为伊斯兰教认为，《古兰经》降世前，即伊斯兰教创兴前的阿拉伯人，没有传达安拉使命的先知，没有接受"天启"，而信奉多神、拜物，部落间又相互劫掠、厮杀，是处于愚昧、无知、野蛮的状态。

阿拉伯文学史所指的"贾希利叶时期"，一般是从伊斯兰教兴起前150年算起，到伊斯兰教问世。这是因为生活于阿拉伯半岛的阿拉伯人在这一时期才逐渐有了公认的、统一的、标准的阿拉伯语言和文字，其语言特征日臻完美，而流传至今最古老的阿拉伯诗歌，也属于那一时期。

贾希利叶时期的阿拉伯文学，是指居于阿拉伯半岛上的阿拉伯人的文学。

阿拉伯半岛是阿拉伯—伊斯兰文化和阿拉伯文学的发祥地。

阿拉伯的地理学家将半岛分为五部分：

1. 帖哈麦（تهامة，Tihāmah）：系指红海沿岸狭窄的低地。

2. 希贾兹（الحجاز，al-Ḥijāz旧译"汉志"）：系指帖哈麦地区以东，也门以

[①] 见《古兰经》，冒号前为章数，冒号后为节数。下同。本书所引《古兰经》均采用马坚先生译本，中国社会科学出版社，1981年。

北，叙利亚荒漠以南的山区，希贾兹原意为"间隔"，因赛拉特山脉纵贯南北，将其西侧的帖哈麦地区与其东侧的纳季德高原间隔开来而得名。地多山谷，最著名的一条谷地称"瓦迪—古拉"（وادى القرى, Wādī al-Qurā）。希贾兹地当南北要冲，联系也门与北方的贸易。著名城市麦加、麦地那（原称"叶斯里卜"）、塔伊夫等皆在这一地区。这里被认为是伊斯兰教的发源地。

3. 纳季德（نجد, Najd 旧译"内志"）：原意为"高地"。系指希贾兹以东，位于半岛中部广阔的高原地区。

4. 也门（اليمن, al-Yaman）：位于半岛西南角，原意为"右方"。站在麦加，面对朝阳而立，也门位于希贾兹的右边，亦即南边，故得名。也门被认为是阿拉伯古代文明的摇篮，著名的城市有萨那、马里卜、纳季兰等。

5. 阿鲁得（العروض, al-'Arūḍ）：原意为"横亘"，因其横亘于纳季德与也门之间而得名。叶麻麦地区东连巴林群岛，西接希贾兹。所谓"巴林"（البحرين, al-Baḥrayn），原意为"两海"，系指红海与沙漠（瀚海）之间的地区，即当今的海湾地区。

半岛中部由南向北有鲁卜哈利（意为"四分之一的旷野"）、小内夫得、大内夫得等沙漠横贯其间。

阿拉伯半岛地处热带和亚热带。由于幅员辽阔，地势高低不同，间有大片沙漠，加之红海与波斯湾比较狭窄，减弱了海洋对气候的调节作用，因而各地气候差异较大：帖哈麦——红海沿岸平原潮湿、闷热。希贾兹地区多为童山濯濯，满目荒凉，气候炎热、少雨，有时长达三年不雨，但亦有时暴雨骤至，形成山洪。但塔伊夫一带气候温和，有许多绿洲。纳季德地区气候干燥而温和，间有许多绿洲、谷地，宜作牧场，亦有零星可耕地。也门地区因临海，气候温和多雨，自古以肥沃富庶著称于世，自古人们多在此地定居，建坝蓄水务农，并与印度和近东各地经商贸易，这里曾是阿拉伯古代文明的发祥地。

阿拉伯半岛上没有一条名符其实的长流河，有的只是一些有雨成河，无雨为谷，被称作"瓦迪"（الوادى, al-Wādī）的干河或谷地。人们除企盼天降被称作"救星"的雨外，多靠沙漠、绿洲中的泉眼和井水。春末夏初，大部分地区南风挟细沙扑面吹来，砭肤炙人，这就是被称作"赛姆姆"（السموم, as-Samūm）的热风。而其他时间刮起的被称作"萨巴"（الصبا，aṣ-Ṣabā）的习习东风，则令人心旷神怡，常常是诗人歌咏、赞美的对象。

概括地说，整个半岛的景象是：沙漠荒凉，绿洲清翠，大地干涸，水泉甘美，狂风肆虐，甘霖赐惠，烈日似火，明月如水。

阿拉伯半岛最著名的植物是枣椰。其树形似椰树，其果实似枣子，故树称枣椰，果称椰枣。椰枣是当地最普通又最有营养的水果。椰枣及用它酿成的枣醴是贝杜因人除驼肉和奶外最主要的饮食。枣核磨碎，可作骆驼的饲料，树皮可搓制成绳，树干是难得的建筑材料，树荫下则是最理想的憩息之所。据传，伊斯兰教的先知穆罕默德曾嘱咐阿拉伯人说："你们应尊敬你们的姑祖母——枣椰，因为枣椰和人祖阿丹（亚当），是用同一的泥土造成的"。[①]枣椰在阿拉伯人生活中的作用由此可见一斑。

除枣椰外，半岛绿洲出产的水果有石榴、杏、巴旦杏、苹果、橘子、柠檬、西瓜、香蕉、无花果等，塔伊夫附近产葡萄。半岛上其他主要的植物还有也门和南方沿岸出产的乳香、没药、沉香、檀香等香料，此外还有阿拉伯胶树、柽柳、棕榈、阿拉伯相思树等。

谷物则有小麦、大麦、高粱、玉米和谷子等。

阿拉伯半岛主要的野生动物有羚羊、羱羊、狮子、豹、狼、狐狸、鬣狗、野驴、蜥蜴、鳄蜥、猿猴、蛇等。禽类有鸵鸟、鹰、隼、枭、乌鸦、云雀、夜莺、鸽子、沙鸡等。

半岛上主要家畜是骆驼、马、牛、羊、驴、骡等。

对于阿拉伯的游牧民来说，骆驼是他们生活的柱石，衣食住行几乎都离不开它：驼肉可充饥，驼奶可解渴，驼皮可做衣服，驼毛可以织帐篷，驼粪可以做燃料，连驼尿都用来洗发，做涂剂驱蚊蚋。此外，骆驼作为"沙漠之舟"，交通运输、经商贸易也都须靠它。骆驼往往成为贝杜因人财富的象征，彩礼、血锾[②]、赌注、贫富……往往以骆驼为计算单位。贝杜因人喜欢自称为"驼民"；阿拉伯

[①] أبي حاتم سهل بن محمد بن عثمان السجستاني، كتاب النخلة، دار البشائر الإسلامية، بيروت، ٢٠٠٢م، ص ٣٠.
[②] 血锾相当于战争赔款，古代阿拉伯人常发生部落之间的战争，不时造成死伤，由敌对方或中立方支付给死伤者家属的钱、财、物，即为血锾。

语中，有一千多个名词是关于骆驼的种类及其生活阶段的；阿拉伯学者伊本·赛阿德在其编撰的《类编大成》一书中，有关骆驼的内容竟在全书17卷中独占1卷，由此可见骆驼在贝杜因人生活中占有何等重要地位。

除骆驼外，马在阿拉伯人生活中也扮演着重要角色。其价值在于它能飞驰奔突，在劫掠、战争中成为坐骑，并用于狩猎、竞赛、比武。以纳季德的骏马最为著名。

阿拉伯人

阿拉伯半岛是阿拉伯人的故乡。阿拉伯人是闪（闪米特）族的一支。

由于自然条件不同，阿拉伯半岛的居民大体可以以广阔无垠的沙漠为界，分为南北两部分：南阿拉伯人主要聚居于也门、沿海平原一带，多定居于城镇，称定居民（الحضري，al-Ḥaḍarī），多从事商业贸易、农业或手工业。北阿拉伯人主要集中在希贾兹、纳季德地区，多在沙漠、旷野上放牧骆驼、牛、羊，为游牧民，俗称贝杜因人（البدوي，al-Badawī）。

阿拉伯宗谱学家认为，从宗族谱系方面看，南北阿拉伯人也不尽相同。

南阿拉伯人称盖哈丹人（القحطانيون，al-Qaḥṭāniyūna），被认为是纯粹的土著阿拉伯人。他们的祖先是也门的定居民，有较高的文化，曾先后在也门地区建立过赛伯邑王国（即《圣经》中的"示巴王国"）、麦因王国、希木叶尔王国等。由于种种政治、经济方面的原因，特别是约在公元前115年马里卜水坝的崩溃，公元1至2世纪传统商路的改变——罗马人重修了从尼罗河到红海的运河，开辟了红海到印度洋的航路，东方商品可不经也门直接运往埃及，导致盖哈丹人部分部落北迁至半岛中部与北部。其中莱赫米族在伊拉克一带建立希拉王国，迦萨尼族人则在叙利亚一带建立迦萨尼王国。有的部落北迁后改为游牧，如居于希贾兹北部和伊拉克、叙利亚荒原上的塔伊族，在希贾兹、纳季德一度统辖过许多部落的铿德族，居于希贾兹瓦迪—古拉谷地，产生过许多著名的贞情诗诗人的欧兹赖部落……他们都属于也门的盖哈丹人。

北阿拉伯人又称阿德南人（العدنانيون，al-'Adnāniyūna）。据说他们是易司马仪在麦加与来自也门的米尔胡姆族人结婚生下的阿德南的后裔，故被认为是同化的阿拉伯人。他们也曾在半岛北部和中部建立过一些文明王国，与半岛南部相辉映，如：奈伯特国（前6世纪—106）、帕尔米拉国（或称塔德木尔国，全盛于1世纪—273）。此后，除个别部落（如伊斯兰先知穆罕默德所属的古莱氏部落）定居、经商外，多在希贾兹、纳季德地区过着游牧生活。

游牧的阿拉伯人（贝杜因人）长期生活在沙漠、旷野上，过着逐水草而居，萍踪浪迹的生活。他们坚忍耐劳，性喜自由，放纵不羁，无拘无束；他们有强烈的个性，也有狂热地忠于自己部落的宗族主义思想。这种宗族主义认为本部族的利益高于一切，在此基础上，对于其他部族则可根据本部族的利益，或视为仇敌与之厮杀，予以劫掠；或结为同盟，共同对敌。为此，他们极为重视血统纯正、宗谱高贵。他们往往会追本溯源，把自己的宗谱直追溯到人类的始祖阿丹。

由于自然条件恶劣，生产力低下，生计维艰，加之游牧民粗犷、骁勇、尚武好战，遂使他们部落间战争频仍，劫掠成性，把劫掠当成一种谋生的手段。

如上所述，当时人们多半过的是游牧生活，还有不少人以驼队商旅为业。不论是游牧还是商旅，生活都不安定。加之恶劣的自然条件：沙漠荒凉，干旱缺水，烈日似火，狂风肆虐，野兽出没……人们往往会在荒漠中迷失方向，举目无亲，也可能一连几日又饥又渴。在这种情况下，偶遇人家，受到盛情款待，主人的慷慨简直是雪中送炭，等于救命。相反，若是主人把客人拒之门外，那么，这种悭吝无异于伤天害理，甚至会置人于死地。还有，部族之间争斗不断，劫掠成风的后果，往往会产生不少生活困难的孤儿寡妇。遇到灾年，就会有更多的人啼饥号寒，挣扎在死亡线上。在这种情况下，一些贤者义士仗义疏财、博施济众的行为和克己为人、助人为乐的精神便很自然地成为人们为之称赞、传颂的最好义举与美德。因此，我们会发现，阿拉伯人的道德价值观上，往往把豪侠、慷慨放在首位。慷慨与悭吝成了区别"君子"与"小人"的首要标准。其次，在部落战争中是勇敢、勇往直前，还是怯懦、畏缩不前，往往是导致一个部落胜败、兴衰、存亡的关键，因此，勇敢与畏怯也是当时衡量人的价值观的重要标准。

宗教与信仰

贾希利叶时期的阿拉伯人信仰多种宗教。

远在公元前，犹太教就已传入了阿拉伯半岛。他们在许多地区，如太马、海巴尔和叶斯里卜（麦地那）等地的势力相当强大。也门地区也有许多部落信奉犹太教，希木叶尔王国的国王祖·努瓦斯就是著名的犹太教徒。犹太教徒在他们所住的地区宣传《旧约》的信条及其有关创世、复活、善恶报应等神话传说和训诫，并把阿拉伯人原先不知道的许多单词和宗教术语传入阿拉伯语中，如恶魔（撒旦，شيطان，Shayṭān）、魔鬼（易卜劣斯，إبليس，Iblīs）、天堂（فردوس，Firdaws）、地狱（جهنم，Jahannam）等。同时，犹太人曾被罗马帝国统治过几百年，曾受过希腊—罗马文化的影响，因此，他们自然也就把这种影响带进了阿拉伯半岛。

基督教主要流传于也门、半岛东北地区的希拉王国与西北地区的迦萨尼王国。盛行于希拉王国的是聂斯脱利派，盛行于迦萨尼王国的是雅各派。也门北部的纳季兰是基督教徒在阿拉伯最重要的居住地区，那里的基督教徒也是雅各派，曾建有著名的"纳季兰克尔白"教堂，他们与埃塞俄比亚关系密切。523年，埃塞俄比亚人两次出兵帮助拜占庭人进攻阿拉伯人，并一度在红海沿岸建立了殖民地。当时，基督教的神职人员在阿拉伯各个集市布道、传教，亦建有一些修道院，供阿拉伯信徒在其中修行。这在当时的阿拉伯诗歌中亦有反映，如在乌姆鲁勒·盖斯的《悬诗》中就有这样的诗句：

> 夜晚，她的容光可以划破黑暗，
> 　　好似修士举起明灯一盏。
>
> 喂，朋友！你可看见那乌云上方似王冠，
> 　　又像云中伸出了两手，那是电光闪闪。
> 那闪电又像是僧侣的灯，
> 　　在添油时拨动了灯捻……

又如祖海尔也在其《悬诗》中说：

心中有什么邪念，不要对安拉掩饰，
　　无论怎样隐瞒，他也会知道你们的秘密。
桩桩件件都将记在账上，受到清算，
　　只是或早或迟，或今生或来世……

诗中所说安拉就是当时一神教中的"上帝"在阿拉伯文中的音译。从诗中也不难看出所谓"今世""来世""末日清算"等信条对人们的影响。

6世纪下半叶，在阿拉伯半岛北部出现了一个新教派运动——哈尼法运动。参加者多倾向于犹太教和基督教，而反对拜物教。他们尊崇易卜拉欣（亚伯拉罕）为先知，主张一神教的信仰，但这只是一种新的宗教运动，而未形成一种新的宗教。

此外，波斯的拜火教（祆教）和摩尼教在阿拉伯半岛也有一定数量的信徒。

但是，就整个阿拉伯半岛来说，在贾希利叶时期，阿拉伯人主要信仰原始宗教，即拜物教——图腾崇拜。他们的信仰大多体现在对某些自然现象、动植物和天体等的崇拜上。如他们崇拜泉水、山洞、石头、兀鹰、雄鸡、某些大树、母驼、日、月、星辰等。他们普遍崇拜偶像，各个氏族部落都有自己的崇拜偶像和崇拜仪式。

贾希利叶时期阿拉伯人的文化知识一方面来自他们的生活经验、社会实践，另一方面也受到周边民族、宗教文化的影响。他们虽大多为文盲，但博闻强记，口齿伶俐，擅长吟诗、演讲，精于宗谱学。游牧生活的需要，使他们懂得一些天文、星象、气象的知识。由于部落战争的需要，使他们善于驯养战马、擅长骑射、精通兽医，定居的部落也能制造一些武器。此外，他们还有一定的数学、医学、建筑学等方面的知识。

南北两支阿拉伯人即盖哈丹人与阿德南人虽自古相互就有仇隙，常发生冲突，部落间也常因劫掠、战争，处于对立状态；但另一方面，两支阿拉伯人及各部落间又相互往来，互相交融。在此过程中渐渐形成统一的阿拉伯语言、文字。

阿拉伯语是闪语的一种。这种语言有着精妙的根系派生的构词法，即通常由三个辅音字母构成一个词的"根"，依照规律在这三个字母的头或中或尾，加上不同的字母，并配上不同的元音（只有三个元音，每个元音又分长短两种，另有两种复合元音），即派生出一系列意义相关的词，从而使阿拉伯语词汇极为丰富。又由于阿拉伯语构词规律性很强，通常又不能有两个辅音在一起连读，因而易于押韵，富有音乐感，有利于诗人和演说家创作铿锵和谐、悦耳动听、富于节奏、韵律的诗歌和演说辞。

南北阿拉伯语差异本来较大，各个部落的用词、发音也不尽相同。但他们在相互往来中，随着经济、文化交流的需要，逐渐产生了统一的共同语言。这种共同的语言是以麦加的古莱氏族语为标准的。

早在伊斯兰教问世前，麦加就是南北交通的咽喉，是也门与北方贸易的中转站，是当时的商业中心。麦加的克尔白神庙置有各氏族部落崇拜的偶像和全半岛视为圣物的玄石，各部落来此朝拜的人络绎不绝，他们在此过宗教节日，因此，这里还是宗教中心。同时，人们还在麦加附近定期举行集市，最著名的是欧卡兹集市（سوق العكاظ，Sūq'ukāz），在麦加东面，相距约100公里。人们在集市上不仅进行商品交换，并且赛诗，发表演说。因此，这里无疑又是文化和文学中心。麦加的居民多为古莱氏族。古莱氏族人守护克尔白神庙，管理位于神庙附近人们视之为圣水的"渗渗泉"，主持朝拜事宜。该族奴隶主经营大规模商队贸易，处于执阿拉伯商业牛耳的地位，又负责征收集市税……麦加及其主要居民——古莱氏族在经济、宗教、文化的地位，很自然地使古莱氏族的阿拉伯语逐渐成为全半岛通用的阿拉伯语。出身于古莱氏族的穆斯林先知穆罕默德用古莱氏族的阿拉伯语宣谕《古兰经》。伊斯兰教问世后，这一部落语言更成为法定的阿拉伯标准语（الفصحى，al-Fuṣḥā）了。

阿拉伯文约产生于4世纪，系由奈伯特文字嬗变而成。至于对奈伯特字母的溯源，则其说法不一：一种意见认为是西奈的闪族人根据埃及象形文字创造字母后，由腓尼基文—阿拉马文即北闪米特文发展、演变为奈伯特文字；另一种意见则认为西奈的闪族人发明字母后，一支南传至半岛南部，形成被称为"穆斯奈德"的南闪米特（或南阿拉伯）文，其中一支嬗变为奈伯特文字。3—4世纪北方的阿拉伯人采用奈伯特字母来书写阿拉伯语。这一早期的阿拉伯文字，到6世纪时已基本定型，并在此后成为记录《古兰经》的文字。

阿拉伯文是一种音位文字，共有28个字母（其中14个字母带点，14个字母不带点），皆为辅音字母，自右而左横写。每个字母根据在词中的不同位置（词首、词中、词尾）有不同的写法。元音没有字母，需要标识时，可在辅音字母上方、下方加符号表示。但在伊斯兰教问世后的半个世纪内，早期的文字中既无区别字母的点，也无表示读音的符号，使人认读起来颇为困难。直至伍麦叶朝时期，才有了区别字母的点和表示读音的符号，使这一文字趋于定型。

7世纪，随着伊斯兰教和横跨亚非欧三大洲的阿拉伯大帝国的兴起，阿拉伯语文成为帝国内广大地区信奉伊斯兰教的民族的通用语；在中古世纪，它是保存古代文化和沟通东西方文化的媒介；对亚、非、欧许多地区产生过巨大的文化影响。如波斯语、土耳其语、乌尔都语、印度尼西亚语、斯瓦希里语、豪萨语等多种语言都曾大量吸收阿拉伯语词，并曾使用阿拉伯字母拼写，其中波斯语、乌尔都语以及我国的维吾尔语等现在仍然使用这种字母。

阿拉伯文的硬笔书法自成一种绚丽多采的艺术形式。

第二章 诗 歌

第一节 引言

如前所述，贾希利叶时期的文学是从伊斯兰教创兴前150—200年算起，因为流传至今最早的阿拉伯诗歌是从那时才开始出现的。正如阿拉伯阿拔斯朝时期百科全书式的大文豪贾希兹在其名著《动物书》中曾说：（阿拉伯）诗歌是新生的，年轻的。开创诗歌之先河的前驱是乌姆鲁勒·盖斯和穆海勒希勒……如果我们追溯一下诗歌最早出现于何时，就会发现那是在伊斯兰降示前150年，充其量是前200年。

当时在阿拉伯半岛已有了统一的标准阿拉伯语，也有了阿拉伯文字，正如当时一位诗人大穆拉基什一首诗的开头：

> 故园荒芜，一片废墟，
> 　　好似笔在皮面上写下的字迹……

在莱比德的《悬诗》中我们也会读到这样的诗句：

> 还有赖亚山的沟壑，也已变得面目全非，
> 　　惟有洪水留下的石头像书中的字迹一般。

> 洪水冲去泥沙，显露出废墟遗迹，
> 　　好似翻开书页，挥笔又写下新篇。

但当时能读会写的人很少。据说，在伊斯兰教问世时，麦加会写字的仅17人，麦地那仅11人，游牧人中就更少了。文字多用于公文或商约。大多数人是文盲。文学作品多为靠口耳相传的口头文学。这些作品直至8世纪，即伍麦叶朝后期和阿拔斯朝时期才由哈马德·拉维叶、艾布·阿慕尔·本·阿拉和穆法德勒·丹比等人搜集、整理、辑录下来。因而近代有些学者，如埃及的塔哈·侯赛因对这些作品的真实性表示怀疑，认为是后人伪托于伊斯兰教前人的赝品。固然，口头文学在相传过程中，部分作品内容会有增删失真的情况，亦会有些作品是后人托古的伪作，但要全部否定这一时期的作品则是不对的。因为当时搜集、整理这些作品的学者多数是认真负责的，他们在辑录的过程中也往往要经过一番去伪存真的考证。

这一时期作品最主要的体裁是诗歌。

最初的诗歌产生于劳动和社会生活中，是人们为抒发情感而吟唱的抒情诗：在赶驼、打井、汲水、集会、饮酒、婚礼、战争、祭神、求雨时吟唱。

诗人在人们心目中享有很高的地位，受到人们普遍的尊敬。他们熟知本部落的历史、宗谱、业绩，对敌对部落的兴衰成败、弱点、耻辱也往往了如指掌。他们为人们排忧解难，维护他们的声誉，歌颂他们的荣光，以便万世流芳。伊斯兰教史上第二任的正统哈里发欧麦尔曾说：诗歌是一族人的学问，他们没有比诗歌更完美的学问了。阿拉伯古代著名学者伊本·赖世格则说：阿拉伯人的部落中，一旦一个诗人成名，别的部落会前来祝贺。人们会像庆贺婚礼一样，大宴亲朋，女人聚在一起弹唱欢歌，老少奔走相告，相互道喜。因为这意味着他们的体面将有人保护，他们的事迹会有人颂扬，他们祖先的光荣和功德也会被维护而千古流芳。只有一个男孩诞生，一个诗人成名，或是一匹母马下驹，人们才会这样欢庆。

通常，一位名诗人都有一个称为"拉维"（الراوي，ar-Rāwī，意为"传述者")的人追随于其左右。其作用相当于诗人的秘书,诗人吟诵出的诗歌,由"拉维"背诵下来,再传播开来,传承下去。同时,"拉维"也在传诗的过程中,学习作诗而渐成诗人。贾希利叶时期和伊斯兰时期不少名诗人都曾经作过"拉维",师承前辈诗人。

第二节 形式与格律

阿拉伯古代的诗歌是一种格律诗。诗人作诗皆须遵循严格而复杂的格律形式。这种格律(العروض, al-'arūḍ)不仅是阿拉伯古典诗歌的圭臬,而且由于中古时期阿拉伯大帝国的形成,大片地区伊斯兰化的结果,它也成了波斯语、乌尔都语、土耳其语、维吾尔语、库尔德语、普什图语等多种语言古典诗歌的格律基础。

贾希利叶时期的诗多为"盖绥达"。这是阿拉伯传统长诗的形式。每首"盖绥达"应由7个或10个以上的"拜特"(البيت, al-Bayt)组成。

拜特,亦可译为"联句",相当于我们汉语古体诗的一联两句诗。每个拜特又分成两个"半联"(الشطر, ash-Shaṭr),或两"扇"(المسرع, al-Miṣrā')。前半联称"胸"(الصدر, aṣ-ṣadr),后半联称"臀"(العجز, al-'ajuz)。每半联由2-4个音步组成,每个音步又由若干长短音节组成。短音节由短元音构成,通常标为"V",阿拉伯人则标为"/";长音节由一个长元音或一个短元音+一个辅音构成,通常标为"—",阿拉伯人则标为"/o"。每个"拜特"的两个半联的音步数、韵律一致,即后半联重复前半联的韵律。每个"拜特"要在后半联即"臀"的结尾处押尾韵(القافية, al-Qāfiyah)。每首诗都要一韵到底。每首诗的"拜特"数不限。其排列法一般是两个半联平行,成一行,中间留有适当距离。一首诗以头一行(拜特)为准,依次排列整齐,看起来颇似两根柱子,故后人也把古典的格律诗称为"柱形体诗"(الشعر العمودي, ash-shi'r al-'amūdī),以与长短不一、参差不齐的新诗——"自由体诗"(الشعر الحر, ash-shi'r al-ḥurr)相区别。

德国大诗人歌德曾赞扬阿拉伯诗歌:

你无终点，故尔如此恢弘，
你无起点，这是你的特征。
你的歌浑圆，好似苍穹，
你的结尾与开头几乎相同，
从中间到结尾——亦是开头，
你是如此圆满完整。①

阿拉伯古诗按照不同的格律分成16种，称"律"（al-Baḥr），音译为"白赫尔"。阿拉伯人通常用词形变化格式（waznu al-kalimah）来表示诗的韵律（waznu ash-shi'r）。现将16种律的模式简介如下：

1. "长律"——"太维勒律"（al-Baḥr aṭ-Ṭawīl）：每个拜特8个音步，即每扇4个音步。韵律的基本格式为：

fa'ūlun mafā'īlun fa'ūlun mafā'ilu   fa'ūlun mafā'īlun fa'ūlun mafā'ilu

//o/o | //o/o/o | //o/o | //o//   //o/o | //o/o/o | //o/o | //o//

V – – | V – – – | V – – | V – VV   V – – | V – – – | V – – | V – VV

2. "延律"——"迈迪德律"（al-Baḥr al-Madīd）：每行拜特6个音步，即每扇3个音步。韵律的基本格式为：

fā'ilātun fā'ilun fā'ilātu   fā'ilātun fā'ilun fā'ilātu

/o//o/o | /o//o | /o//o/   /o//o/o | /o//o | /o//o/

– V – – | – V – | – V – V   – V – – | – V – | – V – V

3. "简律"——"白希特律"（al-Baḥr al-Basīṭ）。韵律的基本格式为：

mustaf'ilun fā'ilun mustaf'ilun fa'ilu mustaf'ilun fā'ilun mustaf'ilun fa'ilu

/o/o//o | /o//o | /o/o//o | ///   /o/o//o | /o//o | /o/o//o | ///

– – V – | – V – | – – V – | VVV   – – V – | – V – | – – V – | VVV

---

① زيغريد هونكة، شمس العرب تسطع على الغرب، نقله عن الألمانية فاروق بيضون وكمال دسوقى، دار الجيل، بيروت، دار الآفاق الجديدة، بيروت، ١٩٩٣م، ص ٤٨٠.

4. "丰律"——"瓦费尔律"（al- Baḥr al-Wāfir）。韵律的基本格式为：

mufā ʻalatun mufā ʻalatun fa ʻūlu　　　mufā ʻalatun mufā ʻalatun fa ʻūlu

//o///o ｜ //o///o ｜ //o/　　　　　　//o///o ｜ //o///o ｜ //o/

V – VV – ｜ V – VV – ｜ V – V　　　V – VV – ｜ V – VV – ｜ V – V

5. "全律"——"卡米勒律"（al- Baḥr al-Kāmil）。韵律的基本格式为：

mutafā ʻilun mutafā ʻilun mutafā ʻilu　　mutafā ʻilun mutafā ʻilun mutafā ʻilu

///o//o ｜ ///o//o ｜ ///o//　　　　　///o//o ｜ ///o//o ｜ ///o//

VV – V – ｜ VV – V – ｜ VV – VV　　VV – V – ｜ VV – V – ｜ VV – VV

6. "歌律"——"海扎志律"（Baḥr al-hazaj）。韵律的基本格式为：

mafā ʻīlun mafā ʻīlu　　　　　　　　mafā ʻīlun mafā ʻīlu

//o/o/o ｜ //o/o/　　　　　　　　　//o/o/o ｜ //o/o/

V – – – ｜ V – – V　　　　　　　　V – – – ｜ V – – V

7. "谣律"——"拉杰孜律"（Baḥr ar-rajaz）。韵律的基本格式为：

mustafʻilun mustafʻilun mustafʻilu　　mustafʻilun mustafʻilun mustafʻilu

/o/o//o ｜ /o/o//o ｜ /o/o//　　　　/o/o//o ｜ /o/o//o ｜ /o/o//

– – V – ｜ – – V – ｜ – – VV　　　– – V – ｜ – – V – ｜ – – VV

8. "沙律"——"拉姆勒律"（Baḥr ar-raml）。韵律的基本格式为：

fā ʻilātun fā ʻilātun fā ʻilātu　　　　　fā ʻilātun fā ʻilātun fā ʻilātu

/o//o/o ｜ /o//o/o ｜ /o//o/　　　　/o//o/o ｜ /o//o/o ｜ /o//o/

– V – – ｜ – V – – ｜ – V – V　　　– V – – ｜ – V – – ｜ – V – V

9. "速律"——"赛里阿律"（Baḥr as-sarīʻ）。韵律的基本格式为：

mustafʻilun mustafʻilun fāʻilu　　　　mustafʻilun mustafʻilun fāʻilu

/o/o//o ｜ /o/o//o ｜ /o//　　　　　/o/o//o ｜ /o/o//o ｜ /o//

– – V – ｜ – – V – ｜ – VV　　　　– – V – ｜ – – V – ｜ – VV

10. "漫律"——"门赛里赫律"（al- Baḥr al-Munsariḥ）。韵律的基本格式为：

mustafʻilun mafʻūlātu muftaʻilu　　　mustafʻilun mafʻūlātu muftaʻilu

/o/o//o ｜ /o/o/o/ ｜ /o//o　　　　/o/o//o ｜ /o/o/o/ ｜ /o//o

– – V – ｜ – – – V ｜ – VVV　　　– – V – ｜ – – – V ｜ – VVV

11. "轻律"——"海费弗律"（al- Baḥr al-Khafīf）。韵律的基本格式为：

fā'ilātun mustaf'ilun fā'īlātu　　　　fā'ilātun mustaf'ilun fā'īlātu

/o//o/o ｜ /o/o//o ｜ /o//o/　　　　/o//o/o ｜ /o/o//o ｜ /o//o/

－V－－｜－－V－｜－V－V　　　　－V－－｜－－V－｜－V－V

12. "似律"——"穆达里阿律"（Baḥr as-mudāri'）。韵律的基本格式为：

mafā'īlu fā'ilātu　　　　　　　　　mafā'īlu fā'ilātu

//o/o/ ｜ /o//o/　　　　　　　　　　//o/o/ ｜ /o//o/

V－－V｜－V－V　　　　　　　　　V－－V｜－V－V

13. "节律"——"穆格台兑布律"（Baḥr as-muqtaḍib）。韵律的基本格式为：

fā'ilātu mufta'ilu　　　　　　　　　fā'ilātu mufta'ilu

/o//o/ ｜ /o///　　　　　　　　　　/o//o/ ｜ /o///

－V－V｜－VVV　　　　　　　　　－V－V｜－VVV

14. "除律"——"穆志台斯律"（Baḥr al-mujtathth）。韵律的基本格式为：

mustaf'ilun fā'īlātu　　　　　　　　mustaf'ilun fā'īlātu

/o/o//o ｜ /o//o/　　　　　　　　　/o/o//o ｜ /o//o/

－－V－｜－V－V　　　　　　　　　－－V－｜－V－V

15. "近律"——"穆台卡里布律"（al- Baḥr al-Mutaqārib）。韵律的基本格式为：

fa'ūlun ｜ fa'ūlun ｜ fa'ūlun ｜ fa'ūlu fa'ūlun ｜ fa'ūlun ｜ fa'ūlun ｜ fa'ūlu

//o/o ｜ //o/o ｜ //o/o ｜ //o/　　　　//o/o ｜ //o/o ｜ //o/o ｜ //o/

V－－｜V－－｜V－－｜V－V　　　　V－－｜V－－｜V－－｜V－V

16. "修律"——"穆台达雷克律"（al- Baḥr al-Mutadārik）。韵律的基本格式为：

fa'ilun ｜ fa'ilun ｜ fa'ilun ｜ fa'ilu　　　fa'ilun ｜ fa'ilun ｜ fa'ilun ｜ fa'ilu

///o ｜ ///o ｜ ///o ｜ ///　　　　　　///o ｜ ///o ｜ ///o ｜ ///

VV－｜VV－｜VV－｜VVV　　　　VV－｜VV－｜VV－｜VVV

据说，诗歌的这些格律基本上是由阿拉伯文学理论家、语言学家海利勒

（الخليل بن أحمد الفراهيدي, al-Khalīl bn Aḥmad 718—789）在广泛搜集、整理历代阿拉伯诗歌的基础上，根据音乐原理，归纳出来的。

第三节 内容与题旨

一首长诗往往包含几部分内容：开始部分多为诗人驻足于荒漠中情人旧居遗址前，触景伤情，回忆当年恋情、分别的情景，描述情人的倩影形象。阿拉伯古诗这种传统的起兴模式，称作"纳西布"（نسيب, Nasīb），相当于一首诗的序曲。纳西布之后，是描状（وصف, Waṣf），多描绘诗人的坐骑：或马或驼，或描述沙漠旅途中所见的种种景象。最后往往才是诗的主旨部分：或矜夸与豪情，或赞颂，或讽刺，或悼亡，或恋情，或哲理，或咏酒，或申辩、致歉，不一而足。

矜夸（الفخر, al-Fakhr）与激情（الحماسة, al-Ḥamāsah）

阿拉伯文学史常把矜夸与激情并于一类题旨，因为两者密切相关。这与古代阿拉伯人长年不断的部落战争有关。所谓激情诗其实就是一种战歌：参战的骑士炫耀自己如何英勇无畏、所向披靡，叙述自己参加的战役，描述战斗的场景，还往往要描绘自己的战马和武器。贾希利叶时期的矜夸诗则除此之外会进一步炫耀自己的宗谱、门庭，以说明血统纯正，出身高贵，要夸耀自己的祖先、亲属乃至子孙后代，最要炫耀的品德是慷慨好客、勇敢善战，还有口齿伶俐。这种矜夸与豪情，我们几乎在每首《悬诗》中都可以看到。在其他诗人的作品中也不难读到，如侠寇诗人尚法拉在诗中就自我表白：

> 高尚的人个个是勇敢的英雄，
> 　　冲锋、狩猎我却最为英勇。
> 聚餐时，我从不急于伸手，
> 　　贪婪的人才抢先，急急匆匆。
> 这完全出自我对他们的照顾，
> 　　先人后己是最好的品性……

在贾希利叶时期，诗人的自我往往与其所在的部落紧密联系在一起，所以矜夸者有时是自己——"我"，有时则是自己的部落——"我们"。如诗人大穆拉基什就在诗中不无自豪地夸耀自己的部落道：

假如把功德作目标，
　　赛马场上你追我赶，
那么我们准能夺冠，
　　让别人远落在后面。
品德高尚是我们的传统，
　　子子孙孙世代相承。
万一一个首领逝去，
　　找个断奶的孩子都可替顶。
战争的日子，
　　我们把生命看得很轻；
而一旦和平安定，
　　我们的灵魂却无比贵重。
我们蓬头垢面，
　　锅中却热气不断；
若是杀了他人，
　　付血锾，我们有钱。
遇上天灾、饥荒，
　　我们总是慷慨解囊；
我们这里招贤纳士，
　　高朋满座，济济一堂。
我们急公好义，舍己为人，
　　若有骑士在危难时分，
喊一声："谁来救命？"
　　我们会为他不惜舍身。

如果在千人之中
　　只有我们一人,
他们喊一声:"勇士何在?"
　　那也一定是指我们!
如果别的骑士躲躲闪闪,
　　害怕剑刃伤身,
我们却敢于冲锋陷阵,
　　不怕刀枪,奋不顾身。
英雄有泪从不轻弹,
　　即使遇上大灾大难,
我们也咬紧牙关,
　　不为死者抹泪哭天。
我们坚强不屈,
　　手中又有宝剑;
即使经历千难万险,
　　也能化险为夷,转危为安。

这种矜夸往往也是一种赞颂。

赞颂（المدح, al- Madaḥ）

赞颂在贾希利叶时期是诗歌中主要的题旨之一。这当然也是与当时的部落社会生活有关。因为部落之间兵戎相见时主要靠骑士,唇枪舌剑时则要靠诗人。诗人除自我矜夸外,要赞颂自己的部落、部落的首领、骑士,为他们歌功颂德,借以威慑对方。但同时,诗人作为贝杜因人,有时也要离家出游,在别的部落或异国他乡落脚,或作客,或求助。为答谢主人的殷勤招待、慷慨救助,诗人当然要赋诗赞颂一番。特别是对一些部落贤达的善行义举,诗人更是在感动之余要咏诗赞扬。如《悬诗》诗人祖海尔曾为祖卜延族的贤达海里姆作诗,以赞颂他为平息

长达40年的"赛马之争"而捐献自家骆驼以作血镪的义举,诗中道:

>不论富裕还是拮据时,
>>你都同样地慷慨无私。
>
>战争时,你是族人最勇敢的斗士,
>>和平时,你是他们最雄辩的律师。
>
>如果人们在荣誉的赛场上相互比试,
>>那么夺冠的英雄必定是你。
>
>如果人们的称颂会使人流芳百世,
>>那么你一定会在世上永生不死……

一些常出入当时希拉王国、迦萨尼王国宫廷的诗人往往更是开始以为王公贵族歌功颂德的颂诗为敲门砖,继而再用它作为求得赏赐的谋生手段,如一个叫侯志尔·本·哈立德(حجر بن خالد,Ḥujr bn Khālid)的诗人就这样赞颂希拉王国国王艾布·卡布斯·努尔曼(عبد قابوس النعمان بن المنذر,Abū Qābūs ah-Nu'mān bn al-Mundhir,580—602在位):

>我曾听说过人们做事千千万万,
>>但从未见过谁像艾布·卡布斯那样英明、果敢。
>
>各地的云彩都被驱赶到你那里,
>>化为甘霖降在你家周围、门前。
>
>一旦你逝去,光荣和慷慨就会消失,
>>连骆驼都会生癞疮,不再生产。
>
>没有一个国王会有你那样的丰功伟绩,
>>也没有一个百姓不衷心将你称赞。

至于大诗人纳比埃·祖卜雅尼、大艾阿沙等更是以为这些国王、权贵唱赞歌著称。

讽刺（الهجاء, al-Hajā'）

讽刺诗在贾希利叶时期部落之间的唇枪舌剑中，无疑是诗人最重要的手段。讽刺、攻讦的对象有时是敌对的部落，有时则是个人。讽刺、攻讦的主要内容就是宣扬对方的恶德、劣行，诸如悭吝、怯懦、愚蠢、狭隘、自私等，还往往要揭示对方宗谱、出身的卑贱、低微，数落对方部落在历次部落战争中的败绩等。这在相互敌对的阿慕鲁·本·库勒苏姆与哈雷斯·本·希里宰的《悬诗》中不难看到。有时，讽刺、攻讦的矛头会直指当时一些王国的国王。如《悬诗》诗人塔拉法就曾就作诗讽刺希拉王国国王兄弟，骂国王不如一匹骆驼，讥笑亲王昏庸、愚蠢，而遭杀身之祸。

悼亡（الرثاء, al-Rathā'）

悼亡诗就是为悼念死者的挽诗。它实际上也是一种赞颂诗，只不过赞颂的对象往往是在部落战争中牺牲的头领、英雄，当然，有时也为寿终正寝的王公、权贵、亲朋好友等吟诵悼亡诗。诗歌的内容也往往是在对死者故去表示深切的悲痛和哀悼之余，为死者大唱赞歌，颂扬死者生前诸如慷慨好客、英勇无畏、侠肝义胆等美德，并会追思他在战事与平时的一些业绩。其中最著名的当数跨代的女诗人韩莎[①]为她在部落战争中阵亡的兄弟萨赫尔作的悼亡诗。悼亡诗往往还有一个作用，就是在追述死于战场上的英烈的功德后，激发本部落将士的热忱，鼓动他们投入战斗，为死者复仇。

恋情（الغزل, al-Ghazal）

爱情是古今中外文学创作永恒的主题，贾希利叶时期的阿拉伯诗歌当然也不例外。除了通常盖绥达体的长诗往往以情诗为起兴，也常有在长诗中以恋情为题旨或主旨，带有一定的故事情节。如诗人穆纳海勒·叶什库里在诗中就这样描述

[①] 韩莎在世的时间横跨贾希利叶时期和伊斯兰初期，故被称为"跨代诗人"。

恋情：

> 我走进姑娘的闺房，
> 　　在那濛濛的阴雨天，
> 她身穿绫罗绸缎，
> 　　那样俊美，那样丰满。
> 我拉拉扯扯，她忸忸怩怩，
> 　　像一对鸽子彳亍走向小河边。
> 我吻着她，她浑身颤栗，
> 　　像一只小羚羊，吁吁气喘。
> 她贴近我说："穆纳海勒，
> 　　你为什么浑身好似火炭？"
> "走吧！什么也别问了！
> 　　还不是对你的爱情将我摧残！"
> 我爱她，她也爱我，
> 　　连我的公驼也将她的母驼爱恋。

不过，恋情诗也分两种：一种是以乌姆鲁勒·盖斯为代表的艳情诗；一种则是以安塔拉为代表的贞情诗。

描状（الوصف，al-Waṣf）

描状是贾希利叶时期诗歌的重要题旨。诗人在他们的游牧生活中往往习惯于观察周围的自然环境、客观世界，并将其描述于自己的诗歌中。描状的对象当然与他们的生活息息相关。如他们常常用浓墨重彩去描述骆驼、马匹，因为它们不仅是他们的坐骑，而且是他们旅途中最亲密的伙伴、战场上最忠诚的战友。他们会描述荒漠中、旅途上所遇到的瞬息万变的自然景象、千姿百态的动植物，描述他们的萍踪浪迹的游牧生活和你死我活的部落战争场面。

哲理（الحكمة，al-Ḥikmah）

贾希利叶时期的诗人往往被人们认为是部落的贤哲，他们的很多诗句常是生活经验的总结，含有深邃的哲理，于是成了对人们生活具有指导意义的格言警句。如《悬诗》诗人塔拉法的舅舅、诗人穆太莱米斯就在诗中吟道：

攥着钱比没有强，
　　也胜于乞讨流浪。
会过的，少的则会增多，
　　不会过，多的也会精光。

又如生于也门的一个部族头领、骑士诗人艾弗沃·奥迪也常在诗中阐述一些质朴的哲理：

若无首领，人多也没用；
　　蠢人当家，无法有首领。
没有柱子，无法支帐篷，
　　不打桩子，柱子立不成。
一旦桩子、柱子皆具备，
　　预想的事情一定会成功。

我们在著名诗人祖海尔的《悬诗》的后半部分，尤其会看到通篇表达哲理的格言、警句。

咏酒（الخمريات，al-Khamriyāt）

在贾希利叶时期，饮酒被认为是表现阳刚、豪侠之举。因此，我们可以看到很多诗人都在诗中咏酒，如穆纳海勒·叶什库里在诗中吟道：

啊，狂欢豪饮的一天，
　　对穆纳海勒显得何其短！

我开怀豪饮美酒，
　　用大群的骏马抵酒钱。
我开怀豪饮美酒，
　　卖掉奴隶、俘虏也情愿。
我开怀豪饮那美酒啊，
　　不惜万金，用大杯小盏！
如果我醉如烂泥，
　　就似国王，住在宫殿。
如果我酒后醒来，
　　就会发现仍在牛羊骆驼中间。

即使黑奴出身的安塔拉也会在自己的《悬诗》中不无自豪地炫耀：

我爱千金买醉，兴来开怀饮酒，
　　不怕骄阳似火，自有杯盏在手。
醉时，我挥金如土，舍得花钱，
　　为的是保持尊严，不伤体面。
醒来，我也从不忘疏财仗义，
　　我的高风亮节，你应当熟悉。

当然，当时最好的咏酒诗是出自著名诗人大艾阿沙之手。

总之，诗歌是阿拉伯人的文献。古诗中的这些内容、题旨实际上像一面镜子，清楚地反映出当时阿拉伯人的社会生活和价值观念：在荒漠中游牧多迁、萍踪浪迹的生活，常常会使他们旧地重游时怀恋情人，倾吐情怀；况且，在那种单调、艰苦的自然环境生活中，妇女往往成了美的象征，难免是他们经常歌咏的对象。在部族时常敌对，部落间经常发生劫掠、战争的情况下，他们往往会矜夸自己血统的高贵，宗谱的纯正，祖先的光荣，本人品德的高尚，本部族的伟大；而对敌对的部族或仇人则予以嘲骂、攻击，数落他们的败绩、污点，以怯懦、悭吝等当时人们引以为最大耻辱的缺点对他们进行羞辱；赞颂诗赞美的对象往往是本族或盟族的首领、贤哲、勇士，或王国中的王公贵族，内容无非是颂扬他们如何勇敢善战，慷慨豪侠，扶危济困，真诚守信等；对于死者则追述其生前的丰功伟绩、嘉言懿行。诗人们往往在诗中写景状物，除精心描写他们喜爱的骆驼、骏马外，还写沙漠中的飞禽走兽，写金戈铁马、血流漂杵的战争……诗人有时得罪了某些王公贵族，或引起了某些误会，也往往用诗的形式为自己申辩，向对方致歉；诗中还往往不乏诗人从生活经验总结出的富有哲理的格言、警句。

第四节　贾希利叶时期诗歌的特点

这一时期的诗歌有如下特点：

一、真实、朴实。这一时期的诗歌是当时阿拉伯人生活的真实记录。在描写战争胜负时是实事求是的，诗中也写自己部落的失败，写敌人的勇敢，不弄虚作假、颠倒黑白；也不掺杂以想象、虚构的成分。在赞美或讽刺时也往往恰如其分，令人信服。如一位名叫穆法戴勒·努克雷（المفضل النكري，al-Mufaḍḍal an-Nukrī）的诗人在描述他们与另一部族的战争时，就很公正：

> 我们交锋那一日
> 　　像林中失火，喊声震天。
> 在战场上双方各有多少豪杰
> 　　用怒吼代替了发言。
> 我们让野兽饱餐了一顿，
> 　　他们也喂了野兽一顿饱餐。
> 我们让他们的妇女哭天抹泪，
> 　　他们也让我们的妇女抹泪哭天。
> 她们每天都是你哭我号，
> 　　直哭得舌燥口干。

只是在贾希利叶时期的后期，有些诗人以颂诗为谋生手段，为取悦王公贵族而渐走上美言、粉饰的道路。

诗人们在写景状物或描述人物形象时，凭借很强的观察力，描写往往具体、细致、生动、形象，颇像工笔画的手法。在比拟、借喻方面也往往是用具体的、人们日常熟知的事物作喻体：如把女人比作太阳、月亮、鸟卵、珍珠、羚羊……把男人比作大海、及时雨、狮子、狼、鹰、骆驼、枪、剑等。

二、程式化。除上面我们曾谈过的盖绥达这种传统的长诗具有一定的模式外，还应看到，诗人们往往相互模仿和抄袭，因此许多诗歌的题材、内容常有雷同之处。如：一个诗人用羚羊形容女人，很多诗人也随之用羚羊形容女人；另一个诗人用星比喻男人，结果很多诗人也随之采用了这一比喻。许多诗歌都是抄袭了别人的题材、内容再加以丰富、发展。当时大诗人祖海尔曾一针见血地指出：

  我看我们的诗歌都是抄袭，
    要不就是重复来，重复去……

三、多题旨、流动态。游牧民逐水草而居，是游移不定的，既有单调的一面，也有多彩的一面。这种生活的特点也反映在他们的诗歌中，即所表现的内容也是活动的、丰富的，而不是静止的、单一的：诗人随朋友骑马或骆驼在荒漠中见到了故居的废墟遗址，引起对情人与往事的回忆。在继续前进的路上，他往往会用浓墨重彩描绘自己的坐骑——骆驼或马，随后也许会转入对鸵鸟、羚羊或野驴的描写，那也许是由于联想，也许是由于途中所见。旅途中的沙漠景象——云、雨、雷、电、山洪、黑夜会陆续出现在诗中。诗人可能对自己和本部落矜夸的同时，攻讦对手。最后往往由于沉思而吟出一些哲理性的格言、警句。诗不是停留在一个内容上，而往往是由一个内容转向另一个内容，是多题旨的，是动态的。好似拍电影时用的跟镜头的方法，追拍，闪回，又颇似现代文学的意识流，让人感到诗的意象是动的，不是静的。

四、结构松散。由于这种诗是多题旨的，呈流动态，跳动很大，因此这种诗在结构上缺乏严密的逻辑性，而显得松散也就不难理解了。阿拉伯的古诗往往以拜特为单位，表达一个相对完整的意思。人们素常把一个拜特的诗比喻成一颗珍珠，把一首诗比喻成一串珍珠。既然如此，一首诗可以增删，亦可以颠倒某些诗行排列的前后次序，犹如人们在串珍珠时，可串得长些，亦可串得短些，可把一些珠子放在前亦可放在后。其诗歌逻辑性不强，结构松散，由此可见一斑。形成这种现象还有一个原因，就是一首长诗往往不是一气呵成，而是分几段时间作出，然后凑成的。

五、抒情而兼叙事。阿拉伯古诗没有长诗、诗剧的形式，多是吟诵起来铿锵和谐、富有音乐性的抒情诗，但不少诗中都带有一定的故事，夹叙夹议，抒情与叙事相结合。诗中有时叙述了部落战争的一些情节或劫掠生活的传奇故事，有叙事诗的成分。阐述哲理的格言、警句，则有些像教喻诗。

第五节　《悬诗》及其他

这一时期最著名的诗和诗人是《悬诗》及其作者。

《悬诗》是贾希利叶时期7篇或10篇著名长诗的总称，被认为是这一时期诗作的精华和代表，从而被列入世界文学名著之列。《悬诗》的原意是"被挂着的"。名称由来其说不一。通常的说法是：当时各部落著名诗人惯于在一年一度的欧卡兹集市上赛诗，人们把公认为最佳的作品用金水写在细亚麻布上，挂在克尔白神庙上，故亦称《金诗》；有人认为这些诗歌佳品因挂留于人们记忆中，得以流传，故而得名；亦有人认为它们珍贵得像一串串挂在美人颈下的珠宝项链，而有此称。

黑格尔曾把《悬诗》称为"抒情而兼叙事的英雄歌集"，说诗中：

> 描述所用的语调有时大胆夸张，有时很有节制、平静柔和，所描述的还是阿拉伯人还处在异教时期的原始情况，例如部落的光荣、复仇的怒火、爱情、冒险探奇的热望以及欢欣愁苦之类题材都写得很有魄力……这在东方原始生活中是一种真正的诗，其中没有妄诞的幻想，没有散文气味，没有神话，没有牛鬼蛇神之类东方怪物，有的是真实的独立自足的形象，尽管在辞藻比喻方面偶尔有些怪诞和近乎游戏，还是近乎人情的，形式完整的。①

廖廖数语的评介，还是很恰切的。

对于《悬诗》的篇数及其作者，亦有分歧。一般认为7篇《悬诗》的作者

---

① ［德］黑格尔：《美学》（第三卷，下册），朱光潜译，商务印书馆，1981年，第172页。

是乌姆鲁勒·盖斯、塔拉法、祖海尔、安塔拉、阿慕鲁·本·库勒苏姆、哈雷斯·本·希里宰和莱比德。有人认为是8篇，并依照次序将《悬诗》诗人排列为：乌姆鲁勒·盖斯、祖海尔、纳比埃·祖卜雅尼、大艾阿沙、莱比德、阿慕鲁·本·库勒苏姆、塔拉法和安塔拉。认为《悬诗》是10篇者，则在这8篇之外加上哈雷斯·本·希里宰与阿比德·本·艾卜赖斯。在这些诗人中，从诗作的数量和艺术水平总体衡量，学者们一般认为乌姆鲁勒·盖斯、祖海尔、纳比埃和大艾阿沙四人更为突出。

应当指出的是，部落之间的争斗在贾希利叶时期是社会生活中一个重要内容，因而很多诗人及其诗作必然与之相关。

在贾希利叶时期有两场著名的部落战争："白苏斯之争"与"赛马之争"（又称"达希斯与艾布拉之争"）。

"白苏斯之争"发生在瓦伊勒族的台额里卜部落与贝克尔部落之间。台额里卜族的头人库莱卜横行乡里，依仗权势射杀了白苏斯放牧在他的领地的一匹母驼。属于贝克尔部落的白苏斯向自己的外甥、库莱卜的妻弟杰萨斯诉苦，杰萨斯愤激之余，寻机杀死了库莱卜，于是引起台额里卜部落与贝克尔部落之间长达40年（494—534）的战争。库莱卜的弟弟、诗人穆海勒希勒发誓要为兄复仇；库莱卜的妻子、杰萨斯的姐姐、女诗人杰丽莱却处于尴尬、为难的境地。这场战争将两位《悬诗》诗人也牵扯了进去：阿慕鲁·本·库勒苏姆与哈雷斯·本·希里宰分别是台额里卜与贝克尔两部落的代表。

"赛马之争"则发生在艾图凡部落的阿布斯与祖卜延两部族之间，因判断两部族参赛的名为达希斯与艾布拉两匹马的先后输赢有分歧，竟亦酿成长达40年（568—608）的战争。两位《悬诗》诗人——祖海尔与安塔拉分属祖卜延与阿布斯两部族，亲临这场战争。安塔拉作为阿布斯部族的英雄骑士，在诗中不禁炫耀自己的战功；而祖海尔则在诗中历数战争给人们带来的灾难，呼吁和解、和平。

阿拉伯古代诗歌几乎全部是抒情诗，实际上是一种供吟唱的歌词。很多诗歌都是在四弦琴（مِزْهَر，Mizhar或رَبَاب，Rabāb）、手鼓和响板的伴奏下唱出来的。这些乐器多由波斯、希腊传进阿拉伯。从伊斯法哈尼的《歌诗诗话》中，我们可以读到，在当时的迦萨尼王国与希拉王国的宫廷中，常有很多著名的歌女歌唱诗人们的诗歌。诗人纳比埃·祖卜雅尼、大艾阿沙是这些王朝宫廷的常客；诗人塔拉法也曾投奔希拉王国，成为国王的清客，在其《悬诗》中，曾有大段对宫廷歌女的描述；诗人阿慕鲁·本·库勒苏姆和哈里斯·本·希里宰都曾代表各自部落诉讼于希拉国王前，请他为两部落的长期纷争作出裁决；而作为贾希利叶时期诗坛魁首的《悬诗》诗人乌姆鲁勒·盖斯的祖父曾得到波斯萨珊王朝的青睐，一度在希拉王国掌权，诗人在其父被杀而立志报仇复国时，又直接去君士坦丁堡求助于拜占庭国王查士丁尼。从这些当时最著名的诗人的行踪中，我们不难看出，通过这两个王国，希腊—罗马和波斯的文化肯定会对当时的诗歌产生影响。

此外，我们知道，《圣经》中亦有不少诗篇，在基督教、犹太教的传教过程中，也会对当时的诗歌产生影响。贾希利叶时期著名诗人中，奉犹太教的就有以信义著称的塞缪尔；奉基督教的则有阿迪·本·宰德、伍麦叶特·本·艾比·赛勒特等。塞缪尔为守信义，宁肯舍弃儿子也不愿将大诗人乌姆鲁勒·盖斯托他保存的盔甲交给前来讨要的希拉王国人，可见两人友谊之深。阿迪·本·宰德居希拉，精通波斯语，曾作过波斯国王的翻译和阿拉伯文秘书，而伍麦叶特则熟谙《圣经》，曾遁世苦修，他在诗中号召人们摈弃拜物，笃信一神，并在诗中描述了天堂、地狱和一些宗教传说、神话故事。有些阿拉伯学者（如埃及著名学者邵基·戴伊夫）认为这些诗人的诗中有关宗教的内容是后人伪托的，其理由是这些内容是《古兰经》中出现的，而《古兰经》是在这些诗人之后产生的，他们认为诗人当时不可能写出这种诗，是后人抄袭了《古兰经》的内容而伪托的。其实，这种论证并不能令人十分信服。从某种角度来看，这些诗正说明了犹太教、基督教对当时阿拉伯诗歌、文学、文化产生的影响。

贾希利叶时期还有一类诗人，称"侠寇诗人"。他们多出身为黑奴，不满歧视，出走为盗，在荒漠中以劫掠为生，如塔阿巴塔·舍拉、尚法拉、苏莱克·本·苏拉凯、艾布·黑拉士等。也有的侠寇诗人并非出身低下，但把劫富济贫作为生活方式，如欧尔沃·本·沃尔德。

有些诗人生活于伊斯兰教创兴前后两个时代，称"跨代诗人"。我们酌情将这类诗人分别放在两个时期介绍，如将著名的女诗人韩莎与《悬诗》诗人莱比德列入贾希利叶时期，余者将于伊斯兰时期介绍。

第三章　四大著名诗人

第一节　乌姆鲁勒·盖斯

乌姆鲁勒·盖斯原名俊杜志·本·胡杰尔（جندج بن حجر الكندي，Junduj bn Ḥujr），"乌姆鲁勒·盖斯"原为其号，意为"硬汉"，又被人称"浪荡王"（الملك الضليل，al-Malik aḍ-Ḍillīl）。他生于纳季德地区，祖籍也门，属铿德部族，出身于王族贵胄：其祖先由也门北迁后，于5世纪中叶成为强大的铿德部落联盟盟主；其祖父哈里斯（الحارث，al-Ḥārith）曾一度被波斯王委任管辖希拉王国；其父胡杰尔（حجر，Ḥujr）曾统管阿萨德和艾图凡两部落。

诗人自幼即露有诗才。但他恃才傲物，放荡不羁，常与一些纨绔子弟结伴游荡、行猎、调戏妇女、饮酒赋诗，沉湎于声色犬马中。后来，阿萨德部落谋反，杀死了诗人的父亲。据说，诗人当时正在聚众饮酒，闻讯后说："小时候他让我浪游，长大了却让我复仇。今日不醒，明日不醉。今日且饮酒，明日壮志酬！"遂从此戒酒，矢志报仇复国。为此，他曾多方奔走求助，皆不尽人意。最后，据说他曾去君士坦丁堡向拜占庭国王查士丁尼求援，亦未能遂愿，归途中，死于安卡拉。亦有学者认为他并未到达君士坦丁堡，而是死于去途中。

乌姆鲁勒·盖斯的诗歌创作以其父被害为界，可分前后两个时期。前期作品反映了诗人落拓不羁、风流倜傥的浪荡王子气质和纵情行乐的生活，颇具浪漫主义色彩；后期作品则主要抒发了诗人誓死复仇的心愿，表达了征途坎坷多艰的境况，格调显得悲壮、深沉。

乌姆鲁勒·盖斯的代表作是其《悬诗》，为其前期作品，即在其父遇害前所作。据说这个"浪荡王"倾心于堂妹欧奈扎，一日遇见欧奈扎与女伴们在一个叫"达莱·朱勒朱勒"的地方嬉戏，诗人便宰杀了自己的骆驼款待她们。之后，诗人作了这篇长诗，叙述了这段经历。但这首诗，同多数《悬诗》一样，并非一气呵成，而是一段一段陆续吟出成篇。原诗共81个拜特（其中在谷地背水遇狼一段，有人认为可能是侠寇诗人塔阿巴塔·舍拉的诗句，而非出自盖斯之手）。

全诗可分两大部分：前一部分是"谈情说爱"。开头是诗人与旅伴驻足于情人旧居遗址前，触景生情，回忆往日恋情，不禁悲从中来，泣不可抑：

> 朋友们，请站住，陪我哭，同记念，
> 　　忆情人，吊旧居，沙丘中，废墟前。
> 南风、北风吹来吹去如穿梭，
> 　　落沙却未能将她故居遗迹掩。
> 此地曾追欢，不堪回首忆当年，
> 　　如今遍地羚羊粪，粒粒好似胡椒丸。
> 仿佛又回到了她们临行那一天，
> 　　胶树下，我像啃苦瓜，其苦不堪言。
> 朋友勒马对我忙慰劝：
> 　　"打起精神，振作起！切莫太伤感！"
> 我明知人去地空徒伤悲，
> 　　但聊治心病，唯有这泪珠一串串。

这种以凭吊情人旧居遗址，抒发恋情为起兴的作法，已成为《悬诗》乃至一般盖绥达体长诗的模式，称"纳西布"。这种形式在盖斯前虽有，但在盖斯诗中才臻于完美而定型，故后人往往把首创纳西布归功于乌姆鲁勒·盖斯。诗中还写到诗人的种种风流韵事，特别生动地描述了在达莱·朱勒朱勒那日的欢聚、艳遇：

> 那天，我为姑娘们宰了自己骑的骆驼，
> 　　不必大惊小怪！我与行李自有人去分担。
> 姑娘们相互把烤肉抛来抛去，
> 　　喷香肥嫩，一块块好似绫罗绸缎。
> 那天，我钻进了欧奈扎的驼轿，
> 　　她半娇半嗔："该死的，你快要把我挤下轿鞍！"
> 我们的驼轿已经偏到了一边。
> 　　她说："快下去吧！瞧骆驼背都快磨烂！"
> 我对她说："放松缰绳，任它走吧！
> 　　"别撵我！上树摘果，我岂能空手还？"

诗人钟情的对象不止一人，其爱情是多元多角的；他所描述的偷情场面也并非一次，其艳史是多幕多场的。他将某些偷情艳遇写得非常大胆、露骨，有时近似淫亵，如他同孕妇、哺乳的少妇幽会的一段：

> 我曾夜晚上门，同孕妇幽会，
> 　　也曾让年轻的母亲把吃奶孩子抛在一边。
> 孩子在身后哭，她转过上半身，
> 　　那半身在我身下却不肯动弹……

情诗写得如此放荡、冶艳，在阿拉伯文学史上，乌姆鲁勒·盖斯是首开先例的。他对多次艳遇的描述也不尽相同，有详有略，有虚有实。有些情节描述得细腻、生动、具体，令人读后如临其境，如闻其声。如他在描述一段深夜偷情的经过：

> 我躲过重重守卫，去把她探——
> 　　人若见我偷情，会让我一命归天。

我到时，她已脱衣要睡，
　　帐帘后只穿着一件衬衫。
她说："老天呀！真拿你没法儿，
　　"你这么胡闹，到什么时候才算完！"
我携着她的手溜出闺房，
　　她用绣袍扫掉足迹，怕人发现。
穿过部落营区前的空场，
　　我们来到了一块平地，在沙丘间。
我扯着她的秀发，她倒在我怀里，
　　酥胸紧贴，两腿丰满……

我们不仅从中可以听到女孩入夜在闺房中见到不期而至的情郎那种娇嗔的责怪声，还会看到她小心谨慎地用绣袍扫掉沙漠上印上的足迹，怕被人发现行踪。阿拉伯文学史上这种有情节、有对话的情诗写法生动活泼，其创始者也是乌姆鲁勒·盖斯。

诗人很善于剖析女性心理：

有一天，在沙丘后，她翻了脸，
　　指天发誓要同我一刀两断。
法蒂玛，别这样装腔作势吧！
　　果真分手，我们也要好说好散。
是不是我爱你爱得要命，一心听你驱唤，
　　使得你这样得意忘形，傲气冲天！
我的品德果真有什么让你不满，
　　把我从你心中彻底消除，岂不坦然？
又何必眼中抛落泪珠串串，
　　似利箭，把一颗破碎的心射得稀烂！

几句话，把一对坠入爱河的年轻恋人情意缠绵却又无事生非的一个小插曲，特别是把一个在情人面前撒娇使性的女性心理写得活灵活现，惟妙惟肖，令人如闻其声，如见其人。

诗人不仅善于抒情、述情，而且也擅长写景状物。他写孤寂、惆怅、忧伤难忍的沙漠长夜：

> 夜幕垂下，好似大海掀起波澜，
> 　　愁绪万千，齐涌心头将我熬煎。
> 黑夜像一匹骆驼，又沉又懒，
> 　　它长卧不起，使我不禁仰天长叹：
> 漫漫黑夜啊！你何时亮天？
> 　　尽管白昼的愁绪还是有增无减。
> 星星为什么像用巨绳拴在山崖上，
> 　　眼睁睁地不肯移动一星半点？

在这里，诗人借景抒情，寓情于景，情景交融。此情此景写得何等精彩！

诗人还用了较大的篇幅赞美他的骏马。但诗人并非静止地、孤立地去描写他的马，而是通过叙事——清晨策马狩猎的场面去写动态的马：有整体勾勒；也有细部描绘，不仅写出了马的外观，也写出了马的神情。而且诗人自豪之情也跃然纸上：

> 清晨出猎，鸟儿尚在睡眠，
> 　　骑上骏马，野兽难以逃窜。
> 马儿奔跑，轻捷而又矫健，
> 　　好似山洪冲下的巨石，飞腾向前。
> 枣红马丰满的脊背上向下滑动着的鞍鞯，
> 　　好似光滑的石头上向下滚动着的雨点。
> 莫看这马外表瘦削，腹部尖尖，
> 　　仰天长嘶，是热血沸腾在它胸间；
> 它好似在水中畅游，勇往直前，
> 　　即使是累了，也会在大地上扬起阵阵尘烟。

少年新手骑上，会被抛下马鞍。
　　　　壮士老将上马，衣衫迎风飞展。
它奔腾不息，一往无前，
　　　　好似孩子手中的陀螺呼呼飞转。
腰似羚羊腰，腿如鸵鸟腿，
　　　　跑起来狼一般轻捷，狐狸般地矫健。
它体躯高大，两肋浑圆，
　　　　马尾笔直，甩离地面。
脊背坚实，光滑又平坦，
　　　　好似新娘碾香料、砸坚果的大石盘。
猎获的禽兽血溅在它胸前，
　　　　有如指甲花红把白发染。

一群羚羊突然出现在眼前，
　　　　就像一伙朝拜的少女身着白袍镶黑边：
它们白色的身子，黑色的蹄，
　　　　扭头逃跑，像一串罕见的珍珠项链。
我纵马赶到了带头羊前，
　　　　随后的群羊惊魂未定，尚未逃散。
马儿一下子就让我连获一公一母两只羊，
　　　　而它竟是那样轻松自如，未流一滴汗。
火烤加水煮，齐把手艺显，
　　　　荒漠羊肉香，野外来聚餐。
傍晚大家赏骏马，处处是优点，
　　　　眼睛上下看不够，众口齐夸赞。
骏马整夜未卸鞍，
　　　　昂首屹立在面前。

最后，是诗人对荒漠景物的描写：写阴云、闪电、暴雨、山洪倾泻，写雨过天晴，万象更新的景色：

> 喂，朋友！你可看见那乌云上方似王冠，
> 　　又像云中伸出了两手，那是电光闪闪。
> 那闪电又像是僧侣的灯，
> 　　在添油时拨动了灯捻。
> 在达里吉和欧宰伊布之间，
> 　　我与同伴坐着遥望苍天。
> 好大的一片阴云啊！我们齐把雨盼，
> 　　那云右遮盖坦峰，左接希塔尔和耶兹布勒山。
> 大雨倾盆，直泼在库泰法的地面，
> 　　汇成山洪，把大树都冲得根朝天。
> 盖南山上雨过处，
> 　　羱羊①全被赶下了山。
> 太马绿洲没有剩下一颗枣椰树干，
> 　　除了石头砌的，房屋全成了烂泥一摊。
> 迎着风雨岿然屹立的赛比尔山
> 　　好似身披条纹大氅的王公，那样威严。
> 清晨，泥沙俱下的洪水环绕着穆杰尔山，
> 　　使它像一架纺车的轮子，在不停地飞转。
> 云彩在荒原卸下负担，瞬时葳蕤一片，
> 　　好似也门布商把五颜六色的衣料展览。

在这里，诗人写活了大自然的气象万千、富于变幻、美丽和壮观。诗人把对大自然的热爱全部倾注到对它的描述、赞美之中。

"艺术是现实的复制"（别林斯基语），盖斯的《悬诗》也不例外。它像一面镜子，映照出阿拉伯半岛上的景象。我们既可从中看出当时社会风貌，也可从

---

① 羱羊，也叫北山羊，哺乳动物，形状似山羊而大，雄雌性都长角。雄性角大，向后弯曲，生活在高山地带。

中看出诗人个人的生活与气质。当时阿拉伯人多以部族为单位，过着逐水草而居的游牧生活，盖斯这个放荡不羁的青年王子当时也是与一群膏粱子弟浪游四方。这种游牧多迁、萍踪浪迹的生活，常会让人旧地重游，见到昔日与情人嬉戏的废墟遗址，物是人非，从而使他们触景生情，引起他们怀恋情人、倾吐情怀。显而易见，盖斯悬诗前面那一小段序曲的确源于他们的浪游生活，甚至其他《悬诗》或盖绥达体长诗中的纳西布也不只是刻板的模式，而是他们游牧生活的写照，是有其生活根据的。纳西布之后所述的种种偷香窃玉的风流韵事，一方面说明当时在单调的游牧生活中，人们渴望以恋爱、偷情给生活增添乐趣，说明当时男女相爱也还比较自由；另一方面，也反映出乌姆鲁勒·盖斯这个"风流才子""浪荡王"放浪形骸、落拓不羁的个性，生动、形象地勾勒出他多情善感的气质和喜爱拈花惹草的生活特点。而在写景状物中，通过对黑夜、山谷、骏马、羚羊、雷电、山洪等自然景物的描状，也同样真实地反映了阿拉伯人在半岛上的生活环境和诗人个人的生活经历：夜宿、骑马、打猎、遇雨等。

  运用大量的各种形式的比喻，是盖斯这首诗最显著的艺术特色之一。如把长着妩媚的大眼、细长的玉颈的美女比作羚羊；把深闺中完美、纯洁、细润的少女比作鸟卵；把美女的秀发青丝比作枣椰吐穗；把美女的纤纤十指比喻为嫩枝、青蚕。又如形容骏马，说它"腰似羚羊腰，腿如鸵鸟腿，跑起来狼一般轻捷，狐狸般地矫健"。又如形容迎着风雨岿然屹立的山，像身披条纹大氅的王公那样威严；形容洪水环绕山丘，像一架纺车的轮子在不停地飞转；说雨后葳蕤一片的草原像也门布商把五颜六色的衣料展览；说山洪冲下的群兽尸骸好似野葱头露出根须一般……真是通篇都是绝妙的比喻，具体、朴实、恰切，成为后世修辞的范例。

  据说伊斯兰教先知穆罕默德曾说乌姆鲁勒·盖斯是众诗人的旗手，也是率他们下地狱的领袖。一方面肯定了诗人在诗坛的地位，另一方面则认为他的放浪形骸有悖于伊斯兰教义。又据说人们曾问及伊斯兰教先知穆罕默德的女婿、第四任正统哈里发阿里，古代哪位诗人最好，他说：大家没有在一起赛过，否则胜者必是"浪荡王"（即乌姆鲁勒·盖斯）。阿里还说，他的诗"词句洒脱而最准确，立意新奇而最优美"。这是人们公认的定评。乌姆鲁勒·盖斯对后世诗人影响很大，其《悬诗》被认为是阿拉伯诗歌史上经典杰作之一。

第二节 祖海尔

祖海尔生于纳季德地区，幼年丧父，由其舅父、诗人、亦是哲人的白萨麦（بسامة بن الغدير，Basāmah bn al-Ghadīr）抚养，成长于其母系亲属所在的艾图凡部落。诗人从小向舅父学习诗歌艺术，后又成为其继父奥斯的传述人。

奥斯是当时著名诗人，原籍巴林地区，浪迹于纳季德、伊拉克等地，后投靠希拉王国朝廷，鼓动国王阿慕鲁·本·杏德为其先王蒙齐尔·本·玛·赛玛向迦萨尼王国复仇。在两王国以"哈利玛日"（554年）著称的战斗中与其父一道死于战场。奥斯擅长作情诗，对行猎、咏酒、状物（尤善于描述武器，特别是弓）、赞美、讽刺、哲理等题旨也多有涉猎。如他在斥责族人的一首哲理诗中吟道：

> 我们继承了忠诚的祖先的光荣，
> 　　在他们的家园行事却有辱门庭。
> 不肖子孙若都不维护祖先功业，
> 　　那它就会被他们糟蹋丧失干净。

奥斯作诗注重推敲、锤炼，字斟句酌，故此极受同代诗人推崇，引以为楷模，在诗坛形成"奥斯派"。祖海尔既为奥斯的养子，又是其诗歌的传述人，作诗技巧及诗风自然受其影响，是"奥斯派"的当然传人。

在伊斯兰教创立前的阿拉伯半岛，部落之间战争频仍。因"赛马之争"，祖卜延族两位名叫海里姆与哈里斯的仁人义士出面调停，不惜用3000匹骆驼为血锾，抚恤双方死难者家属，从而结束了这场战争。诗人祖海尔在80岁时适逢此事，有感于怀，为赞颂两位贤达义举而写下这首长达64拜特的《悬诗》。

诗的开头部分是阿拉伯古代长诗盖绥达传统的起兴，即诗人在荒漠中，站在情人的旧居遗址前，触景生情，追忆情人，缅怀旧情：

> 难道这就是乌姆·奥法的旧居
> ——荒原上一片废墟，默无一语？
> 历经沧桑却依稀可辨，
> 　　宛如手腕上扎青留下的痕迹。
> 唯有一只只羚羊和它们的子女
> 　　来来往往，在这里安身、栖息。
> 我站在那里仔细地打量，
> 　　终于确定，那是我久别二十年的故地。
> 这是熏黑了的支锅的石头，
> 　　那是快变为平地的屋边排水渠。
> 当我确认那是昔日的宅邸时，
> 　　就说："早安，故居！我向你致意！"

诗中提到的乌姆·奥法为祖海尔的前妻。她虽为他生过多个子女，但全都夭折了。奥斯好像很喜欢孩子，希望有子孙能传宗接代，致使他休了乌姆·奥法，续娶凯卜莎。后妻为他生有两个儿子——凯耳卜与布杰尔，后皆成诗人。但这位后妻似乎是个缺乏主见，不会过日子又喜欢自吹的人，给诗人添了不少烦恼。诗人晚年——与前妻乌姆·奥法离婚20年后，曾想与她复婚，但她没有接受。

这段纳西布写的生动、形象，颇富沙漠情趣：在茫茫沙漠中，几块熏黑了的支锅石头、昔日帐篷边的排水渠……宛如手腕黥墨的痕迹，依稀可辨。而来往的羚羊为这静寂的画面增添了动态和生趣。诗人眼前仿佛现出沙漠蜃景：当年恋人曾和她的女友乘坐华丽的驼轿行进在崎岖山路上、谷地中，她们千娇百媚、婀娜多姿：

> 我的朋友，你可看见乘着驼轿的妇女
> 　　行进在朱尔苏姆泉边的高地？
> 沿着盖南山左侧走，山路是那样崎岖，

盖南山啊！有多少春秋从你身旁流逝！
驼轿用珍贵的帷幔遮起，
　　四边镶着血一样鲜红的罗绮。
她们坐在骆驼后面千娇百媚，
　　行走在苏斑高地上，婀娜多姿。
天还未亮，她们就已动身，
　　轻车熟路，直奔拉斯谷地。
她们俊俏美丽、风姿绰约，
　　风流公子见了也会心荡神迷……

空旷的沙漠，单调的生活，妇女自然成了人们审美情趣的主要对象。而且诗人以妇女的形象美引譬两贤人的心灵美、行为美。中国的《毛诗正义》有"兴者，起也，取譬引类，起发己心"之说，这篇《悬诗》的纳西布起兴的作用颇似中国古诗中"兴"的作用。

纳西布之后，即从第3段起，诗人立即转入诗歌的正题——对海里姆和哈里斯出资化干戈为玉帛的功绩大加赞美。指出两人为了使相互残杀、濒临灭绝的阿布斯和祖卜延两部族体面地媾和，安居乐业，他们不惜钱财，不遗余力，终于结束了战争：

我发誓：勿论处于什么样的境地，
　　你们两人都确实是仁人君子。
是你们挽救了阿布斯和祖卜延两部族，
　　他们曾相互残杀，已奄奄一息。
你们说过："如果能使大家安居乐业，
　　破钱财，施仁义，我们在所不惜。"
于是，为了和平，你们不遗余力，
　　不伤人们的体面，又照顾亲朋的情义。
你们是这样高尚地赢得了和平，

能取得这样公认的荣誉可真了不起。
医治战争创伤用了骆驼千百匹，
你们付出血锾，却与战争毫无干系。
你们向别人偿还血债，
自己却从未动刀枪，未让血流一滴。
于是受害死者家中跑着幼驼，带着印迹，
那原是你们的财产，出自你们的门第。

在第4段，诗人对祖卜延部族及其盟族提出忠告和警告：要恪守和约，不能口是心非，背信弃义！诗人生动、形象地描绘和渲染了战争、仇杀给人民带来的痛苦、不幸，呼吁停止争斗，让人们和平共处：

请告诉祖卜延人和他们的盟族：
你们已经缔结和约，不能背信弃义！
心中有什么邪念，不要对安拉掩饰，
无论怎样隐瞒，他也会知道你们的秘密。
桩桩件件都将记在账上，受到清算，
只是或早或迟，或今生或来世。
战争的苦果你们尝过，你们熟悉，
谈起来绝非主观臆测，胡言乱语。
一旦你们挑起战端，就是严重的作孽，
那是挑逗起凶恶的狮子，把战火燃起。
战磨转动，将把你们碾成齑粉，
兵连祸结，如多产的母驼连生灾难的子息。
战争中生下的孩子也将终生不幸，
他们将把父兄种下的恶果承继。
伊拉克的乡镇会让人们获得金钱银币，
战争带来的只有祸患，使你们一贫如洗。

诗人把战争比作凶恶的狮子，比作无情的烈火，比作能把人们碾成齑粉的石磨……他又抓住人们希望子孙幸福、生活富足的心理，告诫人们：一旦挑起战争，他们的子孙"将把父兄种下的恶果承继"，和平"会让人们获得金钱银币"，而"战争带来的只有祸患，使你们一贫如洗"。

经两位贤人义士的努力，战争本已平息下来，但祖卜延族的骑士侯赛因却为了替兄报仇，又杀死了一个阿布斯族的人，致使阿布斯族人剑拔弩张，准备重新开战。幸亏义士哈里斯愿意再付100匹骆驼为血镪，又一次制止了一触即发的战争。所以在第5段中，诗人正是针对此事向阿布斯族发表声明：侯赛因心怀仇隙、伺机为兄报仇，挑起祸端，是他个人的事，并非高尚的祖卜延部族背信弃义。而诗人与侯赛因是同一部族，故在批评侯赛因的鲁莽行为，向阿布斯部族致歉的同时，又委婉地替凶手做了一定的辩解，还巧妙地赞扬了这位为兄弟复仇的勇士。弦外之音，希望对方善罢甘休。诗人有劝诫，有警告，又反复歌颂两位贤士的义举：

> 我以自己的生命发誓，这是一个高尚的部族，
> 　　只是侯赛因挑起祸端，并非他们背信弃义。
> 侯赛因原来就心中怀有仇隙，
> 　　他一声不响，却在暗中窥测时机。
> 他企图为兄弟报仇雪恨，
> 　　然后亲率千名铁骑御敌。
> 他没有去惊动千家万户，
> 　　只是把杀害兄弟的凶手杀死。
> 这头雄狮鬣毛耸起，爪牙锋利，
> 　　全副武装，随时准备经受战火的洗礼。
> 它勇敢，受人欺负会迅速反击，
> 　　否则，它就先发制人，显示它不是好惹的。
> 战争重起，像喝过水的骆驼又把水饮，
> 　　那不是泉水，是干戈相见，血流遍地。

他们将两败俱伤，耗尽元气，
　　然后再准备投入后果严重的下场战役。
我敢说，这些付出血镤的人
　　确实是慷慨豁达的贤人义士。
他们的刀枪从未沾过死者的鲜血，
　　那些死者的血债也原与他们毫无干系。
如今那些被杀死的人却可以看到他们的赔偿——
　　一匹匹健壮的骆驼正在山路上向他们家走去……

诗歌的最后一部分是这位饱经沧桑、深谙世事的80岁老人对人生经验的总结。格言、警句妙语连珠：

人生多艰，我已感到烦腻，
　　人活八十，岂能不感到厌世。
今昔诸事我都清楚、熟悉，
　　唯有未来之事我却一无所知。
我看死神像夜盲的骆驼，乱撞一气，
　　撞到者死，撞不到则耄耋老矣！
谁不肯随大流而想标新立异，
　　就会遭到牙咬脚踢，受人打击。
谁行义而不沽名钓誉，会赢得更大的荣誉，
　　谁悭吝而厚颜无耻，会被千夫所指。
谁富有而不肯对乡亲施仁义，
　　必将遭人谴责，被人唾弃。
谁讲信义，不会让人说三道四，
　　谁心安理得，讲话不会语无伦次。
谁怕死，也总难免一死，
　　哪怕他登天梯，逃上天去。
谁若对小人做好事，施仁义，

　　　　人家以怨报德，会使他后悔莫及。
　　谁若不肯讲和，息鼓偃旗，
　　　　那就兵刃相见，让他把头低。
　　不用武力保卫家园，家园会夷为平地，
　　　　谁不欺负别人，难免会被人欺。
　　在他乡异域，会把敌人当成知己，
　　　　谁不自重，会被人瞧不起。
　　一个人的品德无法掩饰，
　　　　即使想瞒人也瞒不过去。
　　有多少人不讲话时让你赞许，
　　　　一开口，优缺点全暴露无遗。
　　一个人的价值一半是舌头，一半是心，
　　　　余下的不过是血肉构成的躯体。
　　老年人昏聩起来无可救药，
　　　　年轻人糊涂过后会变得聪慧。

　　诗人慨叹生死无常、未来难卜，他主张仗义疏财、恪守信义、勇敢无畏、坦荡无私，反对为富不仁、沽名钓誉、贪生怕死、以怨报德。这些格言、警句，其中有些不免偏颇，但大多是真知灼见、至理名言，富有深刻、隽永的哲理，言简意赅、言近旨远，耐人寻味。祖海尔被人尊称为"格言诗人"是不无道理的。

　　如前所述，祖海尔师承其继父奥斯，是"奥斯派"的传人。他作诗时往往字斟句酌，反复推敲。据说他作一首长诗，初作用四个月，修改四个月，在亲友间吟咏四个月，然后才能传播出去。前后历时一年，故其长诗有"年诗"之称，诗人亦因苦吟出名，被人称作"诗奴"之一。其诗语言凝练、严谨，往往嵌有很多格言、警句，脍炙人口。

　　在贾希利叶时期，部落战争频仍，相互劫掠成性，众诗人多在其中煽风点火，推波助澜。在这种情况下，祖海尔特立独行，独树一帜，竭力反对战争，吁求和平共处，表达了当时广大人民要求和平、安定，厌弃战乱不休的心愿。这是诗人最难能可贵之处。

祖海尔被公认为伊斯兰教创兴前地位仅次于乌姆鲁勒·盖斯的最著名诗人之一。其诗最早于1870年与其他5名诗人的诗歌结集出版。其单人的诗集则于1888年在莱顿首次出版。

第三节 纳比埃·祖卜雅尼

纳比埃·祖卜雅尼原名齐亚德·本·穆阿威叶（زياد بن معاوية，Ziyād bn Mu'āwiyah），纳比埃是其号，原意是"才子、出类拔萃的人"。他出身于祖卜延部族的名门望族，父母都是祖卜延部族人。"纳比埃·祖卜雅尼"的意思就是"祖卜延部族的才子"。

纳比埃·祖卜雅尼大器晚成，三四十岁才名噪诗坛。他投靠于当时的希拉王国国王门下，特别受到国王艾布·卡布斯·努尔曼赏识，他以颂诗为其歌功颂德而极受宠信，成为其幕宾、清客和宫廷诗人，在宫中享有特权，连饮食都用金银器皿。国王还经常对他予以丰厚的奖赏。后来诗人一度离开希拉王国而投奔与其敌对的迦萨尼王国。其中原因，说法不一。一说努尔曼·本·蒙齐尔对纳比埃·祖卜雅尼的极度宠信与大量赏赐，引起他人嫉妒，故而在国王面前诋毁诗人。据传，他曾过作一首诗，专门赞美努尔曼·本·蒙齐尔的妻子穆苔杰丽黛，诗中描述王后之美：

　　她出现在帐帘之间，
　　　　好像是初升的太阳，
　　像晶莹璀璨的珍珠，采珠人
　　　　一见就顶礼膜拜，欣喜若狂；
　　又像雪花石雕成的女神，
　　　　供奉在玻璃砖砌的台上……

据说，当时宫中还有一位亦颇为著名的诗人，叫穆纳海勒·叶什库里，本与王后穆苔杰丽黛有染，借此机会对国王诬告纳比埃·祖卜雅尼，说他对王后有染指的冶艳描述，必有私情。国王闻之大怒，欲对诗人惩戒。诗人闻讯被迫逃亡迦萨尼王国。另一种说法可能更接近事实：祖卜延部族与同其结盟的艾赛德部族冒犯了迦萨尼王国国王的禁戒，受到掳掠、惩罚，很多人被俘，据说，诗人的一个女儿也在其中。诗人闻知后，为救族人，只好离开希拉王国投奔迦萨尼国王，对他及其王族歌功颂德，以为族人求情。迦萨尼王室对纳比埃·祖卜雅尼的颂诗极为赞赏，给予他丰厚的奖赏和俸禄，使他享有显赫的地位，过着富裕、舒适的生活。当时两王国相互敌对，希拉国王原先把纳比埃·祖卜雅尼当成是为自己歌功颂德的吹鼓手、御用诗人，是代表祖卜延部族效忠于希拉国王，因而诗人投奔迦萨尼王国并为其王族大唱赞歌这种行为，在希拉国王眼中不啻为叛国投敌，罪莫大焉。

　　纳比埃·祖卜雅尼在迦萨尼王国虽亦受宽待，但旧情难忘，遂设法写诗给希拉国王，为自己辩解，以求谅解：

> 知君责备我，
> 　　惶惶心不安。
> 辗转反侧不得寐，
> 　　夜夜如卧在针毡。
> 愿对君盟誓，
> 　　诚心可告天：
> 小人君前诽谤我，
> 　　劝君切莫信谗言。
> 投奔他国为谋生，
> 　　并非离君而反叛。
> 他国君王待我好，
> 　　听我赞歌赐我钱。
> 知恩称谢并非罪，
> 　　人皆如此君亦然。

请君原谅且息怒,
　　勿将我当癞驼看。
神明佑君位显赫,
　　众王惶恐立君前。
彼等如星君如日,
　　红日升时星不见。
求全责备难得友,
　　谁能完美无缺点?

他在诗中像一个高明的律师,鞭辟入里地为自己的行为辩护,向国王致歉,认为他在迦萨尼王国受到优厚的待遇与赏赐,知恩称谢是人之常情,并非罪过。继而,他在诗中极力赞颂、取悦于希拉国王。他用众王立于希拉国王面前惶恐不安,又把希拉的国王比喻为太阳,而把其他的国王比喻成群星,太阳出来时,群星都隐退不见,反衬出希拉国王的显赫、伟大。诗中最后说:"求全责备难得友,谁能完美无缺点?"颇似我国的格言:"水至清则无鱼,人至察则无徒。"也是为自己的行为开脱、辩解。

在贾希利叶时期,纳比埃·祖卜雅尼正是以颂诗和这类辩解、致歉的诗歌著称。如在那首被认为是他的《悬诗》的作品中,诗歌的主旨也是这样。这首诗依照盖绥达的模式,以驻足于情人的故居遗址前抒情为起兴:

啊!在阿勒亚的马娅的家园,
　　它长时间早已变得荒芜一片。
黄昏,我站在那里向她问候,
　　可那里空无一人,没人答言……

继而是对他骑着穿过沙漠前往希拉国王努尔曼处的骆驼的描述,把它比喻成遭到猎狗追击并与之搏杀的公羚牛,以说明他坐骑的快速与强壮。当来到努尔曼处时,他就转而开始赞颂这位国王如何慷慨侠义,提到国王当年曾赏赐他100匹骆驼、一群马匹和一些婢女。此后就为自己进行辩解,请求努尔曼国王谅解他。

与此同时，诗人还不忘用种种修辞手法对国王大肆赞美：

> 我从没有损害你进谗言，
> 　　我岂能自找抽打自举鞭。
> 那都是别人造谣我倒霉，
> 　　他们的谣言如剑刺我肝。
> 于是上苍我的主惩罚我，
> 　　却让那些造谣者笑开颜。
> 惊闻艾布·卡布斯威胁我，
> 　　雄狮吼岂不令人肝胆颤。
> 且慢！众人都愿为你献身，
> 　　我也不会吝惜子女和金钱。
> 我岂能自不量力与您作对，
> 　　曾有多少顽敌倒在你面前。
> 幼发拉底河一旦风吹浪涌，
> 　　那波涛会把泡沫推向两岸；
> 条条沟壑成洪流皆汇进它，
> 　　摧枯拉朽，树木漂在上面。
> 筋疲力尽的水手历尽艰辛，
> 　　双手不离舵轮，心惊胆战。
> 但这河如何能及你的恩赐，
> 　　你的赏赐不断，有增无减。
> 我这颂扬并不是求您奖赏，
> 　　只不过是希望您听了喜欢。
> 我一直忧心忡忡，心结难解，
> 　　但愿大王能接受我的致歉……

诗句清奇、典雅，庄重、细腻，富于想象，善用比喻。如他把国王生气比喻像雄狮怒吼，令人胆战心惊；又将国王的慷慨豪侠比喻成幼发拉底河，但在细致地描述了江水奔流，一泻千里，摧枯拉朽之后，笔锋一转，说国王的慷慨恩赐远胜于它。

纳比埃·祖卜雅尼一生周旋于希拉王国与迦萨尼王国之间。其诗作多为两国国王、权贵唱赞歌。他享尽荣华富贵，直至晚年，面对他人的妒忌，诗人不禁有些厌世。他在诗中吟道：

> 人都希望长生不死
> 　　长寿也许有害无益：
> 美好时光已成往昔，
> 　　余者唯有艰难时日。
> 岁月对他翻脸无情，
> 　　眼前全无一丝欢愉。
> 有多少人幸灾乐祸，
> 　　暗中咒我早早死去。

纳比埃·祖卜雅尼传世的诗歌约有30首左右。其诗集最早由法国东方学家戴蓝堡（Hartwig Derenbourg 1844—1908）发表于1868—1869年的《亚洲杂志》上。

其诗大致可分三类：一、作为祖卜延部族的代表诗人，有关部落之间的政治与战争的题材，在他的诗歌中占有相当的比重。当时部落间的关系错综复杂，诗人总是设法利用自己的地位与影响，使自己的部族趋利避害，并加强自身的地位。二、如前所述，他曾一度投奔迦萨尼王国，因而，为迦萨尼国王及王族歌功颂德的颂诗与挽诗也占有不少的篇幅。三、由于诗人所属的祖卜延部族原本就是亲希拉王国的，希拉国王对诗人又有知遇之恩，诗人虽因故投奔过迦萨尼国王，但毕竟与希拉王国国王有着深情厚谊，所以诗人最多作品的内容还是对希拉王国国王感恩戴德，为他大唱赞歌，并竭力为自己辩解，向国王致歉。这种辩解、致歉诗是纳比埃·祖卜雅尼诗歌特有的题旨，也是他诗歌的精华。

纳比埃·祖卜雅尼同祖海尔一样，都属于"奥斯派"诗人。他的诗歌创作极为严谨认真，每首诗都反复推敲，精雕细刻，字斟句酌，不肯粗制滥造，被称为

"诗奴"。诗人善于描状,又喜欢在诗中用典设喻,有较高的艺术性。其诗又特别重视格律音韵,令人听起来铿锵和谐入乐,故而广为传唱。

纳比埃·祖卜雅尼常年居于希拉与迦萨尼两王国的王宫中,其诗多带有反映绚丽多彩的城居文明生活的特点,而与乌姆鲁勒·盖斯、塔拉法、安塔拉等多反映贝杜因人的游牧生活的诗歌有别。由于其诗在一定程度上映照了当时一些部落之间、两个王国之间以及各部落与两王国之间纵横交错的复杂关系,所以它们不仅有文学价值,且有史学价值。

纳比埃·祖卜雅尼的人品与诗才在当时都颇受推崇。人们在欧卡兹集市上曾为他专设帐篷,求其为仲裁,评判诗人们作品的优劣。

后世的学者多把他与乌姆鲁勒·盖斯、祖海尔、大艾阿沙列为贾希利叶时期的一品诗人,认为他的诗歌起兴最美妙,词语最华丽,诗句最精炼,其诗顺畅如话,并无造作之感。不过也有人认为,他在奔走于宫廷、权贵间,为最求名利、赏赐而为王公贵族大肆吹捧之时,难免过甚其辞、言过其实,而失去了这一时期诗歌讲究真实、朴实的特点,从而为人诟病。

第四节 大艾阿沙

大艾阿沙原名迈门·本·盖斯（ميمون بن قيس，Maymūn bn Gays），"大艾阿沙"原为其绰号,"艾阿沙"意为"患夜盲症的人",冠之以"大",是以此区别于其他两个也因患有这种眼疾亦被称作"艾阿沙"却不及他著名的诗人。他生于叶麻麦地区邻近利雅得的曼夫哈,属于贝克尔部落所辖的盖斯·赛阿莱白部族。这一部族虽基本上是定居的,但却仍倾心于那种放羊、牧驼的贝杜因（游牧民）的生活,致使大艾阿沙在一首攻讦专靠农业为生的伊亚德部落的讽刺诗中吟道:

> 我们可不像伊亚德部落
> 　　居于提克里特,期待庄稼收获。

神使我们的食物全靠骆驼，
　　保证我们享受不尽，永远快活。
它们高大如山，可宰而待客，
　　在我们手中，别人无法掠夺。
驼肉常满我们的锅，
　　驼奶洁白供我们喝。

大艾阿沙少年时代曾是他舅父穆赛叶布及部落中其他一些诗人的传述人，这自然为他日后登上诗坛、声誉鹊起打下了坚实的基础。他生情放荡不羁，嗜酒好赌，沉湎于声色，挥霍无度的生活使他手头经常拮据。为此，他浪迹四方，到处游吟，曾到过希拉王国、也门、阿曼、纳季德、希贾兹、波斯、叙利亚等地区，为王公贵族歌功颂德，以求赏赐，被认为是以诗歌作乞讨的诗人。

实际上，大艾阿沙并不是一个专事吹捧、阿谀权贵、见利忘义的诗人。他对于部落、民族事务极为关注，怀有极大的热忱和深厚的感情。波斯的科斯鲁王因其保护国——希拉王国国王艾布·卡布斯·努尔曼的逆反而将其下狱，并向大艾阿沙所属的贝克尔等阿拉伯有关部落发兵征讨时，阿拉伯人同仇敌忾，大败进犯的科斯鲁的军队，是为阿拉伯历史上著名的济卡尔之战。大艾阿沙曾为此作有长诗，歌颂自己同胞在这场战斗中英勇、顽强的表现：

科斯鲁的大军清晨来犯，
　　我们的勇士誓死迎战。
这是一支同仇敌忾的军队，
　　率领他的绝非老朽昏庸之辈。
我们的部落树大根深出人才，
　　才会有这样智勇双全的统帅。
我们的骑士个个勇敢善战，
　　披坚执锐好似出鞘的宝剑。
和平的日子他们温和慈祥，
　　战斗中却像精灵举起刀枪。

敌人看清我们是贝克尔的好汉，
　　不禁丢盔弃甲，心惊胆战。
敌人哭喊着："请刀下留情！"
　　英雄们却不停地挥舞着宝剑。
如果麦阿德所有部落都来参加济卡尔战役，
　　胜利的荣誉，大家会一体均沾。
波斯人来时铺天盖地，
　　好似夜晚降临，一片黑暗。
他们的将领戴着耳环，
　　珠光宝气，同女人一般。
阿拉伯妇女乘着驼轿，
　　跟在我们的军队后面。
她们看到这场景，不禁为我们
　　担心、流泪，浑身抖颤。
但敌人的威风如同海市蜃楼，
　　他们的刀枪也好似乌云中电闪。
待到他们准备张弓射箭时，
　　我们早已挥刀将他们的脑袋砍。
还未到中午，贝克尔的骑士们
　　已将敌人打得落花流水，狼狈逃窜。

大艾阿沙享有"阿拉伯的响板"之称。他特别擅长作赞美诗与讽刺诗，被人认为"若赞美，能将人捧上天；若讽刺，能把人贬入地"。如早在济卡尔之战前，他在讥讽波斯科斯鲁王时，就警告他：

戴牢王冠老老实实坐在那里，
　　别想抢我们的骆驼而成奴隶……

诗人在诗中对不可一世的波斯国王充满了轻蔑，劝他规矩点，不要轻举妄动,不要想去侵略阿拉伯人的家园,否则就会大败而成为俘虏、奴隶。

人们认为在贾希利叶时代讽刺诗中最辛辣的是他的下列诗句:

十冬腊月,你们脑满肠肥,安然酣睡,
　　你们的女邻居却啼饥号寒,夜不成眠……

据传,被讽刺的对象听到这样的诗句竟气得哭了。因为诗人不仅骂他吝啬——这是被阿拉伯人认为最卑劣的品德,而且说他是铁石心肠——严冬的夜晚,在女邻居啼饥号寒的时候,自己竟会置之不顾,径自脑满肠肥地安然酣睡。

大艾阿沙有诗集传世,1928年于伦敦首次印行。他擅长作盖绥达体的长诗。其诗除颂扬外,还包括其他各种题旨:恋情、咏酒、描状、讽刺、矜夸等。这在被认为是他的长达65个拜特的《悬诗》即可看出。

这首诗按照贾希利叶时期传统,以表达恋情的纳西布起兴:

去向胡莱拉告别吧!驼队即将登程。
　　啊,男子汉呀!离别岂不让你心疼。
皮肤白皙,长发飘飘,还有贝齿芳容,
　　行姿婀娜,好似赤脚走在泥泞中。
她从女邻居家走出,行云般地从容,
　　既不慢慢腾腾,也不急急匆匆……

诗人用较大的篇幅描述了他与酒友在酒馆中狂喝豪饮、寻欢作乐、放荡不羁的生活:

清晨我常去酒馆,
　　随从烤肉勤又灵,
酒友似剑皆英俊,
　　无所不能样样精。
我们争扯香草枝,
　　开怀畅饮杯不停。

一杯一杯又一杯，
　　只愿买醉不愿醒。
身着短衫戴耳坠，
　　酒保勤快紧侍奉。
琵琶伴奏响板起，
　　袅袅欲绝歌女声。
伴唱群女衣锦绣，
　　丰臀撩人自生情。
天天如此欢乐场，
　　声色伴我度人生。

诗中亦有盖绥达体诗惯常具有的描状部分。如他在描摹崎岖难行的沙漠与自己乘骑的骆驼时就吟道：

有的地方野兽出没，似盾面崎岖难行，
　　漫漫黑夜唯能听到四处鬼哭狼嚎声。
酷暑烈日，沙漠滚烫似火燃烧一般，
　　穿过它，定要坚强，有足够的耐性。
驮我的骆驼曾经过多少长途跋涉，
　　看看它两肘的胼胝就足可以证明。

值得注意的是，他在描写骆驼时用词非常简练，就把它的坚韧、顽强，饱经沧桑表达得淋漓尽致，不像另一位贝杜因出身的《悬诗》诗人塔拉法那样，对其骆驼周身各个肢体、器官像工笔画那样一一予以详尽细致地描状。

当然，他的这首《悬诗》的主旨是攻讦叶齐德·谢巴尼的，因为诗人部族中有人杀死了叶齐德·谢巴尼部族中一个人，后者就煽动他部族的人为死者复仇。于是诗人在诗中就以不无讽刺的口吻威胁、警告他：

请带个信，告诉叶齐德·谢巴尼：
你还在诋毁我们，煽风点火似发疯？

难道你的恶语中伤还无休无止了?
　　我们树大根深,你焉能将它撼动!
好似有朝一日羱羊想抵破磐石,
　　可笑不自量,羊角岂有磐石硬!

最后,诗人满怀豪情地对自己的部族进行赞美与矜夸:

你可以向阿萨德部落打听我们是何许人,
　　他们会告诉你件件我们的事迹令你吃惊。
你再问问古谢尔、阿卜杜拉或赖比阿,
　　我们的举动是如何轰轰烈烈,石破天惊!
会战时,我们把他们杀得落花流水,
　　岂能让他们胡作非为,肆意横行。
即使你在战争后见到我们,你会发现
　　我们仍是枕戈达旦,毫不放松警惕性。
我们也许会让骑士刀下喋血,
　　勇士也可能在我们枪下丧命。
在战斗的日子,我们是光明磊落的骑士,
　　从不胆怯、退缩,手持刀枪,个个英勇。
若说骑马,那是我们的习惯,
　　若说步战,我们同样都精通。

大艾阿沙的诗以"咏酒"为其特色。贾希利叶时期诗人在诗中咏酒,多是为衬托自己的慷慨豪放、富有阳刚英雄的气质。大艾阿沙则往往把咏酒作为诗歌的主旨,为咏酒而咏酒。如他有诗吟道:

一杯乐悠悠,
　　再喝尽解忧;
令人皆知我
　　平生难离酒。

又如他在另一首诗中吟道：

> 偕友晨饮闻寺钟，
> 　　酒似鸡目凛且清。
> 倾樽佳酿似花开，
> 　　红花满杯味正浓。

他在赞美诗中往往会竭尽夸张之能事，如他在赞美一位男性时说：

> 他若比太阳，太阳会无地自容，
> 　　他若比月亮，月亮会俯首听命。

他在一首情诗中赞美女性时则说：

> 她若让一个死人靠在胸前，
> 　　他会活转，不肯让人运进墓园。
> 以至人们见到此情此景会说：
> 　　噢！死而复生，真是世上罕见！

总之，大艾阿沙的诗一反当时诗坛盛行的质朴、粗犷的风格，而变得华丽、夸张。他技巧娴熟，挥洒自如，颇似后来阿拔斯朝诗坛的风格，这可能与他经常出入希拉王宫，受波斯文化影响有关。他的诗歌通畅明快，易于入乐传唱。他与乌姆鲁勒·盖斯、祖海尔、纳比埃一起，被认为是贾希利叶时期的一品诗人。

第四章　其他《悬诗》诗人

第一节　塔拉法

　　塔拉法原名阿慕鲁·本·阿卜杜（عمرو بن العبد，'Amr bn al-'Abd），塔拉法原为其别号，原意"怪柳"，源于诗人的一句诗。他生于巴林地区贝克尔部族的一个富贵之家，出身于诗书门第：其叔父小穆拉基什和舅舅穆太莱米斯皆为当时著名诗人，他的同胞姐姐希尔妮歌也是一个诗人。塔拉法幼年丧父，但他聪颖早熟，7岁即会作诗。据说有一次他随舅舅穆太莱米斯去希拉王国见国王，当时诗人穆赛叶布·本·阿赖斯在吟诵自己的一首诗，塔拉法听到其中的一个拜特后，当即指出："他把公骆驼错说成母骆驼了！"原来穆赛叶布·本·阿赖斯的诗中有一个词是只有母驼颈上才会有的红印记，穆赛叶布却把它用在公驼身上了。

　　塔拉法的叔伯欺负他们孤儿寡母，企图侵占塔拉法父亲留与母亲瓦尔黛的遗产。年幼的诗人即吟诗警告他们：

　　　　是否看孩子年幼，娘家人不在此，
　　　　　　你们就企图把瓦尔黛的财产吞没？
　　　　小事也许会酿成大祸，
　　　　　　致使鲜血不断流成河。

暴虐使瓦伊勒人两部落分裂,
　　贝克尔与台额里卜打得你死我活。

诗中最后一个拜特显然是指前文所述的原同属瓦伊勒族的贝克尔与台额里卜两部族因一匹骆驼而酿成长达40年的流血战争——"白苏斯之争"。

塔拉法放荡不羁,常沉湎于酒色,挥霍无度,因而为族人所不容。正如诗人自己在《悬诗》中所说：

我一直是挥金如土,
　　开怀豪饮,寻欢作乐。
直到族里人都远远避开我,
　　把我当成一匹长癣的骆驼。

诗人骑着骆驼离乡漂泊,混迹于侠寇、流浪汉中,曾同他们一道拦路抢劫,足迹遍及阿拉伯半岛,还曾从也门渡海到过埃塞俄比亚,在饱尝了颠沛流离的艰辛后,返回故乡。他的同父异母哥哥迈阿拜德让他替自己放牧骆驼。但诗人在放牧时心不在焉,只想着作诗。据说迈阿拜德就责备他道：你为什么不照看驼群,你认为它们若是丢了,用你这些诗就能把它们弄回来？诗人答道：我才不出去呢！你要知道,它们要真丢了,我的诗就会把它们弄回来。

他放任驼群不管,结果骆驼真丢了。哥哥要他找回来。他求助于堂兄马立克,马立克却对他大加责备。诗人伤心之余,就作了那首《悬诗》。诗中描述了自己的遭遇与亲人的不公。在诗中,诗人还赞颂了族里的两位贤达盖斯·本·哈立德与阿穆尔·本·迈尔赛德。阿穆尔·本·迈尔赛德闻知后派人把诗人请来,对他说：侄子！子孙的事,那要靠真主赐予你。至于钱财,我倒是可以成全你。

他把自己的七个儿子叫来,要他们每人给塔拉法10匹骆驼,又让三个孙子也照数给塔拉法。于是塔拉法把其中一些还给了哥哥迈阿拜德,照他的说法,就算是用作诗弄回来了失去的骆驼。余下的骆驼则供他玩乐,挥霍一空。

此后,塔拉法投奔了希拉王国国王阿慕鲁·本·杏德。当时诗人的舅舅穆太拉米斯和姐夫阿卜杜·阿穆尔都是国王的随从。国王因为欣赏塔拉法的诗才,曾一度对他宠幸,但他恃才傲物,桀骜不驯,还满不在意地作诗撩惹国王的妹妹,致使国王不让他再跟随自己,而让他去跟随自己的弟弟卡布斯亲王。诗人不满,就作诗讽刺国王兄弟,骂国王不如一匹骆驼,讥笑亲王昏庸、愚蠢:

阿慕鲁的王位上是头母骆驼该多好!
　　可以让它围着我们的房屋哞哞叫!
说实在的,那个卡布斯亲王,
　　不过是个滥用职权的大草包!

但是谁也不敢将这种诗句传述给国王。据说诗人的姐夫阿卜杜·阿穆尔常虐待妻子。有一天,诗人的姐姐向弟弟诉苦,诗人为自己的同胞姐姐抱不平,就作诗讽刺他那个长得五大三粗的肥胖姐夫:

他除了有钱实在毫无所益,
　　一旦立起,他的腰身飘逸。
营区的妇女围拢在他四周,
　　说:"好一根树枝飘落在地!"

这几句诗,实际是明褒暗贬的讽刺诗,是说他姐夫像个女人,没有男子汉大丈夫的气概。用形容女人的词句去形容男人,是一种很刻薄的挖苦。还有一首诗也是针对他姐夫阿卜杜·阿穆尔的:

我清楚地知道,而并非臆断:
　　谁手下人若卑贱,他也卑贱。
一个人只要没有头脑,
　　舌头会证实他的缺陷。
一个人若对玩笑也认起真,
　　那他就是一个十足的蠢汉。

这一来,自然让阿卜杜·阿穆尔对他的这位小舅子怀恨在心。

有一天,国王阿慕鲁·本·杏德率队出去围猎。阿卜杜·阿穆尔也伴随在左右。国王射中一头野驴，让阿卜杜·阿穆尔下马去宰杀处理一下。阿卜杜·阿穆尔竟束手无策，不知如何是好。国王笑道："塔拉法真是把你看透了，说：'他除了有钱实在毫无所益，一旦立起，他的腰身飘逸。'"

阿卜杜·阿穆尔认为进谗报复的机会到了，就对国王阿慕鲁·本·杏德说："他说的有关国王的诗要比这丑恶得多。"于是就把塔拉法讽刺国王与亲王兄弟俩的诗念给国王听。国王听后不禁大怒，遂暗下决心伺机置这位诗人于死地，以解心头之恨。

国王阿慕鲁·本·杏德召见塔拉法和他的舅舅穆太拉米斯，为他们各写一封信，让他们送到巴林总督那里，并暗示他们到时将会得到赏赐。路上，穆太拉米斯生疑，拆开信找人代读，得知国王授意巴林总督杀死他，就将信抛进河里，并要塔拉法也拆开信读一下。但塔拉法却不肯，于是穆太拉米斯只好抛下外甥，只身逃命去了。塔拉法将信带到巴林总督处，总督读过信后问他："你知道让我对你做什么吗？"

诗人答："知道呀！让你赏赐我，好好款待我。"

总督说："你我之间有亲缘关系，我得照管这一点。你连夜逃走吧！因为是让我杀害你。你在天亮之前，趁人们都不知道这事，赶紧出逃吧！"

诗人不肯，竟说："我看是你拿不出对我的奖赏，就想让我逃走，让阿慕鲁·本·杏德以为倒好像我犯了什么罪似的。我才不干呢！"

这位总督只好让人把塔拉法拘禁起来，并上书告国王阿慕鲁·本·杏德说："你还是派个别人做这件事吧！我不能杀这个人。"于是国王就派了一个与诗人所属的贝克尔部族相敌对的台额里卜部族的人作新总督，将塔拉法连同原总督一起杀害。诗人死时年仅26岁。

塔拉法有一本小诗集传世，内容包括恋情、矜夸、讽刺、描状、玩乐等。安达卢西亚的语言学家珊台迈里曾对诗集作过注释。1870年，德国东方学家威廉·阿尔沃尔特（Wilhelm Ahlwardt）将其编入《贾希利叶六诗人诗集珍辑》（العقد الثمين في دواوين الشعراء الجاهليين, *al-'Iqd ath-Thamīn fī Dawāwīn ash-Shu'arā' as-Sittah al-Jāhiliyīn*）首次印行于伦敦；1890年路易斯·谢胡神父（الأبو لويس شيخو, *al-Abu Luys Shaykhū*）将其编入《基督教诗人》（شعراء النصرانية, *Shu'arā' an-*

Naṣrāniyah），出版于贝鲁特；1900年法国东方学者赛里松（Max Seligsohn）将其连同珊台迈里的注释译成法文，并写有长篇序言，再次出版于巴黎。

诗集中最著名的作品当然是诗人的《悬诗》。

塔拉法的《悬诗》是诗人20岁前的作品。全诗104个拜特。诗以传统的纳西布起兴：诗人站在情人郝莱旧居遗址前，追忆了两人离别的情景，描述了郝莱的美丽形象：

> 郝莱故居的废墟在赛姆海德的沙土地
> 　　好像刺在手背上留下的黥墨闪烁。
> 旅伴勒住坐骑对我说：
> 　　"且莫过于悲伤，要振作！"
> 离别那天早晨，马立克人的驼轿
> 　　好似一艘艘船只，充满欢乐。
> 好像阿杜里族或是伊本·亚敏的大船
> 　　水手驾着，一会儿朝前，一会儿又偏右偏左；
> 那船像猜埋物游戏的手分土——
> 　　船头把一道道波浪划拨。
> 在营区，可爱的人儿戴着珍珠、兰晶的项链，
> 　　多像一只羚羊——那玉颈、芳唇、秋波……

这段作为全诗起兴的纳西布与其他《悬诗》不同之处在于，诗人将驼轿比喻成在海上航行的船。我们可以据此推断当时海湾巴林地区的航海、造船情况。因为诗人描述的都是他熟知的社会和自然状况。

继而诗人用很大的篇幅详尽、细致、生动、具体地描写了母驼。诗人对母驼身上的器官、肢体——细加形象地描绘，好似一幅工笔画，令后世诗人叹为观止，引为典范：

> 那母驼膘肥体壮，奔跑起来
> 　　好似发情的雌鸵鸟在炫弄姿色。

它跑起来可以赛过良种快驼,
　　四蹄生风在平坦的路上奔波。

那母驼的两条大腿是何其肥壮,
　　好似两扇高大光滑的官门一样。
脊椎骨与颈椎骨紧密相连,
　　而与肋骨在一起则像一张张弓排成行。

它那长长的脖颈高挺起来,
　　就像船舵在底格里斯河上。
它那头骨坚硬好似铁砧,
　　像是记得与锉刀相聚的地方。
它那面颊好似沙姆人的纸张,
　　嘴唇柔软则像也门人的熟皮一样。
两只眼睛就像两面明镜,
　　又像两泉水在似石窟的眼眶。
那两只眼睛忽闪忽闪,看起来
　　像惊恐的母羚羊的眼一样漂亮。
还有那两只敏锐的耳朵
　　在夜间能辨出各种声响。
两耳似被削尖,以示名贵,
　　好似独处荒原的羚羊,耳听八方;
一颗心惊恐万状,然而坚强,
　　坚强得好似顽石在胸中跳荡……

　　诗人曾放牧过骆驼,又骑着骆驼长期在外游荡,他在生活中非常熟悉骆驼,对骆驼有深厚的感情,因而对骆驼的描述才会那样细腻、形象。值得注意的是,诗人生长在沙漠、荒原、海边,因此他诗中比喻的形象也多是他生活环境中熟悉的事物:除了把骆驼同荒原动物羚羊、鸵鸟等相比外,还把骆驼比喻成船,把高高的驼颈比作船舵等。

诗人用了大量的篇幅在诗中描述个人的生活、社会地位：

如果人们说起好汉，我想那是指我，
　　因为我一向见义勇为，从不懒惰。

人们聚会研究正事，你会发现有我在场，
　　如果你到酒馆里去，也会在那里找到我。
如果营区的人们聚集在一起炫耀、矜夸，
　　你会发现我是在高门望族的最顶端落座。
我的酒友们个个高贵，好似群星闪烁，
　　身着番红花染成衣服的歌女从中穿过。

诗歌反映出诗人的处世哲学和当时阿拉伯游牧民的人生价值观念和世界观：

责备我沉迷于声色犬马的人，
　　难道你能让我在世永远生活？
如果你无法让我免去一死，
　　那就让我尽其所有，及时行乐！
我一生只关心三件事，
　　此外，才不管死后人们如何评说：
一是不管别人如何非难，
　　我开怀先把美酒足喝；
再是一旦有人遇险求援，
　　我会飞马前去勇敢拼搏；
三是阴天里，帐篷下，
　　俊美的女郎会使我无比快乐。
我看坟墓全都一样——
　　不管是守财奴的贪吝，还是败家子的挥霍。
到头来都同样是黄土盖身

——几块石板与阳世相隔。
我看无论是慷慨的君子还是吝啬的小人，
　　最终总逃不过死神对他们的选择。

我们从诗中可以看到，贾希利叶时期的贝杜因人大多没有宗教信仰，并不相信来世的因果报应，这实际上就是原始的存在主义思想。他们崇尚的美德是勇敢、慷慨、侠义，主张及时行乐：美女相伴，豪饮开怀。他们在人生中依据的哲理是：声色犬马与贪财吝啬到头来都是黄土盖身，一样的结果。诗人还在诗中抱怨、指责堂兄对自己的不公，同时不无骄傲地矜夸自己与堂兄针锋相对的美德：

说实话，我对他总怀有骨肉亲情，
　　一旦遇事，我会同他一起拼搏。
如果遇到艰险，我会维护他的利益，
　　如果遭遇仇敌，我会为他竭尽绵薄。
如果有人对你谩骂，侮辱你的人格，
　　我不用威胁，就先让他们把死亡的鸩酒喝。

不要把我当成个凡夫俗子，
　　成天庸庸碌碌，得过且过。

诗中充满了富有人生哲理的格言、警句，如：

我看生活就像日渐减少的宝藏，
　　剩下的岁月也必将最终失落。

亲人蛮横无理欺负起人来，
　　真比利剑穿心还令人难过。

岁月将为你显示你不知道的事物，
　　并非你供养的人会向你提供信息。

由于塔拉法被传述下来的诗歌较少，伊本·赛拉姆在《诗人的品级》中将他列为第四品,但同时又认为,在只作一首长诗的诗人中,他是最好的。学者艾布·奥贝达曾说,《悬诗》诗人莱比德在库法曾拄着拐棍路经一个聚会,与会的一个青年追上他问道:阿拉伯人中谁最有诗才?莱比德答曰:浪荡王。他指的是乌姆鲁勒·盖斯。青年又问:然后是谁?答曰:被害的青年。他指的就是塔拉法。青年再问:然后是谁?答曰:艾布·欧盖勒。即莱比德自己。

第二节 安塔拉

安塔拉生于阿拉伯半岛纳季德地区阿布斯部落。其父舍达德是阿布斯部落的首领、显贵(亦有典籍称诗人的父亲名为阿慕鲁(عمرو,'Amr),祖父的名字才是舍达德,因其声誉超越诗人的父亲,故而诗人的名字归宗于祖父)[①]。安塔拉一词原有"勇士"的意思。

安塔拉的母亲是部落战争中被掳掠来的埃塞俄比亚裔黑女奴,名叫宰比芭(زبيبة,Zabībah),意为"葡萄干"。诗人还有个同母异父的哥哥,名叫奥贝达(عبيد,'Ubayd)。诗人随母亲,肤黑,故被蔑称为"阿拉伯乌鸦"之一。

按照阿拉伯贾希利叶时期的规矩,女奴与主子生的孩子,还是他父亲的奴隶,除非建功立业、出类拔萃,父亲才会承认其父子关系,而让他归宗于自己的门庭。所以诗人自幼长年伴随身为黑奴的母亲,作其父的奴隶,为其牧驼放马。但他聪明好学,勇敢健壮,并不甘心忍受屈辱。当别人因他肤黑而对他嘲笑、轻蔑时,他在诗中吟道:

> 如果提起我人们就笑我黑,
>   起劲地说三道四大加责备,
> 我说我的肤色同麝香一样,
>   而心却胜似高山坚不可摧。

---

① ابن قتيبة، كتاب الشعر والشعراء، دار الكتب العلمية، بيروت، ص ١٤٩.

我从来不依靠自己的肤色，

　　而靠勇敢和言词显示高贵。

因安塔拉在阿布斯与祖卜延两部落间的"赛马之争"中骁勇善战，常拯救本部落于危难中，诗人最终还是得到了父亲的承认。

诗人曾不无骄傲地在一首诗中吟道：

半个我有阿布斯最好的出身，

　　我用宝剑维护我的其余部分。

一旦人马后退期待有人应敌，

　　人们发现我胜于叔伯舅舅们。

诗中所说的"半个我"，显然是指他来自父亲的血缘，出身高贵，因为他父亲是阿布斯部落的首领、显贵；而"其余部分"，即诗人来自身为女奴的母亲的血缘，他则以自己的英勇奋战、建功立业来代替、补偿，以至于在他的部落群体中，他竟胜过自己身为主子的叔伯、舅舅们。

看来，这位骑士诗人在阿布斯与祖卜延两部落间长达40年的"赛马之争"的战斗中，横刀跃马，所向无敌，立下了赫赫战功，的确表现非凡。这不仅是他在自己的《悬诗》中矜夸的主要内容，在他的其他诗篇中，我们也可读到这一点。如在一首诗中他吟道：

沙场上，鏖战中，我可并非阒无名。

　　战尘弥漫呐喊处，总会见到我身影。

手中宝刀加矛枪，为我战功作见证。

　　从不暗中下毒手，明刀明枪要敌命。

我是雄狮震天吼，无人比我更勇猛。

　　熠熠长枪手中提，闪闪宝刀握手中。

自幼刀枪随身带，形影不离总伴从。

　　一旦战尘平地起，地面好似血漆成，

一旦鲜血流成河，所经之处一片红，

且请刀枪齐奏鸣，手舞足蹈我高兴。
刀剑相击铿锵响，声音最美最动听。
还爱战场舞长枪，穿敌胸膛一声声。

当然，传说中的安塔拉，除了是一位骁勇善战的骑士外，最著名的还是他与阿卜莱（عبلة，'Ablah）纯真的爱情。

安塔拉青少年时代就爱上了堂妹阿卜莱，并对这一爱情忠贞不渝。但他的叔父马立克却拒绝了安塔拉的求亲，不肯将女儿嫁给他，理由当然是因为他是个黑奴。这自然让痴情的诗人非常伤心。他曾在一首诗中抒发了这种情感：

沉香枝头上一只鸟儿的鸣声
　　在黑夜里让我的心春情激动
它就像我一样，外表看不出，
　　内心里却隐藏着哀伤和痴情。
啊，该死的爱情，多少情种
　　倒在你的剑下而非沉睡墓中。

这位诗人即使在与敌人厮杀的枪林刀丛中也难忘对阿卜莱的热恋与痴情：

敌人的刀枪印着我的血迹斑斑，
　　我却仍旧将你深深思念，
我真想吻吻那些宝剑，
　　它们多像你张开笑口，珠齿闪闪……

也许正是这种为获得心仪的情人——堂妹阿卜莱纯真的爱情而不顾一切地追求，使安塔拉在部落战争中不畏艰险，横枪跃马，叱咤风云，威震天下。对爱情的追求成了他驰骋疆场、建功立业的动力。抒发、表白自己纯真的爱情与炫耀自己的英勇无畏、所向无敌，矜夸自己如何品德高尚、慷慨豁达，是安塔拉的《悬诗》与其他诗篇的主要内容。

据传，安塔拉长寿，生前一直参与部落战争。有关他死亡的原因，其说不一：一说他晚年在一次对塔伊族伯尼·奈卜汉部落的袭击中，被人放箭射杀。①一说有人欠他一匹幼驼，他前去追讨，途中遇热风突袭而死。②

安塔拉有诗集传世，1864年、1898年分别印行于贝鲁特与开罗的应是最早的版本，集约有1500个拜特诗。其诗题旨多为矜夸、恋情，往往融抒情与叙事于一体。其最著名的诗歌当然是他的《悬诗》。

安塔拉《悬诗》的成因据说是这样：安塔拉最初只是吟两三拜特的诗，以至于阿布斯部落有一个人与他对骂时，说他、他母亲、他哥哥都是黑鬼，以此羞辱他，还说他不会吟诗。安塔拉就对他说：

"说实话，人们都是带着吃的会餐，可是你、你父亲、你祖父从不参加人们的会餐。人们应召参加袭击战争，从中可以看出他们的表现。可是我们从未见过你在人们冲在前头的马队中。在我们之中，谁先谁后可能分不太清，但是你、你父亲、你祖父根本沾不到这道线的边儿，你充不了数。我则是尽力英勇杀敌，战利品则紧着他人分；我从不乞求别人施舍，却会慷慨周济他人；我是言必行，行必果。至于诗歌，你将会知道。"随之他吟咏出第一首长诗，就是他的《悬诗》。③

安塔拉的《悬诗》有106个（一说79个）拜特。它既是一首抒发恋情的抒情诗，又是一首具有史诗性质的叙事诗，抒情与叙事密切结合在一起，是这首长诗最显著的特点。

遵照阿拉伯长诗——盖绥达的传统模式，《悬诗》以驻足于恋人故居废墟遗址前吟咏爱情的纳西布为起兴：

> 诗人可留下什么地方没有咏吟？
> 　　情人的旧居你可还能辨认？
> 杰瓦谷地里阿卜莱的家，你早！
> 　　告诉我，她的家里人可都好？

---

① أبو الفرج الاصفهاني، الأغاني، بولاق ، القاهرة، الجزء ٧، ص ١٥٢.
② ابن قتيبة، كتاب الشعر والشعراء، دار الكتب العلمية، بيروت، ص ١٤٩.
③ ابن قتيبة، كتاب الشعر والشعراء، دار الكتب العلمية، بيروت، ص ١٤٩-١٥٠.

我将高大似宫殿的骆驼停下来，
　　　　以便让我驻足倾吐我的情怀。
　　当年就在这条谷地，这片沙漠，
　　　　阿卜莱和我们的亲人都曾住过。
　　如今阿卜莱早已远去不见，
　　　　问候你的只有荒芜的废墟一片。
　　她现在落脚在敌人的虎狼之地，
　　　　姑娘，要寻求你实在是艰难不易。
　　我爱她，一见钟情，难以说清，
　　　　同她的家人，我拼命，为了寻梦。
　　我爱你，敬你，情深无比，
　　　　你在我心中的地位毋庸置疑。
　　可春色虽明媚，你在东，我在西，
　　　　我们相隔万里，叫我如何去看你？

诗人随之用了较大的篇幅，描述恋人阿卜莱和坐骑骆驼：

　　就在那时，她用那朱唇玉齿
　　　　让你吮饮那甘美的玉液琼浆。
　　从她口中透过门齿沁向你的气息
　　　　好像发自一个香料商浓郁的麝香。
　　又好像出自一片尚未放牧的草场，
　　　　春雨过后，万紫千红，馥郁芬芳。
　　在那里，每朵云彩都挟雨而下，
　　　　留下一个个积水坑像银币一样……
　　　　　　……
　　不知异常健壮的母骆驼
　　　　能否把我带到她的帐房？
　　它连夜赶路，踏破一个个山丘，

> 翘起尾巴，显得那么气宇轩昂。
> 它日夜兼程，健步如飞，
> 　　行走快得如同鸵鸟一样……

接着，诗人转入全诗的主旨部分——矜夸：他向情人表白自己是个多么卓尔不群值得人爱的青年。他一方面向她述说了自己高尚的品德、天性、价值观念——慷慨、豪侠、坚强、自尊，待人宽宏大量但不甘屈辱，能够开怀豪饮——在当时是男子具有阳刚之气的一种表现：

> 姑娘，何不据你所知，将我赞扬：
> 　　人若待我好，我待人也宽宏大量；
> 谁若欺负我，我也不会将他轻饶，
> 　　让他尝尽苦头，那似苦瓜的味道。
> 我爱千金买醉，兴来开怀饮酒，
> 　　不怕骄阳似火，自有杯盏在手。
> 右手握的是黄色带花纹的酒瓶，
> 　　塞着滤布的白酒壶则在左手中。
> 醉时，我挥金如土，舍得花钱，
> 　　为的是保持尊严，不伤体面。
> 醒来，我也从不忘疏财仗义，
> 　　我的高风亮节，你应当熟悉。

另一方面诗人则用较大的篇幅描述自己如何驰骋沙场，骁勇善战。他不吝言辞述说敌人的强大、凶恶，借以反衬出自己的英勇、顽强，武艺高超：

> 若对我不够了解，马立克的千金！
> 　　你何不去问问战马和乡亲。
> 敌人成群结队，轮番来战，
> 　　他们时而挺枪，时而放箭。
> 我久经沙场的战马遍体鳞伤，

　　　　我却仍旧人不离鞍，骑在马上。
战斗中，我最勇敢，奋不顾身，
　　　　胜利时，又最不屑猎取战利品。
也许勇士们不愿与全副武装的人较量，
　　　　又矜持、倔强地不肯赶快逃跑或投降。
我就急忙上前替他刺一枪，
　　　　让那个强大的顽敌瞬时亡。
我一枪刺穿了他的身体和衣裳，
　　　　君子诚尊贵，挺枪刺敌亦无妨。
让他尸陈沙场上，
　　　　如同羔羊喂虎狼。
锁子甲再密实，也难把我的利剑挡，
　　　　对手再顽强，也难免在我的剑下亡……

　　诗中引人瞩目的还有诗人用了相当长的篇幅描述自己心爱的战马，用战马在战场上的表现映衬出马上骑士出生入死、历尽艰险的拼搏：

乡亲们在呼唤着我安塔拉，
　　　　敌人的矛头纷纷指向我的战马。
我勇往直前，扑向敌人，
　　　　马鲜血淋漓，如披红锦。
它躲闪着刺来的枪，射来的箭，
　　　　它的嘶鸣好似哭喊，向我抱怨。
若会说话，它一定会诉苦，
　　　　诉说它的伤痛，它的苦楚。
但我感到安慰、痛快、称心：
　　　　骑士们说："全看你的了，安塔拉，前进！"
每匹战马都高大、勇猛、雄健，
　　　　伴随我闯过多少危难、艰险……

阿拉伯文学典籍中，关于安塔拉及其诗歌的介绍与评论并不多。

伊本·萨拉姆在《诗人的品位》一书中，将他与另两位《悬诗》诗人阿慕鲁·本·库勒苏姆和哈雷斯·本·希里宰等一起列为第六品，并指出他的《悬诗》，说："他有很多诗，只是这首珍奇，故人们将它附于只有一首长诗者之后。"①

而艾布·宰德·古莱希在《阿拉伯诗歌集萃》一书中，则将他与著名的贾希利叶时期侠寇诗人欧尔沃·本·沃尔德、跨代诗人凯耳布·本·祖海尔、侯忒艾等列为第三品诗人，并引用学者穆法德勒·丹比对他们的评论，说："这些人是纳季德的诗雄，能褒能贬，各种题旨的诗歌都作。"②

据说，伊斯兰教的先知穆罕默德在听到别人吟诵安塔拉的诗句"若非取得合义之食，我就宁肯枵腹忍饥"之后，曾说："从没有一个游牧人像安塔拉那样，人家对我一描述，我就很想见他。"③

在阿拉伯世界，比安塔拉《悬诗》更为著名的是根据安塔拉生平演变而成，附会于他的民间故事《安塔拉传奇》。它在阿拉伯地区家喻户晓，妇孺皆知，流传程度远胜过《一千零一夜》。

第三节 阿慕鲁·本·库勒苏姆

阿慕鲁·本·库勒苏姆生于幼发拉底河畔台额里卜部族贵族世家：父亲是部族的头面人物，母亲莱伊拉也出身于台额里卜部族的名门望族，是著名骑士诗人穆海勒希勒的女儿，也就是那个引起"白苏斯之争"的台额里卜部族头人库莱卜的侄女。阿慕鲁·本·库勒苏姆自幼就清高好胜，能诗善骑，15岁就成为部族首领。

---

① محمد بن سلام الجمحى، طبقات الشعراء، دار الكتب العلمية، بيروت، ص ٦٤.
② أبو زيد القريشى، جمهرة أشعار العرب، دار المسيرة، بيروت، ص ٣٥.
③ أبو الفرج الاصفهانى، الأغانى، بولاق، القاهرة، الجزء ٧، ص ١٥١.

如前所述，台额里卜部族与贝克尔部族之间的"白苏斯之争"持续长达40年之久，后经希拉王国国王阿慕鲁·本·杏德（伊本·杏德）父亲的调节，总算停了下来。但他担心双方重开战端，就让双方各出100个青年作人质，一旦一方侵犯另一方，则处置其人质。阿慕鲁·本·杏德承袭王位后，仍沿袭其父王的做法。一天，他派这两个部族的人质去塔伊山区为他做一件事。这些人半途落脚于贝克尔部族的盟族舍伊班部族的营区。据说，舍伊班人拒绝为台额里卜部族人供水，迫使他们到荒野，竟因迷路干渴而死。也有一种说法是，他们途中遭遇"赛姆姆"热风，结果是台额里卜部族的人都遇难而死，贝克尔部族的人则得以幸免。

事情传到了台额里卜部族，族人大怒，要求贝克尔部族人赔偿血锾，遭拒绝，于是双方争讼于希拉国王伊本·杏德前。代表台额里卜部族的就是阿慕鲁·本·库勒苏姆，代表贝克尔部族的则是一个名叫努尔曼·本·海里姆的贵族。他在未正式争讼前就弦外有音地指责伊本·杏德会偏向台额里卜部族，惹怒了伊本·杏德，被赶了出去。这时阿慕鲁·本·库勒苏姆站出来吟诵他的长诗。他在诗中大肆炫耀自己部族如何勇猛善战，历数自己部族战胜贝克尔部族的辉煌战绩。他激昂慷慨，恃才傲物，竟狂妄地不把国王放在眼里，且对国王又是谴责，又是威胁。这自然让伊本·杏德不满，怀恨在心。随后是哈雷斯·本·希里宰站起来，回以长诗。在诗中设法取悦于伊本·杏德，致使他最后作出对贝克尔部族有利的判决。

台额里卜在贾希利叶时期是阿拉伯最强有力的部族，以至于有人说："若是伊斯兰教再晚问世，台额里卜部族就会把人们都吞并掉。"

据说，有一天，伊本·杏德问他的幕僚："你们知道阿拉伯人中有谁的母亲敢不屑于服侍我母后吗？"众人说："据我们所知，只有阿慕鲁·本·库勒苏姆的母亲莱伊拉会这样。"国王问："那是为什么？"众人答："因为她父亲是穆海勒希勒，她伯父是库莱卜，是阿拉伯最惹不起的人，她丈夫库勒苏姆是阿拉伯的骑士，她儿子是他们的首领。"

于是伊本·杏德就派人召阿慕鲁·本·库勒苏姆来拜见他，并要阿慕鲁·本·库勒苏姆带母亲同来拜望他母后。阿慕鲁·本·库勒苏姆从台额里卜部族所在的幼发拉底河上游应召前去，他母亲也乘着驼轿在台额里卜部族妇女的簇拥下随往。这次别有用心的约见，伊本·杏德还有意请了国内王公名流作陪。照伊本·杏德事先的安排，其母后杏德与阿慕鲁·本·库勒苏姆的母亲莱伊拉单独用餐，且无人侍候。故在餐间，杏德对莱伊拉说："莱伊拉，把那盘菜端给我！"莱伊拉说："谁要吃自己动手！"杏德一再重复自己的话，非要莱伊拉听命于她。于是莱伊拉喊了起来："台额里卜人啊！这真是作践人啊！"阿慕鲁·本·库勒苏姆听到母亲的叫喊，不禁怒火冲天，抽出厅里壁上挂的一把伊本·杏德的剑，将他刺死，并召唤台额里卜部族的人把厅里的财务洗劫一空，扬长而去，返回故乡。

从此希拉王国的王族与台额里卜部族结怨，而倾力予以打击。直到伊本·杏德的弟弟蒙齐尔四世执政时，台额里卜部族被迫离乡迁徙至迦萨尼王国所辖的沙姆（叙利亚）地区。但据说有一次，迦萨尼的国王途经他们的营区，他们竟未出面接待他，国王大怒，指责、恫吓他们的首领阿慕鲁·本·库勒苏姆。于是引起双方厮杀，结果迦萨尼人大败，国王的弟弟被杀。阿慕鲁·本·库勒苏姆曾为此作诗矜夸。

此后，台额里卜部族再次回归希拉王国所辖的故乡——幼发拉底河上游地区。当时的希拉国王艾布·卡布斯·努尔曼派他的儿子蒙齐尔·本·努尔曼（المنذر بن النعمان, al-Mundhir bn an-Nuʿmān）率军前去讨伐，结果大败，蒙齐尔·本·努尔曼也被阿慕鲁·本·库勒苏姆的弟弟穆赖（موراه, Murrah）杀死。后来，艾布·卡布斯·努尔曼遣使去威胁阿慕鲁·本·库勒苏姆，诗人竟作诗攻讦国王，嘲笑他母后出身卑贱，其父兄都是打造首饰的银匠。

阿慕鲁·本·库勒苏姆作为部族首领，曾率军多次与其他部落、部族征战，多是俘获人财而归，但最后亦被俘而获释。阿慕鲁·本·库勒苏姆长寿，许多史料称他死时享年约150岁。

阿慕鲁·本·库勒苏姆流传下来的诗歌并不多，除了那首著名的《悬诗》外，多是一些零星的诗行或很少的篇什，其中有自我矜夸、炫耀部族的，亦有攻讦希拉国王伊本·杏德与艾布·卡布斯·努尔曼的，很少有对他人的颂诗。

据说阿慕鲁·本·库勒苏姆的《悬诗》原约1000个拜特，现传下来的仅约为原诗的十分之一。学者多认为这首诗是前后两次完成的：一部分吟于台额里卜与贝克尔两部族争讼于希拉国王伊本·杏德面前，另一部分则作于手刃伊本·杏德后。

阿慕鲁·本·库勒苏姆的《悬诗》以对酒的描述为起兴，而有别于其他的《悬诗》，继而才是恋情。诗中描述了情人的美丽：

> 她像一匹颈长、雪白、从未怀过孕的小母骆驼，
> 　　会让你看她那两只丰腴、白皙的双臂，亮丽撩人。
> 她会让你看那乳房——象牙般的洁白、柔润，
> 　　从未让人碰过——多么清纯！
> 她会让你看到她柔嫩的脊背、苗条的身材，
> 　　还有那沉甸甸的肥硕的后臀。
> 让你看那屁股大得连门都不好进，
> 　　还有看那腰窝，真令我为之消魂。
> 看她那象牙或是雪花石雕成般的双腿，
> 　　走起来，脚镯会发出悦耳动听的声音……

我们从中可以看到那个时期，贝杜因人对女人的审美标准。诗人借与情人的对话，一方面表述了对本部族的矜夸、炫耀，另一方面也发出恫吓、威胁之声：

> 我们浴血奋战寻常事，
> 　　会把白色战旗染成红。
> 我们曾经打过多少著名的漂亮仗！
> 　　我行我素，从不爱听国王的命令。
> 也许那只是一个头人，戴上王冠，
> 　　充好汉，将保护难民的角色担承。
> 我们策马将他踩在脚下，
> 　　任群马驰骋，毫不留情。
>
> 我们全身披挂，竟然引起狗叫，

　　　　谁若是刺儿头，我们定会摆平。
　　谁若碰上了我们的战磨，
　　　　就会变为粉末，被磨碾成。
　　纳季德东部摆开了磨盘，
　　　　一小撮古达阿①人被塞进了磨眼。
　　离远的刺以枪尖，
　　　　靠近的砍以利剑。
　　赫兑②的枪杆黑油油有弹性，
　　　　宝剑熠熠挥舞在敌人头顶。
　　我们用它砍掉敌人的脑袋，
　　　　好似割草，又像切菜。
　　顽敌的头颅纷纷滚落在地，
　　　　好像驼队把驮的东西卸了下去。
　　新仇旧恨一笔笔算清，
　　　　发泄出来积郁的心病……

　　威胁、恫吓的对象不仅是敌对的贝克尔部族，而且也包括时任仲裁的伊本·杏德国王本人，这不能不说也是国王改变立场，转而偏向贝克尔部族的一个重要原因。

　　《悬诗》的后半部分，如前所述，多半是在阿慕鲁·本·库勒苏姆刺死阿慕鲁·本·杏德国王后作的。诗中表达了诗人那种年轻气盛、目空一切、顾盼自雄，即使对国王也不肯低三下四、忍辱含垢、委曲求全的个性：

　　阿慕鲁·本·杏德！你凭什么
　　　　要我们成为你的奴仆，受你奴役？
　　阿慕鲁·本·杏德！你凭什么
　　　　听信谗言，而对我们瞧不起？

---

① 古达阿（قضاعة，Guḍā'ah）为阿拉伯南方的部落。后多迁居希贾兹北部，在伊拉克、叙利亚、埃及一带。
② 赫兑为地名，以产矛枪著称。

> 你又威胁，又恫吓，少来这一套吧！
> 　　我们什么时候竟成了你母亲的奴婢？
> 阿慕鲁！我告诉你！
> 　　从没有敌人能让我们的脊梁弯曲！
> 我们的铮铮傲骨是硬的，
> 　　想让它弯曲没那么容易！
> 谁自不量力，想让它弯曲，
> 　　自己倒会头破血流，一败涂地。

同时，诗人详细地表述了自己部族的功德，——列举了部族先辈英雄的丰功伟绩，满怀豪情地炫耀：

> 我们时时刻刻就如同出鞘的宝剑，
> 　　保卫人们，如同他们是我们的儿女。
> 让敌人的头颅滚落在地，
> 　　好似孩子们做滚球的游戏。
> 当一座座圆屋顶在这片平地盖起，
> 　　麦阿德各部落就已经对我们熟悉。
> 知道我们有能力时，会慷慨待客，
> 　　迎击敌人，会让他死无葬身之地。
> 知道我们抗击敌人可以随心所欲，
> 　　在何处安营扎寨亦可任我们随意。
> 知道我们愤怒起来什么都不顾，
> 　　高兴起来什么都可接受都可取。
> 知道我们是顺我者予以保护，
> 　　逆我者予以痛击，绝不客气。
> 饮水我们先把清净的水畅饮，
> 　　污泥浊水则留给他人饮去。

诗人在最后，不无夸张地吟道：

> 如果国王总是横行霸道，仗势欺人，
> 　那我们可绝不肯忍气吞声甘受人欺。
> 陆地上我们的人满得容不下，
> 　海面上满是我们的船在游弋。
> 我们哪怕是个刚断奶的孩子，
> 　土皇帝们也要对他跪拜在地。

学者们认为阿慕鲁·本·库勒苏姆继承了其外祖父穆海勒希勒的诗风。诗人傲睨万物，毫无奴颜媚骨，诗中充满激情，表述细腻、流畅，用了夸张、重叠、对比、反问、排比和铺陈等多种修辞手法，具有史诗、战歌的风格。其《悬诗》记述了贾希利叶时期的很多重大史实和社会风习，具有史学与认识价值。据说台额里卜部族在伊斯兰教创立前，一直将此诗作为本部族的传世颂歌，引以为荣，脍炙人口，妇孺皆知。

第四节　哈雷斯·本·希里宰

哈雷斯·本·希里宰，《悬诗》诗人。生于伊拉克，为贝克尔部族显贵、贤哲，为人足智多谋，沉稳老练。

如前所述，贝克尔与台额里卜两部族因"白苏斯之争"而失和。经调解，这场长达40年的战争方结束，不久，两部族又重起争端，并争讼于希拉国王伊本·杏德前。最初代表贝克尔部族的是该部族的贵族、演说家努尔曼·本·海里姆。他在正式争讼前就指责国王会偏袒台额里卜部族，激怒了国王，被逐出场外。这时，台额里卜部族诗人阿慕鲁·本·库勒苏姆站起吟诵长诗。他在诗中对本部族极尽矜夸、炫耀之能事，竟出言不逊，藐视国王。他本以为，既然贝克尔的代表、演说家努尔曼·本·海里姆已被国王逐出场外，台额里卜部族应是稳操胜券。

哈雷斯·本·希里宰就在这一原对本方不利的情况下，面对强手，隔着重重帘幕（因其患麻风病），慷慨陈词，吟出长诗。诗中一方面矜夸、炫耀本部族的功绩，另一方面批驳对方的观点，指责他们应对引起争端的事件负责，并同时赞颂希拉国王伊本·杏德的功德，力争他的同情与支持。据传，哈雷斯·本·希里宰吟诵这首诗时非常激动，愤怒地浑身发抖。诗歌不仅打动了国王，而且也让在场的国王的母后杏德赞叹不已，不禁对伊本·杏德说："说实在的，我从来没有见过一个人像今天隔着七道帘幕竟能这样说话！" 致使国王让人撤掉帘幕，让诗人坐近他身旁，并改变初衷，作出对贝克尔部落有利的判决。这就是诗人有名的《悬诗》。

哈雷斯·本·希里宰的《悬诗》共85个拜特，带有强烈的政治色彩和演讲风格。

按照传统，诗以纳西布——恋情起兴，述及与情人的别离，描述自己的坐骑——母驼：

> 艾斯玛告知我们，她将远走他乡，
> 　　久居也许让人厌烦，她却并非这样。
> 我们曾相识在布尔卡·舍玛，
> 　　海勒萨是她营区最近的地方。
> 处处都印有我们的足迹，
> 　　处处都留下了她的余香。
> 此后她人去地空无处觅，
> 　　留下我孤身一人空怅惘。
>
> 我骑上母驼奔走如飞，
> 　　那母驼好似一只雌鸵鸟在荒野上，
> 似那鸵鸟傍晚听到有猎人的动静，
> 　　惊恐地急忙奔往幼鸟栖身的地方。
> 母驼跑得是那样快，

只见它身后掀起尘沙飞扬……

诗人随即直奔主旨,指出之所以奔走如飞,急忙赶路,是因为听说出了大事。接着就针对争讼的事件,批驳对方是诬告、中伤、信口雌黄,既不会让阿慕鲁·本·杏德国王上当,也无损于贝克尔部族的强大。诗中一方面是对本部族的矜夸、炫耀,另一方面也对担当仲裁的伊本·杏德国王极尽赞颂、吹捧之能事:

诬告我们的人,请想想,
　　阿慕鲁国王焉能上你们的当?
别以为我们会乖乖地让你们得逞,
　　我们并非今日才受到敌人的中伤。
我们就是在仇视、诬告中成长壮大,
　　使我们众志成城,提高我们的威望。
我们的威风曾让敌人恼羞成怒,
　　嫉妒得竟视而不见我们的富强。
灾难袭向我们如同袭向高山,
　　乌云环绕高山岂能把高山伤?
我们就似那峭然屹立的高山,
　　在灾难面前显得无比坚强。

一个公正、天下最好的国王,
　　对他怎样歌功颂德都不过量。
对我们有什么仇怨摆出来好了,
　　让贵人们解决那只是小事一桩。
如果你们要翻腾往日的战争,
　　咱们之间可还有没算清的账。
如果对往事追本溯源论短长,
　　那可是我们没错,错在你方。

诗人为达到离间伊本·杏德国王与台额里卜部族的关系,使其改变立场,转而偏袒贝克尔部族的目的，在巧妙、婉转地炫耀本部族的武功与美德，历数对方的败绩与丑史之余，不惜用大量的篇幅揭示对方部族对希拉王国一向心怀叵测，图谋不轨，而自己的部族则如何对国王友好、亲善，一片忠诚：

> 面前是一位英雄盖世的国王，
>   天下无人可以与他匹敌争强。
> 我们跟随蒙齐尔南征北战，历尽千难万险，
>   同为伊本·杏德的臣民，请问你们却在何方？
>
> 对我们恶意中伤、谗言诬告的人，
>   在阿慕鲁国王面前还要继续诽谤？
> 谁对他的功德会同我们一样，
>   三桩业绩无人可以与之较量……
>
> 任凭敌人袭来，尘土飞扬，
>   我们都进退自如，从不惊慌。
> 当人们无法对敌惩罚、复仇的时候，
>   我们为蒙齐尔牵来了迦萨尼的国王。
> 我们曾俘虏过他们九个国王，
>   缴获的战利品你们尽可想象。
> 不久，你父亲送彩礼来我部落迎娶，
>   是我们部落的人生下了阿慕鲁国王。
> 这样的亲缘向人们提出忠告：
>   血肉相连如同沙漠相连一样。
> 不要目中无人，妄自尊大吧！
>   否则将给你们带来一场灾殃。

哈雷斯·本·希里宰如同一个雄辩的演说家，足智多谋的辩士。他感情丰富，时而疾言厉色，时而柔声细语，话语颇具煽动性和说服力。其《悬诗》好似一片精彩的辩护词，逻辑缜密，鞭辟入里，丝丝入扣，切中肯綮。诗中列举了很

多史实，使其不仅有文学价值，且有史学价值。

据说哈雷斯·本·希里宰也长寿，活到一百余岁。但其诗作如同有关他的生平信息，传世不多。除这篇《悬诗》外，只有零星诗行或篇什。诗中不乏深邃的哲理，如：

> 我曾见到过多少世人
> 　　为钱财、子孙奔忙，
> 到头来如过眼烟云
> 　　没有雷鸣，一声不响。
> 何不顺随命运去度时光，
> 　　你只要走运，傻也无妨。
> 虽傻但能过得舒服，
> 　　比聪明却累死累活要强！

阿拉伯古代著名学者艾布·奥贝达在论及贾希利叶时代诗人时曾说：只有一首长诗的最好的诗人有三个：阿慕鲁·本·库勒苏、哈雷斯·本·希里宰与塔拉法·本·阿卜杜。哈雷斯·本·希里宰的《悬诗》之所以能为阿拉伯古代文人所赞颂，大概就在于它演说词般的风格，是贾希利叶时期最典型的政治诗。

第五节　莱比德

莱比德别号艾卜·欧盖勒（أبو عقيل，Abū ʿUqayl），是典型的贝杜因诗人，生于阿米尔部落一个显贵、骑士之家。

莱比德的父亲以慷慨好客、豪侠大方著称，因而在当时享有"贫困人之春"的称誉。但在一次被称为"济·阿赖格日"（يوم ذي علق，Yawm Dhī ʿalaq）的部落战争中，被敌对的阿萨德部落人杀死，当时诗人还不到9岁。莱比德的叔父艾卜·白拉·阿米尔（أبو براء العامري，Abū Barāʾ ʿāmir）是部落首领，也是一位著名骑士，享有"矛枪的玩主"（ملاعب الأسنة，Mulā'ib al-Asinnah）的美称。莱比德的母亲是阿布斯部落人。

诗人自幼极其热爱自己的部族，以致达到一种偏执的程度。他为自己的部族辩护，为他们歌功颂德，参加他们的战斗，对敌人奋力拼杀，对本部族战死者则作诗追悼。

莱比德是当时著名的骑士。有一次，迦萨尼王国的瘸腿国王哈里斯·本·艾比·舒迈尔（الحارث بن أبي شمر，al-Ḥārikh bn Abī Shummar）曾令他率领一百名骑士到希拉王蒙齐尔·本·玛·赛玛（المنذر بن ماء السماء，al-Mudhir bn Mā' as-Samā'）那里，于是他们到了蒙齐尔营帐，装作顺从他的样子，混进营里。他们得手时，杀了蒙齐尔王，骑上他们的马。在厮杀中，那一百个骑士多半战死，但莱比德却逃回迦萨尼国王处，迦萨尼人闻讯趁势攻进蒙齐尔的军营，大败希拉军。这就是阿拉伯贾希利叶时期著名的"哈丽玛日"（يوم حليمة，Yawm Ḥalīmah）。是日，当那些骑士班师回朝时，迦萨尼的公主哈丽玛亲自为他们熏香、洒香水，这场战争因而得名。

莱比德赶上了伊斯兰教问世。约于629年，他曾作为自己部族的代表团成员，觐见过伊斯兰教的先知穆罕默德，加入了伊斯兰教，是一位虔诚的穆斯林，被认为是圣门弟子。他曾到麦地那住过一段时期，后来在欧麦尔任哈里发时期移居于库法，在那里度过了余生，逝世于伍麦叶王朝首任哈里发穆阿威叶执政的初年。他苦读、背诵《古兰经》，并潜心钻研之，以至于传说他自加入伊斯兰教后，竟只作过一个拜特的诗。但据学者论证，此说不确。事实可能是他信奉伊斯兰教后仍继续作诗，仅在晚年才不再作诗，而专心学习、诵读《古兰经》。

莱比德是一位跨代诗人，即生平跨着两个时代——贾希利叶时期与伊斯兰时期。他大半生是在贾希利叶时期，即伊斯兰教问世前度过的。莱比德既已信奉了伊斯兰教，且很虔诚，阿拉伯典籍有关他品行、道德的记述，就显得以其信奉伊斯兰教时期的一面掩饰了其在贾希利叶时期的另一面。因此，这些记述描写出的莱比德是一位理智、沉稳、庄重的人，他深思远虑，对人生和现实有睿智、深邃、明确而成熟的看法，从而使他很快就加入了伊斯兰教，并笃信不移。此外，还有描述说他是勇敢的骑士，品德高贵、慷慨、贤良、豁达、急公好义。一些学者在提及莱比德时，说他无论是在贾希利叶时期还是在伊斯兰时期都是一位显贵，说他曾许愿：只要东风刮起——当是青黄不接的初春——他就要宰牲，赈济难民，供人吃饭。

莱比德长寿，但晚年同两个女儿在库法生活似乎也颇拮据。

莱比德有诗集传世，1880年首次印行于维也纳。他善于描状沙漠风光和动物，对其兄弟的悼亡诗写得情真意切，炫耀自己及族人的矜夸诗也写得很好。诗中常充满格言、警句，具有浓厚的宗教劝世色彩。其风格质朴、粗犷，缺乏风雅，又惯用生词僻典，故而读起来不够流畅。

莱比德的诗作当然以其作于贾希利叶时期的《悬诗》最为著名。全诗有89个拜特，在一定程度上反映了阿拉伯贾希利叶时期贝杜因人的游牧生活。

诗歌以诗人驻足于荒漠中故居遗址前触景生情的纳西布为起兴。不过莱比德不同于乌姆鲁勒·盖斯，其诗中的故居遗址，并非专指是情人的，是指亲人的，包括诗人本人在内；他用的是复数，而且也不是一处，而是列举了多处。原诗还表明，这些地方当年有的只是落脚暂栖几日，有的则是长驻较久的住所。这正符合贝杜因人逐水草而居的游牧生活特点。

故地重游，物是人非，尚且要触景生情，何况这些故居遗址曾经带给他几多欢乐：

> 这些故居遗址当年欢声笑语充满了温馨，
> 　　如今是人去地空，一片废墟，年复一年。
> 当年这里是亲友满堂，如今早已离去，
> 　　留下的是房前的水沟，还有荒草一片……

诗人还通过自己的描述，赋予那些故居遗址以生气，使其人格化，体现居民与住所、人与空间相互依存、兴衰与共的关系。让读者感到当这些曾充满人烟、温馨的居所一旦变成荒芜的废墟，不但回到此处的人会有人世沧桑不胜凄凉的伤感、眷恋，连废墟遗址本身都似乎有一种失落、寂寥的感觉。我们从诗中还可以看到诗人对典型环境的描述：青草萋萋，春雨淅沥，雷鸣闪电，野水芥菜在疯长，河谷两旁羚羊下崽，鸵鸟下蛋、野牛、羚羊携带幼崽，成群结队，随处可见……这些正是阿拉伯贾希利叶时期贝杜因人生活的荒原特有的景色。诗中提到的"房前的水沟"尤其具有贝杜因生活的特点。因为要防止雨水漫进营房，他们通常要在帐篷四周挖一条水沟。

同为荒原上的废墟遗址，由于所处环境不同，大自然在处理它们时手法也有所不同：乌姆鲁勒·盖斯的《悬诗》中情人的废墟遗址因为是在沙丘中，所以"南风、北风吹来吹去如穿梭/落沙却未能将她故居遗迹掩"。而在莱比德的《悬诗》中，亲人们的故居遗址多在山麓、河谷中，故此冲走泥沙使废墟遗址显露出来的是雨后的洪水。而诗人以神来之笔描述道：

洪水冲去泥沙，显露出废墟遗迹，
好似翻开书页，挥笔又写下新篇……

据说这一拜特诗句竟然让伍麦叶朝三诗雄之一的法拉兹达格钦佩得闻之跪拜。

此后，诗人描述了当年亲人们离开故居营区迁徙的状况：妇女如何乘坐驼轿，她们如何似回眸顾盼子女的羚羊那般美丽。诗人特别描写了他对已经中断联系的情人努娃尔的思念与怀恋。不过在这一情恋中，诗人也表明了自己对爱情的态度：

谁若真心爱你，你对人家也要诚心实意，
她若是对你三心二意，你亦可一刀两断……

在谈到情人努娃尔住处遥远，难以到达，因而对与她相会之事颇感绝望之后，诗人转而用较长的篇幅，描述帮助他跋山涉水、走南闯北的母驼。他时而把它比喻成云彩：

那时它顺从扯紧的缰绳飞跑，
快似顺南风飘动的浮云一般……

时而又把它比喻成野驴：

又好似与公驴交配怀孕的母驴,
　　爱吃醋的公驴紧护着飞奔向前。
公驴把母驴独自带到山头求欢,
　　母驴不从使他怀疑她移情别恋……

　　诗人用很大的篇幅来描写两头野驴的状态,实际上是将它们人格化,隐喻人类情侣的状况。为了说明诗人所骑母驼的奔跑迅速,诗人又把它比喻成由于离群疏忽而被猛兽叼去幼崽的母羚羊:

扁鼻子的母羚羊失去了幼崽,
　　于是在荒漠中四处跑四处喊。
但它找到的只是幼崽白色的遗骸,
　　已被贪婪的豺狼撕扯得东零西散。

可怜的母羚羊泪水伴着雨水,
　　那雨浇着草地整夜淅沥不断。
雨水从头到尾湿透它全身,
　　黑夜没有星辰,乌云满天。
它躲在沙丘边的一棵树根洞里避雨,
　　可那是棵孤零零的枯树,沙也松散……

　　实际上,诗人是通过一只母羚羊的遭遇来多方位地描述弱肉强食的社会现实生活。莱比德是位具有忧患意识的诗人。他对当时那种兄弟阋墙、劫掠成性、仇杀不休、战乱不止、穷兵黩武的社会状况是持否定态度的。对饱受劫掠、战乱之苦的平民百姓、弱势群体(特别是妇女)是深感同情的。所以当伊斯兰教一问世,他很快就加入了,并坚定信仰,以至于竟诀别了当时主要是为部落之间党同伐异服务的诗坛,也就不难理解了。
　　总之,诗人描述所骑的母驼,并用野驴、羚羊为比喻,并非单纯的描状,而只是借题发挥,乘机抒发他对当时社会现实多年观察、思考并郁积于心中的感受。

诗中的母驼是诗人抒发、宣泄自己爱憎、好恶情感的媒介；同时也是载着他去追求情人努娃尔的工具。所以诗歌总会不时地提到努娃尔，并在诗歌的后一部分，提醒努娃尔，让她知道自己是个什么样的人，要努娃尔记着他的性格、他做人的原则：他自尊、自重，即使对爱情、对情人也是不亢不卑，不肯委曲求全。此后，诗歌的题旨转为矜夸。莱比德出身于阿米尔部落一个显贵之家，从诗中我们可以了解贾希利叶时期阿拉伯这类人的日常生活：

努娃尔！你不知道曾有多少夜晚，
　　这里是高朋满座，我们相聚共欢。
当酒幌树起，我们来到这里，
　　把美酒佳酿豪饮，夜谈不眠……

在莱比德《悬诗》以矜夸为题旨的这后一部分诗句中，我们还可以了解当时衡量英雄豪杰、男子汉大丈夫的为人标准、价值观念。首先是慷慨好客、仗义疏财、扶危济困：

有多少个严寒的清晨，北风劲吹，
　　我宰杀自家的骆驼，供人吃饱饭……

客人和投靠来的外乡人到了我这里，
　　像到了苔芭莱谷地——肥腴又平坦。
一切老弱病残，穿着破衣烂衫，
　　都在贫苦无告时投奔到我门前。
北风劲吹，我们端给穷苦的邻舍
　　连汤带肉的菜盆大的好似小水湾……

其次，作为一位骑士，莱比德在诗中还炫耀了自己是如何英勇无畏，枕戈待旦，保卫自己的部落：

清晨起来，我总是保护我的部落，
　　挺身在前，刀枪在手，马不离鞍。

> 那时，我登上一座高山瞭望，
> 　　敌人的山头、战旗相距不远。
> 直等到太阳落山，天色已晚，
> 　　黑暗掩盖了人们的心惊胆战，
> 我从山上观察处走下来到平原，
> 　　马昂头像又高又光的枣椰树干……

诗句充分描绘了一个部落保卫者，一个骑士的英雄形象。

最后，诗人还用很大的篇幅炫耀、歌颂自己的部落：

> 老天为我们缔造了崇高荣誉的门庭，
> 　　我们的青年、壮年人人都向上登攀。
> 一旦部族遇险，他们都挺身而出，
> 　　一个个都是文武双全，能言善战。
> 一旦遇有荒年，孤寡穷人投靠上门，
> 　　他们慷慨好客，对待来者犹如春天。
> 他们相互支持，团结得亲如一家，
> 　　不让小人得势，不让嫉妒者如愿。

贾希利叶时期一个部落的成败、荣辱、兴衰主要与部落中两类人有关：武者靠骑士勇敢善战，文者靠诗人、演说家能言善辩。衡量一个部落的声誉也同衡量一个人一样：看他们的宗族谱系、门庭渊源是否纯正；部落里的人是否慷慨、侠义、能言善战、团结友爱，以此标准来衡量莱比德的《悬诗》，我们可以清楚地看到，他对自己部族的炫耀与矜夸是切中肯綮的。

莱比德既是《悬诗》诗人之一，阿拉伯文学典籍及后世诗人对他多有评价。

伊本·萨拉姆在《诗人的品位》中，将他列为第三品，说他是一位勇敢的骑士和诗人，语词甜美，用典精当，是一位穆斯林，一个诚挚的人。

据传，穆斯林的先知穆罕默德曾说过，一个诗人说的最确切的话就是莱比德说的"除了安拉，一切事物都是假的"。

伊本·阿卜杜·拉比在《罕世璎珞》一书中也写道：阿拉伯人说的最精确的一个拜特就是莱比德说的：

　　除了安拉，一切事物都是假的，
　　　　所有福祉，毫无疑问都会消失。

阿拔斯朝著名的传述人、语言学家、学者艾斯马伊在被问及对莱比德的评价时说：他并不是一位诗雄。意即他并非诗坛巨擘，这一评价可能是实事求是的。

第六节　阿比德·本·艾卜赖斯

阿比德·本·艾卜赖斯生于纳季德地区，是阿萨德部落的名流与骑士，为人足智多谋，以侠义著称，享有长寿。当著名诗人乌姆鲁勒·盖斯的父亲胡杰尔任铿德部落联盟盟主并统管阿萨德部落时，阿比德曾常去其官邸走动，为其清客，为他作过颂诗。后来，阿萨德部落有人谋反，拒绝向胡杰尔政权交纳赋税，遭到胡杰尔镇压，一部分头人被杖毙，一部分人被从纳季德流放到红海沿岸的帖哈麦地区，后经阿比德·本·艾卜赖斯说情，胡杰尔收回成命。但受到饶恕的被流放者却并不饶恕胡杰尔，他们回来后不久就起兵造反，并杀死了胡杰尔，从此结束了铿德部落联盟对阿萨德部落的统治。阿比德·本·艾卜赖斯参与了这次行动。当乌姆鲁勒·盖斯扬言要为父报仇时，阿比德·本·艾卜赖斯吟诗与其舌战，在为本部落矜夸的同时，恫吓对方：

　　你扬言要报杀父之仇，
　　　　用死来威胁我们。
　　你信口雌黄，胡说
　　　　已杀死了我们的头人。
　　你不必装腔作势！

　　　　该号丧的是你的父亲。
一旦我们刀枪备好，
　　　　就会向敌人进军。
别人可以苟且贪生，
　　　　我们却绝不肯屈就于人。
你还不快问问铿德族人：
　　　　"败逃之日，你们往何处栖身？"
我们个个都久经沙场，
　　　　你们快来送死——结队成群！
要知道，我们的战马
　　　　一向都是先发制人。
你们早已是我们的手下败将，
　　　　世上却无人能战胜我们。
一旦我们的矛头指向了你，
　　　　你绝对逃不过与你父亲同样的命运！
任何人建功立业都无法与我们相比，
　　　　我们创建的荣誉早已高耸入云。
我们从不肯忍受屈辱，
　　　　却杀死了你们多少头人！
又俘获了你们多少女孩
　　　　——美若仙女降下凡尘。
我们可以你的宗教发誓：
　　　　任何人永远无法征服我们！

　　阿比德·本·艾卜赖斯也常造访希拉王国的宫室，在胡杰尔死后，这种走动更加频繁，为时较长，亦颇为得宠。

　　阿比德·本·艾卜赖斯的死颇具传奇性。传说希拉王国国王蒙齐尔·本·玛·赛玛一次酒醉后，下令杀死了两个酒友，酒醒后十分懊悔，于是厚葬二人，并在二人墓旁建亭，规定每年有两天他坐在亭里守候：一天为吉日，谁若在这天经过他身边，可以得到厚赏；一天为凶日，谁若在这天经过他身边，则要被杀死。阿比德·本·艾卜赖斯恰巧在凶日那天经过，故被蒙齐尔·本·玛·赛玛下令杀死。

阿比德·本·艾卜赖斯有篇幅不大的诗集传世，1913年经英国东方学家赖勒（Layll 1845—1920）在荷兰的莱顿首次印行。其中最著名的被认为是他的《悬诗》。诗有45个拜特。依照盖绥达长诗的模式，诗以旅途中见到原先熟悉的营地现已人去地空，荒芜一片，感叹人世沧桑为起兴：

> 迈勒侯布水呀，古台比亚特山，
>> 如今人去地空，早已荒芜一片。
> 过去人居之地，现在野兽出没，
>> 是天灾人祸将这里的状况改变。
> 这片土地，祖先们一代传一代，
>> 可是谁在这里都要受战争涂炭。
> 不是被杀也是英年早逝，
>> 白发成了白发人的污点。

诗中充满了格言、警句和敬奉安拉的一神论观点：

> 富贵到头来终究会消亡，
>> 有希望无非是一种被骗。
> 纵然骆驼成群亦会被人继承去，
>> 劫掠来的东西有劫掠去的一天。
> 不在的人会有归来时，
>> 唯有逝世者不会回还。
> 是不育的女人同别人一样，
>> 还是成功者同失败者一般：
> 向人们乞求会遭拒绝，

向安拉祈求却能如愿。
靠安拉善举皆为人知,
　　而有些话是自找麻烦。
世上安拉是独一无二的,
　　没有秘密能够对他隐瞒。
弱者努力也许会如愿以偿,
　　精明的人倒可能上当受骗。
人的教训不如岁月的教训,
　　精明不能靠千言万语规劝。
身在何处都要尽一份力量,
　　莫说我来自他乡与我无关。
人生在世就是如梦如幻,
　　整个人生就是受苦受难。

这些警句、格言实际上是诗人在那个时代人生经验的总结,表达了他看破红尘的出世思想和人生观。有人对阿比德·本·艾卜赖斯的这首《悬诗》的真实性表示怀疑,认为可能是后人伪托于他的赝品。理由是,用表述格言、警句的诗行,将描述荒芜废墟的纳西布与后面对乘骑的骆驼、马的描状诗句隔离开,不符合盖绥达体诗歌的常规模式;再者,认为诗人当时不会有独尊一神的思想。其实,这两点理由并不令人信服:因为,贾希利叶时期阿拉伯古诗的特点就是结构松散,一个拜特就是一个单位,缺乏逻辑关联,并无严格的排列顺序;再者,如前所述,贾希利叶时期,基督教与犹太教在阿拉伯地区影响颇大,一神教的观念也很普及,"安拉"是阿拉伯语的音译,原意就是神、上帝的意思,故诗人在诗中表达一神论及出世的观点并不奇怪。

第五章 侠寇诗人

第一节 侠寇诗人

除《悬诗》诗人外，这一时期还有一批"侠寇诗人"也不容忽视。

"侠寇"原意是贫困潦倒的人。他们往往一贫如洗，专以打家劫舍、拦路行抢为生。其中有些人是因犯罪为族人所不容，走投无路，只好铤而走险；有些人则因为母亲是埃塞俄比亚裔的奴婢，生来肤色黑，被蔑称为"阿拉伯的乌鸦"，他们的父亲引以为耻，而抛弃了他们，族人亦对他们歧视，他们迫不得已，走上这条道路；亦有人并非这两种情况，只是选择了以劫掠为其生活方式。这些人中除少数人是不分青红皂白杀人劫掠成性的盗匪外，大多数是被生活所迫而劫富济贫的豪侠好汉。他们大多能行走如飞，善于奔跑，被人称为"飞毛腿"（العطاء，al-'Addā'），也有些人是精于马术的骑士。他们往往在富饶的地区拦路打劫过往的商队或去麦加神庙朝拜的香客。也就是说，他们往往散布在麦加周围的山区、塔伊夫、麦地那附近以及也门北部的边远地区行事。他们之中涌现出不少著名的诗人，我们称之为"侠寇诗人"。

如前所述，侠寇诗人大多出身卑贱、家境贫寒，在部落中受歧视，受迫害，社会地位低微。因此，他们的诗歌往往真实地描绘了当时处于下层的贫民百姓啼饥号寒的穷苦生活，反映了他们对贫富悬殊、富者为富不仁、吝者悭吝小气的强烈不满，对自由、平等和幸福生活的追求和向往，刻画了他们倔强、坚韧、勇敢、吃苦耐劳、疾恶如仇、爱憎分明的性格和感情。

侠寇诗人苏莱克·本·苏拉凯的母亲就是埃塞俄比亚女奴。他在诗中吟道：

> 每天看到阿姨被当成牲口，
> 　　使我不禁悲伤，愁白了头。
> 她们受辱，我却无法营救，
> 　　这一切使我感到特别难受。

从中我们可以看到诗人在那种社会日常生活中难以忍受的屈辱与无奈，进而也不难理解他们走上侠寇劫掠道路的原因。

侠寇劫掠有单枪匹马的，亦有整个部落集体行动的，如聚居于麦加附近的胡宰伊勒（هذيل，Hudhayl）部落。诗人艾布·黑拉士（أبو خراش الهذلي，Abū Khirāsh al-Hudhalī）就出生于这个部落。他是一个剽悍凶猛的骑士，也是"飞毛腿"，撒腿跑起来，马都追不上。他有7个（一说9个）兄弟，个个都是诗人、"飞毛腿"。艾布·黑拉士长寿，赶上了伊斯兰教创兴时，并成了一个虔诚的穆斯林。由此，也可以认为他是一个"跨代诗人"。他死于欧麦尔哈里发执政的时代，是在夜间腿被蛇咬伤致死的。从他吟予妻子的一首诗中，我们可以看到侠寇诗人忍受贫穷、饥饿的生活窘态以及他们的价值观念：

> 我与饥饿相持，使它离去，
> 　　始终没让它玷污我的声誉。
> 吝啬鬼们是珍馐美馔塞肚皮，
> 　　我却是喝清水当晚餐且充饥。
> 你也知道，我是战胜饥肠的勇士，
> 　　有了吃的也先尽着你的孩子。
> 怕的是活着而卑躬屈膝，
> 　　屈辱的生活还不如一死。

著名的"侠寇诗人"有塔阿巴塔·舍拉、尚法拉和欧尔沃·本·沃尔德等。

第二节 塔阿巴塔·舍拉

塔阿巴塔·舍拉生活于希贾兹塔伊夫附近地区，原名沙比特·本·贾比尔（ثابت بن جابر，Thābit bn Jābir）。塔阿巴塔·舍拉原为其绰号，意为"腋下夹祸"。其原委众说不一：一说，有一天他腋下夹着一把刀出去了，有人向他母亲问起他的去向，她说："我也不知道，只见他腋下夹着祸根出去了"；一说，他母亲见他腋下夹着的不是刀，而是满满一口袋毒蛇，故有此语；更大的可能是族人嫌他总是招灾惹祸，好像总是腋下夹着祸殃，随时准备散播似的，故而送他这一绰号。

他幼年丧父，母亲为埃塞俄比亚黑奴。继父是一个著名的侠寇，于是依照自己的模式把他培养成了一位侠寇；亦可能是他肤色黑，又是女奴之子，受到族人的歧视，因而影响他走上了侠寇的道路。据说他行走如飞，是当年沙漠中著名的"飞毛腿"之一。一旦饿了，他可以眼盯着羚羊群，从中看准最肥的一只，径直奔去，穷追不舍，直至撵上逮住，宰而烤食之。他在许多劫掠行动中，都是与另一著名侠寇诗人尚法拉以及一位叫阿慕鲁·本·白拉格（عمرو بن براق，'Amr bn Barrāq）的结伴行事。他终生从事这种劫富济贫的冒险生涯，直至在一次劫掠中被杀身亡，亦有人说他是被蛇咬死的。

塔阿巴塔·舍拉的诗并未结集印行，而多散见于一些古书典籍中，同反映他的那些出生入死的冒险故事一道流传下来。那些故事多带有民间传奇色彩，很多诗也不免是附会的赝品伪作，如叙述他与精灵、妖怪相遇的一些诗，当属此类。

塔阿巴塔·舍拉在许多诗中都描述了自己与同伴们那种行踪不定、险象环生、惊心动魄的劫掠生活。诗人好像在给我们讲述他的一个个冒险小故事。在这些故事中，我们可以看到这些侠寇们是如何机智、勇敢、百折不挠，身临绝境不绝望、不气馁、宁折不弯的顽强精神。

据说，有一天，他在山上割蜜，被仇敌列哈彦部落的人发现。他们堵住了那条通往山上的唯一蹊径，并迫近他，喊着："不投降，就杀死你！"诗人宁死不降。他急中生智，把割集的蜂蜜泼在崖石上，然后身贴着崖石滑下山谷，逃之夭夭。他的一首诗就是讲的这个故事：

> 一个人如果不想办法，不会变通，
> 　　来了运气也会坐失良机，难免不幸。
> 精明人总是不等灾难临头，
> 　　居安思危，早把退路看清。
> 老谋深算的人总会随机应变，
> 　　一只鼻孔堵住，还有另一只鼻孔。
> 我对列哈彦人说——
> 　　当时我已走投无路，濒临绝境：
> "照你们看，我要么杀身成仁，
> 　　要么就得被俘、苟且偷生。
> 但我偏要考虑别的办法，
> 　　如此，才能显出我的精明。"
> 我把皮袋里的蜜泼在山崖上，
> 　　胸贴岩石往下滑，死里逃生。
> 于是我完好无损地落到了地面，
> 　　死神只好看着我，羞愧得无地自容。
> 我九死一生，回到了亲人中间，
> 　　有多少次我就这样让敌人干瞪眼睛！

还有一首诗，据说是塔阿巴塔·舍拉为答谢其堂兄赠予他一群骆驼，欢欣之余，当众吟咏出来的颂歌：

> 堂兄赠驼，令我欢颜，
> 　　回以颂歌，将其称赞：
> 生活多艰，他不抱怨，

　　　　　高瞻远瞩，勇往直前。
　　餐风宿露，一身孑然，
　　　　　辗转荒漠，不畏艰险。
　　快步如飞，似风一般，
　　　　　时刻警惕，枕戈待旦。
　　遇有危险，挥起利剑，
　　　　　战胜强敌，尸陈面前；
　　死神欢笑，将他称赞。
　　　　　漠漠荒沙，谙熟了然，
　　独来独往，岂怕孤单？！

　　这首诗，与其说是诗人赞美其堂兄的颂歌，不如说是诗人本人及其伙伴们生活的真实写照；是对他们那种孑然一身、独来独往、风餐露宿、寝苫枕块、攻苦食淡的艰难竭蹶生活的描绘；也是诗人对自己和伙伴们那种乐观、自信、豪放、豁达的性格和不畏艰辛、履险如夷而又日夜惕厉、常备不懈精神的颂歌。

第三节　尚法拉

　　尚法拉是塔阿巴塔·舍拉的伙伴，祖籍也门，原名沙比特·本·奥斯（ثابت بن أواس الأزدي，Thābit bn Aws al-Azdī）。尚法拉原为其绰号，是厚嘴唇的意思。其母也是埃塞俄比亚裔的黑奴。诗人少年时，因不满族人的歧视和迫害，随母亲远走他乡，迁至法赫姆部落。据说塔阿巴塔·舍拉曾传授他打家劫舍、拦路抢劫的经验和本领，并与他合伙行动。诗人外表瘦骨伶仃，常穿破衣烂鞋，但在高山深谷中，却能行走如飞。阿拉伯成语形容"飞毛腿"时，常有"快步赛过尚法拉"之说。

　　尚法拉专门袭击赛拉曼部落人。究其原因，一说是其父死于赛拉曼人之手；一说是诗人自幼被卖与赛拉曼人为奴，长大后始知真相，遂怀恨逃走，并矢志报仇。他发誓不杀死一百个赛拉曼人绝不罢休。传说，他杀死了99个赛拉曼人后而中计被俘，惨遭杀害，后来一个赛拉曼族人用脚踢他的头骨，被骨片刺伤，中毒身亡，从而成了第一百个被杀者。自然，这仅是一种穿凿附会的传说。

尚法拉有诗集传世，其中最著名的一首是被称作《阿拉伯人L韵》的长诗。全诗68个拜特，曾被数名学者注释，亦被译成英、法、德、意、俄等多种文字。

据说诗人在犯有过失时，得不到族人的谅解和支持，他觉得自己一颗高尚、自由的心忍受不了这种冷遇和轻侮。诗人宁肯浪迹沙漠与豺狼虎豹为伍，也不愿再同本族人共同生活下去，因为在他看来，野兽都比寡情薄义的亲朋强。于是他向族人宣布：

> 喂，乡亲们！我要离开你们，
> 　　投奔别族，到异乡谋生。
> 我已下定决心，整好行装，
> 　　趁着月色，就要登程。
> 宽广天地何处不养爷，
> 　　我又何必在这里任人欺凌？
> 我敢说，天无绝人之路，
> 　　有头脑的人总是趋吉避凶。
> 我宁愿同豺狼虎豹为伍——
> 　　它们胜似你们这些邻里亲朋：
> 它们对机密会守口如瓶，
> 　　对犯了过失者也不会翻脸无情。

在诗中，诗人不无自豪地歌颂了自己的美德：战斗、打猎，他总是最勇敢，奋不顾身冲在前；而在依照阿拉伯的风俗习惯，共同席地聚餐时，他却是最后一个伸手取食。吃苦在前，享受在后，这正是一个人的美德所在。怀着雄心壮志，携弓佩剑，在沙漠中孑然一身，行走如风，这正是一个沙漠侠寇的英雄形象：

> 高尚的人个个是勇敢的英雄，
> 　　但冲锋、狩猎我却最为英勇。
> 聚餐时，我从不急于伸手，

> 　　　　贪婪的人才抢先，急急匆匆。
> 这完全出自我对他们的照顾，
> 　　　　先人后己是最好的品性。
> 失去无情无义的人我不可惜，
> 　　　　他们不配善待，亲近也没有用。
> 三者伴我足矣——
> 　　　　雄心、利剑、弯弓……

诗人显得高傲、骄矜，不甘屈辱，宁肯忍饥挨饿、吞食泥土，也不愿寄人篱下、靠人施舍、忍辱偷生：

> 论放牧，我并非不能吃苦的孬种，
> 　　　　让幼驼吃不饱，母驼乳房空空。
> 我也不是守着妻子恋家的懦夫，
> 　　　　诸事要问老婆该如何行动。
> 我不会傻得像只鸵鸟，
> 　　　　云雀的叫声都会让它胆战心惊。
> 我不会混在女人堆里没出息，
> 　　　　涂脂抹粉作一个风流小生。
> 我不是那种成事不足败事有余的人，
> 　　　　成天嗡嗡，像一只有害无益的马蝇。
> 我不是在黑夜中的彷徨者，
> 　　　　在茫茫原野上不知何去何从。
> 我的脚板快步如飞，
> 　　　　踩碎乱石，冒起火星。
> 我拼命忍受着饥饿的折磨，
> 　　　　直至把它忘得无影无踪。
> 我宁肯用泥土充饥，
> 　　　　也不愿靠别人施舍活命。

我并非找不到吃喝,
　　——如果我愿意忍辱偷生。
但一颗自由、高尚的心灵
　　岂肯忍辱含垢而不奋起另奔前程!

诗人甚至嘱咐同伴,在他死后都不要掘墓将他埋葬,他宁肯将尸首喂鬣狗,以免留有坟头让仇敌见到可以借此数落他而幸灾乐祸:

一旦我身首异处,
　　战死在野外荒漠,
你们不要将我埋葬,
　　坟墓并非为我而设。
我宁肯让自己喂鬣狗,
　　也不愿留给敌人数落,幸灾乐祸。

第四节　欧尔沃·本·沃尔德

欧尔沃·本·沃尔德是阿布斯部落人,其父为部落著名骑士与显贵,且在著名的"达希斯与艾卜拉之争"中立有战功;但母亲出身的纳赫德家族却低贱卑微。他自幼看到富贵者可以耀武扬威,横行霸道;贫贱者却往往低三下四,走投无路。这使富有正义感的诗人自幼养成抑强扶弱的情结,促使他造反,走上扶危济困、劫富济贫的侠寇道路。他的这种情结多次反映在他的诗中:

让我去发财致富!
　　我看最糟的莫过于穷苦:
穷人即使是名门贵族,
　　也会被人疏远,受人羞辱;

人们会耻于同他为伍，
　　连妇女孩子也会对他轻侮。
富人则会耀武扬威，
　　谁见了都会眉飞色舞；
他的罪孽不管大小，
　　有钱总会得到宽恕。
　　……
让我去四方浪迹，
　　发了财亦可将穷人周济。
别人遭难时袖手旁观，
　　岂非可耻，可鄙。
如果不能济困扶危，
　　活着还不如死去。

他的造反与侠寇行径颇为文雅。据说他率人劫掠而不杀人流血，从不以慷慨侠义者为劫掠对象，也不浪迹出没于荒漠之中。部落并未将他驱逐出籍，他仍居住在部落的营地。他在诗中声称：

人若没有驼群维持生计，
　　亲人又不能同情将他怜恤，
这样受穷还不如一死，
　　更不必认那些堂兄表弟。
也许有人问：那该往何处去？
　　哼！侠寇的出路岂能成问题！
条条道路又宽又广——
　　如果亲戚不肯周济。
有水不能让人渴死，
　　我活着丢不开兄弟。
我永生不能让邻居受人欺侮，

不会对朋友谗害，背信弃义。

古代阿拉伯人以慷慨好客为衡量人品道德、价值观念的最高标准，欧尔沃·本·沃尔德则被认为是这方面的最高典范。他在诗中吟道：

我家就是客人的家，
　　我的床就是他的床；
头戴面纱的羚羊
　　也不能让我将他遗忘。
　　……
乌姆·马立克，你可问问
　　那些夜晚找上门的客人
——逢上我在宰牲或烧肉，
　　生肉、熟肉他们总有一份：
我是否总是笑脸相迎，
　　使他们感到和蔼可亲；
对他们解衣推食，殷勤款待，
　　而不问他们来自何方，是何许人！

有富人讥笑欧尔沃·本·沃尔德瘦瘠，他吟诗反唇相讥道：

我有口粮大家分，
　　你有珍馐独自吞。
我瘦你肥岂可笑，
　　克己济贫是本分。
愿将我身分众人，
　　纵喝冷水亦甘心。

当时，受自然条件和社会环境的限制，生产力水平低下，天灾人祸常使很多阿拉伯半岛的贝杜因人陷于贫困无告的状态。穷人的路该如何走？人该怎样活？

是趋炎附势，苟延残喘地作一个没出息的穷人，还是团结起来，与命运抗争，走光明磊落的侠寇之路，欧尔沃·本·沃尔德在诗中提出自己的看法：

> 愿上天诅咒那种没出息的穷人：
> 　　一到夜晚他就寻残汤剩饭把骨头啃。
> 每夜，受到一位阔佬的款待，
> 　　他竟把自己也看成了富人。
> 无所事事，一觉睡到大天亮，
> 　　醒来玩弄身旁的石子消磨光阴。
> 他若是帮助邻居妇女做点事，
> 　　就讨人家便宜，像癞骆驼一样混。
> 但一个真正的侠寇却有自己的体面：
> 　　他急公好义，如光风霁月，肝胆照人，
> 战场上，他使敌人叫苦连天，
> 　　埋怨他不分畛域，扶危济困；
> 他们常常失魂落魄，提心吊胆，
> 　　离得再远，也害怕难逃他的手心。
> 这样的人，死了会流芳千古；
> 　　一旦富了，又是多么应得应分。

正由于他具有这种行侠仗义、先人后己、舍己为人的品德，能将贫困的人们和陷于窘境的侠寇团结起来，共同行动，他在族人与同伴中享有很高的声誉，有"侠寇之纽带"和"侠寇之父"之称，被认为是最高尚的侠寇。

据说，伍麦叶朝首任哈里发穆阿威叶曾说过："若是欧尔沃·本·沃尔德有儿女的话，我会愿意同他们结亲联姻。"①而这一朝代的第五任哈里发阿卜杜·麦利克则说："谁说哈帖姆是最慷慨的人，那他可是对欧尔沃·本·沃尔德显得不公正了。"②他说的哈帖姆一向被阿拉伯人认为是慷慨好客的典范，故有

---

① أبو الفرج الاصفهاني، الأغاني، بولاق، القاهرة، الجزء ٣، ص ٧٣.
② أبو الفرج الاصفهاني، الأغاني، بولاق، القاهرة، الجزء ٣، ص ٧٤.

成语"慷慨胜似哈帖姆"。由上述两位哈里发对欧尔沃·本·沃尔德如此这般地评论，我们不难看出这位诗人的人品了。

欧尔沃·本·沃尔德有诗集传世，最早于1864年同德语译文一道于哥廷根印行，1923年、1926年则先后于开罗与阿尔及尔出版了伊本·希基特（ابن السكيت，Ibn as-Sikkīt）的注释本。其诗通俗易懂，多反映出诗人刚正不阿、疾恶如仇及其与同伴和贫苦民众和衷共济、患难与共的精神。

第六章 其他著名诗人

第一节 穆海勒希勒与杰丽莱·宾特·穆莱

穆海勒希勒是阿拉伯文学史上最早知名的骑士诗人。他生于纳季德，台额里卜部落人，原名叫阿迪·本·赖比阿，据传，是《悬诗》诗人乌姆鲁勒·盖斯的舅舅，是另一位《悬诗》诗人阿慕鲁·本·库勒苏姆的外祖父。"穆海勒希勒"原是其绰号，意为"使纤细者"，因其诗首先突破游牧人的粗犷风格而变得细腻、优雅得名。他为人风流倜傥，性喜饮酒作乐，拈花惹草，故亦称"冶游郎"。在台额里卜与贝克尔两部落间发生了著名的"白苏斯之争"，当诗人闻知哥哥库莱卜被其妻弟杰萨斯杀死后，他矢志为兄复仇，继而奋战于沙场。

这场"白苏斯之争"长达40年之久，在敌对的台额里卜与贝克尔两部落间发生过多次战役（称"阿拉伯的日子"），双方互有胜负。至于穆海勒希勒之死，则说法不同：一说他是被俘而死；一说他后来脱离了这场纷争，享有长寿，但患老年痴呆，死于荒漠。

穆海勒希勒的诗作多散存于一些古代阿拉伯文学典籍中，没有一部完整的单独诗集流传于世。其诗题旨除了少量的恋情诗与豪情诗（战歌）外，多为悼念其兄库莱卜的悼亡诗。诗中感情色彩强烈：既有阴柔、伤感的一面，又有阳刚、英武的一面。这可能是受他前后截然不同的生活经历影响所致。

他在追忆其兄库莱卜，并矢志为他复仇的诗中吟道：

> 忆往昔，好似眼中吹进灰，
> 　　暮色中，不禁潸然暗垂泪。
> 长夜漫漫一片黑，
> 　　怅然若失难入睡。
> 辗转反侧望星空，
> 　　一宿到头未能寐。
> 满眼皆是众乡亲，
> 　　云散四处不复回。
> 群星俯首不忍离，
> 　　陪我同笑同伤悲。
> 逝者当年显神威，
> 　　尘烟滚滚率马队。
> 库莱卜！声声唤你你不应，
> 　　人去地空，仁兄如今在哪里？
> 库莱卜！答应我，莫责备！
> 　　尼扎尔族失去骑士能不悲？
> 我愿对天盟誓约，
> 　　不恋红尘不后悔：
> 不重修饰着盛装，
> 　　不迷美色不贪杯；
> 不灭贝克尔族众魁首，
> 　　盔甲不解剑不离！

诗人的感情显得真挚、直朴、自然，时而温柔，时而激昂，诗句表达得细腻、感人。

在长期的"白苏斯之争"中，敌对的两部落虽互有胜负，但作为台额里卜部落的骑士诗人，他常会炫耀胜利、战功，抒发豪情：

> 在瓦里达特战场上，
> 　　我让布杰尔倒在血泊中。
> 还有海马姆·穆莱
> 　　我们也让他的尸体喂了老鹰。
> 我们让乌胡姆家族大倒其霉，
> 　　谁叫他们的胸脯硬往我们枪尖上挺。
> 那天清晨，在欧奈扎山谷，
> 　　我们弟兄把战磨转个不停。
> 因此，假若寂静而没有风，
> 　　希季尔人都会听到剑击声。

诗人在诗中炫示了他们在瓦里达特与欧奈扎两场战役中击败贝克尔部落的战绩：在前一场战役中杀死了贝克尔部落的骑士布杰尔和杰萨斯的哥哥海马姆·穆莱，并使贝克尔部落中乌胡姆家族遭到重创；在后一场战役中，诗人及其战友也大显神威。不过也有人指责穆海勒希勒在此处过分夸张，有损诗意，因为欧奈扎与希季尔两地相距有几天的路程。而在贾希利叶时期过分夸张被认为是诗歌的缺点。

既然述及"白苏斯之争"，我们不妨顺便介绍另一位与此密切相关的女诗人杰丽莱·宾特·穆莱。

杰丽莱·宾特·穆莱原籍贝克尔部落，嫁与台额里卜头人库莱卜为妻。如前所述，库莱卜为人霸道，竟随意将同他的驼群一道饮水的白苏斯的母驼射杀。白苏斯是杰丽莱及其弟弟杰萨斯的姨妈，杰萨斯看到姨妈受欺侮，怒不可遏，竟伺机杀死了姐夫库莱卜。在库莱卜的追悼会上，死者的姐姐看到杰丽莱在场，认为她在场是幸灾乐祸，是一种耻辱，就对她嚷道："你这个女人，滚出我们的追悼会！因为你是我们的仇人、凶手的姐姐。"于是女诗人在悲伤地离去之前，吟咏道：

> 小姐切莫忙责怪，
> 　　望把情由问明白。
> 问清确是我不对，
> 　　任你申斥任责备。
> 姐弟之情若该责，
> 　　那就请你谴责我。
> 杰萨斯所为伤我心，
> 　　使我丧夫起纠纷。
> 姐弟本是手足情，
> 　　他却使我只想速死不欲生。
> 丈夫被刺杀，
> 　　一朝毁两家：
> 夫家从此不存在，
> 　　娘家亦难免遭灾。
> 姐妹们，我多可怜！
> 　　老天竟降下这灾难。
> 我进退维谷左右难：
> 　　丈夫被害娘家险；
> 我无法为夫报仇恨，
> 　　杀死弟弟会倍伤心。
> 死者、凶手皆心肝，
> 　　天哪！我该怎么办？

诗中充分地表达了这位女诗人既是凶手的姐姐，又是死者的妻子在这种场合的尴尬、无奈，以及面临夫家、娘家都将遭遇战乱和毁灭命运的焦虑、忧伤。

第二节　穆赛吉布·阿卜迪

穆赛吉布·阿卜迪是巴林地区人。他是部族的头人之一，在著名的"白苏斯之争"之后，曾参与了对贝克尔与台额里卜两部落之间的调解。曾与希拉王国的国王伊本·杏德和努尔曼·本·蒙齐尔交往，并作诗赞颂过他们。他有诗集传世，题旨有赞颂、矜夸、描状、恋情、哲理等。如他在一首矜夸诗中吟道：

我为人光明磊落，
　　不会似豺狼对人中伤。
最坏的人是当面笑脸，
　　背后却对我诽谤。
我虽然耳朵不聋，
　　有些坏话却如风过耳旁。
我容忍而不与之争辩，
　　怕蠢人以为我真像他说的那样。
对于卑劣小人不予理睬，
　　受点委屈又有何妨？
好心人不必在意钱财损失，
　　只要保持声誉，脸上有光。

从中我们可以清楚地看出诗人的处世哲学：宽以待人，严以律己，可以忍辱负重，以保持自己的声誉。而在另一首哲理诗中，诗人则以一位饱经沧桑的长者身份，以自己的切身经验告诫人们如何修身养性、待人接物：

遇事切莫乱点头，
　　没有把握别应承。
先说"不"字后说"行"，
　　胜于不行先答应。
如怕后悔先说"不"，

　　　　轻诺寡信是劣行。
一旦答应莫食言，
　　　　千方百计要完成。
人有缺点遭物议，
　　　　处处自爱人亦敬。
我待邻居敬如宾，
　　　　规规矩矩守本分。
不在背后进谗言，
　　　　不似禽兽暗伤人。
当面笑脸背后骂，
　　　　此乃卑怯恶小人。
恶语如同耳旁风，
　　　　我自装聋似不闻。
人有涵养不动怒，
　　　　免得失态称人心。
他人不义我仁义，
　　　　宽宏大度是根本。

　　穆赛吉布·阿卜迪的诗歌往往用平易、朴质的语言为人们清楚明白地阐释哲理，让人感到亲切、可信，受到名家好评。

第三节　哈帖姆

　　哈帖姆·塔伊是塔伊部落人。早年丧父，其父留下颇为可观的遗产。其母为人乐善好施，慷慨大方。诗人受母亲的教导、熏陶，自幼便养成慷慨好客的品德。据说，他童年时住在祖父沙德家，常把吃的东西带出去，如果找到人与他同吃，他便吃，否则就把吃的丢掉。祖父看到他这样大手大脚不会过日子，很不满意，就交给他一群骆驼，让他放牧。有一天，他在荒野遇到纳比埃·祖卜雅尼、阿比德·本·艾卜赖斯等三个当时著名的诗人前往希拉王国，去见国王艾布·卡布斯·努尔曼。三位诗人要求哈帖姆款待。哈帖姆在不认识他们的情况下就为他们各宰了一峰骆驼。待到三人报出姓名，他得知他们竟是心仪已久的大诗人时，不禁把那群近300峰的骆驼全分给了他们，并兴高采烈地跑回家对祖父说："这下子我可为你赢得了永恒的光荣！"随之便把自己的所作所为原原本本地告诉了祖父。祖父一听气得要命，便对他说："这样一来，我可不能再跟你过下去了！"哈帖姆却说："我不在意！"并吟诗道：

贫则洁身自好，富则与人共享，
　　我行我素，岂肯改变自身模样！
我用钱财维护自家体面，
　　别无他求，只要品德高尚。
沙德带着亲人离家而去，
　　剩我孑然一身又有何妨？

贾希利叶时期，阴历七月又称"聋月"，因为按照规矩，在这个月里，各部族全面停战，听不到刀枪铿锵，也听不到求援呼救声，人们把这个月当成节日庆祝。每到聋月，哈帖姆每天都宰10峰骆驼，招待人们。

游牧的阿拉伯人家中都养狗。人们往往可以根据狗的表现看出主人对客人的态度：吝啬人家的狗往往是狗仗人势，对陌生的来客穷凶极恶地狂吠，而好客人家的狗，由于常见到主人对来客笑脸相迎，自然表现不同。因此，哈帖姆在诗中谈起自家的狗时，不无骄傲地吟道：

如果说吝啬鬼家的狗总是狂吠猖猖，
　　穷凶极恶，使异乡的客人不敢靠近，
那么我们家的狗则是一向胆小如鼠，
　　慷慨使我总是敞开大门，欢迎客人。

阿拉伯人常喜欢聚餐，特别是出门在外，人们要么搭伙做饭，要么把各自带的干粮放在一起，围成一圈，席地而坐，共同动手抓吃。在这种场合，人的某些品质也会显露出来。有些人什么都吃，就是不肯吃亏。哈帖姆很喜欢与人聚餐，但却与众不同。他在诗中吟道：

> 大家饿了，坐下聚餐，
> 　　我缩着手，从不争先。
> 我宁愿饿着肚皮过夜，
> 　　也不肯大腹便便让人褒贬。
> 膳友若见到我手边食物吃完，
> 　　我会为此感到羞惭。
> 食欲本来就性喜贪得无厌，
> 　　若随其便，会遭人骂，丢尽脸面。

哈帖姆娶过两个妻子。头一个妻子叫娜娃尔，她似乎对哈帖姆的那种慷慨不以为然，常为此责备他。他以后又娶了一位也门的公主，叫玛维娅，生有两男一女，哈帖姆在不少的诗歌中，针对妻子对他的行为不理解，而对她们做思想工作：

> 有时，为了我的慷慨，
> 　　夜晚妻子不禁将我责怪，
> 好像我如此大手大脚，
> 　　就是对她的不公、伤害。
> 责怪我的人啊！须知
> 　　慷慨绝不会使我身败，
> 吝啬也不会使那些
> 　　鼠肚鸡肠者永世存在。
> 高尚人的美德
> 　　会在世上流芳万代，
> 哪怕他的尸骨朽烂，
> 　　在泥土中深埋。

人的品德是天生的，
　　想改也无法更改；
谁想要装模作样，
　　本性总会暴露出来。

他曾在诗中对妻子玛维娅说：

玛维娅！钱财会来又会去，
　　唯有声名传于世。
玛维娅！一旦有人来求乞，
　　我不会说：我们钱也不宽裕。
玛维娅！一旦临死快咽气，
　　人要钱财有何益？
玛维娅！一旦身处荒野地，
　　没有人烟没饮食，
昔日手敞有何妨？
　　两手再紧亦无益。

诗中阐释了他的人生哲学，说明了指导他慷慨行为的理论基础，正如人们常说的：钱财这东西，生不带来，死不带去，何必太抠门儿？！

哈帖姆还经常让自己的仆人叶沙尔寒夜在山上燃起篝火，主动地招徕行旅客人上门，并许诺仆人，若招来客人，便可获得自由：

燃着篝火吧！夜间很寒冷，
　　仆人啊！寒风在呼啸悲鸣；
过路人或许看见火光而欢欣，
　　你若招来客人，便可成为自由人。

哈帖姆的财产终究不是取之不尽、用之不竭的。慷慨的结果就是，他的生活也时有窘迫。但即使是自己饿着肚子，他也要慷慨待客：

向神发誓——一切秘密唯他晓得，

  腐烂的白骨他亦能使其复活：

我常饿着肚子而慷慨待客，

  免得人家说我小气、吝啬。

我羞于在黑暗中独自吃饭，

  而不点火招徕过往旅客。

有关哈帖姆慷慨好客的逸事很多。他自己曾在一首诗中这样叙述道：

空旷的沙漠，人静夜阑，

  忽然传来阵阵呼喊。

那喊声好像绝望的疯癫，

  不！那不是疯癫，是在求援。

听到喊声，我忙朝他招呼，

  慷慨好客，是我家遗风祖传。

我忙把熊熊篝火点燃，

  又放出狗，让犬吠使夜行人听见。

"欢迎，欢迎！你算找对了门。"

  我对他说，但没坐下再问长问短。

我忙朝肥壮的驼群走去，

  那是我为过往客人专备的美餐。

我走过去，身佩着一柄利剑，

  剑尾拖在地，剑带却不抖颤。

群驼望着我，个个惊恐不安，

  想护着最好的公驼——膘肥体健。

它那蹄子连同半截小腿被一刀斩断，

  好似被人拴上了永解不开的羁绊。

我的父辈教我要这样行事，

  而教他传统的则是他的祖先。

据说，哈帖姆的女儿曾在伊斯兰教先知穆罕默德面前谈起自己的父亲："我的父亲一向仗义疏财，慷慨好客，解衣推食，扶危济困，有求必应……"

穆罕默德对她说："姑娘，这正是穆民的品德。你的父亲若是赶上了伊斯兰时代，我们一定会祈求真主怜悯他的。"

哈帖姆是位文武双全的骑士诗人。他的诗集于1872年在伦敦首次出版。其逸闻多散见于阿拉伯古代典籍中。不过，由于他是阿拉伯人推崇的慷慨典型，故其诗歌及有关他的逸闻，有不少也可能是后人附会伪托的。

第四节　韩莎

韩莎原名图玛蒂尔·宾图·阿穆尔，"韩莎"原为其绰号，意为"羚羊"，阿拉伯古人常借以形容明眸皓齿的美女。

韩莎生于纳季德地区苏莱姆部落的名门世家，为当时才貌双全的著名美女之一。据说，骑士诗人杜赖伊德曾向她求婚，未能如愿。她曾两度适人，生有四子一女。

韩莎的两位兄弟——穆阿威叶与萨赫尔皆为部族内名流，以豪侠、骁勇著称。约于612年，在苏莱姆与艾图凡两部落的战争中，穆阿威叶被杀。其后，在一次发生于苏莱姆与阿萨德两部落间的战争中，萨赫尔又身负重伤，长期卧床不起，直至死去。韩莎为其两兄弟先后之死伤感不已，终日痛哭流涕，以至于哭瞎了双眼。她对萨赫尔感情尤深，萨赫尔之死更使她痛彻肺腑。她常常长时间坐在他的墓前，为他哭唱挽歌。

伊斯兰教创建后，韩莎曾率子女信奉伊斯兰教。但她仍不忘姐弟旧情，身着志哀的丧服，常为兄弟哭泣。据说，她在觐见穆斯林先知穆罕默德时，曾当面吟诗，受到赞赏。在她的鼓励下，其四个儿子参加了阿拉伯与波斯之间的嘎底西叶战役（637年），并全部阵亡。据说她闻讯后只说道：赞美真主！他们的死使我引以为荣。望真主让我与他们相聚于那仁慈的所在。其强烈的民族主义精神和宗教热忱由此可见一斑。

韩莎有诗集传世，1889年首次印行于贝鲁特。其诗大部分是贾希利叶时期的作品,几乎全部是为悼念其两兄弟作的挽诗,其中绝大部分又是为萨赫尔作的。

长歌当哭,凄婉哀伤,感人肺腑,催人泪下,是这些挽诗的特点。在诗中,女诗人反复表达自己日日夜夜、时时刻刻对亡弟无法排解的哀思:

像重病愈后重把人缠,
　　思念使得我彻夜难眠。
我想起了萨赫尔,哪个青年
　　能像他那样勇敢善战!
失去了他,我是这样痛苦,
　　天上人间谁曾遇过这种灾难!

旭日东升,使我想起了萨赫尔,
　　夕阳西下,又引起了我的怀念。
若非周围有那么多人哭他们的兄弟,
　　我一定会随亡弟而去,一命归天。

自离别萨赫尔那日起,
　　我就没有欢乐和幸福可言。
天哪!想起他朝夕在土中长眠,
　　怎不叫我心如火焚,肝肠寸断!

周身好似一团烈火熊熊,
　　别人睡了,我却难以入梦。
天上一颗星星落下去了,
　　我再望那些未落的星星。
左顾右盼,路有千条,
　　条条路都有萨赫尔的身影。

在诗中,诗人常以与自己的双眼交谈为开端:

眼啊!请慷慨地让泪水流淌不停!

> 岂能不为侠义的萨赫尔痛哭放声？
> 怎能不哭？他是那样壮美、英勇；
> 怎能不哭？他是首领又那样年轻。
> 他高大魁伟，把光荣的责任担承，
> 他嘴巴没毛，却将全族人统领。

诗人往往用夸张的词句数说着萨赫尔的功绩、美德：勇敢善战、慷慨好客、急公好义、扶危济困、正直、坦诚等：

> 萨赫尔，是我们的主人，我们的首领，
> 萨赫尔，他常宰牲待客，度过寒冬。
> 萨赫尔，旅程中，他一向勇敢走在前，
> 萨赫尔，饥饿时，他常宰骆驼让众人饱餐。
> 萨赫尔，像点燃起烽火的山岗，
> 人们把他当成目标，不会迷失方向。
> 他坚毅、英俊、完美、虔诚，
> 战斗中，他好似一团烈火熊熊。
> 高举战旗，南征北战，陷阵冲锋，
> 所向披靡，如入无人之境！

在诗篇中，萨赫尔被描绘成最完美的英雄典型形象。这种英雄被杀害，自然应令人悲愤，于是诗人往往大声疾呼：为萨赫尔复仇！因此，其诗不仅有阴柔感人之情，亦有阳刚动人之力。

韩莎的诗从侧面反映了阿拉伯古代部落之间的战争和仇杀给人民带来的灾难和对人们心理造成的创伤。其诗的缺点是缺乏想象，结构有时显得松散。

第七章 贾希利叶时期的散文

第一节 演说辞

阿拉伯文学史家常把文学作品分成诗歌与散文两大类，凡不属于诗歌范畴的皆为散文。当然，这里所说的散文是指经过艺术加工，具有美学价值的散文。

贾希利叶时期流传至今的散文作品若与诗歌相比，显得微不足道。按理说，阿拉伯人以善于言辞闻名于世，他们喜欢演讲，喜欢讲故事，若把他们讲述的都记载下来流传于世，散文的数量应当还是很多的。但如前所述，当时阿拉伯人虽已有了文字，但真正能读会写的人极少，绝大多数人都是文盲，文字书写仅流行于城镇定居文明地区，用于商贸和政治目的，把商约、政令写在羊皮纸上。至于当时属于文学范畴的散文，则像诗歌一样，也靠口耳相传。

诗歌因为合辙、押韵，便于记忆，而散文作品则往往不易被完整传述下来而保持原貌。流传下来的只有一些演说辞、箴言、成语、格言、卜辞和故事等。

这一时期演说辞之所以盛行，是适应当时生活的需要：部落之间争斗频仍，阿拉伯人有时也与周边的民族发生纠纷或战争，这时就如同需要诗人一样，需要演说家在自我矜夸、夸耀的同时，攻击敌人，鼓舞士气，增强斗志。如在著名的

"济卡尔日",即济卡尔之战中,当波斯的科斯鲁王因希拉王国国王努尔曼·本·蒙齐尔的逆反而将其下狱,并向阿拉伯的贝克尔等部落发兵征讨,阿拉伯人则同仇敌忾,全面迎战时,贝克尔部落的一位部族首领哈尼·本·盖比塞就临阵发表简短的演说,好似战前动员令,以鼓舞士气,迎击敌人:

贝克尔诸部落的乡亲们:无愧地死掉,胜过临阵脱逃;胆怯谨慎,逃不过注定的命运;坚忍勇敢,也是取胜的手段;宁可死去,不可卑鄙;前去迎接死亡,要比往后逃跑强;让刀枪刺进前胸,要比背后挨刺光荣。贝克尔的同胞、兄弟!拿起武器!在死亡面前,没有选择的余地!

有时又要演说家们摇唇鼓舌,以便斡旋、讲和;演说家也往往是部落的贤哲,他们常在演说辞中彰善瘅恶,激浊扬清。我们还知道:阿拉伯半岛这时已传入基督教、犹太教等,教士们为传教而进行劝世、说教、布道,也是一种演讲。

这些演说辞的特点是句子短而有力,音韵铿锵和谐易记,句子与句子间有时缺乏逻辑,而不相关联,文中嵌有很多格言、警句,亦有时插入部分诗句。演说家中最有名的是古斯·本·沙伊戴、艾克赛姆·本·帅伊菲等。

古斯·本·沙伊戴(قس بن ساعدة,Guss bn Sā'idah? — 600)是伊雅德部落人,信奉基督教,为也门纳季兰地区主教。他有两个兄弟,随他一道信奉上帝,但都先于他离世,使他倍感人生无常,而弃世苦修。他常在著名的欧卡兹集市当众演说、传教布道,劝告人们不要拜物、迷恋尘世浮华,而要修身养性,虔诚信主。他时常去拜占庭拜见凯撒,受到款待。但他为人清心寡欲,享有长寿。据说他是最早站在高地拄着剑演说的人。他的演说自然流畅,多由押韵的短句组成,风格颇近似祭司的韵文,话语中多有威慑的力量,亦常引用成语、警句,令人读起来如行云流水,铿锵和谐,琅琅上口。他被认为是当时的贤哲和仲裁之一,是当时最有口才、善于辞令的人。阿拉伯成语中有"雄辩胜于古斯"之说。据说,伊斯兰教先知穆罕默德曾在欧卡兹集市听过他演讲,并能传述他的部分演讲辞:

喂,人们!听着,并牢记在心:活者会死去,死者会消逝,一切来者必将至。黑夜如漆，白昼静寂，天上有星宿。群星闪烁，大海扬波。高山巍然屹立，大地一望无际，江河奔流不息，地上有训喻。人们为什么一去不复返？他们是住在那里，心甘情愿？还是被抛弃在那里，永远长眠？伊雅德族的乡亲们：我们的父老和祖先到哪里去了？还有那些强大的法老，又到哪里去了？他们难道不比你们有更多的金钱？不比你们有更长的寿限？是岁月把他们碾成齑粉，扯得稀烂——用祸患，用灾难。

千百年逝去的祖先，
　　我们可以引以为鉴。
因为我只看到有人死去，
　　而没见到人会死而生还。
我看到众人都走向死亡，
　　不分老幼，不分贵贱。
往者不复存，
　　逝者不复返。
我相信众人的归宿
　　我亦不能幸免。

他流传于世的哲理格言有：

谁对你有些什么责难，他也必有类似的缺点。
谁欺负你，也会有人欺负他。
你若禁止什么，请你以身作则。
养家清白，共同发财！
不要跟忙人商量，纵然他精明；
也别与饿汉商量，纵然他明了；
亦别找惊慌的人商量，纵然他会劝告。

艾克赛姆·本·帅伊菲是希贾兹台米姆部落人，被认为是当时阿拉伯的一位哲人。据说当时的一些国王和头人多请他作幕僚，以听取他的哲理与谏诤。

传说，当伊斯兰教初兴时，艾克赛姆·本·帅伊菲曾派两个人探寻穆斯林的先知穆罕默德的家世与使命。穆罕默德在答复了他们的问题后，曾对他们念诵了《古兰经》经文："真主的确命人公平、行善、施济亲戚，并禁人淫乱、作恶事、霸道；他劝诫你们，以便你们记取教诲。"（16：90）当那两人回来告诉艾克赛姆·本·帅伊菲这话时，他说道：众人！他是命令大家作品德高尚的行为，而禁戒作卑鄙下流的事。

艾克赛姆·本·帅伊菲长寿，据说他曾前去麦地那，要加入伊斯兰教，死于路上。

艾克赛姆·本·帅伊菲是当时辩才无碍的演说家，被人们推崇为最高级的仲裁之一。

他在告诫族人的箴言中说：

> 台米姆族的同胞们：即使将来你们失去了我，我也希望你们一定要将我的劝诫记取。有些话在我的嘴里与胸中涌动，我觉得非讲给你们听不行。希望你们都仔细倾听，并要理解，牢记心中，那样定会受益终生：情欲清醒不寐，理智却在沉睡；欲望无拘无束，决断却受束缚；心灵不管不顾，思虑却戴着桎梏。男子汉会在贪婪、野心的电光下跌倒，走平路的人不会摔跤。嫉贤妒能的人难免花费心机，咬牙切齿，最终倒霉的还是他自己。

据说，当希拉王国国王阿慕鲁·本·杏德为自己兄弟的亡故而悲伤时，艾克赛姆·本·帅伊菲曾安慰他道：

> 人生在世如同一次旅行，走到来世才算结束旅程。你遭遇的事不会离你而复返，离你而去者也不会向你再回还。同你在一起的人也将会离你而去，抛下你留在人世。须知：人世无非三天：昨天，是训诫，是公平的证明，以其逝去让你伤心，为你留下了经验与教训；今天，如一位朋友，一笔钱财，不是你向它走去，而是它向你走来，你长时间不知它的行踪，它来后却又匆匆登上行程；明天，它的一切你全然不知，可是只要它发现你的存在，对于你，它总会到来。因此，真该好好感谢施恩之神，好好顺从命运的安排！我

们的祖先如同树根，我们则有如枝桠，根既逝去，枝桠岂能永久存在？须知：最大的灾害是我们中不好的后代。最好的善是行善者，最坏的恶就是作恶者。

他流传于世的格言警句有：

高贵、慷慨就是善解人意，宽厚待人。卑贱、悭吝则是心怀叵测，装疯卖傻。

互相奉献，相互友善。

住所可以远，可以分；友爱则要近，则要亲。

住处要相离得远，访问要经常不断。

相互居所可以远，但互相不可结怨。人会相聚，亦会离散。

第二节　箴　言

箴言也是贾希利叶时期散文的一种形式。其实，箴言与演说辞有些相似。两者共同的特点是多为短句，言简意赅，词句押韵，富有乐感，便于记忆。只不过演说辞的对象是众人、集体，目的往往是鼓动或说服大家去做什么事。而"箴言"则是对个人或少数人劝诫、嘱咐的话，多半是饱经风霜、老于世故的长者叮嘱晚辈的经验之谈，希望他们记取，并受益终生。流传下演说辞、箴言的人往往是部落的首领、贤哲、演说家、诗人等。他们的有些话语往往也成了传世的成语、格言、警句。同时，他们又往往与一些故事、传说联系在一起。例如：

据说，铿德部落联盟的埃米尔阿慕鲁·本·侯吉尔听说奥夫·本·穆哈莱夫的女儿乌姆·伊娅斯是一位秀外慧中的绝代佳人，就想娶她。于是找来一位能说会道、精明老练的叫伊萨姆的女人，派她去了解那位姑娘的情况，回来告诉他实情。

伊萨姆到了奥夫·本·穆哈莱夫的妻子、乌姆·伊娅斯的母亲乌玛麦·宾图·哈雷斯那里，就告诉了她的来意，于是母亲就把女儿叫到跟前说："孩子！这是你姨妈，来看你的。她若是想看你的面貌、身躯，你就什么都不要对她遮掩，她要问你什么，你就同她说好了。"

那女人走进闺房，看到那女孩真是美不可言。她随后赞叹不已地走出来，直奔阿慕鲁·本·侯吉尔那里。他一见到她就对她叫道："伊萨姆，你带来的是什么呀？"于是她就对他述说那姑娘是如何才貌双全，又如何美若天仙，妩媚动人。阿慕鲁·本·侯吉尔听后就派人到姑娘的父亲奥夫·本·穆哈莱夫那里，对他提亲，向姑娘求婚。奥夫·本·穆哈莱夫答应了这门亲事，把女儿嫁给了阿慕鲁·本·侯吉尔。

就这样，此后，当一个人急切地想了解一个消息或是想得知幕后隐情时，就说："伊萨姆，你带来的是什么呀？"这句话就流传下来，成了成语。

故事中那位新娘乌姆·伊娅斯的母亲乌玛麦·宾图·哈雷斯是位精明干练、卓有远见的女人，她在女儿临出嫁时就谆谆嘱咐她道：

小闺女啊！叮嘱若只是为了让人讲礼貌、懂规矩，那么对你叮嘱则大可不必。不过叮咛对疏忽大意的人是一种提醒，对通情达理的人也可让他更加精明。姑娘若因父母富有和非常需要她的慰藉而不必嫁人，那你在人们中就最不必结婚。但女大当嫁，男大当婚，女人是为男人而造出，同样，为了女人，才造出了男人。

小闺女啊！你就要离开你生身的环境，丢下养你长大的家庭，迈进一个你不认识的家门，与一个你不熟悉的丈夫成亲。有十条品德，你要牢记在心，它会使你终生受用不尽：

第一、第二条是：要乐天知命，对丈夫恭恭敬敬，听话顺从；第三、第四条是：对他眼能见到、鼻子能嗅到的地方要处处留意，不要让他从你身上看到有什么不顺眼的东西，要让他从你身上只嗅到芬芳的气息；第五、第六条是：对他的睡眠、饮食要多注意，因为吃不好饭会让人发火，睡不好觉会让人生气；第七、第八条是：管好他的财产，对仆人、孩子也要好好照看，钱财的事主要是精打细算，孩子的事主要是精心照管；第九、第十条是：不要违背他的旨意，不要宣扬他的秘密；违背他的旨意会让他胸生闷气，宣扬他的秘密难免他会不忠于你。

还有：如果他郁郁寡欢，你在他面前千万不要春风满面；如果他兴高采烈，你在他面前千万不要愁眉苦脸！因为前一种作法是怠慢，后一种作法是扰乱。你要对他最崇敬，他才会对你最尊重。要知道：你的爱憎好恶，首先要考虑他的意愿、爱好；关心他胜过自己，这样，你才会称心如意，神保佑你一切顺利。

这篇母亲对女儿临嫁前的箴言颇似我国古代流传的宣扬"三从四德"的《女儿经》，在一定程度上反映了当时社会的男女关系。我们从中可以看到当时作一个贤妻良母在为人、处事、治家等方面的道德价值标准。

而在另一篇祖·伊斯比耳·阿德瓦尼嘱咐儿子的箴言中，我们却可以看到，作为一个男子汉大丈夫又该如何为人处世，才能受到他人爱戴、尊敬、拥护，从而被拥戴为王。

祖·伊斯比耳·阿德瓦尼原名侯尔善（خرثان，Ḥurthān），祖·伊斯比耳·阿德瓦尼原为其绰号，意为"阿德宛族的趾头"。据说名字的由来是他的一只脚趾头因遭蛇咬而被割掉，亦有一种说法是他的脚有六趾。他是当时战功卓著的骑士之一，又是当时著名的诗人、贤哲，享有长寿，遗有矜夸、哲理、讽刺等题旨的诗作。他临终前嘱咐儿子艾西德的箴言被认为是贾希利叶时期散文的名篇：

孩儿！为父已经气息奄奄，对生活也不再有什么留恋。我想嘱咐你几句话，你若记在心里，就会在族人中达到我达到的地位。你要牢记在心：对人们要和蔼，他们才会对你爱戴；对他们要谦恭，他们才会对你崇敬；对他们要满面春风，他们对你才会言听计从。事事要把他们放在心上，他们才会拥戴你为王。对他们要尊重——不论是老人还是小孩。这样，老人会尊敬你，孩子也会从小就对你敬爱。还要仗义疏财，要保护神圣不可侵犯的一切，责无旁贷。对邻人要尊敬、友爱，对求援者要帮助，对客人要款待，见义勇为要快。你命中注定该活多久，做这些事不会使你减寿。不要乞求于人，使自己脸上无光。做到这一切，你一定会被拥戴为王。

第三节 成语、格言

阿拉伯成语颇似我国的成语,极为丰富,它们往往来源于不同阶层的人,因此,阿拉伯人称"成语是人民之声"。成语是社会上或文学作品中相传习用定型的短句或词组。在实际运用上,有简洁明快、要言不烦、因近取譬、画龙点睛的特点。格言则多为人们经验之谈形成的熟语,或是出自古代诗文的警句,具有劝诫、警世的作用。成语与格言可能源于不同时期。因此,我们这里谈的当然应是出自于贾希利叶时期的成语与格言。这些成语、格言在一定程度上表现了阿拉伯半岛自然形态、社会生活、风土人情和价值观念。如:

——比沙子还渴
——射箭之前,先把箭囊装满
——手即使瘫了,也是你的手
——你从荆棘中不会摘到葡萄
——由于惊恐,野驴也许会扑向狮子
——什么情况着什么装
——每个姑娘都对自己的父亲欣赏
——在我们这片土地上燕雀也会变成雄鹰
——大树之初是种子
——胆小鬼的母亲不会欢乐也不会伤心
——你的兄弟是待你如同自己的人
——你若是撒谎成性,可得有好记性
——光是闪电,若有雨就好了
——就像鸵鸟,既不是骆驼,也不是鸟
——口舌有时胜过干戈
——心胸狭窄牢骚多
——最好的死是在剑影下
——让人人都满意是无法达到的目的

——谁走平道，不会跌跤

有些成语与当时某个人们熟知的人有关，以其特性作类比，如："口才胜于古斯"，此处的古斯是指当时著名的演说家古斯·本·沙伊戴；"比哈帖姆·塔伊还慷慨"，是指以慷慨好客著称的骑士诗人哈帖姆·塔伊。

很多成语都源于一个典故，这一点颇似我国的许多成语。如成语："这是你的斧子印，我怎能与你言归于好？"典出自于一个寓言：

有兄弟二人，遭旱灾，无法谋生。他们附近有一肥沃谷地，由一巨蛇守护。弟弟下到谷地放牧，被蛇咬死。其兄欲杀蛇为弟报仇。蛇求他放过它，并答应他可在谷地放牧，并每日给他一枚金币。于是哥哥成了富翁。但后来他又想起弟弟被蛇害死之事，再次提斧欲杀死蛇，但未砍中，在蛇洞顶留下斧印。他担心蛇会报复，便后悔要求与它重归于好，仍按旧约行事。于是蛇对他说："这是你的斧头印，我怎能与你言归于好？"

成语"西尼玛尔的报赏"，意为"以怨报德"或"恩将仇报"，典故是：

一个罗马建筑师西尼玛尔为希拉国王努尔曼在库法附近建了一座名为哈瓦尔纳格的宫殿。建成后，西尼玛尔对国王说："我知道有一块砖是全宫的要害，那块砖一抽出，全宫殿就会坍塌。"国王问："别人知道吗？"答曰："不知道。"国王说："既然没人知道，倒也无妨。"随后命人将西尼玛尔从宫殿楼上推下去摔死。

又如成语"善孥与苔白盖正般配"，相当于汉语成语"旗鼓相当""棋逢对手，将遇良才"的意思。其典故是：

据说，有一个足智多谋的人，人称善孥。他想要娶妻，就决定到阿拉伯各居民区走走，以便找到一个同他一样精明能干的女人。有一次，他在路上遇到一个人也要到他要去的地方，于是就和他结伴同行。两人在路上，善孥就问那人：

"是你背着我，还是我背着你呀？"

那人感到莫名其妙，就说：

"你糊涂啦？我骑着骆驼，你也骑着骆驼，我怎么背你，你又怎么会背我？"

善孥不置一词。过了一会儿，两人到了一个村庄，只见庄稼快该收割了，善孥又问那人：

"你看这些庄稼是让人吃了还是没有？"

那人就说：

"你又犯糊涂啦？你看庄稼还没收割呢，怎么就问它们被吃了没有？"

善孥又是不置一词。直到两人进了村子，遇到了一家正在出殡，善孥又问那人：

"你看那棺材里的人是活着的人还是死了的人？"

那人更加大感不解地说：

"我真没见过比你更糊涂的人了！你明明看到这是在出殡，难道还要问要葬的是死人还是活人？"

善孥还是不置一词。随后他打算同那人分手，那人却不肯丢下他，而一定要他到自己家中做客。善孥就随他去了。

那人有个女儿，叫苔白盖。她父亲进家后，她就问他来客的情况，于是他就对女儿讲起两人一路上的事儿。苔白盖就说：

"爸爸！这个人可不糊涂。他说：'是你背着我，还是我背着你？'是想说：'是我给你讲故事，还是你给我讲故事，以便咱们边走边聊，一路轻松些。'至于他说：'你看这些庄稼是被吃掉了还是没有？'他是想问：'这些庄稼的主人是已经把它们卖了，并把卖得的钱吃了呢，还是没有？'而他对葬礼说的那番话的意思则是：'那个死者是否后继有人，使他可以借以留名于世？'"

于是那人便出来与善孥坐在一起，谈了一会儿，然后对他说道：

"你想让我破解一下你原先问我的问题吗？"

善孥说：

"好啊！"

待那人解释完后,善孥就说:

"这些话不是你说的,告诉我,是谁说的?"

那人说:

"这些话是我女儿说的。"

善孥说:

"这正是我要找的人!"

善孥便向苔白盖求婚,那人将她嫁给了他。善孥便把苔白盖娶回了家。人们看到了苔白盖的精明能干,便说:"善孥与苔白盖正般配。"

就这样,对两个相互般配的朋友,一对情投意合、门当户对的夫妻,人们就说:"善孥与苔白盖正般配。"

第四节 故事与卜辞

阿拉伯人除喜爱诗歌外,也喜欢在夜晚聚在一起天南地北地讲述各种故事。除上述提到的成语典故外,讲述最多的是被称为"阿拉伯人的日子"(أيام العرب,Ayyām al-'Arab)的战争故事。那时沙漠中的游牧人对历史日期的概念很模糊,往往以某次部落战争、战役记史,称"……日"。"阿拉伯人的日子"从某种意义上讲,就是伊斯兰教前阿拉伯人的"大事记"。阿拉伯人讲述这些故事,实际上是在进行一种传统教育。"阿拉伯人的日子"经人记录,散见于一些阿拉伯古代典籍中,其中诗文并茂,亦杂有许多警句、格言,具有文学、史学价值,可从中了解当时阿拉伯各部落间及其对外关系,也可了解当时社会的一些风俗习惯。如"哈丽玛日",是讲述当时希拉王国与迦萨尼王国之间的一场战争的:

蒙齐尔·本·蒙齐尔·本·玛·赛玛(المنذر بن المنذر بن ماء السماء,al-Mundhir bn al-Mundhir bn Mā'i as-Samā')执掌了希拉王权,并在王位上坐稳后,就要找迦萨尼王哈雷斯(الحارث,al-Ḥārith)打仗,为父报仇。他派人送信给哈雷斯说:

"我已为你备好了壮士,骑在好马上。"

哈雷斯答曰:

"我也为你备好了青年,骑在良驹上。"

蒙齐尔率兵在哈丽玛草原扎营,哈雷斯也迎上前去,于是双方厮杀起来。战争持续了几天,双方互有胜负。

哈雷斯见状,坐在自己的宫中,召来公主哈丽玛。她是一位美女。哈雷斯给她香水,让她给经过她面前的士兵洒。于是那些士兵走过她面前,她为他们洒香水。哈雷斯王高喊:

"迦萨尼的青年们!谁杀死了希拉国王,我就把女儿嫁给他!"

莱比德·本·阿慕鲁对父亲说道:

"父亲!我不是杀死希拉国王,就是死在他面前。我不喜欢我的这匹马,把你的马给我!"

于是父亲把自己的马让给了他。当人们前去拼杀一阵之后,莱比德向蒙齐尔扑去,手起刀落,把蒙齐尔砍倒于马下。蒙齐尔手下的人也大败而逃。莱比德下马割下蒙齐尔的首级,提着它向坐在宫中观战的哈雷斯走去,并把那颗首级掷于他面前。于是哈雷斯对他说:

"去找你堂妹吧!我把她嫁给你了!"

莱比德说:

"不!我得去陪伴我的战友们,大家都完事了,我才能完事。"

他重返战场,正碰上蒙齐尔的弟弟。蒙齐尔的弟弟正怒不可遏,手下的人也重又随他厮杀。莱比德迎上前去拼杀,终被杀身亡。不过莱赫姆人还是又败了,被杀得尸横遍野。

迦萨尼人俘虏了很多蒙齐尔手下的阿拉伯人,大获全胜。

"哈丽玛日"即这场战争在当时妇孺皆知、家喻户晓的事,故而也成为一个典故,而流传下成语"哈丽玛日并非秘密",就是众所周知、尽人皆知的意思。

除"阿拉伯人的日子"外,当时人们还流传一些爱情故事、神话、传说、寓言和《圣经》中的人物故事等。如有关诗人大穆拉基什与其恋人艾斯玛的爱情故事：

> 大穆拉基什是贝克尔部落人。他爱上了堂妹，向叔父求亲。但叔父嫌他地位卑微而未答应，要他外出建功立业。大穆拉基什远去投靠一位也门的国王，为其歌功颂德，受到赏识，多年后，功成名就，荣归故里。不料，诗人在外期间，适逢灾年，其叔父经济拮据，恰遇一个外乡穆拉德部落的富商路过，竟以100匹骆驼为聘礼，从诗人叔父手中娶走了艾斯玛，并带她回乡。大穆拉基什的弟兄们商定对他隐瞒真相，并埋了羊的骨头，充作是艾斯玛的坟墓。诗人归来后，弟兄们假称艾斯玛已病故，且已埋葬。诗人闻知，曾长久徘徊于假坟的近旁。后得知真相，他外出决心追寻恋人的踪迹。经过一番周折、坎坷，他病倒在一个山洞里，遇到一个牧人，得知他是为艾斯玛丈夫放牧。诗人求他告知艾斯玛自己的状况。牧人说："我不能接近她，但她的女仆每晚到我这里，把我挤的羊奶给她送去。" 大穆拉基什便摘下自己的戒指，对他说："把我这枚戒指拿去，再挤奶的时候把它放在奶里。她会认出它来。事后我必有重谢。"那牧人按照大穆拉基什的吩咐行事。艾斯玛在喝奶的时候发现了那枚戒指，并认出了它。她派人叫回丈夫，让他唤来那位牧羊人，问他戒指的来历。牧羊人据实相告，说出是一个病倒在山洞中的人让他在奶中放的戒指，并许以重赏。艾斯玛告知丈夫那是大穆拉基什的戒指。两人连夜骑马找到了大穆拉基什，并把他带回家中。故事以悲剧收场：诗人见到了热恋终生的堂妹后溘然死去，葬在异乡。

这个故事及其结局有不同的版本。类似的故事还有很多。值得注意的是，由这些故事已可看出当时希腊—罗马、波斯、印度、埃及等民族以及基督教、犹太教、祆教等宗教文化对阿拉伯文化、文学的影响。不过如前所述，这些故事当时是口头流传后经人整理、辑录的，只能算是传说，不足为据。

贾希利叶时期流传的散文除上述的外，还有一种形式，就是卜辞。这是因为当时人们还信奉多神、拜物，故有人以巫师、巫婆为业，称自己与神仙相通，人们可以找他们问卜、占卦，他们则口念卜辞，据以推算、预知出行、征战等诸事的吉凶福祸。这类卜辞往往由若干短句组成，合辙押韵，但词语意思含糊、暧昧，常显得前言不搭后语，缺乏逻辑性。如传述当时最著名的巫师欧扎·赛利麦的一段卜辞就是这样：

> 天高地广，兀鹰、太阳，落在水上，欧什拉人被荣光惊走四方，为光荣，为辉煌……

这种意义的暧昧、含混可以为巫师对卜辞随机应变的解释留下很大的空间。

第三编
伊斯兰时期文学

第一章　伊斯兰初兴时期历史与文化背景

所谓伊斯兰时期又分为两个时期：先知穆罕默德和四大哈里发在位的伊斯兰初兴时期和伍麦叶王朝时期。

伊斯兰教的兴起在阿拉伯历史上无疑是一件改天换地的重大事件。它是一种宗教的兴起：它使半岛原来拜物教、多神教、多种教的信徒统统信奉真主，改宗伊斯兰教；它是一个民族的兴起：它使半岛上相互劫掠、纷争不休的大大小小部落统一在阿拉伯民族的大旗之下；同时，它又是一种文化的兴起，是一次文化的转型：它以伊斯兰文化取代了原来的部落文化和游牧文化。

在穆斯林看来，伊斯兰教的产生，是真主降下的启示。《古兰经》是真主的言语，《古兰经》的原型保留在七层天之上，是由天神吉卜利勒（即天使加百列）依照原型口授给先知穆罕默德的。伊斯兰文化的产生自然也是真主启示的结果，是"天启"。

但依照历史唯物主义的观点来看，伊斯兰教的产生、阿拉伯民族的兴起以及伊斯兰文化的兴起，首先是有其内因，如：尖锐的奴隶主与奴隶之间的矛盾、贫富悬殊，使人们呼唤"平等"；各氏族部落之间的矛盾和常年不断的劫掠、血亲复仇的部落战争使人们呼唤着和平、安定、统一；周边的拜占庭帝国、波斯帝国，由于阿拉伯半岛的战略价值与经济地位而对它的觊觎、争夺、侵略，激起了阿拉伯人的民族意识。又由于伊斯兰教先知穆罕默德所在的麦加处于半岛的宗教、经济、文化中心地位，由于穆罕默德所在的古莱氏部落语言为基础的统一的阿拉伯语言、文字已经产生，阿拉伯人已在共同的社会政治、经济、文化生活中逐渐形成了他们共有的价值、道德观念。

伊斯兰文化的核心自然是继犹太教、基督教之后的一神教——伊斯兰教。

关于一神教的产生，恩格斯曾作过如下精辟的论述："最初仅仅反映自然界的神秘力量的幻象，现在又获得了社会的属性，成为历史力量的代表者。在更进一步的发展阶段上，许多神的全部自然属性和社会属性都转移到一个万能的神身上，而这个神本身又只是抽象的人的反映。这样就产生了一神教。"[①]

阿拉伯人从拜物、多神的原始宗教转化为独奉一神的伊斯兰教，同样经历了恩格斯指出的这一过程。早在伊斯兰教产生前，先知穆罕默德所属的古莱氏部落已把"安拉"（الله，al-Lāh）奉为高于其他的主神；此外，半岛的阿拉伯人奉易卜拉欣（亚伯拉罕）为先知的"哈尼夫派"，已有了反对多神崇拜的较模糊的一神论观念。说明当时由多神转化的一个万能神的过程已经开始。

伊斯兰文化的产生，首先是对阿拉伯半岛上阿拉伯人原有的部落文化、游牧文化经过扬弃而传承的结果；也是半岛原有的阿拉伯文化与周边民族、国家及其所奉的宗教文化撞击、交融的结果。

在伊斯兰教兴起之前，阿拉伯与中国、印度有直接或间接的通商贸易关系，从而也会发生一定的文化影响。如据说先知穆罕默德说过："学问即使远在中国，亦当求之！"这可以说明当时中国及其文化在阿拉伯人心目中的地位。《古兰经》的许多词汇源自印度的梵文，阿拉伯古代的一些故事具有印度的印记，亦可证明印度文化对当时阿拉伯文化的影响。但当时阿拉伯半岛与中、印毕竟相距较远，直接接触较少，影响亦相对少一些。在伊斯兰教兴起前夕的贾希利叶后期，对阿拉伯文化最大的影响是来自罗马和波斯。因为当时阿拉伯正处于两强——拜占庭帝国和波斯萨珊帝国相争之地。当时这两大帝国的文化又远比阿拉伯文化高，因此，阿拉伯文化在与其撞击和交融过程中，受其较多的影响是很自

---

① [德]恩格斯：《反杜林论》，《马克思恩格斯全集》，第20卷，人民出版社，1971年，第342页。

然的事。

这种撞击和交融的主要渠道有三：1.政治接触，2.宗教影响，3.商业贸易。

当时拜占庭帝国与波斯萨珊帝国为争夺对西亚的霸权、垄断从海湾经两河流域到地中海和小亚细亚的商路，处于对峙状态，进行了长期的战争。他们各自都想避免阿拉伯人的袭击和掳掠，并把他们置于自己的统治之下，因此，他们对阿拉伯人实际上采取了"又打又拉、以夷制夷、分而制之"的政策。他们帮助邻近其边境的阿拉伯部落定居下来，从事耕种，建成小王国，成为保护他们利益，抵御贝杜因人袭击、掳掠的屏障。位于叙利亚地区拜占庭边境的迦萨尼王国和位于幼发拉底河畔波斯边境的希拉王国，便是在这种背景下建立起来的。这两个王国可以说分别是罗马、波斯在阿拉伯人中的中介、代理人，是他们的保护国，也是当时阿拉伯与罗马、波斯文化在地理上最集中的撞击点与交融处。

当时，基督教在阿拉伯半岛除盛行于迦萨尼和希拉两王国外，在希贾兹的瓦迪—古拉谷地也有不少教堂；纳季兰更是基督教徒在阿拉伯最重要的聚居地。525—575年，信奉基督教并与拜占庭结盟、同属闪族的埃塞俄比亚曾长期占领红海沿岸帖哈麦地区，并曾极力推行使也门基督教化的政策，其影响亦不难想象。

除基督教外，我们还应知道，远在伊斯兰教兴起前数百年，犹太教就已经传入阿拉伯半岛，信教的有犹太人，亦有阿拉伯人，他们多聚居于希贾兹地区的太马、海巴尔、法达克绿洲、瓦迪—古拉谷地，特别是叶斯里卜（即麦地那）。也门地区信奉犹太教的也不少。

基督教与犹太教是一脉相承的。当东西方文化在亚历山大城撞击、汇合后，当时的犹太教徒与基督教徒都曾深受希腊文化的影响。再者，无论是犹太教的祭司，还是基督教的主教，他们都在所在的地区，在阿拉伯各个集市上传教、布道，讲《圣经》中关于创世、复活、扬善惩恶、因果报应、天堂、地狱以及种种有关宗教的神话传说，致使他们的教义在阿拉伯人中得到相当的普及。

如前所述，早在伊斯兰教兴起前的阿拉伯贾希利叶时期的著名诗人中，信奉犹太教的就有以信义著称的塞缪尔；信奉基督教的则有阿迪·本·宰德、伍麦叶特·本·艾比·赛勒特等。阿迪·本·宰德居希拉王国，精通波斯语，曾作过波斯国王的翻译和阿拉伯文的秘书，而伍麦叶特则熟谙《圣经》,曾遁世苦修。他在诗中号召人们摈弃拜物、笃信一神,并在诗中描写了天堂、地狱和一些宗教传说、神话故事。这些都说明了犹太教、基督教对当时阿拉伯诗歌、文学、文化产生的影响。

更能说明这一影响的则是《古兰经》本身。

《古兰经》中再三强调,说它是"一本在穆萨之后降示的经典,它能证实以前的天经……"(46:30)"这不是伪造的训辞,却是证实前经,详解万事,向导信士,并施以慈恩的。"(12:111)"这部《古兰经》不是可以舍真主而伪造的,却是真主降示来证实以前的天经,并详述真主所制定的律例的。"(10:37)这里所说的"天经",正是指犹太教徒奉行的《旧约》与基督教徒所奉行的《圣经》;所谓"证实",从某种角度来看,正说明了《古兰经》与《圣经》一脉相承的关系。

从历史唯物主义的观点看,作为早在伊斯兰教兴起前,阿拉伯原有文化便是与周边文化,特别是犹太教、基督教文化撞击、融会的结果,伊斯兰教的兴起与《古兰经》的问世都是顺理成章的事。

《古兰经》经文本身也可证实这种文化的撞击与融会。首先从词汇上可以看出这一点:《古兰经》是以先知穆罕默德所在的古莱氏族语言为标准语的。古莱氏族在麦加,以经商为主。麦加是南北商道的中转站。当时古莱氏族语言由于它所处的地位,确已成为当时阿拉伯半岛诸部落公认的标准的共同交际语言。但也正因为商业交往、宗教影响等原因,我们可以看到,《古兰经》所采用的阿拉伯语中,除其固有的基本词汇之外,还吸收了不少波斯语、希腊语、希伯来语、埃塞俄比亚语、阿拉米语、拉丁语乃至印度的梵文等词汇。这些词汇无疑是阿拉伯文化与其他文化长期撞击与融会的结果。更重要的一点是我们可以看到《古兰经》所述的历史故事与宗教传说,几乎在《圣经》中都可找到类似的内容。如《旧约》中亚当(阿丹)与夏娃(哈娲)①,挪亚(努哈)方舟、洪水的故事,约瑟(优素夫)生平的故事,有关亚伯拉罕(易卜拉欣)、摩西(穆萨)、大

---

① 在外文中,诸如亚当(阿丹)、夏娃(哈娲)等名字皆为一个词,在中译《圣经》与《古兰经》中则译名不同,现写《圣经》通用的名字,括号内是《古兰经》中的译名,下同。

卫（达伍德）、所罗门（苏莱曼）等先知的故事，以及《新约》中的撒迦利亚（宰克里雅）、施洗礼的约翰（亚哈雅）、耶稣（尔萨）、玛利亚（麦尔彦）等的故事，在《古兰经》都或详或略地反复多次提及，有的甚至在不同的25章中被提及过70次，有的人名还被用来作章名。值得注意的是，在《圣经》中，有关这些先知的宗教传说故事往往叙述得有头有尾，条理比较清楚，而在《古兰经》中，这些故事多是被用来教诲、训导人们的资料，不是为讲故事而讲故事，而往往只是在不同的场合零散地提示一下。给人们的印象是，听众（或读者）对这些人物和有关他们的传说故事都比较熟悉。并不识字的先知穆罕默德和他的信徒及其所要宣教的对象对《圣经》的人物故事如此熟悉，其源有自：《圣经》的编纂者们与阿拉伯人同为闪族，有共同的祖先，有一段共同的历史，也就会有一些共同的神话传说；同时也证明了犹太教、基督教文化与阿拉伯文化长期撞击、融会的结果，使很多阿拉伯人对《圣经》内容已很熟悉。用同样的理由，我们还可以解释，为什么《古兰经》与《圣经》中有很多相似的格言、谚语和表达方式，如"以眼还眼，以牙还牙"，"比缆绳穿过针眼还难"（最早的翻译，将"缆绳"误译成"骆驼"，讹传至今），"人人都要尝到死的滋味"等。

当然，在探究伊斯兰教的创兴及其与犹太教、基督教的渊源关系时，我们还应了解伊斯兰教的先知穆罕默德本人的一些经历。

穆罕默德是穆斯林公认的伊斯兰教的先知，依照伊斯兰教的观点，他们认为穆罕默德不是伊斯兰教的创始人，而只是接受真主的启示传播伊斯兰教，复兴正道。中国的穆斯林尊称他为穆圣。他于570年生于麦加古莱氏部落哈希姆家族的一个没落贵族家庭里。父母早亡，他先后受祖父、伯父抚养。早年放牧，曾随商队到过巴勒斯坦、叙利亚等地。25岁时受雇于麦加富孀赫蒂彻，为其经商，同年与她结婚。从此他不必再为生活奔波，可以专心研究宗教问题。穆罕默德无疑是一位伟大的历史人物。他虽是文盲，但聪慧过人，处事果断，博闻强识，善于思索，接触人物广泛，社会经验丰富。他自幼就听过不少有关犹太教、基督教诸先知的传说故事，在出游经商过程中，也曾结识基督教的僧侣，同他们探讨过基督教的教义。其妻赫蒂彻的堂兄瓦莱盖也是个基督教徒，熟谙《圣经》，并将其部分内容译成了阿拉伯文。据载，穆罕默德早年还曾在著名的欧卡兹集市上听过贾希利叶时期最著名的演说家、基督教在纳季兰的主教古斯·本·萨伊戴的布道与演说，并能传述部分内容……阿拉伯半岛当时那种宗教环境与穆罕默德个人的经历对伊斯兰教的创兴与《古兰经》的产生无疑是有密切关系的。

像所有宗教一样，伊斯兰教的创兴被加上了一层神秘、传奇的色彩：穆罕默德常到麦加城郊希拉山隐居在山洞里，昼夜冥思苦想。据说，610年，他40岁时，有一天在洞中精神恍惚，只听天使吉卜利勒的声音命令他："你应当奉你的创造主的名义而宣读，他曾用血块创造人。你应当宣读，你的主是最尊严的，他曾教人用笔写字，他曾教人知道自己所不知道的东西。"（96：1—5）据说，这就是真主第一次降下的"启示"。从此，穆罕默德以"先知"自命，开始了宣教活动。

当时麦加古莱氏部落中以艾布·苏福彦为首的伍麦叶贵族是最有权势的统治集团。他们担心伊斯兰教的传播会影响他们的政治、宗教和经济利益，因而大肆诋毁穆罕默德及伊斯兰教，多方迫害穆斯林。622年穆罕默德率部分信徒出走叶斯里卜（后改称麦地那），得到当地一些部落的热情支持，声势大振。是年为"希志莱"（意为"迁徙"）历（即伊斯兰历）纪元元年。随穆罕默德由麦加迁往麦地那的穆斯林称"迁士"，辅助穆罕默德的麦地那穆斯林则称"辅士"。穆罕默德在麦地那继续宣教，并组织政府，建立武装，南征北战，为伊斯兰教建立了一个牢固的根据地。630年，穆罕默德出师占领了麦加。此后不久，除个别部落外，整个半岛都接受了伊斯兰教，阿拉伯半岛基本统一。632年，穆罕默德在麦地那逝世。

穆罕默德生前没有指定继承人，很多部落酋长认为，他们对伊斯兰教的信奉已随着先知的逝世而告终结。于是，各部落各行其是，出现了叛乱、回潮现象。后经各派协商，选出穆罕默德的挚友和岳父艾布·伯克尔为先知在世间的代表，称为哈里发（意为"真主使者的继承人"）。在他的领军镇压下，叛乱的部落重新加入，阿拉伯半岛恢复了统一，阿拉伯人开始了最早的对外扩张。艾布·伯克尔逝世后，欧麦尔当选第二任哈里发。他即位后，实际上担任了穆斯林军队的总司令，在"圣战"的旗帜下，继续开疆拓域，向外扩张，先后征服了叙利亚、埃及、伊拉克等地，是阿拉伯帝国的真正奠基人，后被一信奉基督教的波斯奴隶刺死。第三任哈里发奥斯曼在位时，帝国继续向外征伐，在东线征服了波斯萨珊王朝，在西线征服了拜占庭帝国在西亚、北非的大部分地区。应当提及的是，奥斯曼在任期间，651年阿拉伯曾遣使来华，是为伊斯兰教传入中国之始。但奥斯曼任人唯亲，滋生腐败，引起民众不满，帝国内部发生分裂。656年，奥斯曼遇刺，穆圣的堂弟与女婿阿里继任哈里发。艾布·伯克尔、欧麦尔、奥斯曼与阿里，史称四大哈里发。逊尼派的穆斯林承认四位哈里发都是先知穆罕默德的合法继承人，故有"正统哈里发"之称；而什叶派的穆斯林只承认阿里及其后裔是合法的哈里发（伊玛目）。先知穆罕默德与四大哈里发时期被认为是伊斯兰初兴期。

第二章 《古兰经》《圣训》与伊斯兰初兴期的散文

第一节 《古兰经》

《古兰经》又译《可兰经》，原意为"诵读"或"读本"。它是伊斯兰教具有绝对权威的根本经典，是伊斯兰立法的首要根据，是穆斯林宗教与世俗生活中神圣的指南，是伊斯兰精神文化的源泉，是将穆斯林维系成一体的纽带。但除此之外，它还是阿拉伯文学史上第一部成文的最有影响的散文著作。

穆斯林认为《古兰经》是真主的启示，是由天使吉卜利勒依照保存在第七层天上的原型口授给先知穆罕默德，再由他宣谕出来的。

如前所述，《古兰经》经文是先知穆罕默德在23年中（610—632）陆续宣谕的。逢其宣谕经文，即所谓"天启"降世时，在场会写字的人便把它记录在兽皮、石板、骨片或枣椰树的树皮或叶柄上；不会写字的则将其记在心中，再反复背诵。穆罕默德归真后，由于不少能背诵《古兰经》的人死于"圣战"，首任哈里发艾布·伯克尔经提醒，责成曾在穆罕默德身边做过类似秘书工作的宰德·本·萨比特将人们笔录和心记的经文全部记录、整理、汇集起来，妥为保存。第三任哈里发奥斯曼时代，由于对民间流传的抄本经文读法不同，引起纠纷，故再度责成宰德·本·萨比特等以第一次整理、汇编出的抄本为底本，再次对经文进行校定、编纂，并确定为正式版本，称"范本"或"奥斯曼本"，其余抄本一律销毁。阿拔斯朝时代，中国的造纸术和印刷术传入阿拉伯，11世纪，《古兰经》首次于巴格达印行。

为便于斋月诵读，《古兰经》被均分为30卷，共114章，每章有若干节，全经有6200余节。各章长短不一：短者，寥寥数语，仅3节；长者，洋洋大观，竟达286节（《黄牛章》）。各节的前后顺序，据说是按照穆罕默德生前的指示编排的，而各章的前后顺序，则是在确定"范本"时，基本上按照经文的长短确定的：长章在前，短章在后，不过《开端章》例外，虽短，却列为第一章。

全部经文大体上又可以622年穆罕默德从麦加迁徙到麦地那为界，分为两部分：在这之前宣谕的计有90章左右，约占全经的三分之二，称"麦加章"；在这之后宣谕的计有20余章，约占全经的三分之一，称"麦地那章"。

第二节　《古兰经》的内容与特点

《古兰经》的主要内容是阐述教义和教法。《古兰经》规定了伊斯兰教最基本的信仰：1. 笃信真主（安拉），认为真主是宇宙唯一的神，他全知全能，创造万物，主宰一切，至仁至慈，至高无上，无始无终，无所不在。2. 信使者，认为穆罕默德是真主的使者，即先知。《古兰经》中提到过的先知有24位，如易卜拉欣（亚伯拉罕）、穆萨（摩西）、尔撒（耶稣）等，真主借"启示"（天启）与他们联系。穆罕默德是真主的最后使者，即封印先知，也是最伟大的先知。3. 信天使，认为天使是听候真主差遣的天神，他们遍布天上人间，各司其职。但人的肉眼却无法看见。为首的称四大天使，向穆罕默德传达"天启"的吉卜利勒即为其中之一。4. 信经典，认为《古兰经》是真主的"启示"（即"天启"），说它是"……一本在穆萨之后降世的经典，它能证实以前的天经……"（46：30），即亦承认《旧约》和《新约》为"天启"的经典。5. 信前定，认为世间一切事物都是由真主预先安排好的，无法改变，不可抗拒，只能顺从。6. 信后世，认为人在今世死后会转入后世,其归宿有两种:善者入天堂,恶者入地狱;并认为世界将有末日,又称"清算日",届时死人的灵魂都将复活,并受到清算。

《古兰经》为穆斯林规定了必须严守的功课:1. 要诵念"除真主外,别无神祇,穆罕默德是真主的使者"(我国穆斯林俗称"清真言"),以公开表白和证明自己的信仰。2. 每日应向麦加天房方向礼拜五次。3. 须在伊斯兰历九月即"斋月"斋戒一月。该月内,每天破晓至日落,戒除一切饮食和房事等。4. 须拿出一定的财产救济穷人,谓之"天课"。5. 有条件者,一生至少要到麦加、麦地那朝觐一次。中国穆斯林依传统将这些功课总结为"念、拜、斋、课、朝"五功。

《古兰经》还为穆斯林制定了有关处理仇杀、偷盗、通奸、婚姻、遗产继承、释奴等刑事和民事的法律,定下了戒饮酒、戒赌博以及戒食自死物、血液和猪肉等的禁令。并提出了伊斯兰教有关道德、伦理的价值标准:践约守信、坚忍刻苦、待人公道、扶弱济贫、宽容大度、廉洁、虔诚等。

总之,《古兰经》的内容包罗宏富,除伊斯兰教教义、教法外,还涉及当时的社会、政治、经济、军事、文化等诸方面的问题。

穆斯林认为,无论是内容还是形式,《古兰经》都是独树一帜、空前绝后、无与伦比、无法仿效的"奇迹"。据说,连当年一个反对过穆罕默德的古莱氏族的权贵,在亲耳听过他诵读之后也不禁说:凭安拉起誓,我从穆罕默德那里听到一种话语,它既非人说的话,又非精灵说的话。它是那样娓娓动听,感人肺腑,似果香四溢,如行云流水。有些说法可能是为了适应宗教的需要,使一部经书神化而不免有些夸张。但《古兰经》即使作为一部文学名著看,在语言、艺术上也的确有其独到的特点与魅力:

一、独特的文体。埃及学者塔哈·侯赛因曾把阿拉伯文体分为诗歌、散文和《古兰经》三种,即把《古兰经》与诗歌、散文并列,以表明其语言形式之特殊。这种分类,我们虽不必苟同,但《古兰经》的确既不同于那种格律严谨、一韵到底、显得单调呆板的诗歌;又不同于普通的毫无节奏和韵脚的散文,而是一种独特的散文:语句长短不一,参差互异,文辞虽不刻意讲究骈俪,但却典雅流畅。每节经文能表达一个独立的意义,每节终了刚好是诵读者在气势和情感上需要停顿之处。节与节之间虽无严格的韵律限制,但节末句尾的用词结构却非常讲究，往往是可以拖腔的长音，且有时押一种较宽的韵。因此读起来抑扬顿挫、韵味十足，听起来铿锵和谐，非常悦耳，富有音乐感。穆斯林中有专以诵读《古兰经》为业的"诵经师"。在伊斯兰国家的一些大都市中，每逢礼拜播放《古兰经》时，甚至一些不懂阿拉伯文的非穆斯林也往往会被那种令人感到庄严肃穆的曼声长吟所吸引，而不禁驻足倾听。自然，《古兰经》的这种通过音乐、节奏表现出的美妙动听的魅力和音乐感，几乎是无法通过别的文字翻译出来的。

二、天启的形式。《古兰经》每章（第九章例外）皆以"奉至仁至慈的真主之名"开端，以示后文即为真主的启示，即"天启"。经文多用第一人称，以示此乃真主原话，而以命令语气"你说"之后的话，虽为穆罕默德的话，却表明那是奉真主之命，由真主授意的。这种"天启"的形式，使得经文显得庄严、宏伟，易于形成一种威慑力量。有的章节以某些未知何意的单字开头，如："卡弗，哈，雅，阿因，撒德。"（19：1）"哈一，米目，阿尼，西尼，戛弗。"（42：1—2）更为这种"天启"经文增加了一种深奥难解、神秘莫测的色彩。

三、多种风格。经文在不同的场合，根据不同的需要，表现风格是变化多端的：有时是严厉的警告，有时是委婉的劝诱；有严谨的教法，亦有优美的故事。"麦加章"的经文，由于常面对形形色色的非难、诘问和挑衅，经文章节多简短、明快，言辞激越、尖锐。一个个押韵的短句常像连珠炮，非常有力，如第101章：

> 大难，大难是什么？你怎能知道大难是什么？在那日，众人将似分散的飞蛾，山岳将似疏松的采绒。至于善功的分量较重者，将在满意的生活中；至于善功的分量较轻者，他们的归宿是深坑。你怎能知道深坑里有什么？有烈火。（101：1—11）

短短的一章却有11节，有时，一个词就是一节。而"麦地那章"，特别是那些阐释教法的章节，经文多用平实、繁丰的风格，语句也显得平淡、和缓、疏放一些。如：

> 他们请求你解释律例。你说："真主为你们解释关于孤独人的律例。如

果一个男人死了,他没有儿女,只有一个姐姐或妹妹,那末,她得他的遗产的二分之一;如果她没有儿女,那他就继承她。如果她的继承人是两个姐姐或妹妹,那末,她们俩得遗产的三分之二;如果继承人是几个兄弟姐妹,那末,一个男人得两个女人的份子。真主为你们阐明律例,以免你们迷误。真主是全知万物的。"(4:176)

仅一节的经文竟比前引的第101章全章还长。

四、多种修辞手段。为了使经文更加雄辩,更具说服力,《古兰经》中充分运用了排比、对照、反诘、比喻、夸张、反复、递进、呼语等修辞手段。如:

> 在那日天象熔铜,山象采绒。(70:8—9)
>
> 我以真理投掷谬妄,而击破其脑袋,谬妄瞬时消亡。(21:18)
>
> 有些人,舍真主而别求监护者,他们譬如蜘蛛造屋,最脆弱的房屋,确是蜘蛛的房屋。(29:41)
>
> 真主是天地的光明,他的光明象一座灯台,那座灯台上有一盏明灯,那盏明灯在一个玻璃罩里,那个玻璃罩仿佛一颗灿烂的明星,用吉祥的橄榄油燃着那盏明灯……(24:35)

这类明喻、暗喻、借喻、博喻妙语连珠,不胜枚举。又如:

> 当太阳黯黜的时候,当星宿零落的时候,当山峦崩溃的时候,当孕驼被抛弃的时候,当野兽被集合的时候,当海洋澎湃的时候,当灵魂被配合的时候,当被活埋的女孩被询问的时候:"你为什么罪过而遭杀害呢?"当功过簿被展开的时候,当天皮被揭去的时候,当火狱被燃着的时候,当乐园被送近的时候,每个人都知道他所作过的善恶。(81:1—14)

"当……的时候"句式连用了12次。

而在《至仁主》章的经文:

> 你们究竟否认你们的主的哪一件恩典呢?他曾用陶器般的干土创造人,他用火焰创造精灵。你们究竟否认你们的主的哪一件恩典呢?他是两个东方

的主,也是两个西方的主。你们究竟否认你们的主的哪一件恩典呢?他曾任两海相交而会合,两海之间,有一个堤坊,两海互不侵犯。你们究竟否认你们的主的哪一件恩典呢?他从两海中取出大珍珠和小珍珠。你们究竟否认你们的主的哪一件恩典呢?在海中桅帆高举,状如山峦的船舶,只是他的。你们究竟否认你们的主的哪一件恩典呢?凡在大地上的,都要毁灭;惟有你的主的本体,具有尊严与大德,将永恒存在。你们究竟否认你们的主的哪一件恩典呢?凡在天地间的都仰求他;他时时都有事物。你们究竟否认你们的主的哪一件恩典呢?精灵和人类啊!我将专心应付你们。你们究竟否认你们的主的哪一件恩典呢?精灵和人类的群众啊!如果你们能通过天地的境界,你们就通过吧!你们必须凭据一种权柄,才能通过。你们究竟否认你们的主的哪一件恩典呢?火焰和火烟将被降于你们,而你们不能自卫。你们究竟否认你们的主的哪一件恩典呢?当天破离的时候,天将变成玫瑰色,好象红皮一样。你们究竟否认你们的主的哪一件恩典呢?在那日,任何人和精灵都不因罪过而受审问。你们究竟否认你们的主的哪一件恩典呢?犯罪者将因他们的形迹而被认识,他们的额发将被系在脚掌上。你们究竟否认你们的主的哪一件恩典呢?这是犯罪者所否认的火狱。他们将往来于火狱和沸水之间。你们究竟否认你们的主的哪一件恩典呢?凡怕站在主的御前受审问者,都得享受两座乐园。你们究竟否认你们的主的哪一件恩典呢?那两座乐园,是有各种果树的。你们究竟否认你们的主的哪一件恩典呢?在那两座乐园里,有两洞流行的泉源。你们究竟否认你们的主的哪一件恩典呢?在那两座乐园里,每种水果,都有两样。你们究竟否认你们的主的哪一件恩典呢?他们靠在用锦缎做里子的坐褥上,那两座乐园的水果,都是手所能及的。你们究竟否认你们的主的哪一件恩典呢?在那些乐园中,有不视非礼的妻子,在他们的妻子之前,任何人和任何精灵都未与她们交接过。你们究竟否认你们的主的哪一件恩典呢?她们好象红宝石和小珍珠一样。你们究竟否认你们的主的哪一件恩典呢?行善者,只受善报。你们究竟否认你们的主的哪一件恩典呢?次于那两座乐园的,还有两座乐园。你们究竟否认你们的主的哪一件恩典呢?那两座乐园都是苍翠的。你们究竟否认你们的主的哪一件恩典呢？在那两座乐园里，有两洞涌出的泉源。你们究竟否认你们的主的哪一件恩典呢？在那两座乐园里，有水果，有海枣，有石榴。你们究竟否认你们的主的哪一件恩典呢？在那些乐园里，有许多贤淑佳丽的女子。你们究竟否认你们的主的哪一件恩典呢？他们是白皙的，是蛰居于帐幕中的。你们究竟否认你们的主的哪一件恩典呢？在他们的妻子之前，任何人或精灵，都未曾与她们交接过。你们究竟否认你们的主的哪一件恩典呢？他们靠在翠绿的坐褥和美丽的花毯上。你们究竟否认你们的主的哪一件恩典呢？多福哉，你具尊严和大德的主的名号！（55：13—78）

在66节的经文中，由"你们究竟否认你们的主的哪一件恩典呢？"为引句的句组形式竟连续重复了31次。这种"反复"词格的使用，起到了抒发强烈的感情，加强语气和语言的节奏感的作用，使得经文显得紧凑、铿锵、气势恢弘。

五、为了达到宣教的目的，《古兰经》中穿插引述了很多神话、传说、历史故事、格言、谚语等。经文以真主的口气声称："我借着启示你这部《古兰经》而告诉你最美的故事……"（12：3）这些故事多与犹太教、基督教经典有着密切的渊源关系。此外，经文还用浓墨重彩反复地描绘了天堂与地狱的情景。如用这样的经文来描述天堂：

敬畏的人们所蒙应许的乐园，其情状是这样的：其中有水河，水质不腐；有乳河，乳味不变；有酒河，饮者称快；有蜜河，蜜质纯洁；他们在乐园中，有各种水果，可以享受……（47：15）

在珠宝镶成的床榻上，彼此相对地靠在上面。长生不老的僮仆，轮流着服侍他们，捧着盏和壶，与满杯的醴泉；他们不因那醴泉而头痛，也不酩酊。他们有自己所选择的水果，和自己所爱好的鸟肉。还有白皙的、美目的妻子，好像藏在蚌壳里的珍珠一样。……他们享受无刺的酸枣树，结实累累的香蕉树；漫漫的树荫；泛泛的流水；丰富的水果，四时不绝，可以随意摘食……（56：15—23，28—33）

而在描述地狱时则说：

> 不信主的人们将受火狱的刑罚，那归宿真恶劣！当他们被投入火狱的时候，他们将听见沸腾的火狱发出驴鸣般的声音。（67：6—7）
>
> 那时，铁圈和铁链，将在他们的颈上，他们将被拖入沸水中，然后他们将在火中被烧灼。（40：71—72）
>
> 他们在火狱里要垫火褥，要盖火被……（7：41）
>
> 火狱确是伺候着，它是悖逆者的归宿；他们将在其中逗留长久的时期。他们在其中不能睡眠，不得饮料，只饮沸水和脓汁。（78：21—25）

这些故事和描写是《古兰经》中最富有文学色彩的部分：生动、形象；既有丰富的想象力，又是现实曲折的反映，从而极大地增强了《古兰经》的艺术感染力。

第三节 《古兰经》的作用与影响

作为伊斯兰教的经典，《古兰经》在统一阿拉伯半岛，传播伊斯兰教等政治、宗教方面的作用是不言而喻的，毋庸赘述。此外，《古兰经》在对阿拉伯语言、文学乃至整个伊斯兰文化方面都产生了深远的影响和巨大的作用。

1. 在语言方面：《古兰经》使阿拉伯语得到统一和保存。阿拉伯人因部落、地区不同，方言、土语繁杂不一。《古兰经》产生后，麦加古莱氏部落所用的阿拉伯语被进一步确认为整个阿拉伯民族统一的标准语，并随着伊斯兰教的传播，作为《古兰经》的经典用语，阿拉伯语被定为被征服国家和地区的官方语言。同时，《古兰经》作为穆斯林每人每日必读的经典，它实际上成了穆斯林的启蒙教材和日常的教科书，因而，阿拉伯语借以保存至今，而没有像有些语言（如梵文、拉丁文）那样分裂，或变成僵死的宗教语言。

2. 在文学方面：《古兰经》产生前的阿拉伯文学作品多为口头文学，很少记录成文。《古兰经》问世后，人们才渐把古代流传的诗歌、传说、故事、演讲辞、箴言、格言、谚语、卜辞等记录成文，编汇成册，以作为《古兰经》经文词义、语法、修辞等的佐证，从而为古代阿拉伯文学的研究提供了宝贵的素材，奠定了坚实的基础。此外，《古兰经》被认为是阿拉伯文学修辞的典范。后世的诗人、作家、演说家都纷纷在他们的作品中引用经文，模仿它的风格，从而推动了阿拉伯散文艺术的发展。由于《古兰经》内容丰富，特别是其中引述了很多历史故事、宗教传说，从而对阿拉伯乃至其他信奉伊斯兰教的国家的后世作家起了启迪作用，为他们提供了丰富的创作题材，《古兰经》的很多思想内容成为他们写作的主题。

3. 由于《古兰经》的内容在一定程度上，或直接或间接地反映了伊斯兰教前即贾希利叶时期及伊斯兰教初期的社会生活状况，因此，它具有一定的历史文献价值和认识价值，为伊斯兰教及犹太教、基督教等渊源关系及其宗教的比较提供了大量素材。

4. 在阿拉伯—伊斯兰文化方面：《古兰经》每节经文的产生自然有一定的背景，即前因后果；穆罕默德在传授这些经文时，一定还有他对这些经文的讲解；后人对这些经文中的教法、教义也有各自的理解和诠释，于是就产生了《圣训》、《圣训》学、经注学、教义学、教法学、教法根源学，进而带动了阿拉伯—伊斯兰哲学、历史等学科的研究，促进了阿拉伯—伊斯兰文化的发展。

5.《古兰经》不仅是20多个阿拉伯国家与地区约两亿阿拉伯穆斯林的经典，而且也是全世界近10亿穆斯林的经典。至今它已被译成了40多种文字。因此，对世界其他信奉伊斯兰教的国家、民族的文学、文化也理所当然地产生了相当大的影响。

第四节　《圣训》

《圣训》是有关伊斯兰教先知穆罕默德的嘉言懿行录，其中也有涉及其门弟子言行的内容，这一点颇似我国儒家的经典《论语》。

《圣训》为伊斯兰教的重要文化遗产之一，从《圣训》中可以得知《古兰经》一些经文产生的背景。因此，它是伊斯兰教阐释《古兰经》的基本思想，阐述教义，规定教法、礼仪和道德、伦理规范的重要依据之一。对于穆斯林，其权威性仅次于《古兰经》。

穆罕默德生前，其言行常为弟子和妻室心记口传。穆罕默德本人虽也曾鼓励人们遵照行事，但又恐与《古兰经》经文相混淆，故曾一度禁止人们将其言行记录下来。因此，当时除宣谕的《古兰经》外，先知穆罕默德的言行几乎仅有传述，并无记载。8世纪后，伊斯兰教在新征服地区广泛传播和发展，但对有时出现的一些问题和发生的一些事件该如何处理，在《古兰经》中找不到具体律例可循，加之当时出于政治、宗教、教派和学术等派系之间斗争的需要，伪造圣训之事时有发生，于是为正本清源，去伪存真，学者们便开始对流传于各地的圣训及传述世系进行广泛的搜集和整理，经过考证与筛选，分门别类地予以辑录定本。在辑录和研究圣训的过程中，便随之产生了《圣训》学并臻于完善。8世纪下半叶始，由圣训学家们陆续将传述的圣训编纂成集。逊尼派奉为经典且流传最广的《圣训》有6种，分别由布哈里、穆斯林·本·哈加志、艾布·达乌德（أبو داود，Abū Dāwūd ? — 889/伊275）、提尔密济、奈萨仪与伊本·马哲整理辑录，称"六大圣训集"（الصحاح الستة，aṣ-Ṣiḥāḥ as-Sittah），其中布哈里编纂的《圣训》被认为最具权威性。伊本·罕百勒与马立克辑录的《圣训集》亦颇负盛名。每条圣训分传述世系（以辨别传闻的可靠性）和传述文本两部分。

《圣训》的条文亦像《古兰经》的经文，长短不一：有的训条洋洋洒洒，长达千言，阐释经文，详述故事；有的寥寥数语，简洁明了，采取寓言、格言、警句等形式。《圣训》的内容包罗万象，极其广泛：有论述宗教义务和功课方面的；有论述社会义务和人际关系方面的；有论述伦理道德方面的；亦有论述求知与文化教育方面的。

《圣训》不仅是宗教典籍，同时也是一部在阿拉伯文学史上占有一定地位的文学作品。它不仅阐述了早期伊斯兰教的宗教思想，而且也反映了当时阿拉伯半岛的社会、历史、政治、经济、文化、军事和风土人情等，是当时的社会关系和意识形态的生动、具体的写照，是研究早期阿拉伯社会和伊斯兰教发展的宝贵文献。

《圣训》本文多言简意赅，具有警策性。如《圣训》中曾引述先知穆罕默德的话：

　　一伙人共乘一只船。在船上大家各据一处。其中一人用斧凿自己所据处。人们问他："你干什么？"他答："这是我的地方。我愿干什么就干什么。"这时，人们若制止住他，他就得救了，大家也得救了；若听任他胡来，他将毁灭，大家也将毁灭。

话虽不多，但却生动、形象地说明了个人和集体的关系，"自由"应受到集体利益、公共利害的约束，没有绝对的"自由"。他还说过：

　　我的主嘱咐我九点：嘱咐我明里暗里都要忠诚；无论是喜是怒时都要公正；无论是富是穷时都要节省；对欺侮我的人我要宽容；对剥夺我的人我要给予；对离弃我的人我要联系；我沉默时应是沉思默想；我开口发言时应是对真主的赞颂；我观察探究时应是吸取教训。

　　谁有多余的坐骑，就要请没有坐骑的一道骑；谁有多余的干粮，就要请没带干粮的一道吃。

　　对于真主来说，强壮的信士比软弱的信士更好，更可爱，纵然两者都好。要珍惜对你有益的事物，要求助于真主，不要无能为力。如果遭遇什么事，不要说："如果怎么样就会怎么样，"而要说："是真主命定的，他要怎样就怎样。否则你就是在开始魔鬼的行为。"

　　你的右手不要伤害你的左手。

　　富足不是财务多，心灵的富足才是富足。

　　热爱祖国是信仰的一部分。

　　知识是伊斯兰教的生命。

　　乐园在母亲的脚下。

第五节　演讲辞

除《古兰经》《圣训》外，贾希利叶时期就相当盛行的演讲，在这一时期得到进一步的发展。这是因为在伊斯兰教创兴时期，要宣教，要辩论，要阐释教义、教法，要鼓动人们参加圣战，要解决各种政治问题，这一切都需要演讲。

伊斯兰教先知穆罕默德和四大哈里发艾布·伯克尔、欧麦尔、奥斯曼、阿里都是著名的演说家。如先知穆罕默德在著名的辞别朝觐的演说中就说：

人们！你们听我对你们说明白：我不知道，也许今年之后，我就再也不会站在这里见到你们了。人们！要禁绝你们再流血厮杀、劫掠钱财，直至你们归真，就像今日，这个月，在你们的这里禁绝一样。我说清楚了吧？！真主啊，我作证！谁替人保管的财物，一定要把它交还给委托的人。贾希利叶时期的高利贷要废除，第一笔（要废除的）高利贷我就从我叔父阿拔斯·伊本·阿卜杜·穆塔里卜的高利贷开始。贾希利叶时期的血仇要废除，第一笔（要废除的）血仇我就从阿米尔·本·赖比阿·本·哈雷斯·本·阿卜杜·穆塔里卜的血仇开始。贾希利叶时期留下的事物要废除，不过对克尔白天房的服务和供朝觐者饮水要保留。故意杀人者要偿命，半故意杀人是用棍棒和石块打死了人，要赔偿100匹骆驼。谁过分了就是贾希利叶时期的人。人们！魔鬼对在你们这块土地上受膜拜之事已经绝望，但是他喜欢除此之外你们在自己的卑劣的行为中服从他。

人们！信士们都是兄弟。因此，一个人不可将他人的钱财据为己有，除非那人自愿。我说清楚了吧？！真主啊，我作证！在我之后，你们绝不要再成为不信教者而互相残杀。我已经为你们留下了真主的经典，你们若是依据它，今后就不会误入歧途。我说清楚了吧？！真主啊，我作证！人们！你们的主是一个，你们的祖先也是一个。你们都是阿丹（亚当）的子孙。阿丹出自泥土。对于真主来说，你们最尊贵的人是最虔诚的人。一个阿拉伯人并不优于一个异族人，除非是靠虔诚。我说清楚了吧？！真主啊，我作证！

词语中流露出他对穆斯林最后的嘱咐，等于宣告了贾希利叶时代的结束：再也没有流血厮杀、劫掠；废除诸如高利贷、血亲复仇等那个时代的陈规陋习，并以身作则，从自家的亲人开始。并指出穆斯林是一家兄弟，要团结，叮嘱阿拉伯人不能对异族歧视等。

首任哈里发艾布·伯克尔则在任职时发表演说道：

> 人们！我受命作你们的首领，但我并不是你们中最好的。因此，如果你们认为我做得对，就协助我；如果你们看到我做错了，就纠正我。在你们中，只要我顺从真主，你们就要服从我；如果我背叛了真主，你们就不要服从我。对于我来说，你们中的弱者就是你们中的最强者，以便我为他争取他的权利；在我看来，你们中的强者也是最弱者，以便我从他手中剥夺他的霸权。这就是我要说的话。求真主宽恕我和你们。

这篇讲演言简意赅，实际上等于是他的就职宣誓，也阐述了他的施政纲领。

四大哈里发中阿里尤以擅长演讲著称。

阿里出身于麦加古莱什部落哈希姆家族。其父艾布·塔利卜是穆罕默德的伯父，曾抚养和保护过穆罕默德，其母法蒂玛贤惠善良。他幼年丧父后由穆罕默德抚养。610年穆罕默德传播伊斯兰教时，10岁的阿里就成为伊斯兰教最早的信徒之一。据传，622年他曾不惜冒着生命危险睡在穆罕默德的床上作替身，掩护他安全迁徙麦地那。后在麦地那与穆罕默德的女儿法蒂玛结婚，生哈桑和侯赛因。他曾参加伊斯兰教初创时期历次重大战役，冲锋陷阵，多次负伤，屡立战功，以勇猛著称，故有"安拉的雄狮"之称。他聪颖好学，文武双全，除擅长军事韬略和武艺外，还通晓经训、教法，酷爱文学，常受穆罕默德委托到各地进行宣教活动，为穆罕默德应许进入天堂的十大圣门弟子之一。632年穆罕默德逝世后，他尽力辅弼前三任哈里发，并参与整理、汇集《古兰经》，搜集、研究《圣训》。656年，奥斯曼遇刺后，他被穆斯林推举为第四任哈里发。661年，在去库法清真寺礼拜的途中，被哈瓦立吉派的刺客杀害，葬于库法附近的纳贾夫。

阿里辩才无碍，出口成章，有很多演讲辞传世。一般认为谢里夫·赖迪，也有人说谢里夫·穆尔泰达所编的《修辞坦途》是阿里的言论集，但其中很多是后人伪托的。阿里演讲辞多是劝勉人们笃信伊斯兰教，不要迷恋尘世，激励他们为圣战而舍生取义。语句凝练、辞采动人，充满警句、格言。如：

> 真主的奴仆们！你们是怎么回事？每逢我召唤你们去为真主圣战的时候，你们总是畏缩不前。难道你们是迷恋着尘世，就不想着那永恒的来世了？难道你们宁肯忍辱含垢而不再追求尊严的生活了？
>
> 你们可真是咄咄怪事！人家算计你们，你们却麻木不仁；人家侵袭你们的疆域，你们却无动于衷；人家对你们暗中觊觎，你们却高枕无忧。战士就是要时刻警惕，枕戈达旦。谁想要求媾和，就会低三下四；松松垮垮，必定失败；而败者就要受欺压，受掠夺。
>
> 此外，我对你们有权利，也有责任。我对你们的责任就是对你们说出我该说的话，让你们衣食无虞；要教育你们，让你们有知识，懂礼貌。你们对我应尽的义务就是要信守你们效忠的誓言，不管我在不在场，都可以对我直言进谏。我号召你们的事，你们要响应，我命令你们的事，你们要服从。
>
> 如果要真主保佑你们取得好的结局，就不能像我憎恶的那样，面临战斗畏缩不前；而要像我喜爱的那样，奋起挺身与敌交锋。这样，你们才能马到成功，如愿以偿！

第三章 伊斯兰初兴时期的诗歌与诗人

第一节 概述

穆罕默德宣谕《古兰经》，创立伊斯兰教，目的在于消除阿拉伯半岛各部族间的纷争、仇杀，使他们团结、统一在伊斯兰的大旗下。过去那些作为部族喉舌的诗人多半是些狂热的宗族主义者，他们是加强自己部族内聚力，煽动部族间敌对情绪，有意无意地制造、扩大或加深阿拉伯民族分裂的吹鼓手，因而有悖于伊斯兰教宗旨。而那些宣扬宗族主义的矜夸诗、讽刺诗和某些冶艳的情诗、饮酒诗也与教义精神不符。穆罕默德在宣教初期，遭到很多人的非难、攻击，其中很多诗人扮演了急先锋的角色。因此，穆罕默德曾说过："一个人满肚子脓汁也胜于满腹诗词。"《古兰经》中对诗人的评价是："诗人们被迷误者所跟随。你不知道吗？他们在各山谷中徬徨。他们只尚空谈，不重实践。"（26：224—226）穆罕默德本人不是诗人，人们奉为天启的《古兰经》也不是诗歌，因此，人们对诗人的尊敬与对诗歌的热忱也相对减弱了，而把更多的精力用于宣教、征战、诵经，这一切促使诗歌与诗人在这一时期受到了冷遇。

但也不尽然。文学总是很难脱离政治的。穆罕默德也曾说过："诗中确实有哲理。"《古兰经》在上述经文："诗人们被迷误者所跟随。你不知道吗？他们在各山谷中徬徨。他们只尚空谈，不重实践。"紧随之后的经文却是："惟信道而行善并多多记念真主，而且在被欺压之后从事自卫的人除外，不义者，将来就知道他们获得什么归宿。"（26：227）。一些为先知穆罕默德和伊斯兰教歌功颂德的宗教诗这时分外受到青睐。其中最著名的诗人是被称作"先知的诗人"的哈萨尼·本·沙比特。另外一位值得一提的是凯耳卜·本·祖海尔，他是《悬诗》诗人祖海尔之子，最初是攻讦穆罕默德的，后表示忏悔，转而以一首长篇颂诗使穆罕默德脱下斗篷相赠。诗人纳比埃·贾迪也以对伊斯兰教的宗教热忱著称。正是一方面通过武力、圣战迎击那些对先知穆罕默德及伊斯兰教的势力，另一方面，又通过那些维护、宣扬、颂扬穆圣及伊斯兰教的诗歌、演说，使得一些诗人转变了立场而加入伊斯兰教，如阿卜杜拉·本·吉白阿拉就在诗中吟道：

　　真主的使者！我这嘴真该缝上，
　　　　当年是我颠倒黑白，信口雌黄。
　　是我跟从魔鬼走上了邪路，
　　　　谁若追随他绝没有好下场。
　　您发话，使我的骨肉有了保障，
　　　　今后我要跟随你，愿把命抵上！

上述的诗人同我们在贾希利叶时期已介绍过的《悬诗》诗人莱比德和以悼亡诗著称的韩莎一样，都是跨贾希利叶与伊斯兰教初兴两个时代的"跨代诗人"。最著名的跨代诗人还有侯忒艾，此公虽大半生是在伊斯兰教兴起后度过的，但宗教观念淡薄，贾希利叶时期的旧习难改，多以讽刺诗为谋生的工具。

如前所述，在四大哈里法时期，乘着拜占庭和波斯萨珊王朝面临种种矛盾而国弱民怨之势，阿拉伯人在统一了半岛之后，随即向外扩张。他们在"圣战"的号召下，视死如归，奋不顾身，风驰电掣，所向披靡。如果说，在伊斯兰教前，诗人是部族战争的吹鼓手，那么，在伊斯兰教问世后，诗人则积极参加"圣战"，为其鼓吹，于是"征战诗"应运而生。如在阿拉伯与波斯之间的嘎底西叶战役（637年）战功显赫，曾手刃波斯王鲁斯坦姆的骑士诗人盖斯·本·迈克舒赫就不无骄矜地在诗中吟道：

我带着一支人马，全副披挂，
　　　　雄狮般地从萨那飞奔而下。
　　风驰电掣，所向无敌，连克瓦迪—古拉、
　　　　凯勒卜、叶尔木克，进入叙利亚。
　　一个月后，骑士们来到嘎底西叶，
　　　　人不下鞍，骑着血迹斑斑的战马。
　　在那里，我们同科斯鲁王
　　　　及他手下的将士拼搏、厮杀。
　　我见马队在踌躇、盘桓，
　　　　就直奔那趾高气扬的波斯王跟前；
　　举起那锋利无比的宝剑，
　　　　于是让他脑袋搬家，一命归天！
　　真主在那里对我们进行了考验，
　　　　英雄的功绩必将千古流传。

　　征战诗主要反映出阿拉伯的穆斯林战士在对外扩张的战争中的民族自豪感和宗教使命感，但也有些诗歌表现出他们在异国他乡戎马倥偬中对家乡与亲人的思念和对战争中牺牲的战友的悼念。著名的征战诗人中有跨代的骑士诗人阿慕鲁·本·麦耳迪凯里卜，有在对外征战过程中失去五个儿子的艾布·祖艾伊布·胡宰里，还有嗜酒如命的骑士诗人艾布·米哈坚等。

第二节　哈萨尼·本·沙比特

　　哈萨尼·本·沙比特祖籍也门，生于麦地那，也死于此地，系贵族世家出身。在贾希利叶时期，他就以诗出名。在部族争斗中他成了本部族——海兹赖志部族的喉舌，而与敌对的奥斯部族展开舌战。他曾出入迦萨尼王宫，后又进入希拉王宫，为王公贵族歌功颂德。在纳比埃·祖卜雅尼同希拉国王努尔曼产生芥蒂时，他曾一度取而代之，受到赞赏，是当时宫廷诗人之一。据传，他曾在欧卡兹集市上将自己的诗歌展示于纳比埃前，以求评判，但大艾阿沙领先于他，使他颇为恼怒。

他在矜夸诗中不禁自负地吟道：

> 我的舌头与宝剑都锋利无比，
> 　　我的舌头能达到利剑达不到的目的。
> 钱财再少，我也会慷慨解囊，
> 　　穷人上门，我再难也会将他们周济。
> 有钱时，我不会为富不仁，
> 　　遭灾济贫，我是义不容辞。
> 扶危济困，我将灾民视为家人，
> 　　我忍饥挨饿，纵饮凉水也愿意。

在贾希利叶时期，慷慨豪侠在人生价值观念中是占首位的美德，因而他常在诗中表达这种观念，并以此表示自己对悭吝、为富不仁者的轻蔑：

> 窝囊废有钱又有何益？
> 　　同水泡朽木何其相似。
> 我用清白的钱财维护荣誉，
> 　　因为声名狼藉，有钱也无意义。
> 财产失去可以重新获取，
> 　　体面丢尽却无法寻觅。
> 贫穷会使君子尴尬、窘困，
> 　　金钱常与小人沆瀣一气。

他遵循当时诗坛朴实无华的标准，主张诗歌要表达诗人真实的感情，提出：

> 诗就是人当众亮出他的心，
> 　　可能是睿智，可能是愚蠢；
> 你吟诵出的最好的诗行是

> 你一吟出，人们就说："真！"

他定居于麦地那。当伊斯兰教先知穆罕默德及其追随者迁徙至麦地那时，他加入了伊斯兰教，并以诗歌为武器，反击那些以古莱氏族某些人为首的非难和迫害穆罕默德的政敌与诗人，维护与歌颂穆罕默德与伊斯兰教。据传，他最早吟诵的这类诗歌是他反击古莱氏族攻讦穆罕默德与伊斯兰教的诗人艾布·苏福彦·本·哈雷斯（أبو سفيان بن الحارث，Abū Sufyān bn al-Ḥārith）：

> 你攻讦穆罕默德，我替他回应，
> 　　这在真主那里会有褒赏。
> 我父亲、祖父连同我自己，
> 　　都不会让你们把穆罕默德体面伤。
> 你并非他的对手，也配攻讦他？
> 　　你俩最恶者要为最善者把命偿。

面对对手的攻讦，他不无矜夸道：

> 也许贫穷会让人丧失学问，
> 　　富贵会掩饰人的无知愚昧。
> 我不在意山羊悲哀的叫声，
> 　　也不理会小人的辱骂诋毁。

他常会反唇相讥，攻讦对手。如他曾对胡宰勒部落的赖赫彦家族讽刺道：

> 如果纯粹的背信弃义让你喜欢，
> 　　那就到莱吉尔河畔，找赖赫彦人的家园，
> 他们对上门求助者总是食言而肥，
> 　　他们中最好的人也只是同公羊一般。

他追随穆罕默德，成为伊斯兰教最热心的宣教者：

> 吉卜利勒是真主的代言人，

是无与伦比的神圣的灵魂。

真主说:"我派了一个仆人,

　　宣扬真理,是我的化身。

你们要起来,相信他!"

　　你们却竟敢说:"我们不愿相信!?"

他热情赞颂、讴歌穆罕默德与伊斯兰教,劝导人们信奉这一在阿拉伯半岛新兴的宗教:

古莱氏族的精英与弟兄

　　为人们已经将教法阐明。

每个内心敬畏真主的人

　　都诚心服从他们的命令。

与敌交锋他们从不手软,

　　平时他们则会造福民众。

他们所为并非标新立异,

　　而是将传统的美德继承。

惩恶扬善,他们是先锋,

　　别人只能跟在其后随从。

重创敌人他们不会骄傲,

　　遭遇挫折也不气馁、败兴。

乱世纷争他们何其尊贵,

　　真主的使者是他们首领。

哈萨尼·本·沙比特被称为"辅士诗人""先知的诗人"。先知穆罕默德对他极其赏识,曾鼓励他对那些不信伊斯兰教的人进行攻击。因为攻讦穆罕默德及伊斯兰教的诗人多与穆罕默德同属古莱氏这一大的部落,诗人怕无意中会伤害先知,后者则指导他说:"你去找艾布·伯克尔,让他告诉你那伙是什么人,他们参加的战役和他们的表现。然后去讽刺他们!吉卜利勒同你在一起。"哈萨尼·本·沙比特在诗中不是攻击对方不信教或奉拜物教，因为对方对此本不以为然。他还是以贾希利叶时期的价值观念和道德标准，攻击对方诸如吝啬、自私、怯懦无能等缺点、劣行，并历数对方部族在历来部族战争中的败绩和污点。穆罕默德赞许哈萨尼·本·沙比特："讽刺他们！凭真主起誓，你的诗对于他们来说，比暗中射去的箭还厉害。"据说穆罕默德曾赏赐他一处园圃，并把自己科普特裔的妻子玛利亚的妹妹嫁给了他，还说："乌姆鲁勒·盖斯是火狱中诗人的旗手，哈萨尼·本·沙比特却领着诗人进天堂。"

哈萨尼·本·沙比特有诗集传世。但学者多认为其中有不少是附会于他的伪作。他们还认为，从诗歌艺术性讲，他在贾希利叶时期的作品优于其在伊斯兰初期的作品。

哈萨尼·本·沙比特长寿，活至伍麦叶朝初穆阿威叶执政时期，但晚年双目失明。

第三节　凯耳卜·本·祖海尔

凯耳卜·本·祖海尔是著名《悬诗》诗人祖海尔之子。少年时代就传诵父亲及其他诗人的诗歌，显露出诗歌的天赋。但父亲对他要求很严，对他与布杰尔兄弟俩以及其诗歌的传述人侯忒艾耳提面命，进行有关诗歌的严格训练，直至他们能对诗歌驾轻就熟时才允许他们出道。早在贾希利叶时期，凯耳卜·本·祖海尔就已名噪诗坛。据传，有一次，侯忒艾对凯耳卜说："你知道我是你们家的传述人，我仅追随你们。如今除了你我外，诗坛诸雄都相继去逝了，如果你能作一首诗，提到你，然后再把我挂在你后面，那么你们的诗歌就更会在人们中争相传诵，不胫而走。"于是凯耳卜就吟道：

　　谁若是对诗歌多方挑剔，横加指责，
　　　一旦凯耳卜和侯忒艾死了，就让他们来作。

> 我保证你找不到一个人
> > 会像我们那样字斟句酌。
> 别人吟诗难免有高低好坏,
> > 我们的诗字字句句却挑不出错。
> 我们反复推敲,精雕细刻,
> > 那些名诗警句与之相比也会黯然失色。

在伊斯兰教初兴时,凯耳卜的弟弟布杰尔于伊历7年末就加入了伊斯兰教,并追随先知穆罕默德参加过几次著名的征战。凯耳卜得知后曾写诗加以责备,并攻击穆罕默德和伊斯兰教:

> 请替我向布杰尔带个信:
> > 该死的!难道我的话你就听不进?
> 你同麦蒙(指穆罕默德)一起喝酒,
> > 他用迷魂汤灌你,让你一饮再饮。
> 你不走正道却跟随他,
> > 何必让他将你往死路上引。
> 他会让你学坏,缺德,
> > 不认兄弟,不认双亲。

穆罕默德闻知后大怒,下令对他可以格杀勿论,人们也都扬言要杀死他。布杰尔写信给他告知此事,并希望他向穆罕默德忏悔,加入伊斯兰教。诗人闻讯惊恐之余,于630年去到麦地那,先是求助于艾布·伯克尔,并用缠头巾蒙住脸,随其进入清真寺,设法亲谒穆罕默德,对他说:"真主的使者!这是一个来向您发誓加入伊斯兰教的人!"穆圣伸出了手,于是凯耳卜揭开蒙脸的缠头巾,说:"真主的使者,在下投靠您,求您保护!我是凯耳卜·本·祖海尔。"当时,辅士们想起他过去的言行,不禁对他横眉冷对,怒目相视,而迁士们则欢迎他加入伊斯兰教,并希望穆圣赦免他。于是穆圣赦他无罪。他就当场赋诗:

> 苏阿德离去了,我心里充满了爱怜,

> 惘然地追随在她的后面，魂系情牵……

这首著名的《苏阿德离去了》的长诗共58个拜特，沿袭古诗的传统模式，以为情人苏阿德离去伤怀的情诗（纳西布）作为起兴，继而转为对骆驼细致地描状，这两部分竟约占全诗三分之二的篇幅，而作为全诗的主旨——向穆罕默德致歉并对他及圣门弟子表示赞颂的部分仅占三分之一左右。全诗起承转合较自然，词句精雕细刻，臻于精妙。但内容缺乏深度和激情，显得有些矫揉造作。他在诗中吟道：

> 先知的警告使朋友离我而去，
> 　　说什么他们难以将我顾及。
> 我说：不必管我，你们尽可走开，
> 　　是吉是凶，我甘愿接受真主安排！
> 任何一个人，即使寿限再长，
> 　　有朝一日，总要被抬走埋葬。
> 我虽听说先知在恫吓我，
> 　　但仍希望得到他的宽赦。
> 先知息怒！真主赐你《古兰经》，
> 　　其中有训诫，引导我们走向光明。
> 尽管别人说三道四，我却无罪，
> 　　请您不要听信谗言，将我责备。
> 他们把我说得如此罪恶滔天，
> 　　罪名重得即使大象也难承担。
> 它会诚惶诚恐，浑身打战，
> 　　除非先知开恩，对它赦免。
> 直至握住先知的手，我才感到了安全，
> 　　这巨手掌握我的命运，操纵生杀予夺大权。
> 先知是光，普照世间人寰；
> 　　先知是剑，真主出鞘的宝剑。

>一群古莱氏族人团结在先知周围,
>>先知下令撤出麦加,他们听从他的指挥。
>他们迁徙,并非弱者赤手空拳,
>>他们是在秣马厉兵,枕戈待旦。
>他们个个是英雄,无比坚强,
>>身披达伍德的盔甲驰骋沙场。
>他们坚毅、勇敢,胜不骄,败不馁,
>>千难万险面前不怯懦,不后退。
>迎着刀枪,他们总是挺胸朝前冲,
>>面对死亡,他们从不扭头为逃命……

穆罕默德听着,颇受感动。当诗人吟到"先知是光,普照世间人寰,/先知是剑,真主出鞘的宝剑……"一联句时,穆罕默德竟赞赏地脱下斗篷赐予他。据传,诗人逝后,伍麦叶朝首任哈里发穆阿威叶花了20000第尔汗①,从诗人的后人手中买下了这件斗篷。据说,此后伍麦叶朝与阿拔斯朝的哈里发们将这件斗篷代代相传,只在盛大节日才穿出示人,直传至土耳其奥斯曼帝国的素丹。凯耳卜·本·祖海尔也因这首诗而名垂青史,因此,这首诗又称《斗篷颂》。历代学者、诗人亦将这首诗奉为经典名篇,加以诠释,争相仿效,并被译成多种文字。其中最著名的仿效者是蒲绥里,他亦写有歌颂先知穆罕默德的名篇《斗篷颂》(旧译《天方诗经》)。诗所用的格律、韵脚,乃至篇名都与凯耳卜·本·祖海尔这首诗一样。1748年,荷兰东方学者黎泰(Letté)于莱顿首次将凯耳卜·本·祖海尔的《斗篷颂》印行,并译成拉丁文,写有简略的前言和详细的诠释。

除《斗篷颂》外,凯耳卜·本·祖海尔亦有诗集传世,题旨有赞颂、讽刺、恋情、悼亡、矜夸等。作为跨代诗人,他前期诗歌主要描述游牧民(贝杜因人)的个人与社会生活。在他加入了伊斯兰教后,宗教信仰无疑也反映在他的诗歌中,如他曾吟道:

---

① 又译"迪拉姆"。

> 我知道,一旦命运临头,
> 　　悭吝、恐惧都无法阻挡。
> 人会成长,财富会增多,
> 　　岁月则让这些一扫而光。
> 别怕贫穷,那会让我们
> 　　富足者的恩惠尽可期望。
> 我们的所有一旦耗尽,
> 　　真主则会对我们供养。

但史书、学者多认为他的宗教观念淡薄,故而常把他列为贾希利叶时期的诗人。

第四节　纳比埃·贾迪

纳比埃·贾迪生于纳季德南部,原名阿卜杜拉·本·盖斯（عبد الله بن قيس, 'Abd al-Lāh bn Gays）,贾德部族人,纳比埃·贾迪原是他的绰号,意为"贾德族的才子"。据说他大器晚成,直至30岁才显露诗才,而一举成名。他在贾希利叶时期像《悬诗》诗人莱比德一样,在诗中歌颂本部族在战事中的丰功伟绩,同时嘲讽、攻讦为敌的部族,特别是阿萨德部族,因为他们在一次同贾德部族的战争中杀死了诗人的一位弟兄,他也为这位弟兄作了不少挽诗。据说,他还曾去过希拉王国,为权贵们唱赞歌。当阿拉伯各部落派代表团觐见穆罕默德先知,以示信奉伊斯兰教时,他也于630年随团觐见了穆圣,并当场赋诗道:

> 我追随先知,因为他将正途指点,
> 　　又诵读经文,好似银河光辉灿烂。
> 随他去圣战,感觉他就是启明星,
> 　　当他一出现,群星马上隐没不见。
> 我敬畏真主,举止言行时刻虔诚,
> 　　可怕的火狱,令我畏惧心惊胆战。

先知穆罕默德听后大为赞赏。此后，他可能没有随众回乡，而是留居在麦地那，后随军东征波斯等地，并用诗歌宣教，以示对自己所奉宗教的虔诚。此后，他回到了麦地那，思念处于荒野的亲属与故乡，于是他向哈里发奥斯曼告假回乡探亲。他经常表现出贾希利叶时期那种狭隘的部族观念，遇到事情不分青红皂白地要维护本部族的利益，为此甚至在欧麦尔哈里发执政时期遭过巴士拉总督的鞭刑。此外，他还保持贾希利叶时期诗坛遗风，时而在诗坛与别的诗人相互攻击，只是大概由于伊斯兰教义对他影响较深，使他在与人以诗歌相互嘲讽时，适可而止，不肯过分。据传，他曾与伍麦叶朝著名的贞情诗女诗人莱伊拉·艾赫叶丽娅及伍麦叶朝三诗雄之一的艾赫泰勒都在诗坛交过锋，但纳比埃·贾迪都没有占上风。

当哈里发阿里与穆阿威叶发生纷争时，他站在阿里一边，作诗称颂他，同时攻讦穆阿威叶。在伍麦叶朝初期，当伊本·祖拜尔起兵自称哈里发而与伍麦叶朝政权抗衡时，纳比埃·贾迪又与伊本·祖拜尔站在一起，并为他咏诗赞颂道：

　　你掌权时，仿效艾布·伯克尔、奥斯曼，
　　　　还有清正的欧麦尔，穷人都开心，喜欢。
　　你在人们中，司法公正，人人平等，
　　　　于是漆黑夜又变成清晨，阳光灿烂。

伊本·祖拜尔闻听，非常高兴，曾给予他以丰厚的赏赐。此后，诗人回到伊斯法罕，享有高寿而殁。

据考证，纳比埃·贾迪是一位受伊斯兰教义及精神影响极深的诗人。他曾随军参加圣战，并日夜诵读《古兰经》经文，故而受到启迪并体现于诗中是不难理解的。他的很多诗好像是在宣教、训诫，如在一首诗中吟道：

　　赞颂归于真主——独一无二的神祇，
　　　　谁不相信这话，就是将自己欺骗。
　　是他将夜晚嵌入白昼，又将白昼
　　　　嵌入夜晚，而驱散了黑暗。

> 是他从大地上撑起高天,
> 　　而无须在下面将支柱修建。
> 啊,人们!你们可看看波斯人
> 　　他们败落、屈辱,而一筹莫展,
> 变成了为你们放羊的奴隶,
> 　　昔日的王权好似一场梦幻。
> 还有住在马里卜的赛伯邑人,
> 　　他们建造大坝防止洪水泛滥,
> 却被粉碎,在各地流落、离散,
> 　　自认倒霉,饱尝了贫困和苦难……

诗人除表达了自己对真主与伊斯兰教的笃信不渝外,还在诗中表明"世无神祇,唯有真主",真主万能的一神论的思想,敦促人们要敬畏真主,不要贪恋红尘,而要行善积德。所述很多内容都可以从《古兰经》中找到印证。

纳比埃·贾迪的诗歌以对赞颂先知穆罕默德与伊斯兰教的宗教诗著称,此外亦有矜夸、讽刺、悼亡、哲理、描状等题旨,尤以描状战马见长。诗风朴实流畅,富有韵味。不过往往由于大刀阔斧,而非精雕细刻,故而其诗作往往显得鱼龙混杂,良莠不齐。

第五节　侯忒艾

侯忒艾原名杰尔沃勒（جرول，Jarwal）,"侯忒艾"原为其绰号,意思是"身材矮小,相貌丑陋的人"。他生于纳季德地区阿布斯部落,是女奴的私生子,不为父系和母系部落认同,族谱和宗谱都不清楚。因其出身低贱,加之引人注目的丑陋、矮小的形体,常遭人讥笑,遂养成他的自卑逆反心理;他不具备同部落先前英雄安塔拉那种勇敢和武功,面对他人的羞辱,只有以讽刺诗为武器,进行自卫、抗争;又因贫穷,子女多,负担重,故以讽刺诗和赞美诗为谋生手段,被认为是当时讽刺诗的泰斗。

史书学者对侯忒艾的人品多加贬抑。如阿拔斯王朝著名的传述人、学者艾斯马伊在谈到侯忒艾时就说他"贪婪，乞讨，强求，卑劣，多恶，少善，吝啬"。意思是说这位诗人贪婪、吝啬，时常向人乞讨，而且是死缠硬磨；说他卑劣是指他作诗赞扬人家，目的在于求人赏赐，达不到目的，就翻脸以诗讽刺、攻讦人家；而且见风使舵，反复无常。其实，这样的评论未必公平。如前所述，这一切是与他出身贫贱、家庭负担重分不开。他有一首名诗《空腹三日》，亦称《慷慨的故事》，即可证明：

他一贫如洗，住在荒漠一片，
　　紧勒着腰带，已饿了三个夜晚。
他生性粗鲁，喜欢孤单，
　　生活虽苦，他处之坦然。
还有老妻与他同住在路边，
　　三个孩子像幽灵，瘦得可怜；
赤身跣足，没吃过一顿饱饭，
　　生来也从不知何为白面。
黑暗中有个人影，使他不安，
　　见是客人，他趋步忙迎上前。
他想："主啊！没有吃的待客，怎么办？
　　今晚无论如何也得有肉做客饭。"
儿子说——他见父亲为难：
　　"爸爸，杀了我吧！让客人饱餐！
不要说我们家穷，把客人怠慢，
　　免得人家以为吝啬，将我们责难！"
他反复考虑，踌躇不前，
　　虽未杀子，却也有所打算。
这时，一群野驴在远处出现，
　　前面是一头，后面排成一串。

它们渴了，走向水源，

　　　　他更渴求它们的血啊，跟在后面。

　　待它们止渴，将水喝完，

　　　　他引弓向它们射出了箭。

　　一头母驴倒在了泉边，

　　　　膘肥肉厚，正好做美餐！

　　他拖回猎物，春风满面，

　　　　家人看见，个个露出笑脸。

　　尽了主人情意，博得客人称赞，

　　　　他们幸福，因为慷慨，没有丢脸。

　　夫妻两个面带笑颜，

　　　　待客如待子女一般。

　　这首诗在一定程度上是诗人及其家庭生活的写照：一家贫穷到竟有三天粒米未进，为了款待夜晚来临的陌生客人，怕别人指责吝啬，差点杀了儿子待客，这样的人怎么可以过多地指责他贪婪、吝啬呢？在非常讲究出身部落的谱系，以表明自身的高贵和清白的贾希利叶时期，他生身所在的部落与他母亲娘家的部落都不肯接纳他，遂使他时而攻击生身的部落，时而攻击母亲娘家的部落。贾希利叶时期部落间常为了各自的利益相互争斗，诗人为了自身的利益，时而赞颂这个部落，攻击那个部落，时而又赞颂那个部落，攻讦这个部落，从中渔利，取得赏赐，这种情况在当时的诗界也并不罕见。

　　文学史上流传下来有关侯忒艾最著名的故事，是说他在哈里发欧麦尔时代，以怨报德地丑化、攻讦了吉布里甘。其实，事情也比较复杂：侯忒艾在携家带口去往伊拉克逃荒的路上，遇见了前去麦地那送赈灾捐款的吉布里甘。吉布里甘要诗人全家投奔自己家。吉布里甘的妻子最初热情地接待了诗人一家。后来，与吉布里甘家族有隙的安福·纳盖家族（亦称拉伊家族）闻知，设计予以挑拨，使吉布里甘的妻子慢待诗人一家，并有意躲起来，几天都避而不见。安福·纳盖家族则乘机将诗人一家请过去，予以隆重接待。为此，诗人作诗颂扬了安福·纳盖家族。安福·纳盖原意是骆驼鼻子，这一家族常因此被人嘲笑，诗人在颂诗中却说：

> 他们这伙是鼻子，
> > 而尾巴则是别人，
> 谁会把骆驼鼻子
> > 与尾巴相提并论？

诗人的诗句竟变贬为褒，提高了安福·纳盖家族的声誉。与此同时，诗人却作诗攻讦吉布里甘及其家族道：

> 凭真主起誓，一个异乡人对拉伊家族赞美，
> > 你们不该将他责怪。
> 你们这些母驼，我也曾摸过你们的乳房，
> > 可是怎么哄，怎么摸，也从未挤出一点奶。
> 我曾故意称赞过你们，为的是启发你们，
> > 让你们立功，将我从苦井中救出来。
> 我曾像一匹远行归来久忍饥渴的骆驼，
> > 期望你们开恩，曾苦苦地等待。
> 当我看到了你们对我心怀恶意，
> > 不会医治我的伤痛、病灾，
> 我才绝望，断定得不到你的恩赐。
> > 你会看到，绝望最能将自由人驱逐、赶开。
> 我饱经沧桑，懂得人情世故，
> > 你打听一下就会知道，诸事我最清楚、明白。
> 我寄人篱下，他们竟长期对我轻侮，
> > 又住进坟地里，丢下我不予理睬。
> 他们对我慢待，狗也狂吠不停，
> > 朝我龇牙咧嘴，对我大肆伤害。

>你不必去追求什么仁义美德！
>
>　　坐享其成吧！你会吃喝穿戴！
>
>行善的人绝对不会没有报偿，
>
>　　功德在真主与人间永远存在！

吉布里甘闻知，上告哈里发欧麦尔，说侯忒艾攻讦了他。欧麦尔听过诗后说："我没听出是攻讦，只是责备嘛。"吉布里甘说："难道我为人只是会吃喝穿戴？！"欧麦尔为此请诗人哈萨尼·本·沙比特评判。这位评论家说："他不是攻讦他，而是在他头上拉屎。"因为"你不必追求什么仁义美德！/坐享其成吧！你有吃喝穿戴！"这一拜特的含意是说对方只是行尸走肉，衣架饭囊。为此，欧麦尔下令将诗人下狱囚禁。诗人曾作诗向哈里发求情：

>你就不可怜那些羽翼未丰的小雏，
>
>　　它们没有解渴的水，也没有庇荫的树。
>
>你把抚养它们的人丢进了黑暗的深坑，
>
>　　宽恕他吧，欧麦尔！真主会对你赐福！

欧麦尔哈里发饶恕了他，并赐予他3000第尔汗，条件是不许他再作诗讽刺、攻讦穆斯林。侯忒艾答应了，并不无遗憾地吟诗道：

>你不许我将悭吝的小人谩骂，
>
>　　于是他们有恃无恐不再害怕。
>
>你拿去了语言的精华，
>
>　　诟骂、赞美都没有留下！

侯忒艾在先知穆罕默德在世时就加入了伊斯兰教，但在首任哈里发艾布·伯克尔时曾一度叛教，至欧麦尔任哈里发时才再次加入。他长寿，直活到伍麦叶朝首任哈里发穆阿威叶执政时期。史书指责他宗教观念淡薄，这大概与他留恋贾希利叶时期那种自由自在、无拘无束、无法无天的贝杜因人生活有关。其实伊斯兰教对他的思想影响还是很大的。如他前述的诗句"行善的人绝对不会没有报偿，/功德在真主与人间永远存在。"以及下引的诗行就可证明：

> 我看积累钱财并不是幸福，
> 　　幸福的人倒是虔诚的信徒。
> 对真主虔敬是最好的储蓄，
> 　　真主会增加虔诚者的财富。

侯忒艾有诗集传世，1890年首次印行于伊斯坦布尔，1893年与1905年亦分别于莱比锡和开罗出版。其诗包括各种题旨：赞颂、矜夸、恋情、描状、格言等，如：

> 凡新事物总有一番乐趣，
> 　　唯有死亡再新也没滋味。
> 它堵在喉头，不似糖甜，
> 　　也不像美酒，令人陶醉。

但他作的最多、最好的还是讽刺诗。他的讽刺对象极为广泛，连他的母亲、继父和他本人都不能幸免。如他有一首斥责母亲的诗：

> 去一边！离我坐远点儿！
> 　　愿真主别让你扰乱世上的清静！
> 我不是告诉过你，我恨你？
> 　　可是你好像就是不懂。
> 你难道是个筛子，什么秘密也存不住？
> 　　或者是火炉，与人唠叨起来就不肯动？
> 愿真主让你这个老太婆不得好报，
> 　　让你儿女都对你忤逆，而不孝敬！
> 我知道，你一生都没做什么好事，
> 　　死了倒也许会让好人高兴。

而在另一首诗则自嘲道：

我的嘴今天只想把坏话说,
　　可就是不知道要对谁去谈。
我见了真主为我造出的脸,
　　这脸和这人可真丑真难看!

他还咒骂自己道:

没有谁会比侯忒艾更加卑鄙,
他竟挖苦自己的妻子、儿女,
由于卑鄙,他在驴背上死去。

如果说他在为他人作颂诗、讽刺诗主要是为了赚取钱财养家糊口的话,那么,他针对母亲、继父或自己作的讽刺诗,则是一种宣泄。

侯忒艾是追随《悬诗》诗人祖海尔学习创作诗歌的,他同祖海尔的儿子凯耳卜一道受过这位名师的严格训练,作起诗来字斟句酌,精雕细刻,反复修改,刻意推敲,力求语言生动、形象,表达准确、细致。他是祖海尔、凯耳卜父子诗歌的传述人,属奥斯派,皆被称为诗奴。其讽刺诗尖刻但不粗俗。上述那位曾对侯忒艾的人品极力贬抑的学者艾斯马伊,在这方面倒是说的公道些,他认为诸如祖海尔和侯忒艾这些人是诗奴;同样,每个对自己的诗精雕细刻,对每句诗都沉吟半天,反复琢磨,以便使整首诗都写得字字珠玑的人都是诗奴。

第六节　阿慕鲁·本·麦耳迪凯里卜

阿慕鲁·本·麦耳迪凯里卜生于也门扎比德名门望族,是一位著名的跨代骑士诗人,以见义勇为、孔武有力著称。

阿慕鲁·本·麦耳迪凯里卜不仅是诗人,而且还早在贾希利叶时期就是一位德高望重的首领、演说家。据说当时希拉王国国王努尔曼·本·蒙齐尔曾将他作为阿拉伯首领之一派往波斯首都泰西封(麦达因)去见萨珊王朝国王科斯鲁一世(531—579在位),以便当面证实阿拉伯人能言善辩,优于波斯人。结果他不辱使命,出语不凡,令波斯王折服。

阿慕鲁·本·麦耳迪凯里卜作为部族的骑士，多次参加部落战争，骁勇善战。他不无自豪地在矜夸诗中吟道：

美不靠华丽的衣裳，
　　哪怕你穿着条纹大氅。
美在于品德高尚，
　　使人受到称誉、赞扬。
为防不测，我备下铠甲，
　　还有战马——高大、强壮。
宝剑在手闪闪发光，
　　可以劈碎敌人头盔、五脏。
我知道，交战的那天，
　　敌人也是兵强马壮。
他们身披盔甲，
　　个个如虎豹一样。
毫不奇怪：干戈起时，
　　哪个不是全副武装。
我见到我们的妇女在奔跑，
　　慌里慌张，尘土飞扬。
她们中还有拉米斯——
　　好似天上现出了月亮。
若非到了紧急关头，
　　她绝不会抛头露面，如此张扬。
于是我扑向敌人的首领，
　　——必须同他血战一场。
敌人发誓：定要我的命，
　　我也发誓：让他们在我剑下身亡！
有多少位好兄弟，

我将他们亲手埋葬。
我不惊恐，不慌张，
　　不让泪水挂在脸上。
我为弟兄穿上殓衣，
　　却镇定自若，坚忍，刚强。
面对敌人，我以一抵千，
　　死者未竟事业，我来承当。
我亲爱的弟兄们逝去了，
　　留我一人，似剑一样！

其中"美不靠华丽的衣裳，/哪怕你穿着条纹大氅。/美在于品德高尚，/使人受到称誉、赞扬"成为格言、警句流传。诗人在诗中为我们栩栩如生地描绘了当时部落战争的场面，也让我们看到了诗人本身那种坚定自若、大无畏的英雄骑士的形象。

631年，阿慕鲁·本·麦耳迪凯里卜同部族代表团一起觐见了先知穆罕默德，表示信奉伊斯兰教。之后，他在麦地那住了一段时间。但当穆罕默德归真后，他一度叛教，但被俘又被艾布·伯克尔释放后，再次归顺。他曾参加过对当时伊拉克、波斯的征战。他参加了雅尔穆克战役（636年），又在著名的嘎底西叶战役（637年）中，跟随统帅赛耳德·伊本·艾比·瓦噶斯，与波斯首相鲁斯坦所率的敌军厮杀，立有战功。诗人得意地在诗中咏道：

与鲁斯坦会战于嘎底西叶战场，
　　我们横刀跃马，好似神兵天降。
个个把锋利的宝剑
　　直刺进敌人的心脏。

诗人最后在阿拉伯人围攻波斯属地纳哈文德战役中战死。

阿慕鲁·本·麦耳迪凯里卜遗诗不多，内容多为矜夸、讽刺、咏志，也有一些情诗，诗中嵌有不少警句、格言。民间文人常把他作为古代英雄骑士的典型形象，写进民间传奇故事中。

第七节　艾布·祖艾伊布·胡宰里

艾布·祖艾伊布·胡宰里是胡宰勒部落人，在贾希利叶时代曾是其部落一个诗人的传述人，因而学会作诗。他居于希贾兹地区的麦地那，在家乡加入伊斯兰教，并很虔诚。当哈里发奥斯曼派兵远征非洲时，诗人响应号召，于646年带领五个儿子参加了远征军。在埃及，五个儿子因染瘟疫在一年中相继病死。诗人曾随军参加过攻克罗马人都城迦太基之战，归途中，于埃及被蛇咬死。

艾布·祖艾伊布·胡宰里传世的不少诗散见于一些文学典籍中。题旨多为悼亡的挽诗，也有一些咏酒诗，显然是贾希利叶时期作的，诗人还善于写景状物，特别是描述沙漠中的动物生活，有浓厚的生活气息。此外，他还遗有一些以恋情为题的短诗。但其最著名的一首诗是为悼念他的五个孩子而作的悼亡诗，情真意切，颇为感人，常为后人传诵、引用。全诗68个拜特。诗曰：

我们何必对死神抱怨，
　　时世本来就不讨不幸者喜欢。
乌玛麦说：你何必奔波受熬煎，
　　——你既不缺钱，又有财产？
你为什么总是辗转反侧，
　　如卧针毡，彻夜不眠？
我对妻子说：是孩子们的永别
　　使我消瘦，日夜不安。
孩子们去了，留下的是悲伤，
　　还有泪水，长流不干。
他们留我在世度日如年，
　　似乎我也要追随他们直至黄泉。
我本来对孩子们关怀备至，

但死神的到来却无法阻拦。
一旦死神伸出魔爪，
　　一切符咒都不再灵验。
我硬挺着，想让幸灾乐祸者看看
　　我绝不会倒在灾难的面前。
我也认为哭泣是件蠢事，
　　可是创巨痛深，除了哭又能怎么办？
人心如果放纵，总是欲壑难填，
　　如果加以约束，它也会随遇而安。
有多少人安逸幸福，合家团圆，
　　随后却家破人亡，妻离子散。
若说尘世使他们遭殃蒙难，
　　我的悲痛却是因为失去了自己的心肝！

全诗内容可分两大部分：前部分是叙述诗人在失去五个儿子后，身心表现出的那种创巨痛深的状况；后部分则是在痛定思痛之后，理性地指出：死是一切生灵终极必然的结果。诗歌表现出诗人是一位非常重情感的人：他的坚忍终究抵不过巨大灾难的打击，他辗转反侧，彻夜不眠，流泪、消瘦，度日如年，把一个连丧五子的父亲在死神面前的痛苦、无奈、无助，描述得细腻、生动感人。

阿拉伯古代著名的文学批评家伊本·赛拉姆在其名著《诗人的品级》中曾这样评论艾布·祖艾伊布·胡宰里：艾布·祖艾伊布是一个无可挑剔的杰出诗人……有人问过哈萨尼：谁最会作诗？他说：最会作诗的群体是胡宰勒部落，胡宰勒部落中最会作诗的人无可争议地是艾布·祖艾伊布。这位诗人在当时诗坛的地位和影响由此可见一斑。

第八节　艾布·米哈坚

艾布·米哈坚原名阿卜杜拉·本·哈比布（عبد الله بن حبيب，'Abd al-Lāh Ḥabīb），是一位跨代诗人，希贾兹地区塔伊夫人，属于赛基夫部落。他是著名的骑士，以骁勇善战但嗜好饮酒著称。631年，先知穆罕默德率军包围塔伊夫时，他曾抵抗过。翌年，他同塔伊夫的人一道加入了伊斯兰教，但未能戒酒，为此曾受过欧麦尔哈里发多次训诫。在参加嘎底西叶的征战中，他因饮酒而被统帅赛耳德·伊本·艾比·瓦噶斯禁闭在帅府。看着穆斯林战友们在拼搏、厮杀，而自己却戴着镣链被禁不能参战，不禁激情难抑，遂吟出名篇：

> 这有多惨！外面横枪跃马战犹酣，
>   我却桎梏在身，被囚在牢监。
> 站起身时，只听铁链哗啦哗啦响，
>   牢门紧闭，堵住了我的大声呼唤。
> 当年，我兄弟众多又有钱，
>   如今他们却撇下我无人管。
> 日复一日，我变得消瘦又无力，
>   挣不断的镣链要将我磨烂。
> 真主保佑，我在这里被捆住了手脚，
>   亲友也都把我忘在了一边。
> 鏖战急，身为囚徒难参战，
>   急煞人，别人立功我旁观。
> 向真主发誓，绝不食言：
>   一旦获释，我绝不再进酒馆！

据说，他对赛耳德府中的侍妾道："放我出去吧！真主保佑！若是真主让穆斯林取胜，我又安然无恙，我一定回来，再接受禁锢。"那侍妾释放了他，并让他骑上赛耳德的一匹战马。他骑马挺枪上阵，大败敌军，立下战功。当时赛耳德惊奇地说："若不是艾布·米哈坚被关了起来，我一定会说这个骑士就是艾布·米哈坚！"穆斯林得胜后，诗人自觉地回到了监禁处。赛耳德说："但愿我永不再因酒而惩罚你！"诗人则说："向真主起誓，我绝不再喝酒了！"

艾布·米哈坚参加了征服波斯的圣战，殁于奥斯曼任哈里发的时代，据说葬于阿塞拜疆或戈尔甘。

艾布·米哈坚并非是多产的诗人。他作有颂诗、矜夸诗和激情诗等,如在一首诗中诗人矜夸道:

不要向人们打听我有多少财产,
　　要问就问我的品德,我的果敢。
当胆小鬼惊慌失措、无所适从时,
　　人们都知道我是豪侠,镇定稳健。
即使在千难万险关头我也敢闯,
　　我会保密,哪怕有砍头的危险。

但他的多数诗还是围绕饮酒的内容,如:

把我埋在葡萄树旁,在我死后,
　　让树根的汁液滋润我的骨头。
不要把我埋在荒原旷野,
　　我怕死后尝不到美酒。

君不见老天竟绊倒了好汉,
　　一个人竟不能将自己掌管。
弟兄们死了我都忍受住了,
　　可是不喝酒竟耐不住一天。
信士的长官对酒判了死刑,
　　酒鬼们却边哭边绕酒坊转。

第四章　伍麦叶朝历史与文化背景

阿里担任哈里发后，将首都迁往库法，并开始建立新的制度。他撤换了奥斯曼委任的大部分省的总督，要求各地总督向他宣誓效忠。叙利亚总督穆阿威叶拒绝承认阿里的哈里发地位，并提出为其堂兄奥斯曼复仇的口号，要求阿里惩办凶手。双方经三个月谈判未果，继而双方军队又于657年7月在绥芬平原展开激战。穆阿威叶在面临失败的情况下，提出"以《古兰经》裁判"的停战和谈的要求。当时阿里营垒内分为主战和主和两派，主战派占少数，大部分人主张媾和，阿里本人也倾向和解，遂接受穆阿威叶的要求，因此引起主战派的极端不满。当时约有1200人离开阿里的队伍出走，被称为"哈瓦立吉"派，亦称军事民主派。他们宣布不承认阿里与穆阿威叶在伊斯兰社会中的领袖地位，认为他们自己是唯一有正确信仰、有资格对穆斯林发挥领导作用的集团。他们企图清除所有可能成为哈里发的人，以便自己掌权。为了达到这一目的，661年派人暗杀了阿里。此后穆阿威叶自任哈里发，开创了伍麦叶王朝，我国史称白衣大食。

穆阿威叶即位哈里发后，以大马士革为首都。680年，穆阿威叶一世宣布其子叶齐德一世为哈里发继承人，由此阿拉伯帝国成为世袭王朝统治的封建国家。

伴随着伍麦叶王朝建立的是其最大的反对派——什叶派的兴起。什叶派不承认伍麦叶王朝哈里发的地位为合法，坚持认为哈里发一职只能从圣裔即阿里的后代中产生。由于阿里的长子哈桑主动放弃哈里发地位，并于穆阿威叶一世统治时期被毒死，什叶派转而支持阿里的次子侯赛因为哈里发。侯赛因及其眷属在682年于卡尔巴拉被伍麦叶王朝军队杀害，使什叶派极为震怒。

当年在绥芬之战后因反对阿里与穆阿威叶媾和而离其出走的哈瓦立吉派，是以武力与伍麦叶王朝抗衡的另一支主要反对派。

此外，以伊本·祖拜尔为首的祖拜里派则是又一支武装的反对派。伊本·祖拜尔是麦加古莱氏贵族的后裔，其父祖拜尔是先知穆罕默德的姑表兄弟和战友。伊本·祖拜尔早有当哈里发的野心，当年是阿里与穆阿威叶之外的另一名对哈里发权位的竞争者。伍麦叶朝初期他曾一度隐居于麦地那。在昏庸的叶齐德一世统治时期，阿里之子侯赛因起兵失败殉难后，伊本·祖拜尔乘乱而起，宣布独立，占据伊斯兰教第一大圣地麦加，自称"哈里发"，曾得到阿拉伯半岛南部、伊拉克和叙利亚部分地区反对伍麦叶王朝者的拥戴。692年，哈里发阿卜杜·麦利克派遣以"铁腕"著称的哈加志·本·优素夫（الحجاج بن يوسف, al-Ḥajjāj bn Yūsuf 661—714）率大军讨伐伊本·祖拜尔。哈里发的军队冒着破坏圣寺的危险发动强攻，最终剿灭了伊本·祖拜尔的势力。

同时，伍麦叶王朝时代又是阿拉伯人军事扩张的第二个高峰期。8世纪初，王朝的政权基本巩固以后，阿拉伯人继续推行扩张政策，开始发动大规模的对外战争。在东线，阿拉伯军队进入中亚，占领喀布尔、布哈拉、撒马尔罕和花拉子模等广大地区，直至中国边境。另一支东线军队攻入南亚次大陆的北端，占领信德一带。在西线，不仅占领了从突尼斯、阿尔及利亚直到摩洛哥的马格里布地区，还以信奉伊斯兰教的北非土著柏柏尔人为主力，于711年跨过直布罗陀海峡，攻入西欧的伊比利亚半岛。到了8世纪中叶的伍麦叶王朝后期，阿拉伯帝国的版图西临大西洋，至伊比利亚半岛，东至中亚和印度，成为地跨亚、非、欧三大洲的庞大封建军事帝国。

阿拉伯社会在伍麦叶王朝时期开始进入鼎盛时代。阿拉伯语成为帝国的官方语言，政府文件必须用阿拉伯语书写。阿卜杜·麦利克任哈里发时代，发行了阿拉伯人自己的第一种金币第纳尔，并在全国流通。在伍麦叶王朝时代建立了最著名的清真寺，如耶路撒冷的圆顶清真寺和阿克萨清真寺，以及大马士革的伍麦叶清真大寺。

伍麦叶王朝历经14代哈里发近90年的统治。其间王室贵族穷奢极欲，宫廷生活糜烂不堪，统治者的无穷剥削和专制压迫激起人民起来进行反抗斗争。什叶派和哈瓦立吉派采取暴力手段抵抗王朝的镇压行动也持续不断，以致数任哈里发死于刺客之手。8世纪20年代后统治集团之间为立王储、争王权矛盾日趋尖锐，内讧不止。一直受宗族歧视、受压迫剥削的非阿拉伯穆斯林纷纷揭竿而起。穆罕默德叔父阿拔斯（？—653/伊32）的后裔利用波斯籍的释奴艾布·穆斯林（？—755/伊137）在呼罗珊的起义力量，并联合什叶派，于750年推翻了伍麦叶王朝，建立了阿拔斯王朝。

如果说在伊斯兰初期诗坛曾一度显得有些沉寂、萧条的话，那么，在伍麦叶朝，则又恢复了喧腾、繁荣的局面。

当时，虽已由贾希利叶时期那种部落纷争、相互劫掠、战争频仍的游牧社会，演进为城镇定居文明，建立起统一集权的阿拉伯大帝国，但不少人还不习惯这种演变，仍留恋昔日游牧时代的生活。如诗人古塔米（القتامي, al-Quṭāmī？—710/伊91），生于伊拉克台额利卜部落，原信基督教，后改信伊斯兰教。他在诗中就流露出对游牧生活的热爱和留恋，表现出贝杜因人尚武好战的精神：

  有人赞赏城居人的文明，
    可那怎及我们荒漠英雄。
  有人喜欢牵着毛驴，岁月安定，
    可我们却喜欢横枪跃马，大显威风。
  我们的骑士劫掠成性，
    以至于常常欲罢不能。
  如果远的难以取胜，
    他们就转向近的进攻。

假若实在找不到别的目标，
　　我们有时也劫掠自己的兄弟。

又如米松·宾特·白赫黛勒（ميسون بنت بحدل，Maysūn bint Baḥdal ？—700），是伍麦叶朝开国首任哈里发穆阿威叶的妻子，第二任哈里发叶齐德一世的母亲，她是贝杜因人的女儿，喜欢在荒原过游牧生活，而不愿进城入宫过荣华富贵的王室生活。她在诗中吟道：

我爱透风的帐篷，
　　胜过高大的官殿。
骡子虽然跑得快，
　　但我更爱幼驼随驼轿蹒跚。
猫咪虽然温顺听话，
　　但我更爱犬吠在夜晚。
我爱粗布衣服，
　　胜过绫罗绸缎。
我爱粗茶淡饭，
　　胜过珍馐美馔。
我爱旷野飒飒风声，
　　胜过鼓乐喧天。
我的堂兄弟即使呆傻无能，
　　我看也胜过他人精明强干。
牧民简朴的日子，
　　比花天酒地生活要甜。
我爱我的故乡啊，
　　胜过皇官深院。

伍麦叶朝诗坛最主要的是政治诗和情诗。

如前所述，伍麦叶王朝是穆阿威叶用计从第四任哈里发阿里手中巧取政权的，并实行了世袭制，这就引起了各个反对派的不满。主要的反对派是：什叶派，他们认为政权应由嫡亲圣裔阿里及其后裔世袭；哈瓦立吉派是由什叶派分裂出来的，主张哈里发应通过民主选举产生，反对世袭；祖拜里派认为哈里发应限于古莱氏部落中产生，但不应只由伍麦叶家族世袭。除此之外，在伊斯兰初期被压制下去的宗族主义又开始回潮；阿拉伯民族与其他归顺的民族亦有矛盾。这些政治、宗教派别的矛盾反映在诗坛上，就产生了政治诗。诗人实际上成了各派的发言人，利用诗歌的形式阐述本派的主张，进行斗争。代表什叶派的诗人有库迈伊特、库赛伊尔，代表哈瓦立吉派的诗人有伊姆兰·本·希坦、盖塔里·本·福加艾、忒利马哈，代表祖拜里派的诗人则有伊本·盖斯·鲁盖雅特等。

伍麦叶朝的统治者为利用矛盾转移目标，以便维护并巩固自己的统治，实际上纵容、鼓励诗人们相互舌战，并以优厚的俸禄、奖赏去笼络、收买一些诗人为伍麦叶人政权的合法性进行辩护，并替他们歌功颂德。在这种奖掖下，"对驳诗"兴盛起来。

对驳诗是一位诗人吟一首诗，其内容往往是自我矜夸，并讽刺、攻击对方，而对方则须即席和诗，内容与之针锋相对，格律、韵脚则须与前者完全相同。艾赫泰勒、法拉兹达格与哲利尔之间的对驳诗战长达50年之久，被传为阿拉伯文学史上的佳话，他们三人也被认为是伍麦叶朝三诗雄。

政治诗主要兴盛于伊拉克、叙利亚一带，巴士拉郊区的米尔拜德集市（سوق المربد，Sūq al-Mirbad）更代替了贾希利叶时期的欧卡兹集市，成为诗人聚会对驳赛诗，各显身手的场所，而在希贾兹一带则盛行情诗。

情诗在贾希利叶时期只是长诗的一个组成部分，多半作为全诗的起兴。在伍麦叶朝时期情诗往往独立成篇，成为这一时期诗歌的主要题材。其内容又可分为"贞情诗"和"艳情诗"。

"贞情诗"多产生并流行于希贾兹地区游牧民中。生活于希贾兹北部的瓦迪—古拉谷地的欧兹莱部落尤以这种贞情诗著称。当时，由于伊斯兰教禁止部落之间的战争、仇杀和劫掠，故使游牧民寄情于对宗教的虔诚和对爱情的忠贞，

"贞情诗"由此产生。当时一些青年男女真诚相爱,但由于传统习俗,他们遭到家长和社会反对,不能结合,酿成悲剧,不少人为此失去神智,甚至殉情。"贞情诗"就是这些人歌咏自己纯真的柏拉图式的情爱、苦恋、相思的诗篇。这些诗歌感情真挚,凄婉感人。著名的贞情诗诗人有哲米勒、盖斯·本·穆劳瓦哈等。

艳情诗主要盛行于希贾兹地区的麦加、麦地那等城市。在伊斯兰初期征战时,希贾兹地区的麦地那和麦加是帝国的政治、宗教中心,先知穆罕默德曾把麦地那定为首都。阿拉伯军队从希贾兹出发,开疆拓域,在征战拜占庭、波斯、沙姆地区、埃及等地的过程中,将大批战利品运回这里,俘虏的大批男奴女婢也随之涌进这里。阿拉伯—伊斯兰文化与异族文化在这里融汇。麦加、麦地那的不少迁士、辅士们居有较高的社会地位,征战后又掌握富足的钱财,因而不禁沉湎于挥霍、奢靡的物质享受生活中。

当伍麦叶族人设法取得哈里发权位建立了伍麦叶王朝后,颇为担心希贾兹地区的他族争夺政权,故将政治中心从希贾兹北移至叙利亚地区,建都于大马士革。伍麦叶族的哈里发为巩固自己的地位,就用金钱、财物、歌女等笼络留在麦加、麦地那政治失势的圣裔贵族,致使那里呈现一片歌舞升平的景象。政治上失望,乃至绝望,生活上却不乏金钱、美色,加之引进的波斯、希腊—罗马的歌舞、音乐,使一些圣裔贵族、纨绔子弟整日沉湎于声色犬马中。他们寻花问柳,偷香窃玉,并将他们的偷情艳遇写成诗歌,供歌女演唱,是为"艳情诗"。其风格绮丽纤秾。诗中往往有故事情节、人物对话,有对女性体态、风貌的描写,也有对心理、情态的刻画,卿卿我我,缠绵悱恻。其中多是艳而不淫,但亦有较露骨的色情描写。

阿拉伯艳情诗的鼻祖可追溯至贾希利叶时期的《悬诗》诗人乌姆鲁勒·盖斯。但盛行于伍麦叶朝。其代表诗人是欧麦尔·本·艾比·赖比阿、艾哈瓦斯和阿尔吉等。

第五章　伍麦叶朝的政治诗

第一节　什叶派诗人库迈伊特

库迈伊特生于库法，自幼受过良好的教育。他熟谙阿拉伯语言、诗歌、宗谱和种种传闻逸事，并曾在清真寺为儿童授课。他不仅是诗人，还是演说家、教律学家。在宗教派别中他信奉什叶派中的宰德派，被认为是什叶派的代表诗人之一，积极主张只有哈希姆家族、阿里及其后代才是圣裔贵族，才有资格继承并世袭哈里发的权位；认为伍麦叶人是篡权，对他们是仇视的。这种态度有时竟会让他号召什叶派或非什叶派人一道对伍麦叶朝政权造反。如736年，当阿萨德（意为"狮子"）任呼罗珊总督时，库迈伊特就曾作诗，鼓动呼罗珊首府木鹿人起来造这头"狮子"的反：

请向木鹿的人们传言，
　　不论他们是近还是远，
带个信，向他们致意，
　　并认真地对他们相劝：
不要甘心情愿受欺凌，
　　别信"狮子"许诺受蒙骗！

> 否则就聚众高举大旗，
> 　　向邪魔歪道的人造反！

他不仅敌视伍麦叶家族人，而且还站在北部阿德南人的立场上，攻击原籍也门的各部落。他的这些立场与观点使他屡遭迫害。他对伍麦叶朝的立场惹怒了哈里发希沙姆，遂下令让库法总督哈立德将其下狱。但他越狱投奔了哈里发希沙姆，并为他作颂诗，后又赞颂哈立德，讨得他的欢心。738年，希沙姆罢免了哈立德，任命优素福为库法总督，库迈伊特忍受不了这位新任总督对他的欺凌，于是作了不少针对他的讽刺诗。744年，库迈伊特激怒了优素福，被其卫士乱剑刺死。库迈伊特生前虽与哈瓦立吉派代表诗人忒利马哈的很多观点相左，但这并不妨碍这两个出身同为教师的诗人成为好朋友。

库迈伊特是个多产的诗人，其最著名的作品是《哈希姆集》（الهاشميات，al-Hāshimīyāt）。诗集由诗人的6首长诗组成，旨在歌颂伊斯兰教先知穆罕默德出身的哈希姆家族的嘉言懿行、丰功伟绩。诗中描述了先知穆罕默德的生平、业绩，赞颂了圣裔贵族阿里及其两子哈桑和侯赛因及他们追随者的功绩。诗人在诗中吟道：

> 我欢愉，不是为思念美女动情，
> 　　也不是满头白发却仍游戏人生。
> 不是营房或废墟引起我的遐想，
> 　　不是染过的纤指令我怦然心动。
> 是那些德才兼备的人令我神往，
> 　　他们都是人们求之不得的精英。
> 先知的部族——哈希姆族人呀！
> 　　为你们我几度欢乐，几度愤怒！

库迈伊特在学术上奉穆尔太齐赖派，因此，其诗除表达了诗人的真挚情感外，还具有雄辩、逻辑性强等特点。诗人善于在诗中运用《古兰经》经文及观点，鞭辟入里，颇似演说词，有较强的说服力。其诗集中了游牧人与城居人的特点，是当时政治斗争较真实的写照。

第二节 什叶派诗人库赛伊尔·阿宰

库赛伊尔·阿宰生于希贾兹北部地区麦地那附近。他幼年时就失去了父亲，由叔父抚养，替叔父放羊。他自幼就信奉什叶派中较极端的支派——凯萨尼派。该支派主张，阿里的权力是从穆罕默德继承下来的，不承认前三任哈里发（艾布·伯克尔、欧麦尔与奥斯曼）的合法性，只承认阿里及其三个儿子——哈桑、侯赛因与伊本·哈乃菲叶是先知穆罕默德的合法继承人，即什叶派的伊玛目。认为阿里的第三个儿子伊本·哈乃菲叶是隐遁的伊玛目，隐遁于麦地那西部的赖德瓦山中，山中有蜂蜜和泉水，认为他是救世主（马赫迪），将复临人间，恢复正义。此外，他们还信仰轮回转世的思想。作为什叶派的代表诗人，库赛伊尔·阿宰在诗中正是表述了这一支派的观点：

> 出身于古莱氏族有权
> 　　继位的伊玛目只四人：
> 阿里和他的三个儿子，
> 　　他们都是先知的外孙；
> 一个是笃信并且孝顺，
> 　　一个在卡尔巴拉献身，
> 一个是人们眼见不到，
> 　　直至他将来率救世军，
> 他隐遁在赖德瓦山上，
> 　　一时把蜂蜜和泉水饮。

诗中提到的先知"笃信并且孝顺"的外孙是指哈桑；"在卡尔巴拉献身"者

是指侯赛因；而"人们眼见不到，隐遁在赖德瓦山上把蜂蜜和泉水饮，将来率救世军"的人则无疑是指阿里的第三个儿子伊本·哈乃菲叶。而在另一首诗中，库赛伊尔进一步说：

> 我崇信真主，而与伊本·艾尔娃
> 　　以及哈瓦立吉的宗教全然无关，
> 我也同欧麦尔以及老家伙无涉，
> 　　才不随别人叫什么信士的长官。

诗中的伊本·艾尔娃是指第三任正统哈里发奥斯曼，其父名叫阿凡，其母叫艾尔娃。奥斯曼的全称应是奥斯曼·伊本·阿凡，即"阿凡的儿子奥斯曼"，诗人称他为伊本·艾尔娃，即是"艾尔娃的儿子"，含有轻蔑、羞辱的意味。诗中的老家伙则是指首任的正统哈里发艾布·伯克尔。穆斯林称这些正统的哈里发为"信士们的长官"，诗人却不屑于这一称谓。其极端的什叶派立场与观点不禁昭然若揭。

库赛伊尔·阿宰长居于麦地那，后辗转于希贾兹、叙利亚、伊拉克、埃及等地。他虽崇奉极端的什叶派，但同时也受到伍麦叶王族的宠幸。他曾作有颂诗，为伍麦叶朝的哈里发阿卜杜·麦利克及其弟埃及总督阿卜杜·阿齐兹歌功颂德。这可能与当年他随伊本·哈乃菲叶从自称哈里发的伊本·祖拜尔控制的麦加逃出后，到大马士革受到阿卜杜·麦利克的款待有关。

库赛伊尔·阿宰原为著名贞情诗诗人哲米勒的传述人，因而最早以情诗出道，且以情诗著称。他在青年时代就爱上了一个叫阿宰的女孩，当时阿宰还很小，长得甜美可爱。他为她作有大量情诗，故被称为库赛伊尔·阿宰，即阿宰的库赛伊尔，其貌不扬，又丑又矮。阿宰最初对他并无好感，但诗人穷追不舍，在诗中表白：

> 你的话是那样甜蜜，
> 　　能把山上的羚羊引到谷地，
> 你使我感到亲切，
> 　　你使我如痴如迷。

但当我六神无主时，
　　　你却离我远去。
留在我心中的唯有思恋，
　　　是你把爱情的烈火燃起。

诗人在诗中叹道：

只有热恋者才知道愁楚的滋味，
　　　标榜坠入爱河者所言未必真对。
热恋者令人认出的标志是憔悴，
　　　皆因忧伤与失眠长期与他伴随。

后来，阿宰也对库赛伊尔有了好感，但按照当时阿拉伯贝杜因社会的世风，两人很难结合，因此诗人在诗中竟这样表达自己的愿望：

啊，阿宰！我真希望我们能有一天
　　　成为富人的骆驼，远离人烟；
让我们身上生癞长癣，
　　　谁见到都怕癞疮传染；
一旦我们到泉边饮水，
　　　让人家投来石头，又叫又喊。
凭天房起誓：我真愿
　　　你我像两只逃走的骆驼一般，
两只有钱人丢弃的骆驼，
　　　没有人追寻，没有人照管。

而在另一首诗中，诗人也直抒心结：

离开了你，阿宰，
　　　我曾长期把病害；
见了你病就好了，

这有多么奇怪。
说心病痊愈了，
　　是你带来了愉快；
并非从此心情舒畅，
　　因为情思依旧存在。
原先头上黑发如盖，
　　揭掉露出白发来。
但心头的盖子沉重，
　　并非轻易能够揭开。

有情人未成眷属，阿宰后来被嫁他人。诗人旧情难抑，仍念念不忘阿宰，有诗曰：

假若她口中的香涎
　　要送给比我穷的人，
那么我愿对天发誓：
　　我是绝对的赤贫！
多少人七嘴八舌，
　　都说她成了亲。
难道就不能有个报喜的人，
　　告诉我她离了婚！

库赛伊尔除了作为什叶派的代表诗人，鼓吹凯萨尼支派的观点外，就以为阿宰写的情诗著称。但也有人认为这些情诗有些矫揉造作，感情不够真挚。

库赛伊尔是位多产的诗人，除颂诗、情诗外，其诗题旨也有描状、悼亡、哲理等。如他在一首诗中表述他对友谊与宽容的看法：

富裕时朋友会有很多，
　　贫困时则会没有一个。
倒霉时没有人来看望，

不要责怪也不要发火。
一旦朋友要惹我生气，
　　使我实在是怒不可遏，
我也会宽恕他的过错，
　　怕的是没有朋友难过。

库赛伊尔被认为是伊斯兰时期诗坛高手之一，地位可与伍麦叶朝三诗雄相伯仲。诗人虽出身于游牧的贝杜因家庭，诗风却不乏细腻、绮丽之处。

第三节　哈瓦立吉派诗人伊姆兰·本·希坦

伊姆兰·本·希坦生于巴士拉，后去希贾兹，向一些圣门子弟求教，可谓圣门再传子弟，遂成为教法学家与圣训学家。他被认为是哈瓦立吉派的学者、演说家、穆夫提（教法阐释官）和诗人。

伊姆兰·本·希坦本属于逊尼派，后钟情于其信奉哈瓦立吉派的堂妹婕姆莱，与她结婚后，他原想劝她改奉逊尼派，结果却受她的影响，自己信奉了哈瓦立吉派，并成为这一派别的代表诗人之一。看来哈瓦立吉派的主张对他影响很深，他曾作有不少颂诗，赞扬哈瓦立吉派的代表人物，其中竟包括刺杀哈里发阿里的凶手。哈瓦立吉派在巴士拉的领袖艾布·比拉勒·米尔达斯（？—680/伊61）在礼拜时遇刺身死一事，对伊姆兰·本·希坦影响很大，以至于竟使他一度有仗剑出走的想法，他在诗中吟道：

艾布·比拉勒使我更加憎恶人生，
　　更加热爱哈瓦立吉的出走。
我希望能战死在枪尖下，
　　而怕寿终正寝死在床头。
假如我知道能像艾布·比拉勒
　　那样地牺牲，我会毫不担忧。
如果有谁一心只迷恋着尘世，

向真主发誓,我可是对它恨透。

而在另一首诗中,诗人竟说:

在你遇刺之后,我否认了原先认识的人,
米尔达斯!在你之后,人们不再是人们!

这一人物、这一事件对诗人影响之深由此可见一斑。但事实上诗人并没有仗剑出走去参战,而是居于家中,坐而论道,怂恿他人去参战。其中原因很可能是他舍不得离开他年轻美貌的妻子。695年,伍麦叶朝著名的酷吏哈加志·本·优素夫任巴士拉总督。因伊姆兰·本·希坦宣扬的哈瓦立吉派观点有悖于当局,而且他还直接写诗给哈加志,讽刺他原是一头雄狮,后变成一只鸵鸟。诗人因此遭当局追捕,便隐姓埋名,逃亡于伊拉克、叙利亚、阿曼、叶麻麦等地,最后死于库法附近。其诗传世不多,散见于文史典籍中。诗人多在诗中以饱满的热情,鞭辟入里地宣扬其政治观点,刚柔并济,颇似演说词,具有较强的煽动性。

伊姆兰·本·希坦的作品多为哲理诗,其次是颂诗和讽刺诗,也有一些悼亡诗。但他不喜欢为追求赏赐而对人歌功颂德。据说有一次,他见到伍麦叶朝三诗雄之一的法拉兹达格正在对人们吟诵他的颂诗,就对他说:

为求赏赐而对人赞颂者!
　人所有的一切真主都有。
何不向真主提你的要求,
　贫富生死全掌握在他手。
不要把悭吝称之为慷慨,
　也别说慷慨者什么都有。

即使在他的颂诗和讽刺诗中,也往往含有哲理。他往往在诗中阐述哈瓦立吉派那种"舍今生而买后世"的观点。他指责人们都贪恋尘世,认为人生犹如过客,难免一死:

我看不幸的人们并不厌世,

纵然他们在世上缺衣少食。
我看尘世尽管让人们迷恋，
　　却似夏天的云彩稍纵即逝。

我看我们并不厌倦尘世的生活，
　　我们总是喜欢等待、求索。
尘世与我们都不会永久存在，
　　这种事情由不得我们选择。
我们只不过是一群在夜晚
　　来来往往路上的匆匆过客。

伊姆兰·本·希坦的这类诗带有明显的劝世色彩，也许可以看作是后来阿拔斯朝著名的劝世诗诗人艾布·阿塔希叶的先声。

第四节　哈瓦立吉派诗人盖塔里·本·福加艾

盖塔里·本·福加艾为台米姆部落人。最初是亲伍麦叶家族的，并曾随军征战。但当伊本·祖拜尔自称哈里发，并任其弟穆斯阿布为伊拉克总督（686—692/伊66—72）时，他决定出走造反，加入了与伍麦叶王朝及祖拜里派敌对的哈瓦立吉派，并信奉其中激进的阿扎里加支派（الأزارقة，al-Azāriqah），还被其追随者推举为这一派的首领，称他为"信士的长官"。盖塔里·本·福加艾先后与一度统辖伊拉克与波斯的伊本·祖拜尔及其后任伊拉克总督的哈加志·本·优素夫的军队战斗了19年，最后战死于太巴列斯坦。

盖塔里·本·福加艾是一位骁勇善战的骑士，也是著名的诗人和演说家。哈瓦立吉派主要依据《古兰经》下列经文为行动指南："真主确已用乐园换取信士们的生命和财产。他们为真主而战斗；他们或杀敌致果，或杀身成仁。"（9：111）盖塔里·本·福加艾的诗充分体现出一个勇士这种视死如归的大无畏的精神：

找我决斗的人，

> 还不快向我靠近！
> 死亡这杯鸩酒，
> 　　我要请你饮！
> 战场上灌人以死，
> 　　并非耻辱、丢人；
> 你们亦可以用以灌我，
> 　　让我把它一饮而尽！

盖塔里·本·福加艾的诗多为激情的矜夸诗，其中最著名的是下列这首他与自己心灵交谈的诗篇：

> 群雄交锋，使我胆战心惊。
> 　　于是我说：心啊！切莫惶恐！
> 人的寿限是命中注定，
> 　　要延长一天也万万不能。
> 战场上，面对死亡要坚定
> 　　因为哪个人都不能在世永生。
> 胆小鬼贪生怕死纵能苟活，
> 　　也绝不会享有永恒的光荣。
> 死是每个活着的人最终归宿，
> 　　大地上任何人都无法逃避。
> 谁苟延残喘，老而不死，
> 　　会感到孤独，遭人厌弃。
> 人如果被看得似鸡毛蒜皮，
> 　　纵然是活在世上又有何益？

第五节　哈瓦立吉派诗人忒利马哈

忒利马哈属塔伊部族，生长于沙姆地区，后随军到了伊拉克的库法，受到一位哈瓦立吉派长老的影响，而信奉了这一教派的主张，并至死不渝，成为哈瓦立吉派的代表诗人之一。

有人认为忒利马哈也与盖塔里·本·福加艾一样，属于哈瓦立吉派中激进的阿扎里加支派。其实不然，他是属于较温和的苏福里叶支派（الصفرية，aṣ-Ṣufriyah）。因为阿扎里加支派视非哈瓦立吉派的穆斯林为异己，认为他们都是异教徒或"叛教者"（包括阿里、奥斯曼、祖拜尔等及其子女），应被杀戮，并下火狱；还认为凡能作战而逃避战斗者，亦为叛教，也应杀戮。忒利马哈则倾向于宽容、和平。他只是在诗中宣扬该派的政治观点，坐而论道，描述他们在战争与和平时期的生活，并没有出走，参加该派的军事行动。他也不认为非哈瓦立吉派的穆斯林是异己的叛教者，反而与他们亲密接触，友好相处。他与什叶派的代表诗人库迈伊特就过从甚密，友情甚笃，尽管他是来自沙姆地区的哈瓦立吉派，库迈伊特是生于库法的什叶派，而且两人的地域与教派情结都很重。两人这种看似不正常的情谊，究其原因，可能源自他们共同的职业：都是教平民孩子的教师，又都是诗人、演说家，故而惺惺相惜。

据传，忒利马哈有时会离开库法去波斯的雷伊任教，颇受当地人敬爱。但作为一个穷教师，他似乎在经济上有些入不敷出。因此，他也常用颂诗做敲门砖，为一些权贵歌功颂德，以求赏赐。这似乎也有悖于哈瓦立吉派"舍今生而买后世"的信条。他对于今世与钱财还是颇为看重，有所追求的。

如上所述，忒利马哈虽是哈瓦立吉派，但对教派之争并不十分热心，倒是更热心于部族之争，是个狂热的宗族主义者。他对敌对的部族往往用极其尖刻、夸张的语言予以攻评、讽刺。如他在一首攻评伍麦叶朝三诗雄之一的法拉兹达格所在的台米姆部族的讽刺诗中竟说：

  对卑鄙的行径，
    台米姆人比沙鸡还识途；
  走高尚的正途，
    他们却全都迷了路。
  若是一只跳蚤骑着蚂蚁

　　　　向他们大队人马进攻，
　　他们也会吓得屁滚尿流，
　　　　逃得无踪无踪。

其实，激进的哈瓦立吉派代表诗人盖塔里·本·福加艾也是台米姆部族人，忒利马哈竟用这样尖刻的语言攻评台米姆部族，足见他严重的宗族主义思想，远胜过对教派之争的热忱。

本来纯正的哈瓦立吉派的精神是对尘世、钱财轻蔑，也不在意部族间的论战和相互炫耀。忒利马哈却不然，如前所述，他极为热衷于这种部族间的论战和相互炫耀。他在对敌对的部族极尽讽刺、挖苦之余，往往不禁自我矜夸道：

　　一切窝囊废都忌恨我，
　　　　会使我对自己更加高兴。
　　因小人而不幸，我会倍加荣幸，
　　　　君看他们伤害的哪个人不是德高望重？
　　若是有人对我冷眼一瞥，
　　　　装作好似从不知我的大名，
　　我会让他感到无地自容，
　　　　使大地在他眼中变成陷坑。
　　难道一个人发现自己父辈无能，
　　　　就一定要敌视名门后代的光荣？
　　提起他父亲的行迹，他有气无力，
　　　　骂起名门望族来，他却气势汹汹。
　　但是须知：只有凭戎马、刀枪
　　　　才能赢得门庭显赫，族人光荣！

他往往会与常人一样为尘世的功名利禄奔波于伊拉克、波斯、呼罗珊之间。尽管如此，他有时也会感到哈瓦立吉的信念在身，不禁希望背负使命出走，投入战斗，为信仰而献身：

今年我就要纵身马上，
　　投身沙场去血战一场。
不致富就为真主献身，
　　而不再靠哈里发奖赏。
主啊！一旦大限来临，
　　我不愿死在舒适床上；
而宁愿葬身雄鹰腹中，
　　随着雄鹰在天空翱翔

人们在读忒利马哈的诗时，会发现其语言风格并不一致：在他阐释信仰或讽刺、赞颂、矜夸的诗中，用词是平白易懂的，而在描状沙漠的诗歌中却喜爱用一些生词僻典。这大概也与他的教师职业有关：他的大部分诗，让常人容易领会、传颂；而有些诗则用于教学，让学生学到一些不常用的生词僻典。

第六节　祖拜里派诗人伊本·盖斯·鲁盖雅特

伊本·盖斯·鲁盖雅特生于麦加，古莱氏族人，在当时的政治宗派斗争中，他被认为是祖拜里派的代表诗人。据说，他曾爱恋过3个名字皆为鲁盖娅的妇女，故以"鲁盖娅特"（鲁盖娅的复数）为号，为她们作情诗。

伊本·盖斯·鲁盖雅特早年先后居于麦加、麦地那，过着贵族式的优裕生活，混迹于当时一些著名男女歌伶中，也常创作一些情歌供他们传唱，颇受好评。

在伍麦叶朝的政治斗争中，作为古莱氏族的贵族和诗人，他以古莱氏族为荣，极力主张哈里发权位应限于古莱氏族。他对伍麦叶人极为不满，因为他们离弃了古莱氏族的故乡——希贾兹，而依靠原籍也门的部族，并将政治中心移至叙利亚。他的两个侄子追随伊本·祖拜尔，在反对伍麦叶族人掌权的战争中被杀害，使他坚定地与祖拜里派站在一起，成为这一派的代表诗人。他主张古莱氏族应团结一致，反对导致分裂的派系斗争。他留恋往日的生活：

>从前各部落没有觊觎古莱氏的王座,
>
>>相互间没有敌对、嫉妒和幸灾乐祸,
>
>那时我们的人们之间没有钩心斗角,
>
>>大家同心同德过着多么美好的生活!

他既反对伍麦叶人,认为他们是越位篡权;也反对诸如哈瓦立吉派那些企图从古莱氏族人手中夺取哈里发权位,而把它归于所有阿拉伯人、所有穆斯林的人,他说:

>啊,你竟企望让古莱氏灭亡?!
>
>>须知她的存亡是由真主执掌。
>
>古莱氏一旦从这国土上消失,
>
>>他们之后就没人会存在世上。

他为自己是古莱氏族人而骄傲,为此他曾写有不少的矜夸诗、颂诗,颂扬古莱氏族及族中名人在贾希利叶时期与伊斯兰时期的种种丰功伟绩,其中主要是先知穆罕默德和四大正统哈里发,还有穆圣的姑表兄弟、伊本·祖拜尔的父亲祖拜尔·阿瓦姆(?—656/伊36)等。他还颂扬人们从四面八方前去朝觐的天房。

他曾去伊拉克投靠伊本·祖拜尔的弟弟、祖拜里派的干将穆斯阿布,为他作颂诗道:

>穆斯阿布是真主的一颗明星,
>
>>黑暗中才显示他的光辉灿烂。
>
>他的权势出自力量,其中没有
>
>>故显威风,也没有自大傲慢。

但在祖拜里派遭到镇压而失败后,伊本·盖斯·鲁盖雅特曾在一个名叫库赛莱的辅士女人处躲避了一年。后托人说情,投靠了伍麦叶朝哈里发阿卜杜·麦利克,并为他作过颂诗。他后来去了埃及,并殁于那里。

伊本·盖斯·鲁盖雅特诗歌题旨除了矜夸、颂扬、悼亡外,他还作有大量的

恋情诗,多是献给前所提到的那三个名叫鲁盖娅的恋人的,如:

> 鲁盖娅,求你不要离弃我!
> 　　哪怕先给我一些希望再说。
> 随你给我一个未来的诺言,
> 　　纵然拖延我还是喜欢许诺:
> 要么你将实践对我的诺言,
> 　　要么我在对你期望中过活。

作为一个贵族诗人,伊本·盖斯·鲁盖雅特的诗歌格调雅而不俗,又因他青年时代与歌伶的交往,使他的诗平易、流畅,情深感人,又容易入乐,便于传唱。

第六章 伍麦叶朝三诗雄

第一节 艾赫泰勒

艾赫泰勒原名艾布·马立克·伊亚斯·本·奥斯（أبو مالك غياث بن غوث，Abū Mālik Ghiyāth bn Ghawth），生于幼发拉底河畔希拉地区的一个信奉基督教的家庭中，属台额里卜部落。他早年丧母，不堪继母虐待，故养成孤傲自负的性格。他自幼就会作诗讽刺继母，并用污言秽语攻讦当时台额里卜部落的著名诗人凯耳卜·本·朱阿伊勒（كعب بن جعيل，Ka'b bn Ju'ayl），并在相互用诗对骂的舌战中胜过后者，成为台额里卜部落头号诗人，并从此以其绰号"艾赫泰勒"闻名于世。这一绰号的原意是"出言不逊的混小子"。

艾赫泰勒真正在诗坛平步青云的日子始于伍麦叶朝首任哈里发穆阿威叶时代。当时的辅士们站在伍麦叶王族的对立面，反对他们掌权。被称为"辅士诗人""先知诗人"的哈萨尼·本·沙比特的儿子阿卜杜·拉赫曼竟作诗调戏穆阿威叶的女儿莱姆拉，惹怒了她哥哥叶齐德。台额里卜部落一直支持伍麦叶家族掌权,于是叶齐德让已加入伊斯兰教的凯耳卜·本·朱阿伊勒出面以诗反击阿卜杜·拉赫曼。这位曾在诗战中败于艾赫泰勒手下的诗人却推脱说:"我不能攻讦一伙曾辅助过先知的人啊!不过我可以向你推荐我们那里的一个信基督教的小伙子,他的舌头像公牛舌头一样厉害。"他指的就是艾赫泰勒。艾赫泰勒则是初生牛犊不怕虎,既有王子叶齐德为他撑腰,他便咏诗攻讦辅士们道:

  古莱氏人带走了崇高和功绩,
    辅士们缠头巾下藏的是卑鄙。
  不要侈谈高风亮节,你们不配!
    还是拿起你们的铁锹去铲地!

  尽管穆阿威叶对此事不尽满意,认为有些过分,但艾赫泰勒自有王储叶齐德袒护,有恃无恐。此后,在伍麦叶王权与各种反对派的斗争中,艾赫泰勒及其所属的台额里卜部落一直站在伍麦叶王族的一边。他不仅为自己族人唱赞歌,而且作诗为伍麦叶哈里发及其王族歌功颂德,为他们政权的合法性进行辩护,并攻击他们的政敌,因而虽是基督教徒,却颇得宠,是哈里发的清客与幕僚,经常获得他们丰厚的赏赐,被称为"哈里发的诗人""伍麦叶的诗人",尤其是在叶齐德与阿卜杜·麦利克任哈里发时,这位诗人分外得宠,可以戴着十字架自由出入宫廷,还可以自由饮酒,享有特权。据说,阿卜杜·麦利克有一次曾劝艾赫泰勒入伊斯兰教,但艾赫泰勒竟提出以可以随意饮酒,斋月不必把斋为入教条件,并放肆地吟道:

  我不会吃宰牲节牺牲的肉,
    我不会在斋月乖乖地把斋;
  我也不会为了成功讨吉利
    而赶着骆驼上麦加的平台;
  我更不会未等黎明天放亮
    就召唤人们快快去作礼拜;
  而是在清晨时才跪拜祈祷,

还要把美酒佳酿豪饮开怀。

艾赫泰勒只是在晚年,在哈里发瓦立德一世执政的时期,他在王宫的地位才有所下降。他成为那些嫉贤妒能或怀有野心者攻击的目标,而不再是宫廷诗人的魁首,致使他在晚年感慨地叹道:

朝代如衣皆曾穿,
　　致至华发头上燃,
欢乐青春离我去,
　　恰似过客不复还。

艾赫泰勒嗜酒成性,认为酒能激发他创作的灵感。穆斯林诗人或出于对当局监管的畏惧,或出于对信仰的虔诚,而极少在诗中提到《古兰经》明文禁戒的酒,艾赫泰勒却凭借他是基督教徒和哈里发的宠信,而大作咏酒诗。一次,哈里发阿卜杜·麦利克问起诗人的酒量,他在诗中答道:

如果酒友一而再,再而三,
　　让我开怀豪饮不断,
出门我就会趾高气扬,仿佛
　　我是你这信士的长官的长官!

艾赫泰勒虽是一个基督教徒,但他似乎也并未严格遵循教规。如他休弃了自己的原配妻子,又同一个离异的女子结婚,且与一些歌女同居、厮混。据传,神父曾为他的行为不端而监禁过他,还责打过他,致使诗人在他面前认错求饶。艾赫泰勒休妻再娶后,夫妻不谐,两人都感到新人不如旧人好,诗人曾在诗中流露悔意道:

我俩都一夜伤心断肠,
　　好似两胁被床磨出疮。
她是为前夫痛哭失声,
　　我则为前妻哭号悲伤。

最让艾赫泰勒在诗坛扬名的是,他晚年卷入法拉兹达格与哲利尔的诗歌之战,站在前者一边,与后者为敌,写过很多"对驳诗",从而成为伍麦叶朝诗坛三雄之一。

据说,当艾赫泰勒听说哲利尔与法拉兹达格在诗坛相互攻讦时,就对他的儿子马立克说:"你去到伊拉克听听他们两人的情况,回来告诉我!"

马立克遵命,回来向父亲汇报说:

"我觉得哲利尔如从大海中舀水,法拉兹达格则像在岩石上雕琢。"

于是艾赫泰勒就说:

"那么论两者的诗才,哲利尔更胜一筹。"

并随之吟道:

> 当消息传到了我的耳畔,
> 　　我就作出了公正的判断:
> 遭到了同族一条公蛇咬,
> 　　法拉兹达格从此完了蛋。

诗中所说的公蛇显然是指哲利尔,因为哲利尔所属的库莱卜部落与法拉兹达格所属的达利姆部落都是伯孥·台米姆部族的分支。但当艾赫泰勒于691年在伊拉克库法拜见哈里发的弟弟毕什尔·本·麦尔旺亲王时,法拉兹达格的族人就给他送去重礼行贿,对他说:你不要帮助别人攻讦我们的诗人,而要去攻讦那条攻击我们达利姆部落的狗。你曾经作出对我们的人不利的判断,这次你要吟咏几句诗,作出我们的人胜于那家伙的判断。

艾赫泰勒照办了。当毕什尔亲王问起他法拉兹达格与哲利尔孰优孰劣时,他说:愿真主保佑亲王!法拉兹达格是阿拉伯人中最有诗才的人。

从此艾赫泰勒与哲利尔在诗坛结怨,他同法拉兹达格站在同一战线,与哲利尔展开对驳诗战。如他在攻讦哲利尔部族人的诗歌中吟道:

> 我们这里是骑士之乡,谁人不知?
> 　　库莱卜却是耻辱的营寨,哪个不晓?

他们在卑贱之家里栖身,
    打家劫舍,是伙流氓强盗。
如果客人来临,引起了狗叫,
    他们就会让母亲快往火上撒尿,
可她却不肯那样轻易把尿浪费掉,
    撒起来,也是尽量节约尽量地少。
一个第纳尔可以买五十斗小麦,
    他们却把待客的面包看得贵似香料。

艾赫泰勒有诗集传世,先后经艾布·赛义德·苏克里（أبو سعيد الشكرى, Abū Sa'īd al-Hasan as-Sukrī）、安东·萨利哈尼·耶稣伊神父（أبو أنتون صالحانى اليسوعى, al-Abu Anṭūn Sāliḥānī al-Yasū'ī）等整理、编纂、校勘,1891年于贝鲁特首次出版。诗集中除对驳诗外,他还写有赞美诗、讽刺诗、描状诗、咏酒诗等,犹以赞美诗、咏酒诗见长。他的诗歌带有明显的政治色彩。他被认为是伍麦叶朝的辩护律师和台额里卜部落的喉舌。

艾赫泰勒的诗歌最似贾希利叶时期的纳比埃的风格。这大概与他们的出身和经历相似有关:他们都出身于荒漠贝杜因的家庭,又都来到京城王宫,又都以自己的诗歌服务于部落与王族,成为部落的代言人和王室的喉舌。艾赫泰勒作诗重视推敲和修饰,词语凝练而准确。其诗生动、真实地描述了古代部族之间战争的胜负,反映了当时不同教派和政治集团争夺权利的斗争和宫廷内部情况,因此有一定的史料价值。

第二节 法拉兹达格

法拉兹达格原名艾布·菲拉斯·海马姆·本·加里布（أبو فارس حمام بن غالب, Abū Firās Hammām bn Ghālib）,法拉兹达格是其绰号,原词源于波斯语,意为"大饼",即戏称诗人粗糙的阔脸为"大饼脸"。

法拉兹达格生于巴士拉附近台米姆部落达利姆部族穆加什耳家族一名门世

家。其祖先曾以功德闻名遐迩:其祖父在贾希利叶时期就以慷慨侠义著称。当时由于贫穷和战乱的原因,民间时有活埋女婴的情况,诗人的祖父每有所闻,一定出赎金,让孩子活命;他还作为台米姆部落代表团的成员,拜谒过先知穆罕默德。诗人的父亲是个富裕的贝杜因人,有大批的骆驼、羊群,亦以慷慨豪侠著称。据说,遇到灾年,他曾宰杀成百匹的骆驼赈济部落的灾民。

生长于这样一个家庭,使诗人自幼养成一种优越感,以自己的部族和家族而自豪。他不无骄傲地说:

　　你看只要我们走,人们就跟在后面随行,
　　　　我们若使个眼色,他们会立马站住不动。

法拉兹达格幼年就会作诗,据传,他曾说过:"在奥斯曼任哈里发时代,我还是个少年,就与我们部落里的诗人们相互攻讦。"约在657年,诗人年约15岁,他父亲曾带他见过哈里发阿里,并向他介绍说:"我这个儿子是个诗人。"让他在阿里面前吟咏了一些诗,阿里劝他先学好《古兰经》。他遵从这一教导,约束自己,待背熟了《古兰经》再登诗坛。

有一次,在哈里发阿卜杜·麦利克执政的时代,王子希沙姆去天房朝觐,因人多拥挤,只好坐等围克尔白绕行。与此同时,阿里伊玛目的孙子宰因·阿比丁也去了,人们都为他让路先行。有人问起"那是谁呀?"希沙姆故装作不认识。于是法拉兹达格便借此机会为阿里的家族作了一首颇长的颂诗。诗在开头就赞颂宰因·阿比丁道:

　　此公所到之处人皆认识,
　　　　不管麦加天房或是禁寺。
　　这是真主奴仆最好的人,
　　　　虔诚、廉洁,尽人皆知……

人们据此认为法拉兹达格在政治上还是倾向于什叶派的。

法拉兹达格具有典型的贾希利叶时期贝杜因人的性格：刚愎自用，桀骜不驯，放荡不羁，性情多变，喜怒无常。他曾多次结婚，又多次休妻再娶。他强行娶了堂妹娜娃尔，娜娃尔虽为其生了多个儿女，但夫妻始终不和，娜娃尔曾求助于法拉兹达格的诗坛对手哲利尔。法拉兹达格休了娜娃尔，但事后又后悔，吟诗道：

　　当娜娃尔被休离开我的身旁，
　　　　我反躬自问噬脐莫及悔断肠。
　　她本是天堂，我却走了出来，
　　　　好似叛逆把亚当赶出来一样。
　　我像故意挖掉了自己的双眼，
　　　　于是白昼对于我不再有光亮。

在政治方面，他也是不拘形迹，随心所欲，信口开河，反复无常。他曾离乡行吟，到过麦地那、麦加、大马士革等城市，以及也门、巴林、巴勒斯坦等地，对哈里发及当地王公权贵时而赞扬，时而讥讽；又因他尊崇"什叶派"的伊玛目，有悖于伍麦叶朝统治者的观点，故虽亦常作诗颂扬哈里发或其手下的总督们，却很少得到宫廷、当局的重用和信赖，有时甚至遭囚禁或放逐，仅在苏莱曼任哈里发时期受到恩宠。

法拉兹达格在文学史上最引人注目的自然是他与哲利尔长达50年的对驳诗战。这场诗战最初是哲利尔与穆加什耳家族另一位诗人白伊斯交锋，白伊斯不敌，而且哲利尔在舌战中出言不逊，用脏话侮辱达利姆部族的妇女，法拉兹达格便挺身而出参战。

法拉兹达格有诗集传世。1870年在巴黎首次印行了他的部分诗歌，还有一部分则于1900年印行于慕尼黑，后于埃及、黎巴嫩出过多种版本。1905—1912年在莱顿出版了他与哲利尔的对驳诗，诗集分两大册，第三册是目录。

法拉兹达格诗歌题旨有赞颂、矜夸、悼亡、恋情、讽刺、描状等。其实，他性格粗鲁，不善于作情诗。但他作为一个贝杜因人，却善于细致的观察，富于想象，因此擅长描状诗。他描述的对象多为荒漠旷野中常见的狼、狮子、野驴等。

如他在一首诗中写他夜晚遇见一头狼的故事：他竟想同狼交朋友，为它披上衣服，同它共享自己带的干粮。他在诗中写道：

> 它走近时，我说：到我身旁！
> 　　你同我一起来吃我的干粮。
> 于是在火光下，在烟雾中，
> 　　我与它共享干粮，一扫而光。

他有些诗也反映出他在生活中观察或品味出的一些朴素的哲理。如他警告人们对别人遭遇的灾祸不要幸灾乐祸：

> 时光若给一些人带来灾祸，
> 　　另一些人也往往逃脱不过。
> 请告诉那些对我们幸灾乐祸者：
> 　　莫得意！你们也会遇到同样后果。

当然，其最好的诗是他与哲利尔交锋的对驳诗。这类诗往往以矜夸和讽刺两部分组成。法拉兹达格与哲利尔本来都是台米姆部落人，但法拉兹达格出身名门望族，哲利尔则出身卑微。他紧抓住这一点，对哲利尔及其所属的库莱卜家族进行无情的挖苦、丑化：

> 若用库莱卜人的卑鄙射向星空，
> 　　夜行人就会发现眼前一片黑暗；
> 假若用他们的卑鄙去射向白昼，
> 　　他们的卑鄙会将光天化日污染。

在伍麦叶朝三诗雄中，法拉兹达格最擅长的是矜夸诗。即使是为别人歌功颂德唱赞歌时，他往往也不忘先矜夸一下自己，炫耀一番自己的部族和家族。而在对驳诗中，矜夸更是他得心应手的武器：炫耀自己高贵的出身、祖先的功德，如何慷慨、勇敢、豪侠，部族如何伟大、光荣，再数落对方及其部族、家族的卑劣、胆怯、悭吝、渺小，如他在一首与哲利尔对驳的诗中吟道：

擎天的真主为我们建起一幢大厦，
　　光荣是它的栋梁，尊贵是它的支架。
这是万物之主赐予我们的荣誉，
　　谁也夺不走，谁也搬不去。
这门庭里曾经出过多少英雄，
　　又有多少豪杰让我引以为荣。
哲利尔！若是论起丰功伟绩，
　　你的家族无人可与他们相比。
你们家好似蛛网，弱不禁风，
　　岂能与我们这高门望族争雄。
如果我愿意矜夸、炫耀，
　　尽可以为我的祖先自豪。
他们中有无数的仁人志士，
　　都是功德无量，高尚无比。
你的家族无法与人竞争，是那样可怜，
　　即使在泉边饮水，也得等人家先喝完。
我们平时是王袍在身，
　　战争起时则披甲上阵。
我们平时豁达大度，稳重无比，
　　当愤怒时则疯狂般地所向披靡。
我光荣的家族岿然如山，
　　你的双手岂能将它摇撼？
我舅舅生擒过迦萨尼王，
　　迫使他每年把礼品送上。
我的舅舅有这样的丰功伟绩，
　　驴崽子！你的舅舅岂能相比？
小人只会蝇营狗苟，鼠目寸光，
　　又岂能把门第和业绩挂在心上？

我的诗把黑白尊卑讲得如此分明,

　　它将像一把利剑刺瞎你们的眼睛。

自古多少大诗人出自我家门庭,

　　我的诗歌与他们是一脉相承。

　　他在矜夸时用词雄浑豪放、粗犷遒劲;而在讽刺时则尖刻、凶狠,有时不惜用粗俗、猥亵的词语哗众取宠。阿拉伯著名的文学批评家伊本·赛拉姆在其名著《诗人的品级》中,将法拉兹达格列为伊斯兰时期的一品诗人,并在叙述中,把他排在哲利尔与艾赫泰勒之前。而另一位学者艾布·奥贝达(أبو عبيدة,Abū 'Ubaydah 728—825/伊109—189)曾收集过法拉兹达格与哲利尔的对驳诗,并进行诠释。他曾有过这样的评论:法拉兹达格像贾希利叶时期诗人中的祖海尔,还说:若不是有法拉兹达格的诗歌,阿拉伯语要失掉三分之一。

　　法拉兹达格在诗中为后人保存了很多古代阿拉伯人的战事、风俗习惯、道德价值观等资料,诗中充满了古代阿拉伯人的传闻逸事,具有史料价值。

第三节　哲利尔

　　哲利尔生于纳季德南部的叶麻麦地区的一个贫穷的游牧民家庭中,同法拉兹达格同属于台米姆部落,只是他是叶尔布耳部族中的库莱卜家族,这一出身要比法拉兹达格卑微得多。哲利尔自幼放羊,随祖父学习作诗,并很快就显露出其诗歌的天赋。他曾以讽刺诗压倒了部族内其他诗人,使族人引以为荣。

　　哲利尔曾离乡浪迹于伊拉克、希贾兹、巴林、大马士革等地,为王公贵族歌功颂德。他最早以颂诗得到哈里发叶齐德的赏赐,一度因倾向祖拜里派而被当局冷落。后在伊拉克,被荐于著名的总督哈加志·本·优素夫,以颂诗得到赏识,又被引荐至宫廷,以其华美的诗章博得了数任哈里发的赏识,成为伍麦叶朝著名的宫廷诗人之一。他在诗坛上锋芒毕露,树敌颇多。据说,他曾在诗坛上击败过40多个对手,最后只剩下艾赫泰勒与法拉兹达格,与他并称伍麦叶诗坛"三雄"

或"三诗王"。

哲利尔有诗集传世。1895年，开罗曾首次出版《哲利尔诗集》两卷本。1905—1912年于莱顿出版了《哲利尔与法拉兹达格对驳诗集》两卷本。而《哲利尔与艾赫泰勒对驳诗集》则由安东·萨利哈尼·耶稣伊神父整理，1922年于贝鲁特出版。

哲利尔诗歌内容有赞颂、悼亡、恋情、矜夸、讽刺诗等。其诗歌的特点是自然流畅，平白如话，挥洒自如，左右逢源，游刃有余。

三诗雄相比较，哲利尔在恋情诗方面胜于他的两个对手。他继承了贾希利叶时期的诗歌传统，无论是赞颂、悼亡还是对驳，他往往都以柔情似水的恋情开篇，以吸引受众的注意力；又吸取了伍麦叶朝贞情诗的特点，感情显得细腻、温柔、缠绵。如：

> 丹凤眼似箭，把我们的心射穿，
> 　　害死了人却丢下不管，毫不可怜。
> 她们虽是最娇柔纤弱的人，
> 　　却能打倒文武双全的英雄汉。
>
> 他们带走了我的魂魄，
> 　　唯有眼中泪水不断垂落。
> 她强咽下泪水对我说：
> 　　"你我满腹钟情可奈何？"

当然，他最擅长的还是讽刺诗和对驳诗。他在讽刺诗中往往用最尖酸、最刻薄的语言去挖苦、嘲笑对方，揭露对方的短处，数落他们不光彩的历史。为了击败对手，他往往会不择手段，揭露对方的隐私或用不堪入耳的话语进行人身攻击，甚至会歪曲或编造事实，用漫画式的手法丑化对方。

哲利尔与法拉兹达格同属台米姆部落，两人对驳时都不会以此作为矜夸、炫耀的资本，但对属于台额里卜部落的艾赫泰勒则不然，哲利尔尽可以矜夸，向他炫耀：

真主剥夺了台额里卜部落的光荣，
　　却使先知和哈里发产生在我们之中。
穆德尔是我的也是国王们的祖宗，
　　台额里卜的斜眼儿，你的哪位祖先敢抗衡？
大马士革的哈里发是我的堂兄，
　　我若愿意，他可以把你们牵来给我当仆从！

如前所述，阿拉伯分阿德南（北阿拉伯人）与盖哈丹（南阿拉伯人）两大族系，穆德尔被认为是阿德南人的祖先，先知穆罕默德与伍麦叶人所属的古莱氏族和哲利尔所属的台米姆部落属阿德南人，台额里卜部落则属盖哈丹人。是故，哲利尔向艾赫泰勒炫耀。诗中"台额里卜的斜眼儿"是艾赫泰勒的绰号，当然也是蔑称。

哲利尔是个颇为虔诚的穆斯林，并以此引以为荣。他针对艾赫泰勒是基督教徒，并酗酒成性，可以吃猪肉，且不做割礼等，在虔诚的穆斯林看来属于异类的行止这一特点，他吟诗讽刺道：

真主使我们优越，让台额里卜人羞惭，
　　他的判决，他们无法改变。
我们这里有清真寺，有教长，
　　台额里卜人的住处却一座清真寺也看不见。
因为丑，小艾赫泰勒的母亲怀他时喝得烂醉，
　　因此，他也酗酒成性，常像烂泥一摊。
他母亲生来就从未刷过牙，
　　也没接触一个受过割礼的男子汉。

古代的阿拉伯人以慷慨好客为美德，而悭吝、小气者则被认为缺德，常遭人诟病。故而哲利尔在被艾赫泰勒讥为悭吝时，竟反唇相讥道：

别在台额里卜部落寻求娘舅的血脉，
　　黑奴作舅舅都比他们慷慨。

> 台额里卜人一旦干咳着要请客,
> 就会手挠肛门,做出种种丑态。

针对法拉兹达格对爱情、婚姻用情不专,喜欢拈花惹草这一特点,哲利尔在与他对驳时,则将他描述成一个流氓成性的人,加以攻击:

> 法拉兹达格不过是只爱叫的狐狸,
> 却龇牙咧嘴,装作好似雄狮一般。
> 法拉兹达格的母亲生下一个流氓,
> ——一个矮怪物,胳膊、腿都短。
> 法拉兹达格的穆斯林邻居
> 难免受一只猴子害——它长夜不眠。
> 你年轻时就无法无天,
> 胡子白了也劣根不断。
> 妓院里你眠花宿柳,
> 良家妇女与你无缘。

而针对法拉兹达格向哲利尔炫耀自己的部族、家族如何高贵、光荣、伟大,并诋毁、贬损哲利尔的部族、家族,后者则用同样的格律、韵脚咏诗,针锋相对予以反击:

> 所有的诗人我都不放在眼里,
> 他们全都被我打得落花流水。
> 我将法拉兹达格烙上了耻辱的印迹,
> 割掉了艾赫泰勒的鼻子,打倒在地。
> 擎天的真主让你的祖先成为可怜虫,
> 把你和你的家族安排在天下最底层。
> 你的家族在这世界上最为卑微,
> 我用两座山的威力已将它摧毁。
> 你是地面燕雀,我是高空雄鹰,

> 我可以俯冲下来将你抓在手中。
> 人不犯我，我们像山一般稳重，
> 　　惹恼了我们，则会同敌人拼命。
> 你父亲、叔伯无能，就把舅舅炫耀，
> 　　可那不过是落水的人想抓一把枯草。
> 崇高的主赐我以远胜过你们的光荣，
> 　　这光荣在世界上谁也无法将它移动。

伍麦叶诗坛三雄孰优孰劣，历来看法不一。不过公认的看法是他们各有千秋：法拉兹达格长于矜夸，哲利尔善于讽刺、恋情，而艾赫泰勒高明之处却在于赞颂诗和咏酒诗。

政治诗主要兴盛于伊拉克、叙利亚一带，巴士拉郊区的米尔拜德集市更代替了贾希利叶时期的欧卡兹集市，成为诗人聚会对驳赛诗，各显身手的场所，而在希贾兹一带则盛行情诗。

第七章 贞情诗诗人

第一节 哲米勒

哲米勒生于希贾兹地区麦地那以北的瓦迪-古拉谷地，欧兹莱部落人。他少年时代即爱上了布赛娜。据传两人还是在两小无猜时，在一条名为拜伊杜的谷地放牧邂逅，并因些许小事而争吵、相骂，所谓不打不相识。正如诗人在一首诗中提到的那样：

布赛娜！最初引导我们要好的
　　是在拜伊杜谷里的相互对骂，
你来我往，相互乱说了一通，
　　布赛娜！什么样的话有什么样的回答！

此后两人相爱，诗人曾在多首诗中表达了这种真挚的情感：

被造之前，我们的灵魂就紧紧相连，
　　此后，我们成了胎儿，又在摇篮，
爱情伴随我们成长而增长，

一旦我们死了，它也会连绵不断。
无论如何，它将永存下去，
在坟墓的暗中，也会将我们探看。

但囿于传统礼教，两人纯真的爱情遭人物议。布赛娜的家长认为哲米勒的情诗有损女儿的名声，拒绝了他的求婚要求，并将女儿许配给了一个名叫努伯伊赫的青年。诗人的家人曾再三劝他不要迷恋布赛娜，并示意他可以任选一个别的姑娘为妻，但他不肯，因为他无法忘却布赛娜。同族的妇女去看望他，并当面诋毁布赛娜，说她背信弃义。但这一切却更激起了诗人对布赛娜的爱恋。他对布赛娜苦恋不舍，继续作诗表达其忠贞不渝的恋情，并在诗中攻击布赛娜家人，引起后者愤怒，遂上告至当时麦地那的总督麦尔旺。据说，麦尔旺曾恫吓要割掉诗人的舌头，迫使他逃往也门；后曾追随布赛娜去过叙利亚地区，以后又去埃及，曾作诗称颂过当时埃及总督阿卜杜·阿齐兹。诗人约于701年病死于埃及。

哲米勒的诗歌及关于他与布赛娜相爱的传闻逸事多散见于阿拉伯古典文集中。其诗有颂诗、讽刺诗、矜夸诗等。但最著名的还是他为布赛娜写的大量的情诗，如在一首诗中诗人写道：

布赛娜！你占有了一颗忠贞的心，
求你可怜他，对他体贴、温存。
也曾有别的美女对我垂青，
半吞半吐，流露她的爱情。
我婉言相告："布赛娜已占满了这颗心，
使我无法再考虑别人，
她若在我胸中留下丝毫余地，
我一定会接受你的情意。"

布赛娜！我的心早已落在你的网中，
但我的罗网却未捕获你的爱情。
你使我对爱情一心憧憬，

　　　　却又迟迟不肯吐露衷情。
你看到我的痴情却故意忸怩作态，
　　　　这种忸怩使我感到你分外可爱。
你怕长舌妇说三道四，离我而去，
　　　　我对她们却嗤之以鼻，绝不离开你。

她们竭力想让我们一刀两断，
　　　　我是绝对不会照办。
她们说："你对她是想入非非，
　　　　你又何苦心机枉费？"
她们是想取你而代之，
　　　　但一片深情岂能抹去？
她们本想挑拨离间，
　　　　但只能败兴而归，满面羞惭。
她们对我恼恨得咬牙切齿，
　　　　但即使咬碎岩石又有何益。
她们责备你将我的心独占，
　　　　但这颗心却只能完整地向你奉献！

　　诗中表白了诗人对爱情的忠诚：布赛娜已占满了他的心，没有丝毫的余地接受别人的情意。继而通过对比，流露出诗人的某些委屈和对情人的些许抱怨："我的心早已落在了你的网中，/但我的罗网却未捕获你的爱情。/你使我对爱情一心憧憬，/却又迟迟不肯吐露衷情。"牢骚之余，仍深情地表达自己的爱情。最后，更进一步表达了对爱情的坚贞不渝：即使别的女子恼恨得咬碎岩石，"这颗心却只能完整地向你奉献"。全诗突出贞情诗的特点：一是"情"：情炽如火，情深似海；一是"贞"：忠贞不二，坚贞不渝。

　　诗人在另一首诗中吟道：

　　　　布赛娜，你们远去天边，令我想念，

>   我哭号，引得鸽子都为我哭声连天。
> 据说，腿麻了，呼唤情人可以治愈，
>   我腿麻木时，声声都是将你呼唤。
> 你们走后，相距虽远却旧情难忘，
>   当年朝夕相处，我们从未感到厌烦。
> 恶语中伤，只能使我对你更加爱恋，
>   禁止、阻拦，只会令我对你益发思念。
> 我真怕自己会猝然死去，
>   带走了心中对你的情思无限。

"心心复心心，结爱务在深"，情人被迫随家人远走他乡，诗人因相思哭断肠。哭声引起了鸽子哀泣，天地间充满了悲伤。腿麻时唤情人可治愈，诗人声声唤的都是布赛娜。情深，意真，心坚定。诗人怕只怕猝然死去，来不及把自己的情思全部告诉远方的恋人。诗篇虽短，但炽烈的恋情却跃然纸上。

在哲米勒的许多诗中我们都可以看到诗人那种痴情、苦恋、相思的痛苦，身不由己，备受折磨：

> 她若是能让我的头脑属于我自己，
>   我会不再追求，将她忘记。
> 但对她的思恋如此强烈，
>   怎么也不肯从我头脑消失。
> 我的朋友，在我之前，
>   你们可曾见过有谁被人杀死，
> 但由于对凶手的爱恋，
>   竟对她放声哭泣。
> 别杀死我吧，布赛娜！
>   我并没有什么过失，
> 使你可以有理由
>   让我受尽折磨，将我杀死。

我们从他的诗中也可以看到诗人为了爱情、恋人不惜牺牲一切的献身精神：

如果有一天布赛娜派人来要我的右手，
　　尽管右手对于我来说珍贵无比，
我也会给她，使她称心如意，
　　然后说："还有什么要求，你再提！"

据传，诗人在埃及临终前，曾托人将这样一首诗传送给布赛娜：

报丧者用最清楚、明确的语言，
　　宣告哲米勒已在埃及长眠。
也许我的亡魂会在古拉谷地高视阔步，
　　——在枣椰林中，在田野间。
布赛娜，为你的情人放声哭泣吧！
　　世上没有谁像他那样对你爱恋。

布赛娜闻知哲米勒的死讯，痛苦之余，也吟诗道：

今生今世，一时一刻，
　　我未忘，也永不会忘记哲米勒。
哲米勒，你一旦逝去，
　　生活就只剩下痛苦，不再有欢乐。

感情真挚、强烈、细腻、感人，诗句典雅、流畅、明白如话，词语夸张但不过分，是哲米勒情诗的特点。

第二节　盖斯·本·穆劳瓦哈

盖斯·本·穆劳瓦哈以"马季农·莱伊拉"（مجنون ليلى，Majnūn Laylā，意为"莱伊拉的情痴"）著称。他生活于纳季德地区，阿米尔部落人。他幼年时同莱伊拉一起在陶巴德山放羊，结下纯真的友谊，可谓青梅竹马，两小无猜，继而情窦初开，两人相爱，正如他在诗中所吟：

> 我爱上莱伊拉的时候，
> 　　她还是黄毛丫头年幼小，
> 在同年龄的小伙伴中，
> 　　她的乳房也还未显得高。
> 那时我们两个小小年纪，
> 　　同在一起放牧着羊羔，
> 若是至今我们与羔羊
> 　　都不长大，该有多好！

盖斯吟诗赞美莱伊拉，抒发自己的爱情，并用50匹骆驼作聘礼向莱伊拉的父亲求亲，但后者认为盖斯为莱伊拉吟的情诗有损她的贞节声誉，故宁肯接受另一个名叫沃尔德仅10匹骆驼的聘礼，而且强行将莱伊拉许配给他。盖斯苦恋不舍，最后竟因情而痴，扯破衣服，光着身子在荒漠中四处游荡，与野兽为伍，不停地行吟：

> 对莱伊拉的爱呀！
> 　　你使我受尽折磨。
> 你要么让我死，
> 　　要么让我活。
> 身虽各自东西，
> 　　心却难分难舍。
> 照这样活下去，
> 　　真比死还难过……
>
> 我对朋友们说：她是太阳，
> 　　阳光虽近，本身却难企及。
> 风从她身上吹来一阵馨香，
> 　　吹进我心中，使我感觉欢愉。

我忍受不住，昏倒在地，
　　　　一声不响，不言不语。
　　我赤条条，只剩皮包骨头，
　　　　皮、骨也将消失——长此下去。
　　天哪！我弃绝尘世，离群索居，
　　　　难道你就不欠我一片情意？
　　答应我，请给我一个诺言，
　　　　许诺也许会驱散心中的忧郁。
　　人们也许会有种种考验、磨难，
　　　　但没有谁会有像我这样的遭际。
　　爱情的大军从四面八方向我进攻，
　　　　它们轮番袭来，周而复始。

他呼唤着情人的名字，向人们诉说自己的痛苦和悲伤：

　　多想同莱伊拉长相戏、相随！
　　　　这颗心企望欢乐，企望着美。
　　长相思让我这两眼总不干，
　　　　泪水流过了，又流新的泪水。
　　我长时间总是攥着我的心，
　　　　对莱伊拉的爱已使它变碎。
　　人们说："他得的是不治之症。"
　　　　可我自己知道何处有药能治这病。
　　难道我去看莱伊拉，她就该挨打？
　　　　难道她见到我，也算一桩罪行？
　　她的魔力无边，只是魔力亦有咒解，
　　　　要我摆脱她的魔力却万万不能。
　　连与她芳名相同的名字我都爱，
　　　　即使近似的名字也会让我怦然心动。

盖斯·本·穆劳瓦哈最后因痴情而死,葬于沙漠。其爱情悲剧被后世衍化成传奇故事,广为流传。波斯诗人内扎米(Jamalddin Ilyas Nezami 1141—1290)、贾米(Nuroddin Abdorrahmman Jami 1414—1492),突厥语诗人纳沃伊(Nawoi,1441—1501)、富祖里(Fuzuli 1495—1556)等都曾以此题材写有长篇叙事诗。埃及诗人邵基、萨拉哈·阿卜杜·萨布尔等亦曾以此题材写有诗剧。不过,在内扎米的叙事诗中,盖斯与莱伊拉这两个本是同一部落的贝杜因青年男女,竟被演化成来自两个不同部落,因是同窗而相爱,因遭物议,莱伊拉被迫退学,后被其父逼迫嫁与一个富人,而盖斯则因情而痴,流落到荒郊野外与野兽为伍。后莱伊拉郁郁而死,盖斯闻知后到坟上哭祭,随后死去。这样一来,不少情节倒更像我国著名的"梁山伯与祝英台"的悲剧。其中渊源,应是比较文学一个有趣的课题。

盖斯·本·穆劳瓦的诗感情真挚、细腻,倾吐恋情缠绵悱恻,凄婉感人,语言朴直,浅白如话,雅俗共赏,流传甚广。但亦有的学者认为盖斯只是传说中的人物,是人们综合当时一些贞情诗诗人的爱情悲剧臆造出来的典型,其诗是将同时代他人的贞情诗伪托于他的。

第三节 盖斯·本·宰利哈

盖斯·本·宰利哈居于麦地那郊区。他在一次旅途中经过鲁布娜所在的营区,两人一见钟情,坠入爱河。盖斯的父亲很有钱,他想让自己的独生子与其堂妹成亲,以便"肥水不流外人田"。故而当盖斯提出欲娶鲁布娜为妻时,遭到父母反对。诗人求同乳兄弟——哈里发阿里之子侯赛因为其说项,两情人才得以完婚。盖斯与鲁布娜婚后情投意合,非常幸福,但因未能生育,再度引起双亲不满,千方百计逼迫儿子休弃鲁布娜。盖斯是个孝子,多次抗争无效,只能遵命。这一情节颇似我国古代著名的"孔雀东南飞"的故事。

诗人虽遵命休弃了鲁布娜,但心中异常痛苦,情思难解,积郁成疾。诗人知道自己的病根，在他重病在身，卧床不起，见到人们前来探视时，不禁感叹道：

> 盖斯由于爱鲁布娜而重病在身，
> 　　鲁布娜正是盖斯的病根。
> 一旦姑娘们来将我探询，
> 　　我的眼睛会说："我没见到想见的人。"
> 但愿鲁布娜能来看看我的病，
> 　　可我断定她不会在探视者中。
> 盖斯啊，你是多么不幸，
> 　　爱她爱得心碎，爱得发疯！

盖斯对鲁布娜的爱铭心刻骨，难以忘怀，对休妻一事痛悔不已。他对鲁布娜日思夜想，如痴如迷，食不甘味，寝不成寐：

> 胸中情思如火烧，
> 　　使心不知如何好。
> 日日夜夜岁月逝，
> 　　爱却益增不曾少。
>
> 我时时都想入睡，
> 　　但愿梦中能相会；
> 睡梦让我见到你，
> 　　梦幻成真该多美！

据说离异后，盖斯心中怅惘，四处流浪，希望能排解对鲁布娜思恋的痛苦。一次，他在一个营区遇到了亦叫鲁布娜的美丽少女，同她结了婚。鲁布娜也改嫁他人。再婚后的盖斯与鲁布娜难忘旧情，对往日夫妻恩爱幸福生活的追忆使诗人日夜倍受痛悔、相思的煎熬。诗人不禁在诗中哭诉：

> 我要向真主诉说
> 　　我的遭遇，我的苦恋，

第八章 艳情诗诗人

第一节 欧麦尔·本·艾比·赖比阿

欧麦尔·本·艾比·赖比阿生于麦加古莱氏部落麦赫祖姆家族，系名门望族。其父阿卜杜拉·本·艾比·赖比阿（عبد الله بن أبي ربيعة，'Abd al-Lāh bn Abī Rabī'ah）为富商巨贾，据说，先知穆罕默德曾委任他做过也门杰奈德地区的总督。其母原籍是也门或哈达拉毛人。诗人为独子，长得眉清目秀，加之生活优裕，故从小就被娇纵。他曾到过也门、叙利亚、伊拉克等地游历，但大部分时间是往来于麦加与麦地那之间。他为人风流倜傥，放荡不羁，常出入高门大户、歌台舞榭，与贵妇名媛、歌姬舞女交往，又常在通往麦加的朝觐路上与女客调情，并把这些风流韵事写成诗歌，使"艳情诗"自成一体，供歌女广为传唱。如他在诗中写道：

> 不见月亮，天是那样黑，
> 　　我溜出门去，同她幽会。

她让我尝到了甜美的滋味，
　　——好似蜜汁之中掺清水。
我们玩了整整一夜，
　　直至雄鸡报晓把人催。
她摇醒了我，不安地说——
　　未等开口，先流下了泪：
"天亮了！冷风中露出晨光熹微，
　　快起吧！莫张扬，将我的名声诋毁！"

他常在诗中一方面描写和赞美那些美女名姬，另一方面也通过她们之口赞美自己。后人公认他是阿拉伯艳情诗之宗师。其诗特点是有故事情节，有对话调情，描写细腻，神态逼真，具有浓郁的生活气息；语言平易、流畅，韵律显得轻松、活泼，动人心弦，对女性尤有魅力。如他在一首为古莱氏族美女泽娜布·宾图·穆萨作的情诗中写道：

啊，请对这颗心垂怜！
　　一片痴情，充满爱恋，
梦呓般念着美女的芳名，
　　她的明眸总把秋波闪。
她走路是那样的婀娜多姿，
　　既从容又傲慢，
像柔嫩树枝
　　在树上摇曳、抖颤。
每当她出现在面前，
　　我的眼神就会慌乱，
直到她走远了，
　　渐渐消失，不再看见。
有一天晚上，
　　我见到她和她的女伴，

她们悠闲地漫步

　　在"伫立处"与玄石间①。

我心中正想着她，

　　她心里也把我念，

命运就做好了安排，

　　我们不期相遇在夜晚。

淑女个个多俊美，

　　苗条的腰身洁白的脸，

娴雅地轻轻移步，

　　好似羚羊一般。

她们是那样美丽，

　　美的不啻天仙，

却又庄重、温淑，

　　半含娇嗔羞红了脸。

她开口时，女伴都洗耳恭听，

　　听她倾心而谈。

她们都尊敬她，

　　听她金玉良言。

"我们总走不好'绕行'②，

　　都因欧麦尔把心搅乱。"

一个女友对她说。

　　而她则对女友指点：

"好妹妹，你要把他阻拦，

　　让他认清我们的脸；

然后再羞答答地

---

① "伫立处"为麦加圣寺名胜古迹之一，又称"易卜拉欣伫立处"，玄石为麦加天房（克尔白）外东南角安放的一块黑石，被视为"圣物"。
② "绕行"为穆斯林朝觐功课之一，即绕克尔白慢跑，每过玄石则吻之，或举手示意。

对他暗送一个媚眼！"
女友说："我已暗送秋波，
可他竟不肯靠前。"
说罢她匆匆站起，
匆忙跟在我的后面。

我们可以看到在前几节主要是写情人的美，诗人的爱：她婀娜多姿，像柔嫩的树枝在摇曳，明眸总把秋波闪；他一片痴情，梦呓般念着她的芳名，一见到她就眼神慌乱。尔后主要写诗人夜晚在麦加圣寺邂逅并窥视自己的情人及其女友们的情景。以情叙事，以事抒情，是欧麦尔情诗的特点。诗人写出少女们群体的美：她们好似羚羊，不啻天仙，既庄重、温淑，又羞赧、娇嗔。尤其突出了情人泽娜布的地位：她是少女们的领袖。她既美丽，又聪慧，为女伴们指点爱情迷津。欧麦尔常在诗中一方面描写和赞美那些美女名媛，另一方面又通过她们之口，表达出她们倾慕追求他的心愿，表现自己才貌出众、卓尔不群。如前所述，这也是欧麦尔艳情诗的特点。其诗艳而不淫，且因为要供歌女传唱，所以诗句轻柔入乐，语言流畅，浅白如话，如：

从家乡，我给你写信，
如痴如迷，思绪万千。
孑然一身，郁闷难抑，
皆化为泪水涟涟。
胸中思念的火焰
使我彻夜难眠。
我一手攥着心，
一手擦拭着泪眼。

当然，他在许多诗中极尽夸张之能事，如他在一首诗中写道：

如果在我死的那天能吻吻你，
那该是多么幸福，多么惬意！

多想用你的津液清洗我的尸体,

　　用你的骨、血填充它做防腐剂。

乌姆·法杜露若是我的伴侣该有多好

　　——不管在哪里,在天堂还是地狱!

　　欧麦尔有诗集传世,集有数千拜特诗,多为情诗。诗集于1893年分别在莱比锡与开罗首次印行。

　　欧麦尔著名长诗有《努阿姆》,(亦称《R韵诗》),是诗人青年时代的作品,有80拜特。内容是写诗人与情人努阿姆深夜幽会的风流韵事:开始写诗人思恋努阿姆,渴望与她相见,女家亲属却对她看管甚严,对诗人严加防范。一夜,诗人乘夜深人静时偷偷去看望情人。深夜的不期而遇,使情人又惊又喜,又羞又怕。两人卿卿我我,缠绵悱恻,共度良宵,直至宣礼员黎明宣礼的声音才使他们感到天快亮了,该动身了,但人们已经醒来,诗人怕被人发觉,情人却为他解围:她请自己的两姐妹设法帮助他男扮女装,同她们一道混出门去。走后,诗人仍恋恋不舍,难忘旧情。这是一首叙事的情诗,描述生动、具体、细致、形象,特别是通过对话,对女性心理、情态的描写有独到之处。这首诗颇似乌姆鲁勒·盖斯《悬诗》中对偷情的描述。但欧麦尔的诗与其不同之处在于:艳而不淫,幽会的对象也不是有夫之妇,而是大家闺秀。

　　欧麦尔的诗歌真实地反映了当时麦加、麦地那的贵族生活。因此,它不仅有文学价值,而且有历史价值。

第二节　艾哈瓦斯

　　艾哈瓦斯原名阿卜杜拉·本·穆罕默德(عبد الله بن محمد,'Abdu al-Lāh bn Muḥammad)。"艾哈瓦斯"原是其绰号,意为"眯缝眼"。他是麦地那人,奥斯族。他与欧麦尔·伊本·艾比·赖比阿相似,为人放荡,惯于拈花惹草、寻欢作乐,擅长作艳情诗。但其家境并不富裕。他曾多次去大马士革,为哈里发歌功颂德,获得丰厚赏赐。但他信仰不够虔诚,为人轻浮、孟浪,言行亦不检点,又常作诗攻讦他人,树敌颇多。他曾作诗讽刺麦地那的宗教法官,使法官大为恼火;据说有一次,先知穆罕默德的外孙女苏凯娜·宾特·侯赛因(سكينة بنت الحسين,Sukaynah bint al-Ḥusayn)表示为自己的外祖父感到自豪时,这位诗人竟肆无忌惮地搬出自己的祖父以与她炫耀、比美,为此,加上闻知诗人的种种不端言行,哈里发瓦立德一世曾令其驻麦地那的总督对他予以鞭笞。哈里发苏莱曼执政期间,还因诗人的某些离经叛道的言行,将他流放至位于红海南端的一个名为"岱赫莱克"(جزيرة دهلك,Dahlak)的小岛上,长达5年之久,直至哈里发叶齐德二世继位后,因哈里发本人性喜放荡不羁,才将艾哈瓦斯从流放地召回,并将他作为自己的清客。艾哈瓦斯病逝于728年(一说723年)。

艾哈瓦斯的诗作散见于阿拉伯文学典籍中。其诗题旨有赞颂、矜夸、讽刺、哲理等。如他在一首矜夸诗中吟道:

我每遭一次灾难祸殃,
　　就更加令我伟大荣光。
如果小人会销声匿迹,
　　我却如太阳光照四方。

但无疑,他写的最多的当然是情诗。其中有情场风月的故事,有情炽如火的宣泄,有痴情苦恋的忧思。爱情似乎是他生活及其诗歌的主旋律。他在诗中写道:

如果你不肯玩乐,不愿恋爱,
　　那就又僵又硬,像石头一样。
生活本身就是要你随心所欲,
　　纵然怨恨的人会说那是荒唐。

他把恋爱、玩乐在人生中的地位看得如此重要,而不肯玩乐、不愿恋爱的人,在他看来就相当于一块僵硬的石头,就等于行尸走肉。他公开地、无所顾忌地宣扬自己的爱情,吐露自己的情怀。如前所述,他不拘小节,品行不端,因而姑娘、妇女往往对他是敬而远之,退避三舍。艾哈瓦斯钟情于奥斯族的美女乌姆·加法尔，他为她作的情诗算是最清纯的。但她对他很反感，她的哥哥艾伊曼更是对他时刻提防，对妹妹维护有加，以至于据说有一天竟用皮鞭狠抽了诗人一顿。艾哈瓦斯为乌姆·加法尔作的情诗中吟道：

> 我需要乌姆·加法尔开恩，
> 　　可她却偏偏不肯。
> 她不再让我去访问，
> 　　人们已经为她对我嫉恨。
> 我转悠，若非在你们家门口能见到她，
> 　　我才不在那里游荡——像丢了魂。
> 我探望紧挨着她家的那些人家，
> 　　可我的心却向往着我不去的那个家门。

作为艳情诗的诗人，艾哈瓦斯当然用情不专。他曾迷恋歌女杰米莱（جميلة，Jamīlah）及她在麦地那歌厅中的歌姬女婢，如泽勒娃（الذلفاء，adh-Dhalfā'）、阿吉莱（عقيلة，'Aqīlah）、赛拉玛（سلامة القس，Sallāmah al-Qass）等。他为她们写诗，供她们歌唱。如他在为泽勒娃作的诗中吟道：

> 泽勒娃让我心旌摇曳，
> 　　请别责备我如痴如迷！
> 她可真是个绝世佳人，
> 　　举止是那样婀娜多姿。
> 还有她那柔声细语，
> 　　同样让我感到欢喜。
> 我尽力想讨她欢心，
> 　　她却对我无情无意。
> 对她的爱是我心中的病啊！
> 　　盘踞在心头，永不会痊愈。

艾哈瓦斯的情诗往往冶艳露骨，以致被控有伤风化，如他在诗中写道：

两个情人暗中互通信息，

　　相约幽会，当星星出现在天际。

两人一夜过得如痴如迷，

　　直至天亮，才不得不分离。

艾哈瓦斯的情诗诗句自然流畅，琅琅上口，虽有时用词不免有些放荡，但往往显得新颖、鲜活。

第三节　瓦达侯·也门

瓦达侯·也门原名阿卜杜·拉赫曼·本·易司马仪（عبد الرحمن بن إسماعيل ,‘Abd ar-Rahmān bn Ismā‘īl）。原为也门希木叶尔族人。早年丧父，继父为波斯人。"瓦达侯·也门"为其绰号，意为"也门的美男子"，因其雄姿英俊、光彩照人而得名。

瓦达侯·也门以善写情意缠绵的情诗著称。据说，他曾爱恋也门一位名叫劳黛的少女，为她写有大量的情诗。其中流传最广的一首是：

啊，劳黛！你早起的邻居

　　早已神魂颠倒，失去了耐性。

她说：啊！你可别进我们家门，

　　我父亲好凶，特别注意门风。

我说：我会寻求机会，

　　且有利剑握在手中。

她说：官殿阻挡着我们……

　　我说：我会爬过屋顶。

她说：大海把我们分开……

　　我说：我很擅长游泳。

她说：我四周有七个兄弟……

　　我说：我一向战无不胜。

她说：有一头母狮监视我们……

　　我说：我是雄狮，比她还凶。

她说：真主在我们头上……

　　我说：我主仁慈、宽宏。

她说：你说得我理屈词穷，

　　那就来吧！在半夜三更。

像甘露降落在我身上，

　　夜里无人禁止，也无斥责声声。

这首情诗与欧麦尔·本·艾比·赖比阿的情诗相仿的地方在于：有故事情节，有对话，令人读后，如临其境，如闻其声。诗人恋情如炽、不畏艰难的形象跃然纸上。但劳黛的亲属对这一恋情横加阻挠，并对诗人予以谴责、威胁。针对这种情境，诗人悲愤地呼喊：

对一个热恋的青年

　　他们究竟要怎么办？

对你相思、失眠，

　　早已使他憔悴不堪。

他们总是威胁我，

　　要我害怕、服软，

但这谈何容易，

　　雄狮岂能被吓破胆？

瓦达侯·也门与劳黛的故事也与当时其他相爱男女的爱情故事大同小异：他为她吟诵的情诗传播开来。当他向她父亲提亲时，遭到拒绝。劳黛被另适他人，从此劳燕分飞。据说瓦达侯·也门对劳黛的爱情在她婚后仍持续了很久。后来，劳黛患了麻风病，居于隔离区。有一次，瓦达侯·也门在旅途中，让旅伴们停下等他去办点事。待回来时，他泪流满面，原来他是去看望被强制隔离的劳黛了，并为她的境况伤心不已。

故事若到此为止，倒似乎应把瓦达侯·也门列为贞情诗人。但据传，他对爱情并不专一，他为之动情作诗的女性有多个。其中有哈里发阿卜杜·麦利克的女儿法蒂玛，有哈里发阿卜杜·麦利克的妻子乌姆·白妮。

瓦达侯·也门与乌姆·白妮的爱情故事曾广为流传。据说他在麦加朝觐时，与她一见钟情，相互爱恋。诗人曾为这位情人作有不少调情的情诗，暗中激怒了瓦利德。一次，瓦达侯·也门正在乌姆·白妮住处与其幽会，瓦利德不期而至，乌姆·白妮急让诗人躲入屋中一个箱子里。瓦利德进屋后，坐在那箱子上，并要求妻子将箱子赠送给他，后下令将箱子沉于其园中井里，并用土埋上。据说，这就是这位诗人悲剧性的下场。

第四节 阿尔吉

阿尔吉是麦加人，为古莱氏族。他原名阿卜杜拉·本·欧麦尔（عبد الله بن عمر，'Abd al-Lāh bn 'Umar），因他在希贾兹地区塔伊夫附近有一处庄园叫"阿尔志"，故而称"阿尔吉"（原意"阿尔志人"）。他文武兼备，是著名的骑士，尤善射箭，曾在对罗马的战争中立过战功，并为圣战捐赠了很多财产。他似乎想以此在军中当官领军或在地方任总督，但都未能如愿。他求官不得之后，归里赋闲，吃喝玩乐。希沙姆任哈里发时曾先后任命自己的舅舅易卜拉欣和穆罕默德为麦加总督，诗人与穆罕默德明争暗斗，发生纠纷，并作诗调笑穆罕默德的妻子和母亲，致被投入狱，并瘐死狱中。

阿尔吉偷香窃玉，似欧麦尔·本·艾比·赖比阿；为人放荡不羁，似艾哈瓦斯。他常去麦地那著名歌姬杰米莱的住处。由于他过于轻薄、胡闹，杰米莱似乎曾发誓不让他进门，后经艾哈瓦斯为他说情，杰米莱才又接待了他，并歌唱他的诗篇。阿尔吉善作艳情诗，如他写一个去麦加朝觐的女人途中掀开面纱，露出美丽的脸庞时，在诗中吟道：

　　她把面纱轻掀，
　　　　露出脸如银盘；
　　又扯起薄薄的披巾，

把妩媚的芳腮半掩。
她们这些人前去朝觐,
不是为了求真主喜欢;
只是为了要想煞
那些无辜的傻蛋!

他不仅擅长写艳情诗,亦写过一些哲理诗、颂诗、讽刺诗、矜夸诗等。如他在一首论述交友不能求全责备,而应宽容、大度,因为人无完人,金无足赤的哲理,诗中写道:

如果对令你疑心的过错
你总是追究个没完,
那你一辈子都不会有朋友
——十全十美,毫无缺点。
谁如果对自己的朋友
不能睁一眼闭一眼,
那他就只好总是抱怨,
直到死去的那一天。

而在另一首含冤入狱后写的不无矜夸语气的诗中,诗人悲愤地吟咏道:

他们遗弃了我,
遗弃了一个什么样的青年!
难道不曾记得战争的日子,
我曾如何保卫家园。
也许应当坚忍——
面对着重重灾难,
尽管灾难的枪尖
挺在我的胸前。
我每日每天,

>   拖着锁链蹒跚，
>   啊，真主在上，
>   我正在忍辱受冤！
>   好似我不曾是显贵
>   生活在他们中间；
>   又仿佛我不曾是
>   阿慕鲁家族的一员！

阿尔吉诗歌的风格是新旧参半。

第九章 其他著名诗人

第一节 瓦立德·本·叶齐德

瓦立德·本·叶齐德生于大马士革,是伍麦叶朝第5任哈里发阿卜杜·麦利克的孙子,他本人则是第11任哈里发。他生来就处于一个花天酒地、奢靡无度的环境中。因为其父哈里发叶齐德·本·阿卜杜·麦利克性喜声色犬马,喜欢饮酒、听歌,故从麦加、麦地那聘请来一些男女歌手,还买了两位当时著名的歌手,整日不理朝政而与歌伶、酒友饮酒作乐。耳濡目染,使瓦立德·本·叶齐德自幼养成放荡不羁、游戏人生的性格。当年他父亲本想立他为王储,但人们劝阻他说:"瓦立德还是个孩子,你还是立你弟弟希沙姆为王储吧!之后才是你儿子瓦立德。"叶齐德依言照办了。他逝世后,其弟希沙姆袭了哈里发位,执政约20年。期间他曾想改立自己的儿子为王储,但直至他于743年逝世,亦未能如愿。

瓦立德·本·叶齐德于743年登基后,竟将他在约旦东部原野的行宫变得好似一个灯红酒绿的大歌舞厅。宫中常聚集歌女、酒友、诗人、骚客;麦加、麦地那的歌手没有他没请到的。他文学修养很高,精通音乐,具有艺术家的气质。但生活方面却放浪形骸,玩世不恭,整日花天酒地,过着放荡奢靡的生活。

瓦立德·本·叶齐德是位富有创造性的诗人，写了不少情诗，如：

> 我不祈求真主对她的所为有所改变，
> 　　她睡了，她的两眼却使我彻夜难眠。
> 没有她，夜是何其长，
> 　　遇到她，夜则何其短！

但他最擅长的还是咏酒诗，在这方面，他一方面继承并发扬了前人（如贾希利叶时期的阿迪·本·宰德、大艾阿沙）的传统，另一方面，又启迪了后世阿拔斯朝诗人艾布·努瓦斯等，起了承前启后的作用。阿拔斯朝文学家艾布·法赖吉·伊斯法哈尼在其著名的《歌诗诗话》一书中曾说道：瓦立德有很多描述酒的诗，诗人们都取之放进自己的诗歌中，套用其内容。特别是艾布·努瓦斯，把他的诗歌内容都套进自己的诗中了。

瓦立德·本·叶齐德的这类咏酒诗，无疑正是他本人生活的写照。如：

> 用欢歌驱散忧愁，
> 　　终生将美酒享受。
> 莫咨嗟苦度日月，
> 　　福海中享尽风流。
> 陈佳酿恰似老妪，
> 　　经沧桑几度春秋。
> 启封日开怀畅饮，
> 　　却胜似名门闺秀。
> 喜煞人，从里到外，
> 　　羡煞人，美不胜收。
> 在杯中似火燃烧，
> 　　却令人企慕已久。

又如：

斟满杯,让我畅饮!
　　喝那伊斯法罕的饮品,
那科斯鲁王爷的饮料,
　　爱喝它的还有凯鲁万人。
无论是在杯中,
　　还是酒保斟来供我饮,
或是把它倒往酒坛里,
　　它都似麝香馥郁袭人。
请给我戴上王冠,
　　把我的诗歌唱吟!
杯中物恰好似
　　手可端起的阳春;
杯子中的热力
　　在我的腿与舌间缓缓行进。

其诗通俗、流畅,格调轻松、欢快,便于吟唱。诗人本人就经常在宫中聚众弹唱自己的诗歌。他不但饮酒而且咏酒,这种行迹无疑有悖于伊斯兰传统教规,被认为是离经叛道的行为,故这位哈里发诗人登基不到一年就被废黜,后被杀。

在伍麦叶朝放荡不羁、不守教法而以饮酒、咏酒著称的还有一位著名诗人,就是艾布·印地。

第二节　艾布·印地

艾布·印地的本名是加里布·本·阿卜杜·库杜斯(غالب بن عبد القدوس, Ghālib bn 'Abd al-Qudūs),亦有史料称他原名为阿卜杜拉·本·鲁布伊(عبد الله بن الربعي, 'Abd al-Lāh bn ar-Rub'ī)。他旅居呼罗珊,晚年定居于锡斯坦,但仍不时去呼罗珊。他是一位跨伍麦叶与阿拔斯两个朝代的跨代诗人,在阿拔斯朝第二任哈里发曼苏尔执政时期,死于呼罗珊的木鹿。所以也有文学史将他列为阿拔斯朝诗人。

艾布·印地生前境况似乎颇为窘困，连一所能接待客人略像点样子的住房都没有。诗人在一首诗中写道：

> 我若有一处能让人进去的家园，
> 　　定让你们在里面饮酒作乐尽欢。
> 但我住的住所是那样糟糕透顶，
> 　　简直像放在海岸上的一口石棺。
> 真主若是想让哪个人早点死去，
> 　　我可以领他埋进去一月三十天。

艾布·印地无视伊斯兰教的清规戒律，肆无忌惮地饮酒作乐，也因此留下很多逸闻趣事。据说，他有一次在呼罗珊的街上饮酒，恰被伍麦叶朝呼罗珊的总督遇到，就对他说："该死，艾布·印地！你就不修身养性吗？"诗人回答道："我若是修身养性，就轮不到你来统治呼罗珊了！"据说，还有一次，在锡斯坦，艾布·印地走进一家酒馆，豪饮大醉而睡，有几个也是嗜酒成性的人进了酒馆，见状便问老板这仰卧而睡的是何人，得知缘由后，便也索酒痛饮，醉倒而睡。诗人醒后，经询问，得知情由，又喝醉再睡，那伙人醒后见状，亦再饮再醉再睡。就这样，周而复始，持续了整十天。诗人曾以这个故事为题材专门写了一首诗。

诗人之死也颇有传奇色彩：据说有一天晚上，在木鹿的一家房顶无遮无拦的阳台上，诗人同一伙朋友喝得大醉，人们临睡时怕他从房顶掉下去，就用绳子把他的一只脚拴住，并将绳子留有一定的长度。夜里诗人起来想要便溺，结果从屋顶掉了下去，等第二天一早，人们发现诗人倒吊在那里，已经死了。

艾布·印地嗜酒如命，曾写下这样的诗句作为他的遗嘱：

> 一旦我死去，请用葡萄叶做我的裹尸布，
> 　　让造酒的作坊作我葬身的坟墓。
> 埋我时请把酒同我埋在一起，

再把酒杯摆在坟的周围四处。
我希望明朝待我喝过酒之后，
真主会对我很好地宽恕。

艾布·印地的诗歌几乎全与酒相关。他在咏酒诗方面可与瓦立德·本·叶齐德相伯仲。在他的诗歌中，让人感觉他是为酒而生，以酒为生。他描述酒保、酒坛、酒壶、酒袋，描述陪酒的歌女、欲仙欲死的醉鬼。同瓦立德·本·叶齐德一样，艾布·印地的诗歌也被认为是对后世诸如著名的咏酒诗人艾布·努瓦斯等人起到重大的启迪作用。很多文学批评家都指出过这一点。如伊本·赛拉姆就在《诗人的品级》中曾写道：像艾布·努瓦斯……及其品位的一伙人都是看到了艾布·印地的诗并从其内容中受到启发，才能够描状酒。

第三节 祖·鲁麦

祖·鲁麦生于叶麻麦原野达赫纳沙漠地区，有三个兄弟，都是诗人。他虽长得又矮又瘦、又黑又丑，但聪慧过人，且识文断字，还曾在荒漠中教贝杜因人读写。他常去库法、巴士拉，也曾到过大马士革、麦加等城市，为求赏赐而作颂诗，为权贵歌功颂德，也出于宗族主义观点作有一些讽刺诗，但其颂诗与讽刺诗的水平都远不及当时诸如法拉兹达格、哲利尔等诗雄。他最初以吟咏歌谣开始其文学生涯，后转作长诗。

据说，祖·鲁麦约在20岁时爱上一个名叫麦娅的女人，为她写过不少情诗，表达其纯真的爱情：

风从麦娅家乡吹来，
　　风吹引我情思满怀；
情使两眼潸然泪下，
　　人人情系情人所在！

她的皮肤细嫩好似绸缎，
　　声音悦耳，却从不胡言；

> 两只眼睛是真主的杰作，
>
> 令人心醉好似美酒一般。

麦娅比诗人年长很多，且是几个孩子的母亲，但她似乎相当美丽动人，致使诗人苦苦单恋长达20年。这场恋情虽无结果，却被传为佳话，留下很多情诗，如：

> 勒住骆驼在麦娅的门前，
>
> 我在那里一直边哭边谈。
>
> 我抛洒泪珠，把地面浇灌，
>
> 石头泥土都感动得几乎开言。
>
> 麦娅却对真主起誓，
>
> 说我同她说的话全是欺骗。
>
> 那就让真主暗中杀死我好了，
>
> 反正在我们那里还有敌人要战。
>
> 麦娅如果同你交谈，
>
> 或是露出面孔，或是脱去衣衫，
>
> 啊！那秀丽的面颊，那甜蜜的语言，
>
> 还有那令人销魂的玉体芳颜！
>
> 啊！我不认为钟情是一个高尚穆斯林的病，
>
> 也不认为怀有这种爱情应受责难。

祖·鲁麦在病逝前一年多，还曾为海尔尕写有情诗，有的学者认为海尔尕是麦娅的别称，实际是一个人；也有的学者认为海尔尕是另一个年轻女子，祖·鲁麦为她作情诗是为了激怒麦娅。

若仅从祖·鲁麦对麦娅的恋情与情诗看，似乎应把他列为贞情诗诗人。但在阿拉伯文学史上，学者们更愿意称他是著名的牧歌诗人。这是因为诗人热爱荒漠，热爱大自然，写有不少描绘沙漠景物的诗歌。他写沙漠的景色，写沙漠中动物间那种弱肉强食、危机四伏的生活。他似一个高明的画家，将荒漠的景色和其中生物的生活，描绘得像一幅幅绚丽多彩的画面，栩栩如生。他善用比喻，如他描述荒漠中的羚羊群：

  它们好似来自夜空，
    云开处显露出繁星。

他形容自己穿行于沙漠中所乘骑的骆驼：

  我们的坐骑行进在每处荒野中
    都似船在底格里斯瀚海里航行。

难能可贵的是他在描述荒漠中那些野生动物时，赋予它们以人的情感，使它们人格化。其中最精彩的莫过于他对一只母羚羊及其幼仔的描述：

  无论是把羔羊放于平地还是沙漠，
    它总是引颈远望四处仔细地查看。
  每天中午为维护那些弱小的家伙，
    它总小心翼翼不让困倦闭上双眼。
  白天它会偷偷地故意远离开幼仔，
    多少慈爱就在惊恐的双眼中体现。
  对于孩子，它是最软弱的维护者，
    总是担心一不留神让死神占了先。

我们可以从诗中看到母羚羊对其幼仔那种感人的母爱：母羚羊怕猛兽伤害自己的孩子，就离开它远一些，以免自己把猛兽引到孩子跟前，但又不放心孩子的安全，故而眼睛紧盯着它，心中充满了爱抚和亲情。

  祖·鲁麦的诗歌也是良莠不齐。阿拔斯的著名学者伊本·古太白在其名著《诗与诗人》中这样评论祖·鲁麦：他最善于用比喻，最善于作情诗，最善于描状沙漠和炎热的中午、荒漠与泉水……也擅长描状雨。但他一旦作颂诗和讽刺诗，则力不从心了。他也不善于作矜夸诗。这大概与他出身于贝杜因人家庭，性喜朴实而不浮夸有关。他作诗也注重润色、推敲，但诗中往往杂有不少费解的生词僻典。

第四节 努赛布

努赛布·本·赖巴赫（نصيب بن رباح, Nuṣayb bn Rabāḥ？— 724，一说728/伊105，一说109）出身低微，与其父母皆为希贾兹北部瓦迪—古拉谷地某部落的黑奴，祖籍努比亚。他虽然肤色很黑，但很注重衣饰整洁。他虽出身低微为奴，但为人清高，自尊心很强。他像贾希利叶时期《悬诗》诗人安塔拉一样，常以自己肤色黑为诗的题材。面对他人对他肤色、地位予以嘲讽、贬抑，他常常高傲地自我矜夸道：

> 肤色黑并不会降低我的身份，
> 　　只要我有这舌头和坚定的心。
> 人若靠出身提高自己的地位，
> 　　那么我的诗行就是我的出身。
> 一个人皮肤虽白却拙嘴笨舌，
> 　　怎能及一个能言善辩的黑人？
> 无疑，我不会对别人幸灾乐祸，
> 　　忌妒我口才的却不乏贵族名门。

据说，他曾爱上一个女奴，但她嫌他黑而犹豫不定，他就给她传送去这样的诗行：

> 如果说我黑，那麝香更黑，
> 　　皮肤黑并不是毛病、缺点。
> 我品德高尚，不会狗苟蝇营，
> 　　如同青天高洁，远离地面。
> 似你者在女人中并非没有，
> 　　似我者在男人中并不多见。
> 你若愿意，就回答说愿意，

你若不肯，我也同你一般。

努赛布最初以情诗出道，似乎当属贞情诗人行列。他曾与一位姑娘真诚相爱，但姑娘的亲属却对她监护，不让他们接触。因此，他常守候在路边，每当姑娘路过，两人只能眉目传情。诗人为此叹道：

我站在那里，
　　等她走过面前，
纵然无法致意，
　　亦可偷眼相看。
有人监视，见到我，
　　她只是泪水涟涟，
怕的是流言蜚语，
　　她只能默无一言。
啊，世上有情人
　　是多么可怜，
并非一切情人的心，
　　都可收买——用钱！

努赛布初露诗坛后，与主人立下赎身契约（双方商定赎金，奴隶按约分期缴钱赎身），然后去了埃及，以颂诗得宠于埃及总督、王子阿卜杜·阿齐兹，总督将他及其家人买下释放。他感恩不尽，为阿卜杜·阿齐兹写有大量颂诗，如：

阿卜杜·阿齐兹对他的子民
　　真有数不清表不尽的恩。
您的家门他们最容易进，
　　您的府上总是宾客盈门。
您的狗对待上门求助者
　　比母亲待回娘家的女儿还亲，
每当你看到乞求的人们，

> 总是出手大方如降甘霖。
> 您慷慨解囊，施舍周济，
> 　我献上颂诗让天下传闻。

努赛布追随阿卜杜·阿齐兹，直至这位总督于704年逝世。阿卜杜·阿齐兹死前嘱托侄子苏莱曼（伍麦叶朝第7任哈里发）照顾努赛布，于是诗人又相继追随苏莱曼、叶齐德二世（伍麦叶朝第9任哈里发）及其弟希沙姆（伍麦叶朝第10任哈里发），向他们献诗，为他们歌功颂德。此外，他献颂诗的对象还有希贾兹地区的一些总督，如麦加的总督易卜拉欣·本·希沙姆、麦地那的总督阿卜杜·瓦希德，以及伊拉克地区的一些总督、将领、权贵等。

总之，努赛布是一位技巧娴熟、挥洒自如的诗坛高手。不难看出，他的诗作以颂诗为主，其次为情诗，也有一些悼亡、矜夸诗，但为人宽厚，没有讽刺诗。

第十章 伍麦叶朝散文及其作家

第一节 书牍文学与阿卜杜·哈米德

这一时期由于疆域扩大，出于行政管理的需要，公文往来增多，并在伍麦叶朝时先后设立了登录处与档案处，由此渐形成书牍文学。伊斯兰初期，这种公函及批文多简明扼要，朴实无华，至伍麦叶朝，特别是后期，书牍文学在外来文化影响下，日渐重视修辞、藻饰，至阿卜杜·哈米德时达顶峰。

阿卜杜·哈米德祖籍波斯，生于伊拉克的安巴尔。年轻时曾辗转四处，以教书为生。后为亚美尼亚总督麦尔旺赏识，任其文书；至麦尔旺袭哈里发位时，又任其宫廷书记官。当伍麦叶朝覆灭时，阿卜杜·哈米德仍忠于麦尔旺，逃至埃及，被杀于蒲绥尔。阿卜杜·哈米德深受波斯、希腊文化影响，又有较深的阿拉伯诗文功底，故在阿拉伯散文方面独树一帜。其书牍文学的特点是：文章讲究起承转合，逻辑性强，层次分明，脉络清楚，字斟句酌，讲究修辞，善用排比、反复、铺陈等手段，使文章写得清新典雅、壮丽旷达，句子简短、明快，读起来铿锵和谐、琅琅上口，富有韵味，又自然流畅、通俗易懂。如在一篇《论文书》的文章中，他在论述文书的重要性时，写道：

由于你们，哈里发帝国才会诸事秩序井然，充分发挥它的优点。由于你们谏议忠言，真主会让君主对人们实现德政，使他们的国家繁荣、昌盛。王国不能没有你们，少了你们万万不行。你们对于王国来说，犹如他们的耳朵，他们借以倾听；犹如他们的眼睛，他们借以看清；犹如他们的双手，他们借以施展威风。

随之，他又根据自己的经验、体会，对文书嘱咐道：

　　文书们！你们应在各类文化方面相互竞争；对宗教事务要精通。首先要熟谙《古兰经》，知道遗产如何继承；其次，要学好阿拉伯语言，它会使你们能言善辩；再者，要搞好书法，它会让你们的书函锦上添花；要把诗歌背诵，了解其中的典故和内容；还要知道阿拉伯人与外国人的战争，以及他们的言行。这一切有助于你们事业的成功。不要见利忘义，狗苟蝇营，那样会使人具有奴性，破坏文风。不要傲慢、庸俗，不可一世，那是文人的天敌，害人害己。为真主，为工作，你们要团结友爱，将先辈高尚、正直的美德代代承继。

阿拉伯文学史上素有"文章写作始自阿卜杜·哈米德"之说，足见其文学地位。据说，阿拔斯朝著名的散文家伊本·穆格法、贾希兹等都曾受过他的影响。

第二节　演讲与哈加志·本·优素夫

在伍麦叶朝，由于政治、宗教派系纷争不断，开疆拓域的征战频繁，对演讲的需要就更有增无减。阿拉伯人自古就能言善辩，有以口舌为武器、以话语取悦或取胜的传统；当时政教合一，聚礼、朝觐、宗教节日等这一些场合也都为演讲的繁荣、发展创造了有利的条件。

这一时期的演讲辞的特点是：贯彻了整个伊斯兰教的精神，演讲辞中常引用《古兰经》和《圣训》，内容广泛，语句铿锵有力，悦耳动听。

在伍麦叶朝时期，许多行政长官都是著名的演说家，演说成了他们施政的重要手段。其中最著名的是哈加志·本·优素夫。

哈加志·本·优素夫生于塔伊夫，作过教员，后在军警界任职，作过希贾兹、也门、叶麻麦地区的总督，后又任伊拉克总督。当时各种政治势力之争激烈，兵连祸结，社会秩序极不安定，但他上任后，由于采取极其强硬的政策并进行了某些改革，致使所辖地区由乱而治。其演说辞充分体现了他强硬、专断、凶狠的性格；词句凝练，句式简短有力，像军鼓，像利箭，掷地有声，能抓住人心。话中常引用《古兰经》经文或诗句，并反复提到诸如"打""杀""死"等字眼，产生一种威慑力量。

据说，当哈加志初到伊拉克任总督，走进清真寺时，头上的缠头巾遮住了多半个脸，他佩着剑，挎着弓，走上讲台。有好长时间没有开口讲话，人们就在那里议论："愿真主让伍麦叶人难看！他们怎么找了这么一个人来管伊拉克！"其中有个人还想向哈加志投石头，人们制止了他，等着看下文如何。哈加志看到人们的目光都瞅着他，就一下子扯开面巾，站在那里说：

我为人精明，不畏征途险恶，
一摘下蒙头巾，你们就会认识我！
凭真主起誓，库法人！我看到一些脑袋瓜已经熟透了，该摘了！这些脑袋瓜是属于我的。我仿佛是在看着那些蒙头巾和胡须之间的鲜血……

他又说：

齐耶姆！该奔跑的时候，你还不快卖力气！
今晚驱赶你的人可不是好惹的！
他不是放羊赶骆驼的牧人，
也不像卖肉屠户那样软弱可欺。
今晚你碰到的人精明强干，
他经历过千难万险，见过世面。
追随先知的人同土著的游牧人就是不一般。
战争就要开始，你们要枕戈待旦，
战争对你们严峻，你们也要认真备战。

弯弓已经扯起了坚实的弦，

一根根结实得好似小骆驼腿一般。

免不了的事情就是不能避免！

我，凭真主起誓，伊拉克人！用不着打响鞭花，想吓倒我！也用不着像捏无花果那样，试试我是软是硬。选我来，正是由于我的精明；派我来，恰是因为我的干练。信士的长官——愿真主使他万寿无疆——在自己面前摊开了箭囊中所有的箭，把它们一支支都试过了，结果发现我最硬，我最坚，于是便用我射向你们。因为你们总是为非作歹，朋比为奸，肆无忌惮，无法无天。凭真主起誓，我要像捆刺儿树枝那样，把你们捆起来，看你们怎样难缠；我要像痛打不和群的骆驼那样，给你们点厉害看看！因为你们就像一群本来是安居乐业的村民，不愁吃不愁穿，却偏要忘恩负义，否认真主的恩典，于是真主要根据他们的所作所为，要让他们尝尝什么叫饥寒，什么叫心惊胆战。我这个人，凭真主起誓，言必信，行必果，喜欢干脆利索。信士的长官让我向你们讲清楚了，让我指示你们同穆海莱卜·本·艾比·苏福莱一道去对敌作战。我凭真主起誓，给你们三天的期限，谁过了三天还不去，我就要他的脑袋搬家！

الباب السادس: فحول الشعر الثلاثة في العصر الأموي

- الفصل الأول: الأخطل
- الفصل الثاني: الفرزدق
- الفصل الثالث: جرير

الباب السابع: شعراء الغزل العذري

- الفصل الأول: جميل بن معمر
- الفصل الثاني: قيس بن الملوّح
- الفصل الثالث: قيس بن ذريح
- الفصل الرابع: توبة بن الحميّر وليلى الأخيلية

الباب الثامن: شعراء الغزل الصريح

- الفصل الأول: عمر بن أبي ربيعة
- الفصل الثاني: الأحوص
- الفصل الثالث: وضّاح اليمن
- الفصل الرابع: العرجي

الباب التاسع: بعض الشعراء المشاهير الآخرين في العصر الأموي

- الفصل الأول: الوليد بن يزيد
- الفصل الثاني: أبو الهندي
- الفصل الثالث: ذو الرمّة
- الفصل الرابع: نصيب بن رباح

الباب الحادي عشر: نثر العصر الأموي والكتّاب

- الفصل الأول: الرسائل المدوّنة وعبد الحميد الكاتب
- الفصل الثاني: الخطابة والحجاج بن يوسف

الفصل الثالث	الأمثال والحكم
الفصل الرابع	القصص وسجع الكهان

الجزء الثالث أدب العصر الإسلامي

الباب الأول	الخلفيات التاريخية والثقافية في صدر الإسلام
الباب الثاني	((القرآن الكريم)) و((الحديث)) ونثر صدر الإسلام
الفصل الأول	((القرآن الكريم))
الفصل الثاني	محتويات ((القرآن الكريم)) وخصائصه
الفصل الثالث	دور ((القرآن الكريم)) وتأثيراته
الفصل الرابع	((الحديث))
الفصل الخامس	الخطابة
الباب الثالث	الشعر والشعراء في صدر الإسلام
الفصل الأول	نظرة تمهيدية
الفصل الثاني	حسّان بن ثابت
الفصل الثالث	كعب بن زهير
الفصل الرابع	النابغة الجعدي
الفصل الخامس	الحطيئة
الفصل السادس	عمرو بن معدي كرب
الفصل السابع	أبو ذؤيب الهذلي
الفصل الثامنة	أبو محجن الثقفي
الباب الرابع	الخلفيات التاريخية والثقافية للعصر الأموي
الباب الخامس	الشعر السياسي في العصر الأموي
الفصل الأول	من شعراء الشيعة: الكميت
الفصل الثاني	من شعراء الشيعة: كثير عزّة
الفصل الثالث	من شعراء الخوارج: عمران بن حطّان
الفصل الرابع	من شعراء الخوارج: قطري بن الفجاءة
الفصل الخامس	من شعراء الخوارج طرماح بن حكيم
الفصل السادس	من شعراء الزبيريين: ابن قيس الرقيّات

الفصل الثالث	المعاني والأغراض	
الفصل الرابع	خصائص شعر العصر الجاهلي	
الفصل الخامس	عن ((المعلقات)) وغيرها	

الباب الثالث   أعلام الشعر الأربعة

الفصل الأول	أمرؤ القيس
الفصل الثاني	زهير بن أبي سلمى
الفصل الثالث	النابغة الذبياني
الفصل الرابع	الأعشى الأكبر

الباب الرابع   سائر شعراء ((المعلقات))

الفصل الأول	طرفة بن العبد
الفصل الثاني	عنترة بن شدّاد
الفصل الثالث	عمرو بن كلثوم
الفصل الرابع	الحارث بن حلّزة
الفصل الخامس	لبيد بن ربيعة
الفصل السادس	عبيد بن الأبرص

الباب الخامس   الشعراء الصعاليك

الفصل الأول	تعريف الشعراء الصعاليك
الفصل الثاني	تأبّط شرّا
الفصل الثالث	الشنفرى
الفصل الرابع	عروة بن الورد

الباب السادس   بعض الشعراء المشاهير الآخرين

الفصل الأول	المهلهل وجليلة بنت مرّة
الفصل الثاني	المثقب العبدي
الفصل الثالث	حاتم الطائي
الفصل الرابع	الخنساء

الباب السابع   نثر العصر الجاهلي

الفصل الأول	الخطابة
الفصل الثاني	الوصايا

تاريخ الأدب العربي

المجلد الأول

فهرس

الجزء الأول تمهيد

الباب الأول	الحضارة العربية الإسلامية	
الفصل الأول	نظام الحضارة العربية الإسلامية	
الفصل الثاني	منجزات العرب القدامى في العلوم الطبيعية	
الفصل الثالث	منجزات العرب القدامى في العلوم الاجتماعية	
الفصل الرابع	تعليقات على الحضارة العربية الإسلامية القديمة	
الباب الثاني	تقسيمات تاريخ الأدب العربي وعصوره	
الفصل الأول	العصر الجاهلي	
الفصل الثاني	العصر الإسلامي	
الفصل الثالث	العصر العباسي	
الفصل الرابع	عصر الانحطاط	
الباب الثالث	نبذة عن الأدب العربي القديم	
الباب الرابع	الأدب العربي القديم والآداب العالمية	
الباب الخامس	الأدب العربي القديم في الصين	

الجزء الثاني أدب العصر الجاهلي

الباب الأول	الخلفيات التاريخية والثقافية	
الباب الثاني	الشعر	
الفصل الأول	نظرة تمهيدية	
الفصل الثاني	الشكل والعروض	